동물농장
파리와 런던의 따라지 인생

이 도서의 국립중앙도서관 출판예정도서목록(CIP)은 서지정보유통지원시스템 홈페이지(http://seoji.nl.go.kr)와 국가자료공동목록시스템(http://www.nl.go.kr/kolisnet)에서 이용하실 수 있습니다.
(CIP제어번호: CIP2010001505)

세계문학전집
037

George Orwell : Animal Farm
Down and Out in Paris and London

동물농장
파리와 런던의 따라지 인생

조지 오웰 소설
김기혁 옮김

문학동네

차례

동물농장 7
파리와 런던의 따라지 인생 125

해설 | 시대의 잔인함에 맞선 불굴의 정신 411
조지 오웰 연보 421

동물농장

1

 그날 밤 매너* 농장의 존스 씨는 닭장 문을 단속하긴 했지만 너무 술에 취해 작은 출입구 닫는 일은 잊어버렸다. 그는 비틀거리는 걸음으로 뜰을 가로질러 갔는데, 그 걸음에 따라 손에 들린 둥그런 불빛의 등도 이리저리 춤을 추었다. 그는 뒷문가에서 장화를 마구 차서 벗어 던지고, 부엌에서 술통의 마지막 맥주 한 잔을 따라 들이켠 다음 아내가 한창 코를 골아대는 침대로 기어들었다.
 침실의 불이 꺼지기가 무섭게 농장 건물 전체에서 부산스러운 동요가 일었다. 미들 화이트 상을 탄 늙은 수퇘지 메이저가 전날 밤 해괴한 꿈을 꾸었는데, 다른 동물들에게 그 이야기를 들려주고 싶어 한다

---

* Manor. 중세 영국의 '장원(莊園)'이라는 뜻.

는 소문이 낮 동안 농장 안에 나돌았기 때문이다. 그래서 존스 씨가 침실로 가기만 하면 큰 헛간에 모두 모이자고 약속했었다. 메이저 영감(품평회에 출품되었을 때 이름은 윌링던 뷰티였지만 늘 이렇게 불렸다)은 농장에서 매우 존경받는 인사였기에 모두가 그의 이야기를 듣기 위해서라면 한 시간쯤 잠을 덜 자도 좋다는 분위기였다.

널찍한 헛간 한쪽 끄트머리, 높직이 쌓아 올린 일종의 연단 위 짚더미에는 이미 메이저가 편안하게 앉아 있었다. 대들보에 매달린 등이 그의 머리 위로 늘어져 있었다. 열두 살이나 먹은 데다 최근에는 몸도 더욱 비대해졌지만 그는 여전히 위풍당당한 돼지였고, 한 번도 송곳니를 자른 적이 없었지만 현명하고 인자한 모습이었다. 곧 다른 동물들이 하나둘씩 모여들어 제각기 나름대로 편안하게 자리를 잡았다. 맨 먼저 블루벨, 제시, 핀처라는 개 세 마리가 도착했고 뒤따라 돼지들이 들어와 연단 바로 앞에 깔린 짚더미에 앉았다. 암탉들은 창턱을 홰 삼아 올라앉았고, 비둘기들은 날개를 푸드덕거리며 서까래로 올라갔으며, 양과 암소 들은 돼지들 뒤쪽에 엎드려 되새김질을 시작했다. 쌍두마차를 끄는 말인 복서와 클로버는 혹시라도 짚더미 속에 작은 동물이 있지는 않을까 조심조심 천천히 몸을 사리며 널찍한 털북숭이 발굽을 옮기더니 함께 자리를 잡았다. 클로버는 중년에 접어든 뚱뚱하고 인자한 암말로, 네번째 출산 뒤로는 예전 몸매를 되찾지 못하고 있었다. 복서는 키가 열여덟 뼘이나 되는 커다란 말로, 보통 말 두 마리를 합친 정도로 힘이 장사였다. 복서는 코 밑에 있는 흰 줄무늬 때문인지 어딘지 어수룩해 보였고 실제로도 머리가 썩 좋지는 않았지만, 한결같은 꼿꼿한 성격과 일할 때의 무지무지한 힘 덕분에 누구에게나 존경받았다. 말들의 뒤를 이어 흰 염소 뮤리얼과 당나귀 벤저민이 들어왔다. 이 농장에서 나이가 가장 많은 벤저민은 성질도 가장 고약했다. 말수는 아주 적었지만 어쩌다 말을 할라치면 으레 어딘가 비꼬는 투였다. 예를 들면 하느님이 자기에게 파리를 쫓으라고 꼬리를 달아주었지만 애당초 꼬리도 파리도 없었더라면 좋았을걸 하는 식이었다. 농장의 많은 동물 중에서도 유독 벤저민만 웃지 않았다. 왜 그러느냐고 물으면 그는 웃을 만한 일이 없어서라고 대답했다. 그래도 내색하지는 않지만 복서에게는 은근히 마음을 주는지, 둘은 일요일이면 언제나 과수원 건너편 작은 목장에서 함께 풀을 뜯으며 잠잠히 시간을 보내곤 했다.

복서와 클로버가 막 자리를 잡았을 즈음, 어미를 여읜 새끼 오리 한 떼가 헛간으로 몰려들어와 가냘프게 꽥꽥거리면서 밟히지 않을 자리를 찾느라 우왕좌왕 돌아다녔다. 클로버가 커다란 앞다리로 둥그렇게 벽을 만들어 자리를 마련해주자 새끼 오리들은 그 안으로 들어가더니 곧 기분 좋게 잠이 들었다. 마지막으로 존스 씨의 이륜마차를 끄는, 멍청하지만 예쁘게 생긴 흰 암말 몰리가 각설탕 한 덩어리를 우물거리며 우아하게 뽐내면서 등장했다. 그녀는 연단 앞쪽에 자리를 잡고는 갈기에 땋아 늘어뜨린 붉은 리본으로 시선을 끌어들이려고 흰 갈기를 흔들어대기 시작했다. 맨 마지막으로 고양이가 들어와 평소처럼 가장 따뜻한 곳을 찾아 주위를 휘둘러보더니 복서와 클로버 사이로 비집고 들어갔다. 거기서 그녀는 메이저가 하는 말에는 한마디도 귀를 기울이지 않았지만 연설 내내 만족스럽다는 듯 낮게 가르랑거렸다.

이제 뒷문 뒤 홰에서 자고 있는 길들인 갈까마귀 모세를 제외하고는 모든 동물이 모였다. 모두 편안히 자리를 잡고 주의 깊게 연설을 기다리는 모습을 보자 메이저는 목소리를 가다듬고 일장 연설을 시작했다.

"동무들, 어젯밤에 내가 이상야릇한 꿈을 꾸었다는 말은 이미 들었을 것이오. 하지만 꿈 이야기는 나중으로 미루고 다른 이야기를 먼저 할까 하오.. 동무들, 내가 여러분과 함께 지낼 날이 얼마 남지 않은 것 같소. 그래서 죽기 전에 내가 습득한 지혜를 여러분에게 전하는 것이 의무라고 생각하오. 나는 오래 살았소. 우리에 홀로 누워 있을 때는 긴 시간을 명상으로 보냈지요. 그래서 현존하는 어느 동물 못지않게 삶의 본질을 이해한다고 말할 수 있을 것 같소. 내가 여러분에게 말하려는 것도 바로 이 점에 관한 것이오.

자, 그렇다면 동무들, 우리 삶의 본질은 무엇이오? 우리 모두 이를 직시해봅시다. 우리의 삶은 비참하고, 고되며, 짧소. 우리는 세상에 나와서 겨우 목숨을 부지할 만큼의 먹이만 얻어먹고, 일할 수 있는 자는 누구라도 마지막 남은 힘이 다할 때까지 일하도록 강요받고 있소. 그러다가 아무짝에도 쓸모없어지면 그 즉시 너무도 잔인하게 도살당하는 것이오. 영국에 사는 한 살이 넘은 동물치고 행복이나 여가의 말뜻을 아는 자는 하나도 없을 거요. 영국의 동물에게는 자유가 없소. 동물의 삶에는 노예의 비참함이 전부란 말이오. 이건 아주 명백한 사실이오.

그런데 이것이 정말 자연의 섭리일까요? 우리가 사는 이 땅이 너무 황폐해서 우리가 여유로운 생활을 할 수 없는 것일까요? 아니오, 동무들. 천만의 말씀이오. 영국은 땅이 기름진 데다 기후까지 좋아서 지금보다 훨씬 더 많은 동물들에게 식량을 풍부하게 공급할 수 있소. 우리 농장만 하더라도 말 열두 마리, 암소 스무 마리, 양 수백 마리를 먹여 살릴 수 있소. 그것도 지금 우리는 상상할 수 없을 정도로 모두가 편안하고 품위 있게 살 수 있소. 그런데 우리는 왜 이렇게 처참하게 살아가야 할까요? 우리가 힘들게 노동해서 생산한 것을 인간들이 모조리 도둑질해가기 때문이오. 동무들, 우리가 안고 있는 모든 문제에 대한 해답이 있소. 그것을 한마디로 요약하자면 '인간'이오. 인간은 우리의 유일한 진짜 적이오. 인간을 몰아내면 굶주림과 과로의 근본 원인은 영원히 사라질 것이오.

 인간은 생산은 하지 않고 소비만 하는 유일한 동물이오. 그들은 젖도 내지 못하고 알도 못 낳을 뿐 아니라, 힘이 약해서 쟁기도 끌지 못하며 토끼를 잡을 만큼 빠르게 달리지도 못하지요. 그런데도 모든 동물의 주인 노릇을 하고 있소. 그들은 동물들에게 일을 시키고 굶어 죽지 않을 정도의 먹이만 줄 뿐, 나머지는 모두 자신들을 위해서 쌓아두고 있소. 우리의 노동력으로 땅을 갈고 우리의 똥으로 땅을 기름지게 하고 있소. 그럼에도 우리에게는 맨 가죽 말고는 남은 것이라곤 아무 것도 없소. 지금 내 앞에 있는 암소 여러분, 지난 한 해 동안 몇천 갤런의 우유를 짜냈습니까? 송아지를 튼튼하게 키우는 데 쓰여야 했던 그 우유가 어찌 되었습니까? 한 방울도 남김없이 우리 적들의 목구멍으로 넘어갔지요. 그리고 암탉 여러분, 당신들이 지난해에 낳은 그 많은 알 중에서 병아리로 부화한 것이 몇 마리나 됩니까? 나머지 알들은 존스와 그 식구들의 주머니를 채우기 위해 시장으로 팔려나갔지요. 아, 참 그리고 클로버, 당신이 낳은 망아지 네 마리는 대체 어디로 갔단 말이오? 당신이 늙으면 당신을 부양하고 기쁘게 해줄 망아지들 말이오. 모두 한 살이 되자 팔려 갔소. 당신은 그 애들을 다시는 만나지 못할 것이오. 네 차례의 산고와 들판에서 온갖 노역을 한 대가라고는 보잘것없는 여물 배급과 마구간 이외에 무엇이 있단 말이오?

게다가 우리는 비참한 삶조차 명대로 누리지 못합니다. 나는 운이 좋은 편이니 딱히 불평할 건 없소. 다행히 열두 해나 살았고, 자식도 400마리나 낳았으니 말이오. 이런 것이 돼지가 누릴 자연스러운 삶이지요. 그렇지만 어떤 동물도 종국에는 잔인한 칼을 면하지 못합니다. 내 앞에 앉아 있는 새끼 돼지들도 1년 이내에 비명을 지르며 도살대 위에서 죽어갈 것이오. 우리 모두 그런 공포를 피할 수 없소. 암소, 돼지, 닭, 양, 모두 말이오. 말이나 개라 해서 더 좋은 운명을 타고난 것은 아니오. 복서, 당신의 그 건장한 근육이 힘을 잃어버리는 바로 그날, 존스는 당신을 폐마 도살업자에게 팔아버릴 것이오. 그러면 도살업자는 당신의 목을 잘라 끓는 물에 삶아서 사냥개 먹이로 줄 것이오. 자, 개들도 늙어서 이빨이 빠지면 존스는 목에 벽돌을 매달아 가까운 연못에 빠뜨려 죽일 거요.

동무들, 우리 삶의 모든 불행이 인간의 횡포에서 생겨난다는 것이 너무나 분명하지 않소? 인간을 제거하기만 하면 우리의 노동 산물은 모두 우리 것이 될 것이오. 하룻밤 사이에 우리는 풍요롭고 자유로워지는 거요. 그렇다면 우리가 무엇을 해야 하겠소? 인류를 전복시키기 위해서 혼신의 힘을 다해 밤낮으로 노력하는 것, 그것뿐이오! '반란.' 내가 동무들에게 전하고자 하는 것이 바로 이것이오! 일주일 후가 될지 백 년 후가 될지, 그 반란이 언제 일어날지는 나 역시 알지 못합니다. 그러나 나는 내 발밑의 짚더미를 보듯 틀림없이 조만간 정의가 실현되리라 확신하고 있소. 동무들, 여러분의 짧은 여생 동안이나마 바로 여기에 시선을 고정합시다! 그리고 무엇보다도 이러한 나의 메시지를 다음 세대에게 전해서 그 세대가 계속 투쟁하여 승리하도록 합시다.

그리고 동무들, 여러분의 결심이 절대 흔들려서는 안 된다는 것을 기억하시오. 여러분은 어떠한 논쟁에도 현혹되어서는 안 됩니다. 인간과 동물은 공동의 이해를 가지고 있다느니, 한쪽의 번영이 곧 다른 한쪽의 번영이라느니 말해도 이에 절대 귀를 기울이지 마시오. 그건 허무맹랑한 거짓말이오. 인간이란 자기 자신 외에는 다른 어떤 동물의 이익을 위해서도 봉사하지 않습니다. 그러니 우리 동물들은 공고한 단결과 철저한 동지애를 가져야 하오. 모든 인간은 우리의 적이오. 그리고 모든 동물은 우리의 동지입니다."

바로 이때 엄청난 소동이 일어났다. 메이저가 일장 연설을 하는 동안 커다란 쥐 네 마리가 구멍에서 나와 궁둥이를 깔고 앉아 그의 말을 경청하고 있었는데 개들이 그 모습을 발견하고 달려들었던 것이다. 쥐들은 날쌔게 구멍으로 숨어 가까스로 목숨을 건질 수 있었다. 메이저는 발을 들어 좌중을 진정시켰다.

"동무들, 여기 결정해야 할 문제가 하나 있소. 쥐나 토끼 같은 야생동물들은 우리의 동지입니까, 적입니까? 이 문제를 투표에 부칩시다. 나는 오늘 모임에서 이 안건을 상정하는 바이오. 쥐는 우리의 동지입니까?"

즉시 투표가 실시되었고, 압도적인 다수표로 쥐도 동지로 결정되었다. 반대표는 겨우 넷뿐이었는데 개 세 마리와 고양이였다. 나중에 고양이는 찬성과 반대 양쪽에 투표했다는 사실이 밝혀졌다. 메이저는 말을 계속했다.

"이제 더는 할 말이 없소. 다만 다시 한 번 말합니다. 인간과 그들의 모든 행실에 적개심을 갖는 것이 여러분의 의무라는 사실을 언제나 명심하시오. 두 발로 걷는 자는 모두 우리의 적이오. 네 발로 다니는 자, 날개를 가진 자는 모두 우리의 동지입니다. 그리고 또 하나 명심할 사항은 인간과 대항하는 투쟁에서 절대 그들을 본받아서는 안 된다는 것이오. 여러분이 그들을 정복한 후에라도 그들의 악덕을 받아들여서는 안 됩니다. 동물이라면 누구도 집에서 살거나 침대에서 자거나 옷을 입거나 술을 마시거나 담배를 피우거나 돈을 만지거나 장사를 해서는 안 되오. 인간의 모든 습성은 악덕입니다. 그리고 무엇보다 강조하고 싶은 것은 어떤 동물이든 동족을 탄압해서는 안 된다는 것이오. 약하든 강하든, 총명하든 우둔하든 우리는 모두 형제입니다. 어떤 동물도 다른 동물을 죽여서는 안 됩니다. 모든 동물은 평등합니다.

자, 그러면 동무들, 이제 어젯밤에 꾼 꿈 이야기를 하겠소. 여러분에게 그 꿈을 자세히 들려줄 수는 없소. 그것은 인간이 사라지고 난 다음의 지상 세계에 관한 꿈이었소. 그러나 그 꿈은 내가 오랫동안 잊고 있던 무엇인가를 상기시켜주었소. 오래전 내가 새끼 돼지였을 때, 내 어머니와 다른 암퇘지들은 곡조와 첫 세 마디 가사만 겨우 아는 옛날 노래를 곧잘 부르곤 했지요. 나도 어렸을 때는 그 곡조를 알았지만 오래전에 머릿속에서 사라져버렸소. 그런데 어젯밤 꿈속에서 그 노래가 되살아났소. 더욱이 잊고 있었던 그 노래의 가사까지 말이오. 오래 전에 동물들이 불렀지만 여러 세대가 흐르는 동안 기억에서 가물가물 사라진 것이 분명한 그 가사였소. 동무들, 이제 그 노래를 불러보겠소. 나는 늙어서 목소리가 거칠지만 곡조를 가르쳐주면 여러분은 더 잘 부를 수 있을 것이오. 노래 제목은 〈영국의 동물들〉입니다."

메이저 영감은 목청을 가다듬어 노래를 부르기 시작했다. 그가 말한 대로 목소리는 거칠었으나 썩 잘 불렀다. 그리고 그 노래는 〈클레멘타인〉*이나 〈라 쿠카라차〉**와 비슷한 감동적인 곡조였다. 가사는 아래와 같았다.

> 영국의 동물들아, 아일랜드의 동물들아
> 온 누리에 사는 동물들아
> 다가올 황금 시절에 관한
> 내 즐거운 소식을 귀 기울여 들어라
>
> 조만간 그날이 올지니
> 폭군 인간은 전복되고
> 영국의 풍요로운 들판에는
> 오직 동물만이 활보하리라
> 코에서 코뚜레가 사라지리라

---

* 미국의 민요. 금광을 찾아 일확천금을 꿈꾸며 캘리포니아로 몰려들었던 노동자들이 만든 노래로, 이들은 열악한 환경 속에서 가혹한 노동에 시달렸다.
** 멕시코의 민요. 1910년 멕시코 혁명을 이끈 판초 비야와 농민군이 혁명가로 불렀다.

등에서 멍에가 벗겨지리라
재갈과 박차는 영원히 녹슬리라
잔인한 채찍 소리는 더 이상 없으리

마음에 그려보지도 못한 풍요가
밀과 보리, 귀리와 건초가
토끼풀, 콩, 근대가
그날로 모두 우리 것이 되리라

영국의 들판은 찬란히 빛나리라
강물도 더더욱 맑아지리라
미풍도 한결 감미롭게 불리라
우리가 해방되는 바로 그날에

그날을 위해 우리 모두 일해야 하리라
사슬이 풀리기 전에 죽을지라도
소와 말, 오리와 칠면조
모두가 자유를 위해 힘써 일해야 하리라

영국의 동물들아, 아일랜드의 동물들아
온 누리에 사는 동물들아
다가올 황금 시절에 관한
내 즐거운 소식을 귀 기울여 들어라

메이저 영감이 부르는 노래를 듣고 동물들은 흥분의 도가니에 빠졌다. 메이저의 노래가 채 끝나기도 전에 동물들은 스스로 이 노래를 부르기 시작했다. 그들 중 가장 우둔한 동물도 이미 곡조와 몇 마디 가사를 외웠고, 돼지나 개처럼 영리한 동물들은 몇 분 지나지 않아 노래 전부를 익혔다. 그러고는 몇 번 연습을 한 다음 농장 전체가 떠나갈 듯 엄청나게 큰 목소리로 〈영국의 동물들〉을 제창했다. 암소들은 음매음매, 개들은 멍멍멍멍, 양들은 매애매애, 말들은 히힝히힝, 오리들은 꽥꽥꽥꽥 노래를 불렀다. 동물들은 노래가 너무나 마음에 들어서 연거푸 다섯 번이나 불렀는데, 누군가의 방해만 없었다면 아마 밤새도록 불렀을 것이다.

불행히도 이 소란스러운 노랫소리에 잠을 깬 존스 씨가 우리 안에 여우가 들어왔다고 생각하고는 침대에서 벌떡 일어났다. 그는 침대 모서리에 세워둔 총을 집어들어 어둠 속으로 여섯 발을 발사했다. 총알은 헛간 벽에 날아가 박혔고 동물들의 회동은 순식간에 깨어져 모두들 서둘러 각자의 잠자리로 도망쳤다. 새들은 홰 위로 날아갔고, 다른 동물들은 짚더미 속으로 기어들어갔다. 농장은 곧 잠 속으로 빠져들었다.

2

 사흘 뒤에 메이저 영감은 잠을 자다가 평화롭게 숨을 거두었다. 그는 과수원 기슭에 묻혔다.
 3월 초에 일어난 일이었다. 그 후 석 달 동안 농장에서는 아주 비밀스러운 활동이 전개되었다. 메이저 영감의 연설은 이 농장의 제법 영리한 동물들에게 완전히 새로운 삶의 관점을 제시해주었다. 그들은 메이저 영감이 예언한 '반란'이 언제 일어날지 몰랐고, 또 그들 살아생전에 그 일이 일어나리라고 생각할 근거도 없었다. 하지만 동물들은 반란을 준비하는 것이 자신들의 의무라는 사실은 분명히 인식하고 있었다. 다른 동물을 가르치고 조직하는 일은 당연히 동물들 가운데 가장 총명하다고 인정받는 돼지들의 임무가 되었다. 그중에서도 뛰어난 녀석은 존스 씨가 팔아먹으려고 길러온 스노볼과 나폴레옹이라는 어린 수퇘지 두 마리였다. 나폴레옹은 몸집이 크고 다소 사납게 생겼는데, 이 농장에서는 유일한 버크셔종*이었다. 말주변은 없지만 생각한 바를 이루고야 만다는 평판을 얻고 있었다. 스노볼은 쾌활하고 말솜씨도 좋으며 여러 가지 재주도 뛰어나지만 나폴레옹만큼 생각이 깊지는 못하다는 평이었다. 농장에 있는 다른 수퇘지들은 모두 식용 돼지였다. 그중 가장 유명한 돼지는 스퀼러란 이름을 가진 작달막하고 똥똥한 놈으로, 뺨은 포동포동하고 눈동자는 반짝거렸으며 행동은 민첩하고 목소리는 날카로웠다. 그는 재기 발랄한 능변가였다. 다소 어려운 문제를 토론할 때면 이리저리 껑충거리며 꼬리를 흔들곤 했는데, 이런 행동이 꽤 설득력이 있었다. 다들 스퀼러라면 검은 것을 흰 것으로 바꾸어놓을 수도 있으리라고 말했다.

이들 세 마리 돼지들은 메이저 영감의 가르침을 완벽한 사상 체계로 주도면밀하게 정립하고는 거기에 '동물주의'란 이름을 붙였다. 일주일에 며칠씩 이들은 밤마다 존스 씨가 잠든 뒤에 헛간에서 모임을 열어 다른 동물들에게 동물주의 원리를 설명했다. 처음 얼마 동안 동물들은 무척이나 어리석고 냉담하게 반응했다. 어떤 동물들은 자신들이 '주인님'으로 생각하는 존스 씨에게 충성해야 한다며 "존스 씨가 우리를 먹여 살리고 있소. 만일 그가 없다면 우린 굶어 죽을 거요" 같은 유치한 말을 지껄이기도 했다. 어떤 동물은 "우리가 죽은 다음에 일어날 일을 무엇 때문에 걱정한단 말이오?" 또는 "이 반란이 어차피 일어나게 되어 있다면 우리가 노력을 하건 안 하건 무슨 차이가 있다

---

* 털빛이 검고 네 다리 끝과 꼬리 끝이 흰색이다.

는 거요?" 따위의 질문을 했다. 그럴 때마다 돼지들은 그런 말은 동물주의 정신에 어긋나는 것이라고 그들을 이해시키느라 애를 먹었다. 흰 암말 몰리는 의문에 찬 수많은 질문 중 가장 바보 같은 질문을 했다. 그녀가 스노볼에게 던진 첫번째 질문은 "반란 후에도 여전히 설탕이 있을까요?"라는 것이었다.

"없소." 스노볼이 단호하게 대답했다. "이 농장에서 설탕을 만들 방법은 없소. 게다가 당신한테 설탕은 필요 없을 거요. 당신은 원하는 만큼 마음껏 귀리와 건초를 먹을 수 있을 거요."

"그러면 그때도 갈기에 리본은 매고 다닐 수 있을까요?" 몰리가 물었다.

스노볼이 대답했다. "동무, 당신이 그처럼 소중히 여기는 리본은 노예의 휘장에 지나지 않소. 자유가 리본보다 더 값지다는 걸 이해할 수 없단 말이오?"

몰리는 이에 동의는 했지만 별로 이해하는 것 같지는 않았다.

돼지들은 길들인 갈까마귀 모세가 퍼뜨린 거짓말을 막느라 악전고투해야 했다. 존스 씨가 각별히 귀여워하는 애완조인 모세는 스파이에다 고자질쟁이였다. 그러나 재치 있는 능변가이기도 했다. 그는 모든 동물이 죽은 뒤에 가는 얼음사탕 산이라는 신비한 나라를 알고 있다고 했다. 그곳은 하늘 높이, 구름을 약간 벗어난 어딘가에 있다는 것이었다. 얼음사탕 산에서는 일주일 중 7일이 일요일이고 토끼풀이 사시사철 지천으로 널렸을 뿐만 아니라 산울타리에는 각설탕과 아마씨 깻묵이 자란다고 했다. 동물들은 일은 하지 않고 꾀만 부리고 수다만 떠는 모세를 싫어했지만 몇몇은 얼음사탕 산을 믿었다. 돼지들은 그런 곳은 없다고 동물들을 설득하느라 진땀을 빼야 했다.

돼지들의 가장 충성스러운 제자는 쌍두마차를 끄는 복서와 클로버였다. 이들은 스스로 뭔가를 생각하는 것을 무척 힘들어했다. 그러나 일단 돼지를 스승으로 삼자, 무엇이든 듣기만 하면 잘 받아들여 다른 동물들에게 전했다. 그들은 헛간에서 열리는 비밀 회합에 어김없이 참석했으며, 회합이 끝날 때는 늘 〈영국의 동물들〉을 제일 먼저 불렀다.

이 모든 정황으로 알 수 있듯이 '반란'은 모두가 예상했던 것보다 훨씬 일찍, 훨씬 수월하게 달성되었다. 비록 엄한 주인이긴 해도 지난 수년 동안 존스 씨는 유능한 농부였다. 그러나 최근 곤경에 처해 있었다. 그는 소송 사건에 휘말려 돈을 많이 날린 뒤 낙심해서는 몸이 감당하지 못할 만큼 술을 마셔댔다. 때로는 며칠씩이나 주방에 있는 나무의자에 맥없이 축 늘어져 앉아 신문을 뒤적이거나 술을 마시며 가끔 맥주에 적신 빵 껍질을 모세에게 먹이는 일로 시간을 보내고는 했다. 일꾼들은 게을러빠지고 주인의 눈을 속이기 일쑤여서, 들에는 잡초가 무성하고 축사 지붕은 구멍이 났으며 울타리는 허물어진 채로 방치되었다. 동물들은 제대로 먹이를 얻어먹지도 못했다.

목초를 벨 시기인 6월이 돌아왔다. 세례 요한 축일* 전날은 공교롭게도 토요일이었다. 존스 씨는 윌링던의 술집 〈레드 라이언〉에서 술을 너무 많이 퍼마시는 바람에 일요일 오후가 되어서야 집으로 돌아왔다. 일꾼들은 이른 아침에 소젖을 짠 다음 바로 토끼 사냥을 나가버렸고, 동물들은 아침 먹이도 먹지 못했다. 존스 씨는 집에 오자마자

---

*6월 24일.

응접실 소파에 드러누워 얼굴에 〈세계 뉴스〉 지를 덮고는 곧 잠이 들어버렸다. 그래서 저녁때까지 동물들은 배를 곯았다. 동물들은 더는 참을 수가 없었다. 암소 한 마리가 뿔로 곳간 문을 부수고 들어가자 나머지 동물들도 따라 들어가 모두 곡물 부대에 머리를 처박고 먹어대기 시작했다. 바로 그때 존스 씨가 잠을 깼다. 그와 일꾼 넷이 곳간으로 들어와 손에 든 채찍을 마구 휘둘렀다. 굶주린 동물들에게는 도저히 견딜 수 없는 처사였다. 사전에 눈곱만큼도 계획하지 않았지만 동물들은 일사불란하게 학대자들에게 덤벼들었다. 존스와 일꾼들은 느닷없이 사방에서 오는 뿔에 받히고 발굽에 차였다. 사태는 걷잡을 수 없게 되었다. 그들은 동물들이 이따위 행패를 부리는 것을 한 번도 본 적이 없었다. 자신들이 마음대로 채찍질하고 혹사한 짐승이 돌연 난동을 부리자 깜짝 놀라 얼떨떨할 지경이었다. 잠시 후 그들은 제대로 대항도 못하고 줄행랑을 놓았다. 곧이어 의기양양하게 추격하는 동물들에게 쫓겨 그들 다섯 사람은 큰길로 통하는 마찻길로 허둥지둥 도망쳤다.

존스 부인은 침실 창문으로 밖을 내다보고 어떤 사태가 벌어졌는지 알아차렸다. 그래서 황급히 여행용 손가방에 몇 가지 소지품을 챙겨넣고는 다른 길로 농장을 빠져나갔다. 모세가 홰에서 펄쩍 날아올라 까악까악 크게 울부짖으며 그녀의 뒤를 따랐다. 한편 동물들은 존스와 일꾼들을 큰길로 내쫓은 다음 빗장이 다섯 개 달린 문을 쾅 닫아걸었다. 그렇게 해서 동물들도 무슨 일이 일어났는지 거의 알아차리지 못하는 사이에 '반란'은 성공적으로 완수되었다. 존스를 내쫓고 나니 매너 농장은 이제 동물들의 차지가 되었다.

처음 얼마 동안 동물들은 자신들의 행운이 도저히 믿기지 않았다. 그들은 맨 먼저 농장 어디엔가 인간이 숨어 있지는 않나 확인이라도 하듯, 한 몸뚱이처럼 어울려 농장 경계선을 따라 한 바퀴 빙 돌며 뛰어다녔다. 그런 다음 농장 축사로 돌아와 가증스러운 존스의 통치 흔적을 조금도 남김없이 없앴다. 동물들은 마구간 한쪽 끝에 있는 광을 부수고 들어가 재갈, 코뚜레, 개 사슬, 그리고 존스 씨가 돼지나 양을 거세하는 데 썼던 끔찍한 칼 따위를 모조리 우물에 던져버렸다. 고삐, 굴레, 눈가리개, 그리고 꼴사나운 여물 망태 등은 마당에서 활활 타고 있는 쓰레기 불 속으로 던졌다. 채찍도 같은 처지가 되었다. 채찍이 화염에 휩싸이자 모두들 기뻐 희희낙락했다. 스노볼은 장날이면 으레 말갈기와 꼬리를 치장하는 데 쓰이던 리본을 불 속에 던져버렸다.

"리본이란," 스노볼이 입을 열었다. "인간의 표지인 옷처럼 생각해야 합니다. 동물이라면 옷을 입어서는 안 되지요."

이 말을 듣자 복서는 여름이면 귓전에 몰려드는 파리를 막으려고 썼던 조그마한 밀짚모자를 가져와 다른 것들과 함께 불 속에 팽개쳤다.

이렇게 해서 눈 깜짝할 사이에 동물들은 존스 씨를 떠올리게 하는 모든 물건을 없애버렸다. 그다음 나폴레옹은 동물들을 곳간으로 데려가서 각자에게 지금까지 받던 양의 두 배나 되는 옥수수를 나눠주고, 개들에게는 비스킷 두 개씩을 주었다. 그런 다음 동물들은 〈영국의 동물들〉을 처음부터 끝까지 연달아 일곱 번이나 제창했다. 밤이 되자 모두들 각자의 잠자리로 돌아가 난생처음으로 단잠을 잤다.

그러나 동물들은 평소처럼 새벽에 잠에서 깨어났다. 그러고는 전날 있었던 영광스러운 일을 문득 다시 떠올리고는 모두 함께 목장으로 달려나갔다. 목장 조금 아래쪽에는 농장 전체를 내려다볼 수 있는 둔덕이 있었다. 동물들은 둔덕 꼭대기로 몰려가 찬란한 아침 햇살을 받으며 사방을 휘둘러보았다. 그렇다, 모두 우리의 것이다. 사방에 보이는 모든 것이 우리의 것이다! 이런 황홀한 생각에 젖어 동물들은 이리저리 뛰어다녔고, 흥분한 나머지 공중으로 펄쩍펄쩍 뛰며 즐거워했다. 그들은 이슬에 뒹굴며 달콤한 여름풀을 한입 가득 뜯어 먹기도 하고, 검은 흙덩이를 발로 차올려 그 구수한 냄새를 맡아보기도 했다. 그러고 나서 동물들은 이루 말할 수 없는 감동에 휩싸여 경작지, 목초지, 과수원, 연못 그리고 잡목 숲 등 농장 전체를 찬찬히 둘러보았다. 마치 전에는 한 번도 보지 못한 풍경 같았으며, 이 모든 것이 자기들의 소유라는 사실이 도무지 믿기지 않았다.

이윽고 그들은 농장 건물 쪽으로 줄지어 가서 본채 문 앞에 조용히 멈추어 섰다. 그곳 또한 그들의 소유였다. 그러나 안으로 들어가기가 두려웠다. 잠시 후에 스노볼과 나폴레옹이 문을 어깨로 들이받아 열자, 동물들은 집 안 물건들을 망가뜨리지 않도록 무척 조심하면서 한 줄로 걸어 들어갔다. 그들은 소곤거리는 소리 이상으로 말소리를 내지 않도록 주의하면서, 발끝으로 이 방 저 방 돌아다니며 깃털 이불이 덮인 침대, 거울, 말털 소파, 브뤼셀 융단, 응접실 벽난로 위에 걸린 빅토리아 여왕의 석판화 등 믿을 수 없을 만큼 화려한 사치품들을 경외감을 품고 구경했다. 동물들은 층계를 내려오다가 몰리가 보이지 않는다는 사실을 깨달았다. 돌아가보니 가장 멋진 침실에 그녀가 있었다. 몰리는 존스 부인의 화장대에서 파란색 리본을 꺼내 어깨에 걸치고는 거울 앞에 서서 자기 모습을 바보처럼 넋을 잃고 감탄하며 보고 있었다. 다른 동물들은 그녀를 호되게 질책하고는 밖으로 나왔다. 동물들은 주방에 매달린 햄을 가지고 나와 땅에 파묻었고, 식기실에 있는 맥주통은 복서가 차서 구멍을 내놓았다. 그 밖의 집안 살림에는 전혀 손을 대지 않았다. 즉석에서 이 농가를 박물관으로 보존하자는 결의를 만장일치로 통과시켰다. 어떤 동물도 이 집에 살아서는 안 된다고 모두 의견을 모았다.

아침식사를 마치자 스노볼과 나폴레옹은 동물들을 다시 불러 모았다.

스노볼이 입을 열었다. "동무들, 지금 시각이 여섯 시 반인데 우리 앞에는 아직도 긴긴 하루해가 남아 있소. 오늘은 목초 수확을 시작합시다. 그렇지만 먼저 할 일이 있소."

돼지들은 존스 씨의 자식들이 보던 낡은 철자 교본을 쓰레기통에서 주워다가 지난 석 달 동안 읽고 쓰는 법을 익혀왔다고 그제야 밝혔다. 나폴레옹은 검은색과 흰색 페인트통을 가져오게 한 다음 동물들을 큰 길로 통하는 다섯 개의 빗장이 달린 문으로 데려갔다. 거기서 스노볼이(글씨를 제일 잘 쓰는 돼지가 스노볼이었으므로) 앞발의 발굽 사이에 붓을 끼우더니 문짝 맨 위에 적힌 '매너 농장'을 페인트로 지워 없애고 그 자리에 '동물농장'이라고 썼다. 이것이 농장의 새 이름이었다. 이 일을 마치고 동물들은 농장 건물로 되돌아왔다. 스노볼과 나폴레옹은 큰 창고 벽 끝에 세워둔 사다리를 가져오게 했다. 돼지들은 지난 석 달 동안 연구한 끝에 동물주의의 원칙을 '일곱 계명'으로 요약하는 데 성공했다고 설명했다. 이 일곱 계명은 벽에 기록될 것이며, 동물농장의 모든 동물들은 이것을 앞으로 영원히 지키며 살고 불변의 법률로 알아야 한다고 했다. 스노볼은 무척 힘들게(돼지가 사다리에 올라 균형을 잡기란 쉬운 일이 아니기 때문에) 사다리에 기어올라가 작업을 시작했고, 스퀼러는 몇 칸 아래에서 페인트통을 들고 있었다. 계명은 타르를 칠한 헛간 벽에 흰 페인트 글씨로 크게 쓰였으므로 30미터 밖에서도 읽을 수 있었다. 일곱 계명은 다음과 같았다.

일곱 계명
1. 두 발로 걷는 자는 누구나 적이다.
2. 네 발로 걷는 자 또는 날개를 가진 자는 누구나 친구이다.
3. 어떤 동물도 옷을 입어서는 안 된다.
4. 어떤 동물도 침대에서 자서는 안 된다.
5. 어떤 동물도 술을 마셔서는 안 된다.
6. 어떤 동물도 다른 동물을 죽여서는 안 된다.
7. 모든 동물은 평등하다.

이것은 퍽 산뜻하게 쓰였다. 'friend(친구)'가 'freind'로 쓰였고 'S' 하나가 좌우로 뒤집힌 것 외에는 모든 철자가 맞았다. 스노볼은 다른 동물들에게 이 글을 큰 소리로 읽어주었다. 동물들은 모두 고개를 끄덕이며 완전히 동의했다. 그중에 좀 더 영리한 동물들은 즉석에서 계명을 외우기 시작했다.

"자, 동무들," 스노볼이 페인트 붓을 아래로 던지면서 말했다. "목초지로 갑시다! 우리의 명예를 걸고 존스와 일꾼들보다 더 빨리 거두어들이도록 합시다."

그 순간 그때까지 어딘가 불편해 보이던 암소 세 마리가 커다랗게 '음매' 하고 울었다. 암소들은 스물네 시간이나 젖을 짜내지 않아 젖통이 거의 터질 지경이었다. 돼지들은 잠시 생각한 뒤에 양동이를 가져오라고 해서 젖을 제법 능숙하게 짜주었다. 이 일을 하는 데 돼지의 네 발굽이 아주 안성맞춤이었다. 곧 거품이 이는 크림같이 진한 우유가 다섯 양동이나 찼다. 여러 동물들이 무척 흥미진진하다는 표정으로 우유를 내려다보았다.

"저 우유를 다 어쩔 셈이에요?" 누군가가 물었다.

"존스는 가끔 우리 먹이에 우유를 섞어주기도 했지요." 암탉 한 마리가 말했다.

"우유는 신경 쓰지 마시오, 동무들!" 나폴레옹이 양동이 앞에 서서 큰 소리로 말했다. "이건 잘 처리될 것이오. 목초 수확이 더 중요합니다. 스노볼 동무가 앞장설 것이오. 나는 조금 있다 뒤따라가겠소. 동무들, 앞으로! 목초가 기다리고 있소."

그리하여 동물들은 목초 수확을 위해 목초지로 행진해 나아갔다. 저녁에 동물들이 돌아오니 우유는 사라져버리고 없었다.

3

 목초를 거두기 위해 동물들은 얼마나 많은 땀을 흘렸던가! 하지만 그들의 수고는 보람이 있었다. 목초 수확은 그들이 기대했던 것보다 훨씬 성공적이었다.
 때로 일이 힘들기도 했다. 농기구는 인간이 사용하도록 고안된 것이지, 동물을 위한 것은 아니었다. 뒷다리로 서야만 쓸 수 있는 도구들을 사용하지 못하는 건 동물들에게는 큰 약점이었다. 그러나 돼지들은 아주 영리해서 난관에 부닥칠 때마다 해결 방법을 생각해냈다. 말들은 목초지 구석구석을 훤히 꿰고 있어서 풀을 베고 거두어들이는 일은 존스 씨와 일꾼들보다 훨씬 잘했다. 돼지들은 직접 일하지 않고 다른 동물들을 지휘, 감독만 했다. 머리가 좋은 그들이 감독하는 것은 당연했다. 복서와 클로버는 풀 베는 기계나 써레를 몸에 묶고(이제 재갈이나 고삐는 필요 없었다) 목초지를 계속 빙빙 돌아다녔다. 돼지 한 마리가 "이랴, 동무!" "워, 동무!"라고 외치며 뒤따랐다. 제일 약한 동물들까지 목초를 뒤집고 거두는 일에 합세했다. 오리와 암탉 들까지 하루 종일 땡볕에서 이리저리 다니며 부리로 목초 한 줄기씩을 물어 날랐다. 마침내 동물들은 존스와 일꾼들이 했을 때보다 이틀이나 빨리 수확을 끝냈다. 더욱이 수확량은 이 농장이 생긴 이래 가장 많았다. 버리는 건 하나도 없었다. 암탉과 오리 들이 예리한 눈초리로 살펴 줄기 하나 버리지 않고 알뜰히 모았기 때문이다. 게다가 농장의 어느 누구도 단 한 입의 목초도 훔쳐 먹지 않았다.

여름 내내 농장 일은 시계처럼 정확히 돌아갔다. 동물들은 상상도 못했던 행복감에 젖어들었다. 한 입 한 입 음식을 먹을 때마다 짜릿하고 가슴 벅찬 즐거움을 맛보았다. 인색한 주인이 조금씩 나누어주는 먹이가 아니라 그들이 직접 생산한 먹이, 진정한 그들의 음식이었기 때문이다. 쓸모없는 기생충 같은 인간들이 사라지자 동물들에게 돌아오는 식량은 더 많아졌다. 비록 유용하게 활용하지는 못했지만 여가 시간도 훨씬 늘어났다. 그러나 때로 동물들은 여러 가지 어려움에 부닥쳤다. 예를 들면 농장에 탈곡기가 없어서 그해 가을에 수확한 곡식을 옛날 방식으로 발로 밟아 알곡을 털고 입으로 후후 불어 겨를 날려 보내야 했다. 그러나 곤경에 처할 때마다 지혜로운 돼지들과 건장한 복서가 동물들을 구해주었다. 복서는 모든 동물들에게 경탄의 대상이었다. 존스 시절에도 열심히 일하는 일꾼이었지만, 지금은 말 한 마리 몫이 아니라 말 세 마리 몫을 해내는 것 같았다. 농장 일은 전부 그의 힘센 어깨에 달린 듯한 날도 종종 있었다. 아침부터 저녁까지 그는 가장 힘을 많이 쓰는 곳에서 늘 밀고 당기며 일을 했다. 복서는 수탉한테 아침에 다른 동물들보다 자기를 반 시간 일찍 깨워달라고 부탁했다. 그리고 정규 일과가 시작되기도 전에 도움이 가장 절실하다고 생각되는 곳으로 가서 일을 하곤 했다. 문제가 있을 때나 곤경에 처할 때마다 그는 "내가 좀 더 일하지!"라고 말했다. 그리고 이 말을 자신의 좌우명으로 삼았다.

동물들은 저마다 자신의 능력에 따라 일했다. 예를 들어 암탉과 오리 들은 흩어진 이삭을 긁어모아 식량 수확을 열 말 정도나 더 늘렸다. 아무도 도둑질을 하지 않았으며, 누구도 자기한테 돌아오는 배급량이 적다고 투덜거리지 않았다. 예전에는 늘 벌어지던 싸우기, 물어뜯기, 질투하기 등의 짓거리도 이제는 거의 사라졌다. 아무도 게으름을 부리지 않았다. 사실 몰리는 아침 일찍 일어나지 못했고, 툭하면 발굽에 돌이 끼었다는 핑계를 대며 일찌감치 일을 그만두긴 했지만 말이다. 고양이의 행실에도 어딘지 수상쩍은 면이 있었다. 할 일이 있을 때면 고양이는 늘 자리에 없었다. 고양이는 몇 시간씩 어디론가 사라졌다가 식사 시간이나 일이 끝난 저녁때가 되어서야 아무 일도 없었다는 듯 뻔뻔한 표정으로 다시 나타나곤 했다. 그러고는 퍽 그럴듯한 구실을 꾸며대며 무척이나 다정하게 살랑거렸기 때문에, 다른 동물들은 그 말을 믿지 않을 수 없었다. 당나귀 벤저민 영감은 '반란' 후에도 전혀 달라지지 않았다. 그는 게으름을 피우지도, 그렇다고 다른 일을 자진해서 떠맡지도 않으면서 존스 시절과 똑같이 느릿느릿 완고한 태도로 일에 임했다. '반란'이나 그 결과에 대해서는 아무런 의견도 표명하지 않았다. 존스가 사라진 지금이 훨씬 행복하지 않느냐는 질문에 벤저민 영감은 "당나귀는 명이 길다네. 자네들 중에 누구도 죽은 당나귀를 보진 못했을 거야"라고만 대답했다. 다른 동물들은 이 수수께끼 같은 대답으로 만족해야 했다.

일요일에는 일을 하지 않고 모두 쉬었다. 아침은 평상시보다 한 시간 늦게 먹었다. 식사가 끝나면 어김없이 매주 거행하는 의식이 있었다. 먼저 깃발이 게양된다. 스노볼이 마구실(馬具室)에서 찾아낸 존스 부인의 낡아빠진 초록빛 식탁보에다 흰색으로 발굽과 뿔을 그려넣은 깃발이었다. 그 깃발은 매주 일요일 아침마다 농장 정원에 있는 게양대에 내걸렸다. 스노볼의 설명에 따르면 깃발의 초록색은 영국의 푸른 들판을 나타내고, 발굽과 뿔은 인류가 멸망한 뒤 건설할 미래의 '동물 공화국'을 상징한다는 것이었다. 깃발 게양이 끝나면 모든 동물들은 '회합'이라 부르는 총회를 열기 위해 큰 헛간으로 행진해 들어갔다. 이곳에서 다음 한 주 동안의 작업 계획을 세우고, 갖가지 결의안을 제출하고, 토론을 진행했다. 결의안을 제출하는 건 언제나 돼지들이었다. 다른 동물들은 투표하는 법은 배웠지만 스스로 결의안을 내놓지는 못했다. 토론을 할 때면 스노볼과 나폴레옹이 가장 적극적이었다. 그러나 이들 둘의 의견이 일치한 적은 한 번도 없었다. 둘 중 하나가 어떤 제안을 하면 다른 하나는 반드시 거기에 반대했다. 과수원 뒤 작은 목장을 늙어서 일을 할 수 없게 된 동물들을 위한 휴양소로 만들자는 결의안이 채택되었을 때도(일단 안건이 상정되면 안건 자체에 대해서는 반대할 수 없었다) 각 동물의 적절한 은퇴 나이를 몇 살로 할 것인지를 놓고 열띤 토론이 벌어졌다. '회합'은 언제나 〈영국의 동물들〉을 제창하는 것으로 끝났고, 오후 시간은 오락 시간으로 할

애되었다.

  돼지들은 마구실을 본부로 삼았다. 저녁이 되면 돼지들은 이곳에 모여 농장 본채에서 가져온 책을 펴놓고 대장간 일, 목공 일, 그 외 필요한 기술들을 연구했다. 또 스노볼은 다른 동물들을 모아 자신이 이름 붙인 '동물위원회'를 조직하는 일에 여념이 없었다. 그는 지칠 줄을 몰랐다. 읽기 쓰기 학습반을 만들었으며, 그 밖에도 암탉을 위한 '달걀 생산위원회', 젖소들을 위한 '깨끗한 꼬리동맹', '야생동물 재교육위원회(이는 쥐와 토끼를 길들일 목적이었다)', 양들을 위한 '하얀 털 생산운동' 등등 다양한 위원회를 조직했다. 그러나 전반적으로 이런 계획들은 모두 실패로 돌아갔다. 예를 들어 야생동물을 길들이려는 시도는 시작하자마자 실패했다. 그들은 계속 예전과 똑같이 행동했다. 위원회에서 관대하게 대우해주면 다만 이를 이용할 뿐이었다. 고양이는 이 '재교육위원회'에 참가한 처음 며칠 동안은 몹시 적극적이었다. 어느 날 고양이는 지붕 위에 앉아서 멀찍이 떨어져 앉은 참새들과 이야기를 나누었다. 그리고 이제 모든 동물들이 동지가 되었으니 원한다면 참새도 날아와서 자기 발등에 앉을 수 있다고 말했다. 그러나 참새들은 가까이 다가가지 않았다.

  그렇지만 읽기 쓰기 학습반은 큰 성공을 거두었다. 가을이 되자 농장의 거의 모든 동물들이 어느 정도 글을 알게 되었다.

  돼지들이야 이미 완벽하게 읽고 쓸 수 있었고, 개들도 아주 잘 읽었지만 일곱 계명 외의 다른 것을 읽는 데는 아무런 흥미가 없었다. 염소 뮤리얼은 개들보다 읽기 능력이 좀 더 뛰어나서 가끔 쓰레기 더미에서 주운 신문 조각을 저녁에 다른 동물들에게 읽어주기도 했다. 벤저민은 어느 돼지 못지않게 잘 읽었지만 실력을 발휘하는 일은 절대 없었다. 그는 자신이 아는 한 읽을 만한 가치가 있는 것은 하나도 없다고 말했다. 클로버는 알파벳을 모두 배웠으나 단어로 조합해서 쓸 줄은 몰랐다. 복서는 D 이상은 배우지 못했다. 그는 큼직한 발굽으로 땅바닥에 A, B, C, D를 써놓고는, 귀를 뒤로 젖히고 가끔 앞머리를 흔들면서 그 글자들을 뚫어지게 바라보았다. 온 힘을 다해 그다음 글자를 떠올리려고 애썼지만 끝내 기억해내지 못했다. 사실 그는 여러 번 E, F, G, H까지 배웠지만 이 글자들을 익힐 즈음에는 앞서 배운 A, B, C, D를 잊어버렸다. 결국 처음 네 글자만으로 만족하기로 하고 그것들을 기억하기 위해 하루에 한두 번씩 글자들을 써보곤 했다. 몰리는 자기 이름에 들어가는 여섯 글자* 외에는 더 이상 배우려 들지 않았다. 그녀는 작은 나뭇가지들로 예쁘게 자기 이름을 써놓고 꽃 한두 송이로 그걸 장식한 다음 주위를 빙빙 돌면서 감탄하곤 했다.

  그 밖의 다른 동물들은 A 이상으로는 더 나가지 못했다. 뿐만 아니라 양, 암탉, 오리 같은 머리가 좀 둔한 동물들은 일곱 계명조차 외우지 못했다. 스노볼은 한동안 고심한 끝에 일곱 계명은 '네 발은 좋고, 두 발은 나쁘다'라는 한 줄의 격언으로 훌륭히 축약할 수 있다고 말했다. 그는 이 격언 안에 동물주의의 기본 원칙이 모두 들어 있다고 덧붙였다. 이 말만 충분히 이해하면 누구든 인간의 영향으로부터 안전하다고 했다. 처음에 새들은 자기네들도 다리가 둘이라고 생각했기 때문에 이에 반대했다. 그러나 스노볼은 그렇지 않다고 설명해주었다.

---

* Mollie.

"동무들, 새의 날개란 말이오." 그는 말을 이었다. "추진기관이지 조작기관이 아닙니다. 따라서 그건 다리로 간주해야 하오. 모든 악덕을 자행하는 도구인 '손'이 인간의 특징이란 말입니다."

새들은 스노볼의 장광설을 이해하지는 못했지만 설명을 받아들였다. 그래서 아둔한 동물들은 모두 이 격언을 암기하기 시작했다. 헛간 한쪽 벽에 적힌 일곱 계명 위에 '네 발은 좋고, 두 발은 나쁘다'라는 글귀가 계명보다 더 큰 글씨로 쓰였다. 일단 외우고 나자 양들은 이 격언이 아주 마음에 들었다. 그래서 들판에 누워 있을 때면 너도나도 "네 발은 좋고, 두 발은 나쁘다! 네 발은 좋고, 두 발은 나쁘다!"를 매애매애 외쳤는데, 몇 시간씩 지칠 줄 모르고 계속 그랬다.

나폴레옹은 스노볼이 조직한 위원회에는 아무런 관심을 보이지 않았다. 그는 다 자란 동물들을 위한 다른 어떤 일보다도 어린 새끼들을 교육하는 것이 더 중요하다고 주장했다. 목초를 거두어들인 직후에 제시와 블루벨은 튼튼한 강아지 아홉 마리를 낳았다. 강아지들이 젖을 떼자마자 나폴레옹은 교육은 자기가 책임지겠다면서 강아지들을 어미한테서 빼앗아갔다. 그가 마구실에서 사다리를 놓아야만 올라갈 수 있는 다락방에다 강아지들을 은밀히 숨겨놓았기 때문에 곧 농장 동물들은 강아지들의 존재를 잊어버렸다.

우유가 몽땅 어디로 사라지는가 하는 수수께끼는 얼마 안 가서 풀렸다. 우유는 매일 돼지들 먹이 속으로 들어가고 있었다. 제철보다 빨리 영그는 올사과가 막 익기 시작하며 바람에 떨어져 과수원 여기저기 흩어져 있었다. 동물들은 당연히 이 사과가 평등하게 분배될 것이라고 생각했다. 그러나 어느 날, 떨어진 사과들을 모두 모아서 돼지들이 먹을 수 있도록 마구실로 가져오라는 명령이 떨어졌다. 몇몇 동물들이 투덜거렸지만 아무 소용 없었다. 돼지들은 모두 이것에 대해 만장일치로 합의한 상태였다. 스노볼과 나폴레옹까지도 말이다. 다른 동물들에게 적절한 설명을 해주도록 스퀼러가 파견되었다.

그는 외쳤다. "동무들! 여러분이 우리 돼지가 이기심과 특권의식으로 이러는 거라고 생각하진 않겠지요? 사실 우리 중 상당수는 우유와 사과를 좋아하지 않습니다. 나도 좋아하지 않아요. 우리가 이걸 먹는 유일한 목적은 건강을 위해서입니다. 우유와 사과에는 (동무들, 과학적으로도 증명되었어요) 돼지의 건강에 절대적으로 필요한 영양분이 들어 있어요. 우리 돼지들은 두뇌 노동자입니다. 이 농장의 경영과 조직은 전적으로 우리에게 달려 있습니다. 밤낮으로 우리는 여러분의 복지를 위해 애쓰고 있습니다. 우유를 마시고 사과를 먹는 건 오직 '여러분'을 위해서입니다. 우리가 부여된 의무를 이행하지 못한다면 어떤 일이 일어날지 여러분이 상상이나 하겠습니까? 언젠가는 존스가 돌아올 것입니다! 그렇습니다, 존스는 반드시 돌아옵니다! 틀림없어요, 동무들." 스퀼러는 이리저리 뛰어다니고 꼬리를 흔들면서 호소하듯 외쳤다. "여러분 중에 존스가 돌아오기를 원하는 자는 아무도 없겠지요?"

그리고 보니 동물들이 완전히 확신하는 것이 하나 있다면 그건 아무도 존스가 돌아오는 것을 원치 않는다는 사실이었다. 이런 식으로 스퀼러가 설명하자 동물들은 더 이상 아무 말도 할 수 없었다. 누구보다 돼지들이 건강해야 한다는 것은 너무나 자명했다. 그리하여 우유와 떨어진 사과는(그리고 앞으로 거두어들일 잘 익은 사과까지도)

돼지들을 위해 비축해야 한다는 안건이 논쟁의 여지 없이 합의되었다.

4

 늦여름에 접어들 즈음 동물농장에서 일어난 사건에 관한 소문은 영국 땅 절반에 이르는 지역까지 퍼졌다. 스노볼과 나폴레옹은 매일 비둘기를 이웃 농장으로 날려 보냈다. 비둘기들에게는 이웃 농장의 동물들과 어울려 놀며 '반란'에 관한 이야기를 들려주고, 〈영국의 동물들〉 노래를 가르치라는 지령이 내려졌다.
 그동안 존스 씨는 윌링던에 있는 술집 〈레드 라이언〉에 죽치고 앉아 시간을 보냈다. 들어주는 사람이면 누구나 붙들고 보잘것없는 동물 패거리가 자신을 자기 땅에서 쫓아냈다고 불평하며 하소연했다. 농부들은 대부분 그에게 동정을 표했지만 처음에는 별다른 도움을 주지 않았다. 각자 속으로는 존스 씨가 당한 불행을 어떻게 자기에게 유리하게 이용해먹을 수 있을까 생각할 뿐이었다. 동물농장과 이웃한

두 농장의 주인들이 서로 앙숙인 것은 동물들에게는 다행스러운 일이었다. 그중 폭스우드 농장은 넓기는 하지만 제대로 관리되지 않는 고리타분한 구식 농장이었다. 숲은 너무 무성했고 목초지는 황량했으며 산울타리는 형편없이 망가져 있었다. 이 농장의 주인인 필킹턴 씨는 철 따라 낚시질이나 사냥으로 대부분의 시간을 낭비하는 태평스러운 건달 농부였다. 또 다른 핀치필드 농장은 폭스우드보다 규모는 작지만 관리는 훨씬 잘되고 있었다. 이 농장의 주인인 프레더릭 씨는 몸집이 단단하고 약삭빠른 사람으로, 언제나 소송에 휘말려 있었고 끝까지 밀어붙이는 성격으로 유명했다. 이들 두 사람은 서로 너무나 싫어해서 자기들의 공동 이익을 옹호하는 문제에서도 의견 일치를 보기 힘든 형편이었다.

그래도 이들 두 사람은 동물농장의 반란 소식을 듣자 잔뜩 겁을 집어먹고는 자기네 농장 동물들이 그런 것을 배울까봐 무척이나 안절부절못했다. 처음에는 동물들이 자기들 힘으로 농장을 경영한다는 소리에 대수롭지 않게 비웃으며 무시했다. 그들은 2주만 지나면 모든 것이 끝장날 거라고 떠벌렸다. 그리고 매너 농장(그들은 '동물농장'이란 이름을 참을 수가 없어서 매너 농장이라고 부르길 고집했다)의 동물들이 자기들끼리 노상 싸움질을 하다가 급기야 굶어 죽을 것이라는 소문을 퍼뜨렸다. 상당한 시간이 흘러도 동물들이 굶어 죽지 않자 프레더릭과 필킹턴은 태도를 바꾸어 동물농장에서는 지금 무시무시한 참혹상이 벌어지고 있다고 소문내기 시작했다. 그곳 동물들이 서로의 고기를 뜯어 먹고 벌겋게 단 편자로 고문하고 암놈을 공동으로 소유한다고 떠들어댔다. 이것은 자연법칙을 역행한 반란에서 비롯한 결과라고 그들은 주장했다.

하지만 아무도 그런 이야기를 말 그대로 믿지는 않았다. 인간들을 쫓아내고 동물들이 스스로 운영하는 농장에 관한 소문은 애매모호하게 왜곡된 형태로 계속 퍼져나갔다. 그리하여 그해 내내 반란의 물결이 그 지방 일대를 휩쓸었다. 언제나 고분고분하기만 했던 황소들이 돌연 사나워지고, 양 떼는 산울타리를 망가뜨리며 토끼풀을 마구 뜯어먹고, 암소들은 들통을 걷어차고, 사냥 말들은 울타리를 뛰어넘기를 거부하고 오히려 등에 탄 사람을 내동댕이쳤다. 무엇보다도 〈영국의 동물들〉의 곡조와 가사가 사방으로 빠르게 퍼져나갔다. 인간들은 이 노래를 들으면 겉으로는 우스꽝스럽게 여기는 척했지만 속으로는 화가 치밀어 올랐다. 아무리 동물이라지만 어떻게 이처럼 천박한 노래를 부르는지 이해할 수 없다고 그들은 말했다. 노래를 부르다 들킨 동물은 어느 놈이고 바로 채찍질을 당했다. 그렇지만 노래를 막을 도리는 없었다. 찌르레기들은 산울타리에 앉아서 그 노래를 지절거렸고, 비둘기는 느릅나무에서 구구거리며 그 노래를 불렀다. 대장간의 망치 소리와 교회 종소리에도 그 노래는 스며들었다. 인간들은 그 노래에 귀 기울일 때마다 그 속에서 운명에 대한 예언의 소리를 듣는 것 같아 속으로 부르르 떨었다.

10월 초, 곡식을 베어 낟가리로 쌓아놓고, 타작도 어느 정도 해놓았을 즈음 비둘기 한 떼가 훨훨 날아와서 동물농장 마당에 내려앉았다. 비둘기들은 몹시 흥분한 상태였다. 존스와 일꾼들이 폭스우드와 핀치필드에서 지원한 여섯 사람과 함께 빗장문을 넘어 들어와 마찻길을 따라 지금 농장으로 올라오고 있다는 전갈이었다. 모두들 손에 몽둥이를 들었고, 존스는 양손에 총을 들고 선두에 서서 진격하고 있다는 보고였다. 농장을 탈환하려는 것이 분명했다.

오래전부터 예상했던 일이었고, 만반의 준비가 되어 있었다. 스노볼은 농장 본채에서 줄리어스 시저의 전쟁술에 대한 오래된 책을 발견해 면밀히 연구해왔고, 그런 그가 방어 작전을 지휘하게 되었다. 그는 재빨리 명령을 내려 불과 일이 분 사이에 모든 동물들은 각자 맡은 자리에 가 있었다.

인간들이 농장 건물로 접근해오자 스노볼은 첫번째 공격을 개시했다. 비둘기 서른다섯 마리가 일제히 인간들 머리 위로 날아가 이리저리 낮게 날며 똥을 찍찍 갈겨댔다. 인간들이 비둘기의 공격을 피하려는 사이 산울타리 뒤에 숨어 있던 거위들이 뛰쳐나와 종아리를 인정사정없이 쪼아댔다. 하지만 이것은 약간의 혼란을 일으키려는 가벼운 전초전에 지나지 않았다. 인간들은 손에 든 몽둥이를 휘둘러 쉽게 거위들을 쫓아버렸다. 스노볼이 두번째 공격을 개시했다. 스노볼을 선두로 뮤리얼, 벤저민 그리고 양들이 사방에서 일제히 인간들에게 덤벼들어 찌르고 들이받았다. 벤저민은 몸을 돌려 작은 발굽으로 인간들을 후려쳤다. 그러나 몽둥이를 들고 징 박힌 장화를 신은 인간들은 동물들에게 역시 힘에 겨운 강적이었다. 스노볼이 갑자기 후퇴 신호로 꽥꽥 소리를 질렀고, 모든 동물들이 돌아서서 농장 문을 지나 마당으로 도망쳤다.

인간들은 승리의 함성을 질렀다. 동물들이 줄행랑을 치자 예상대로 그들은 무질서하게 적들을 추격했다. 이것이야말로 스노볼이 의도한 작전이었다. 인간들이 마당으로 들어서자마자 외양간에 매복하고 있던 말 세 마리, 암소 세 마리, 그리고 나머지 돼지들 모두가 갑자기 뛰쳐나와 그들 뒤를 막아섰다. 그때 스노볼이 공격 신호를 보냈다. 스노볼은 존스에게 정면으로 달려들었다. 존스는 달려드는 그를 보고 총을 쏘았다. 총알은 스노볼의 등에 핏자국을 남기며 스쳐 지나가 양 한 마리를 쓰러뜨렸다. 그 순간을 놓칠세라 스노볼은 100킬로그램 정도 되는 몸뚱이를 던져 존스의 다리를 들이받았다. 존스는 거름 더미 속으로 털썩 쓰러지면서 손에서 총을 떨어뜨렸다. 무엇보다도 가장 무시무시한 장관은 복서가 싸우는 모습이었다. 그는 마치 종마처럼 뒷발로 우뚝 서서 징 박힌 커다란 발굽으로 발길질을 해댔다. 그는 첫번째 발길질로 폭스우드에서 온 마부의 머리통을 차서 진흙 바닥에 쭉 뻗게 만들었다. 그 광경을 보자 몇몇 인간들은 겁에 질려 몽둥이를 팽개치고 도망치려고 우왕좌왕했다. 다음 순간 동물들은 모두 일제히 마당을 빙빙 돌며 인간들을 몰아붙였다. 동물들은 정신없이 찌르고 차고 물고 짓밟았다. 농장 동물치고 나름의 방식으로 인간에게 복수하지 않는 동물은 없었다. 심지어 고양이까지 느닷없이 지붕에서 소몰이꾼의 어깨 위로 뛰어내려 발톱으로 목을 할퀴었고 그는 무서운 비명을 질러댔다. 출구가 트인 순간 인간들은 이때다 하고 마당에서 우르르 몰려나가 큰길로 도망쳤다. 그리하여 침입한 지 5분도 채 안 되어 인간들은 거위 떼한테 종아리를 물어뜯기며 조금 전 의기양양하게 들어섰던 그 길로 치욕스러운 후퇴를 했다.

   한 명만 빼고 인간들은 모두 도망쳤다. 마당으로 돌아와보니 복서가 진흙 속에 얼굴을 처박고 있는 마부 소년을 발굽으로 흔들어 뒤집어놓으려 애쓰고 있었다. 마부 소년은 꼼짝도 하지 않았다.

"죽었군." 복서는 비탄에 젖어 말했다. "이럴 생각은 아니었는데. 발굽에 징이 박힌 걸 잊어버렸단 말이야. 내가 고의로 이런 짓을 하지 않았다고 누가 믿어주겠나?"

"감상은 금물이오, 동무!" 상처 부위에서 여전히 피를 뚝뚝 흘리며 스노볼이 외쳤다. "전쟁은 어디까지나 전쟁이오. 죽은 인간만이 선량하오."

"목숨을 빼앗고 싶진 않았단 말입니다. 비록 보잘것없는 인간의 목숨이라 해도요." 복서의 눈에는 눈물이 그득했고, 계속 넋두리를 했다.

"몰리는 어디 있지?" 누군가가 소리쳤다.

정말 몰리가 보이지 않았다. 잠시 동안 모두 크게 놀랐다. 인간들이 심하게 부상을 입혔거나 끌고 갔을까봐 두려웠다. 하지만 곧 여물통 건초 속에 머리를 틀어박고 마구간에 숨어 있던 몰리를 발견했다. 그녀는 총소리를 듣자마자 재빨리 도망쳤던 것이다. 동물들이 몰리를 찾고서 다시 돌아왔을 때는 죽은 줄 알았던 마부 소년이 정신을 차려 재빨리 도망쳐버린 다음이었다.

동물들은 다시 모여서 엄청난 흥분에 싸여 목청을 높여 각자 전투에서 세운 무공을 떠들어댔다. 곧 승전 축하 행사가 벌어졌다. 깃발을 게양하고 〈영국의 동물들〉을 여러 번 제창했다. 그러고 나서 목숨을 잃은 양을 위해서 엄숙히 장례식을 치르고 무덤가에 산사나무 한 그루를 심어주었다. 스노볼은 무덤가에 서서 모든 동물은 동물농장을 위해 필요하다면 생명까지 바칠 각오를 해야 한다는 것을 역설하는 짤막한 연설을 했다.

동물들은 만장일치로 '제1급 동물영웅' 무공훈장을 제정할 것을 결의했다. 그리고 그 자리에서 스노볼과 복서에게 이 훈장을 수여했다. 훈장은 놋쇠 메달로(마구실에서 발견한 낡은 놋쇠 말 장식이었다) 일요일과 공휴일에 착용토록 했다. 또한 '제2급 동물영웅' 훈장도 만들어 그것을 전사한 양에게 추서(追敍)했다.

이 전투를 무어라 명명할 것인가에 대해 의견이 분분했다. 결국 복병이 뛰쳐나온 곳의 이름을 따서 '외양간 전투'라는 이름을 붙였다. 동물들은 진흙 속에 처박힌 존스 씨의 총을 찾아냈다. 또한 농장 본채에 있던 탄약통에 실탄도 남아 있음을 알게 되었다. 그 총은 대포처럼 농장 게양대 밑에 놓고서 1년에 두 번, 즉 '외양간 전투' 기념일인 10월 12일과 '반란' 기념일인 세례 요한 축일에 축포를 쏘기로 했다.

5

 겨울이 다가올수록 몰리는 점점 더 골칫거리가 되어갔다. 아침마다 그녀는 작업장에 지각을 하고 늦잠을 잤다고 변명했다. 그러고는 늘상 이상야릇한 통증이 있다며 투덜댔다. 그러면서도 식욕은 왕성하기 이를 데 없었다. 그녀는 어떤 구실을 붙여서든 일터에서 뺑소니를 쳐 물 마시는 웅덩이로 갔다. 그리고 거기에 멍하니 서서 물에 비친 자기 모습을 들여다보곤 했다. 그러나 그보다 더 심각한 소문이 떠돌았다. 어느 날 몰리가 긴 꼬리를 흔들면서 건초 줄기를 씹으며 마당으로 즐거운 듯 빈둥대며 걸어 들어오자 클로버가 그녀를 한쪽으로 데리고 갔다.
 "몰리," 그녀가 말문을 열었다. "너한테 아주 심각한 이야기를 해야겠어. 오늘 아침에 네가 폭스우드 농장이랑 동물농장 경계에 있는 산울타리 너머를 바라보는 걸 봤어. 필킹턴 씨네 일꾼 하나가 울타리 저

편에 서 있더구나. 비록 멀리 떨어져 있긴 했지만 이 눈으로 똑똑히 봤는데 말이야. 그 사람이 너한테 말을 걸면서 콧등을 쓰다듬는데도 너는 가만히 내버려뒀어. 그게 도대체 무슨 짓이니, 몰리?"

"그 사람은 안 그랬어요! 나는 거기 없었어요! 사실이 아니에요!" 몰리는 펄펄 뛰고 발로 땅바닥을 긁으면서 외쳤다.

"몰리! 내 얼굴 똑바로 봐. 그 사람이 콧등을 쓰다듬지 않았다고 네 명예를 걸고 말할 수 있겠어?"

"사실이 아니에요!" 몰리는 다시 대답했지만 클로버의 눈을 똑바로 바라보지는 못했다. 다음 순간 몰리는 들판으로 줄행랑을 쳤다.

클로버의 머릿속에 어떤 생각이 퍼뜩 떠올랐다. 그녀는 다른 동물들에게는 말하지 않고 몰리의 마구간으로 가서 발굽으로 짚더미를 파헤쳐보았다. 짚더미 밑에는 조그마한 각설탕 한 덩어리와 각양각색의 리본 다발이 숨겨져 있었다.

사흘 뒤 몰리는 종적을 감추었다. 몇 주 동안 그녀가 어디에 있는지 감감무소식이었다. 나중에 비둘기들이 윌링던 저편에서 그녀를 보았다는 소식을 알려왔다. 몰리는 어느 선술집 밖에 세워둔 빨간색과 검은색 페인트로 칠한 이륜마차 굴대를 메고 서 있었다. 술집 주인인 듯한, 체크무늬 반바지를 입고 각반을 찬 뚱뚱하고 얼굴이 불그레한 남자가 몰리의 코를 쓰다듬으며 설탕을 먹이고 있었다. 몰리는 털을 새로 깎았고 앞머리에는 자줏빛 리본을 달고 있었다고 한다. 비둘기는 몰리가 기분 좋은 표정을 지었다고 전했다. 그 후로 동물들은 다시는 몰리 이야기를 꺼내지 않았다.

1월이 되자 혹독한 추위가 몰아쳤다. 땅이 쇳덩어리처럼 얼어붙어

밭에서는 아무 일도 할 수 없었다. 큰 헛간에서는 회합이 자주 열렸다. 돼지들은 봄철에 할 일을 계획하는 데 몰두하고 있었다. 다른 동물보다 확실히 더 현명한 돼지가 농장의 모든 정책을 결정해야 한다는 것이 기정사실화되었다. 비록 그들의 결정사항도 다수결에 의해 비준을 받아야 하긴 했지만 말이다. 스노볼과 나폴레옹 사이에 의견 충돌만 없다면 모든 것이 순조로울 판이었다. 이들 둘은 거의 모든 문제에서 의견을 달리했다. 둘 중 하나가 보리를 좀 더 많이 심자고 제의하면 다른 하나는 어김없이 귀리를 더 많이 심어야 한다고 반기를 들었다. 어느 한쪽이 이러한 토질에는 양배추가 알맞다고 말하면 다른 한쪽에서는 뿌리채소류 외에는 아무것도 맞지 않다고 맞섰다. 이들은 각자 추종자들이 있어서 때로는 격렬한 논쟁을 벌이기도 했다. 회합에서는 스노볼이 뛰어난 연설로 다수표를 획득했지만 나폴레옹은 은밀히 개별적으로 접촉해서 자기 쪽으로 표를 끌어오는 데 능했다. 특히 그는 양들을 잘 구워삶았다. 근래 들어 양들은 시도 때도 없이 "네 발은 좋고, 두 발은 나쁘다"라고 외쳤는데 이 방법으로 회합을 자주 중단시키고는 했다. 이들은 특히 스노볼의 연설이 결정적인 대목에 이르면 "네 발은 좋고, 두 발은 나쁘다"라고 외쳐 훼방을 놓았다. 스노볼은 농장 본채에서 찾아낸 『농민과 목축업자』라는 잡지의 과월호 몇 권을 면밀히 연구한 끝에 여러 가지 개혁안과 개선안을 잔뜩 마련했다. 그는 배수로와 저장법, 인산석회*에 대해 유식하게 설명했다. 그리고 똥거름을 실어 나르는 노동력을 줄이기 위해 모든 동물

---

* 거름의 원료.

들이 밭에 나가 매일 다른 장소에서 배설하도록 하는 복잡한 계획도 세웠다. 나폴레옹은 직접 구상한 계획을 내놓지는 않았지만 스노볼의 계획이 아무 쓸모없을 것이라고 조용히 말하면서 때를 기다리는 듯싶었다. 그러나 그들이 벌인 모든 논쟁을 통틀어 풍차 건만큼 격렬한 의견 충돌을 일으킨 적은 없었다.

농장 건물에서 멀지 않은 기다란 목초지 안에는 이 농장에서 가장 높은 곳인 작은 둔덕이 있었다. 스노볼은 지형을 조사한 후 둔덕이 풍차를 세우기에 가장 알맞은 곳이라고 단언했다. 그리고 풍차로 발전기를 돌리면 농장에 전력을 공급하는 것이 가능하리라고 말했다. 전기는 축사를 밝혀줄 뿐만 아니라 겨울이면 난방도 할 수 있게 해주고, 둥근 톱이나 절단기, 여물 작두, 전기 착유기를 가동할 수도 있다고 했다. 동물들은 이런 기계에 대해서는 들어본 적도 없었다(이 농장은 구식이어서 가장 원시적인 기구들만 있었기 때문이다). 그래서 동물들은 자신들이 한가로이 들판에서 풀을 뜯거나 책을 읽고 대화를 나누며 교양을 증진시키는 동안, 이 환상적인 기계들이 대신 일을 해줄 거라는 스노볼의 설명에 귀를 기울였다.

몇 주일이 지나 풍차 건립에 대한 스노볼의 계획이 완성되었다. 세부적인 기계 지식은 존스 부인이 읽던 『집 수리에 대한 모든 것 1000』 『누구나 할 수 있는 벽돌 쌓기』 『전력 입문』 등의 책에서 얻었다. 스노볼은 부화장으로 쓰이던 오두막 하나를 자기 서재로 사용했다. 제도하기에 적당하고 매끈한 마룻바닥이 깔려 있는 곳이었다. 그는 그곳에 한번 들어앉으면 몇 시간이고 틀어박혀 나오지 않았다. 책을 펼쳐 돌로 눌러놓고 앞발톱 사이에 분필 조각을 끼우고는, 민첩하게 이리저리 움직여 연달아 선을 그어댔다. 그러면서 흥분에 떨며 조그만 소리로 무엇이라 중얼거리기도 했다. 그의 계획은 점차 회전반과 톱니바퀴로 이루어진 복잡다단한 설계도가 되어 마룻바닥 절반 이상을 차지하게 되었다. 다른 동물들은 설계도는 전혀 이해하지 못했지만 무척 감동하여 그것을 구경했다. 적어도 하루에 한 번씩은 모두가 스노볼의 설계도를 보러 왔다. 암탉과 오리 들도 와서 분필 표시를 밟지 않으려고 조심조심 애를 썼다. 오직 나폴레옹만이 냉담한 태도로 일관했다. 애당초 그는 풍차에 대해 반대 견해를 표명했다. 그러던 어느 날 그가 뜻밖에도 설계도를 검토하러 왔다. 그는 묵직한 걸음으로 오두막을 빙 돌고는 설계도의 모든 세부사항을 구석구석 치밀하게 들여다보기도 하고 한두 번 코를 킁킁거리기도 했다. 그러고 나서 잠시 동안 서서 곁눈으로 설계도를 노려보더니 느닷없이 한쪽 다리를 쳐들고 설계도 위에 오줌을 갈겼다. 그러고는 한마디 말도 없이 나가버렸다.

농장 전체가 풍차 건립 문제를 두고 심각하게 분열되었다. 풍차 건립이 어려운 작업임은 스노볼도 부인하지 않았다. 돌을 깨어 벽을 세우고 풍차 날개도 만들어야 하고, 그런 다음에는 발전기 설치와 전선도 가설해야 했다(스노볼은 이것들을 어떻게 조달할지에 대해서는 아무 말도 하지 않았다). 그렇지만 그는 모든 것을 1년 이내에 마칠 수 있다고 주장했다. 완성만 되면 엄청난 노동력이 절감되어 동물들은 일주일에 사흘만 일하게 될 것이라고 큰소리쳤다. 이에 맞서 나폴레옹은 현재 가장 절실한 일은 식량 증산인데 풍차에 노동력을 낭비한다면 모두 굶어 죽을 것이라고 주장했다. 그리하여 한쪽은 '스노볼에게 투표해서 주 3일 노동을'이라는 슬로건을 내걸었고, 다른 한쪽은

'나폴레옹에게 투표해서 가득 찬 여물통을'이라는 슬로건을 내걸었다. 동물들은 두 패로 나뉘었다. 벤저민만 어느 패에도 들지 않았다. 그는 식량이 더욱 풍족해질 것이라는 주장도, 풍차가 노동력을 절감해줄 것이라는 주장도 믿지 않았다. 그는 풍차가 있든 없든 삶이란 언제나처럼 고생스러울 것이라고 말했다.

풍차에 관한 논쟁 이외에도 농장 방위에 관한 문제가 있었다. 인간들이 '외양간 전투'에서 패배하긴 했지만, 농장을 탈환하여 존스 씨를 다시 들여앉히기 위해 다시 한 번 결정적인 시도를 감행할 것이라 예상되었다. 패배했다는 소식이 인근 농장에 퍼져 농장 동물들이 전보다 더욱 반항적으로 행동했기 때문에 인간들이 행동할 이유는 충분했다. 늘 그랬던 것처럼 스노볼과 나폴레옹은 의견 일치를 보지 못했다. 나폴레옹은 총기를 입수해 동물들이 다룰 수 있도록 훈련해야 한다고 주장했다. 그러나 스노볼은 더 많은 비둘기를 날려 보내 다른 농장 동물들이 반란을 일으키도록 선동해야 한다고 주장했다. 한쪽은 스스로 방어할 수 없다면 반드시 정복당할 것이라고 주장했고, 다른 한쪽은 곳곳에서 반란이 일어난다면 스스로 방어할 필요조차 없게 될 것이라고 주장했다. 동물들은 처음에는 나폴레옹의 말에 귀를 기울였다가 나중에는 스노볼의 말에 귀를 기울이곤 했다. 그들은 어느 쪽이 옳은지 결정을 내리지 못했다. 사실 나폴레옹이 말할 때는 나폴레옹이 옳은 것 같았다가 스노볼이 말할 때는 스노볼이 옳은 것 같았다. 늘 그런 식이었다.

마침내 스노볼이 계획을 완성했다. 돌아오는 일요일 회합에서 풍차 건립을 할 것인지 여부를 투표로 결정하기로 했다. 동물들이 큰 헛간에 모이자 스노볼이 벌떡 일어나 이따금 매애거리는 양들의 방해를 받아가며 풍차 건립을 해야 하는 이유를 늘어놓았다. 그러자 나폴레옹이 일어나서 풍차 건립은 허무맹랑하고 우스꽝스러운 계획이니 아무도 그 계획을 지지해서는 안 된다고 아주 침착하게 반박하고 자리에 앉았다. 그는 기껏해야 30초 정도 연설했는데 연설에 대한 반응에는 거의 무관심한 듯했다. 이때 스노볼이 벌떡 일어서서 다시 웅성거리기 시작한 양들에게 조용히 하라고 소리친 다음 풍차 건립에 찬성해달라며 열렬히 호소했다. 그때까지 동물들의 의견은 거의 반반으로 갈려 있었지만 스노볼의 열변이 순식간에 그들을 사로잡았다. 그는 동물들의 등에서 힘든 노동이 사라진 동물농장의 미래상을 뛰어난 말솜씨로 묘사했다. 이미 스노볼의 상상력은 절단기와 여물 작두의 수준을 훨씬 넘어서고 있었다. 전기의 힘으로 탈곡기, 쟁기, 써레, 땅 고르개, 수확기, 곡식단 기계 등을 가동할 수도 있고 방마다 전등, 냉온수 시설, 난방기 등도 설치할 수 있다고 주장했다. 그가 연설을 마칠 무렵이 되자 표가 어떤 쪽으로 몰릴지는 분명해졌다. 그런데 바로 그 순간 나폴레옹이 일어나서 특유의 곁눈질로 스노볼을 쩨려보고는 지금까지 한 번도 들어본 적이 없는 찢어질 듯 날카로운 목소리로 소리쳤다.

그러자 밖에서 무시무시한 으르렁거리는 소리가 나더니 놋쇠 장식이 총총히 박힌 목걸이를 한 커다란 개 아홉 마리가 헛간으로 달려 들어왔다. 개들은 곧바로 스노볼에게 덤벼들었다. 스노볼은 자리에서 잽싸게 일어나 물어뜯으려는 개의 이빨을 가까스로 피했다. 스노볼은 재빨리 문밖으로 뛰쳐나갔고 개들이 그의 뒤를 쫓았다. 동물들은 말할 수 없을 만큼 놀라고 겁에 질려 문 쪽으로 몰려가 추격전을 바라보았다. 스노볼은 온 힘을 다해 돼지가 달릴 수 있는 최대 속력으로 달렸지만 개들은 그의 뒤를 바짝 따라붙고 있었다. 그때 갑자기 스노볼이 미끄러져 넘어졌고, 그 순간 개들에게 잡힐 것만 같았다. 그러나 그는 다시 일어나 아까보다 더 빨리 뛰었다. 여전히 개들도 그 뒤를 쫓았다. 그중 한 마리가 스노볼의 꼬리를 이빨로 거의 물려는 찰나, 그는 재빨리 꼬리를 휘둘러 가까스로 위기를 모면했다. 그리고 남은 힘을 다해 뛰어 개들과 불과 몇 센티미터 사이를 두고 산울타리 구멍으로 빠져나갔다. 더 이상 그의 모습은 보이지 않았다.

동물들은 겁에 질려 말문이 막힌 채 헛간으로 돌아왔다. 곧이어 개들도 뛰어 들어왔다. 처음에는 이 개들이 어디에서 왔는지 아무도 몰랐지만 곧 의문은 풀렸다. 그들은 다름 아닌 나폴레옹이 제시와 블루벨한테서 떼어내 몰래 기른 강아지들이었다. 아직 어렸지만 몸집은 클 대로 다 커서 늑대처럼 사나워 보였다. 그들은 나폴레옹 옆에 바싹 붙어 예전에 존스 씨에게 다른 개들이 했던 것처럼 나폴레옹에게 꼬리를 흔들었다.

나폴레옹은 개들을 거느리고 예전에 메이저가 서서 연설했던 연단으로 올라갔다. 그는 이제부터 일요일 아침에 열리던 '회합'은 중단된다고 선포했다. 그런 회합은 시간 낭비라고 했다. 앞으로 농장 운영에 관한 모든 문제는 자신이 주재하는 돼지 특별위원회에서 결정할 것이라고 선언했다. 회의는 비밀리에 열릴 것이며, 결정사항은 다른 동물들에게 나중에 통보할 것이라고 했다. 앞으로도 변함없이 동물들은 일요일 아침에 모여 깃발에 경례하고 〈영국의 동물들〉을 제창할 것이며 그주에 이행할 명령을 하달받지만 토론은 허용되지 않는다고 말했다.

 스노볼의 추방으로 인한 받은 충격에도 불구하고 동물들은 이 발표를 듣고 실의에 빠졌다. 제대로 따질 말을 생각해낼 수만 있었다면 그들 중 몇 명은 항의했을 것이었다. 복서조차 막연하게나마 기분이 언짢았다. 그는 귀를 뒤로 젖히고 앞머리를 몇 번이나 흔들면서 생각을 정리해보려고 애썼다. 그러나 끝내 할 말을 떠올리지 못했다. 그래도 돼지 몇 마리는 좀 영리했다. 앞줄에 앉은 어린 식용 돼지 네 마리가 날카로운 목소리로 불만을 나타내며 벌떡 일어나 동시에 따지기 시작했다. 그 순간 나폴레옹 주위에 앉아 있던 개들이 위협적으로 낮게 으르렁거렸고 돼지들은 아무 말도 하지 못하고 다시 자리에 앉았다. 그러자 양들이 커다랗게 "네 발은 좋고, 두 발은 나쁘다!"라고 거의 15분 동안이나 매애매애 외치면서 웅성거려서 토론할 계제를 아예 막아버렸다.

 나중에 스퀼러가 농장을 두루 돌아다니며 동물들에게 이 새로운 협의 사항에 대해 설명했다.

 "동무들, 자진해서 일을 더 떠맡은 나폴레옹 동무의 희생정신을 이곳의 모든 동물들은 고맙게 생각하리라 확신합니다. 동무들, 지도하는 일이 즐거운 일이라고는 절대로 생각하지 마십시오. 그와 반대로 막중한 책임을 지는 일입니다. 모든 동물들이 평등하다는 것을 나폴레옹 동무처럼 확고하게 믿는 동물도 없을 것입니다. 여러분이 스스로 결정할 능력만 있다면 그는 더없이 행복할 것입니다. 그러나 여러분은 잘못된 판단을 할 수도 있습니다. 그러면 동무들, 우리는 어찌 되겠습니까? 만약 여러분이 스노볼의 허황된 풍차 건립 계획을 따르기로 결정했더라면 어찌 되었을지 생각해보세요. 모두가 알겠지만 스노볼은 범죄자입니다."

"그는 '외양간 전투'에서 용감하게 싸웠어요." 누군가가 말했다.

"용감한 게 전부는 아니지요." 스퀼러가 대답했다. "충성과 복종이 더욱 중요해요. '외양간 전투' 당시 스노볼의 역할이 상당히 과장되었다는 게 밝혀질 날이 올 것입니다. 동무들! 규율, 철통 같은 규율! 이것이 오늘날 우리가 지향할 슬로건입니다. 한 걸음만 잘못 내디뎌도 적들은 우리를 공격해올 것입니다. 동무들, 존스가 돌아오기를 바라지는 않겠지요?"

이야기가 이렇게 돌아가자 아무도 대답을 못했다. 당연히 동물들은 존스가 돌아오는 걸 원하지 않았다. 만약 일요일 아침마다 토론을 하자고 고집하는 것이 존스가 돌아오도록 하는 일이라면 그따위 토론은 중단되어야 한다. 그때까지 여러 번 사태에 대해 생각해본 복서는 "나폴레옹 동무가 그렇게 말했다면 그런 것이겠지요"라고 동물들 대부분의 생각을 말했다. 그리고 그 후로 복서는 '내가 좀 더 일하지'라는 자신의 좌우명에 '나폴레옹은 항상 옳다'는 격언을 덧붙였다.

이 무렵 날씨가 풀려 봄갈이가 시작되었다. 스노볼이 풍차를 설계하던 오두막은 폐쇄되었다. 그리고 마룻바닥에 그려놓은 설계도도 지워버렸을 거라고 모두들 생각했다. 매주 일요일 아침 열 시만 되면 동물들은 큰 헛간에 모여 그주에 할 일을 지시받았다. 이제는 살점이 깨끗이 떨어져 나간 메이저 영감의 두개골을 과수원에서 파내 게양대 밑에 총과 나란히 놓았다. 깃발을 게양한 다음 동물들은 헛간으로 돌아가기 전에 경건한 태도로 이 두개골 앞을 일렬로 행진하라는 지시를 받았다. 요즈음 동물들은 옛날처럼 한자리에 모이지 않았다. 스퀼러를 대동한 나폴레옹과, 노래와 시를 짓는 재능이 탁월한 미니무스라는 돼지가 높게 쌓아 올린 연단 앞에 앉았다. 젊은 개 아홉 마리가 그들을 반원형으로 둘러싸고 그 뒤로 다른 돼지들이 자리를 잡았다. 나머지 동물들은 연단 쪽을 마주 보며 헛간 중앙에 앉았다. 나폴레옹이 군인처럼 무뚝뚝한 표정으로 그 주에 이행할 명령을 낭독하고 나면 동물들은 〈영국의 동물들〉을 한 번 제창한 후에 해산했다.

스노볼이 추방된 후 3주가 지난 일요일이었다. 나폴레옹이 어찌 되었든 풍차는 건립할 계획이라고 발표하자 동물들은 깜짝 놀랐다. 그는 마음을 바꾼 이유에 대해 아무런 설명도 하지 않았다. 다만 이 특별한 사업은 매우 어려운 작업이며, 어쩌면 식량 배급량을 줄여야 할지도 모르겠다고 말할 뿐이었다. 하지만 계획은 세부 사항까지 모두 준비된 상태였다. 돼지들로 구성된 특별위원회가 지난 3주 동안 풍차 건립에 대한 계획을 세웠다고 했다. 다른 여러 가지 부수적인 시설을 포함해 풍차 건립은 2년 정도 걸릴 예정이었다.

그날 저녁, 스퀼러는 사적인 자리에서 다른 동물들에게 사실 나폴레옹은 풍차 건립을 반대한 게 아니라고 설명해주었다. 오히려 애당초 풍차 건립을 주장한 것은 나폴레옹이었으며, 부화장 마룻바닥에 그렸던 설계도는 스노볼이 나폴레옹의 문서에서 훔쳐낸 것이라고 했다. 사실 풍차는 나폴레옹의 창의적인 아이디어였다는 것이다. 그렇다면 그가 왜 그토록 강력하게 반대를 했느냐고 누군가가 물었다. 이 질문을 받자 스퀼러는 아주 교활한 표정을 지었다. 그것이 바로 나폴레옹 동무의 책략이었다고 스퀼러는 말했다. 나폴레옹이 풍차에 반대하는 '체'한 것은 동물들에게 나쁜 영향을 미치는 스노볼을 제거하기 위한 책략이었다는 것이다. 스노볼이 멀리 가버린 지금, 풍차는 그의 훼방 없이 건립될 수 있을 거라고 스퀼러는 했다. 스퀼러는 이것이 이른바 전술이라고 말했다. 그는 이리저리 껑충껑충 뛰고 꼬리를 흔들어대고 명랑하게 웃으면서 몇 번이나 "전술! 동무들, 전술이란 말이지요!"라고 했다. 동물들은 그 말이 무슨 의미인지 정확히 알 수 없었다. 그러나 스퀼러가 워낙 말주변이 좋은 데다 옆에서 개 세 마리가 으르렁거리며 위협하는 바람에 동물들은 더 질문할 겨를도 없이 그의 설명을 받아들이기로 했다.

6

 그해 내내 동물들은 노예처럼 혹사당했다. 그러나 그런 노동에도 불구하고 그들은 행복하기만 했다. 힘든 노동이나 희생을 조금도 마다하지 않았다. 자신들이 하는 일은 모두 자신과 다음 세대를 위한 것이며, 게으름 피우고 착취하는 인간들을 위한 것이 아님을 알기 때문이었다.
 동물들은 봄과 여름 동안 일주일에 60시간이나 일했다. 8월이 되자 나폴레옹은 앞으로는 일요일 오후에도 일을 해야 한다고 발표했다. 일요일 오후의 노동은 전적으로 자발적인 것이지만, 참여하지 않는 동물은 누구든 식량 배급을 절반으로 줄이겠다고 했다. 그렇게 열심히 일했건만 아직 시작도 못한 일들이 많았다. 수확은 지난해보다 조금 줄었다. 초여름에 뿌리채소류를 심어야 했던 밭 두 군데는 밭갈이를 제때 마치지 못해 아무것도 심지 못하는 형편이었다. 다가올 겨울이 고달플 것은 누구라도 예상할 수 있었다.

풍차 건립은 뜻밖의 난관에 부딪혔다. 농장에는 질 좋은 석회암 채석장이 있었고 헛간에는 상당량의 모래와 시멘트가 있으니 건축에 필요한 재료는 모두 준비되어 있긴 했다. 그러나 동물들이 처음 봉착한 문제는 돌을 어떻게 적당한 크기로 쪼갤지 하는 것이었다. 방법은 곡괭이와 쇠지레를 사용하는 것뿐이었다. 하지만 동물들은 뒷다리로 설 수 없기 때문에 이런 연장이 무용지물이었다. 몇 주 동안 헛된 노력을 한 끝에 누군가가 묘안을 냈다. 중력을 이용해보자는 생각이었다. 동물들이 쓰기에는 너무 큰 돌들이 채석장에 층층이 쌓여 있었다. 동물들은 밧줄로 큰 돌을 몸에 묶고 죽을힘을 다해 채석장 꼭대기까지 느릿느릿 끌고 올라가서는 밑으로 굴러 떨어뜨려 산산조각을 냈다. 암소, 양, 말뿐만 아니라 밧줄을 잡을 수 있는 동물들은 모두 동원되었다. 심지어 위태로운 순간에는 가끔 돼지까지 합세했다. 깨진 돌을 운반하는 일은 비교적 쉬웠다. 말은 짐수레에 돌을 가득 실어 날랐고, 양은 하나씩 끌고 갔으며, 뮤리얼과 벤저민도 낡은 이륜마차로 돌을 날라서 제 몫을 했다. 늦여름 즈음 돌은 충분히 쌓였고, 돼지들의 지휘 감독 아래 공사가 시작되었다.

공사는 힘겹고 더디게 진행되었다. 기진맥진하도록 애를 써도 겨우 돌 하나를 채석장 꼭대기까지 끌고 가는 데 꼬박 하루가 걸리는 경우가 종종 있었다. 어떤 때는 돌을 벼랑에서 밀어 떨어뜨려도 깨지지 않는 경우도 있었다. 만약 복서가 없었다면 아무 일도 할 수 없었을 것이다. 복서 혼자의 힘이 나머지 동물들 힘을 모두 합친 것과 비슷할 정도였다. 끌어 올리던 돌덩이가 미끄러지면 돌을 맨 동물들까지 언덕 아래로 절망적인 비명을 지르며 질질 끌려가곤 했는데 그때마다 밧줄을 잡아 굴러가는 돌을 멈춰주는 것이 바로 복서였다. 복서가 가쁜 숨을 몰아쉬며, 널찍한 옆구리에 땀이 송골송골 맺힌 채 발굽으로 땅을 벅벅 긁으며, 한 발 한 발 안간힘을 써서 비탈길을 오르는 모습을 보면 누구나 감탄했다. 클로버는 그런 복서에게 너무 무리하지 말고 몸도 생각하라고 충고했다. 하지만 복서는 전혀 귀 기울이지 않았다. 그가 내세운 두 가지 좌우명 '내가 좀 더 일하지'와 '나폴레옹은 항상 옳다'는 모든 문제에 대한 충분한 답인 것 같았다. 복서는 지금까지 남들보다 30분 일찍 깨우던 것을 15분 더 당겨 45분 일찍 깨워달라고 젊은 수탉에게 부탁했다. 요즘은 길지도 않은 휴식시간에도 채석장으로 가서 부서진 돌덩이를 한 무더기 모아서는 혼자 풍차를 세울 자리로 끌고 갔다.

여름 내내 고되게 일하기는 했지만 동물들의 생활이 쪼들리는 건 아니었다. 존스 시절보다 식량이 많아지지는 않았지만, 그렇다고 그보다 줄어든 것도 아니었다. 사치스러운 인간 다섯 명을 부양하지 않고 동물들끼리만 나누어 먹으면 된다는 이점은 엄청난 것이어서 웬만한 실패는 보상하고도 남았다. 또 동물들이 일하는 방법은 여러 면에서 인간들보다 능률적이어서 노동력을 절감할 수 있었다. 예를 들어 잡초 제거는 인간이라면 도저히 불가능할 정도로 완벽하게 진행되었다. 게다가 그즈음에는 아무도 도둑질을 하지 않아 밭과 목초지 사이를 울타리로 막을 필요도 없었다. 이 때문에 울타리와 문을 유지하고 지키는 데 드는 노동력을 상당히 줄일 수 있었다. 그럼에도 여름을 지내면서 예측하지 못했던 여러 가지 부족을 느끼게 되었다. 파라핀유, 못, 끈, 개 비스킷, 거기에다 말발굽에 쓸 징까지 죄다 떨어졌다. 모두 농장에서 만들어낼 수 없는 물건들이었다. 조금 있으면 씨앗과 화학비료도 떨어질 판이었고 갖가지 연장들에 풍차를 짓는 데 사용할 기계도 필요할 것이었다. 하지만 이런 것들을 어떻게 구해야 하는지 누구도 알지 못했다.

어느 일요일 아침, 동물들이 명령을 받기 위해 모이자 나폴레옹은 새로운 정책을 결정했다고 발표했다. 이제부터 동물농장은 이웃 농장들과 상거래를 할 것인데, 이는 물론 상업적인 목적에서가 아니라 시급히 필요한 특정 원자재를 얻기 위해서라고 했다. 나폴레옹은 풍차 건립에 필요한 물품들이 다른 모든 것보다 우선해야 한다고 주장했다. 그래서 그는 목초와 올해 수확한 밀을 판매하기 위해 준비 중이라고 했다. 이러고도 돈이 더 필요하면 그때는 윌링던 시장에 달걀을 팔겠다고 했다. 나폴레옹은 암탉들에게 이러한 희생을 풍차 건립에 그들만이 할 수 있는 특별한 공헌으로 알고 감수해야 한다고 말했다.

동물들은 다시 한 번 막연하게나마 불안감을 느꼈다. 인간들과는 어떤 교섭도 하지 않는다, 상거래는 하지 않는다, 화폐를 사용하지 않는다—이런 결의야말로 존스를 쫓아낸 후 승리에 찬 첫 회합에서 확정한 최초의 결정이 아니었던가? 모든 동물들은 이런 결의를 기억하고 있었다. 아니, 적어도 기억하고 있다고 생각했다. 나폴레옹이 회합을 폐지했을 때 항의했던 어린 돼지 네 마리가 우물쭈물하면서 말을 꺼냈지만 개들이 무섭게 으르렁거리자 바로 입을 다물어버렸다. 그러자 늘 그랬듯이 양들이 "네 발은 좋고, 두 발은 나쁘다"를 외쳤고 어색했던 분위기는 순식간에 풀렸다. 드디어 나폴레옹이 앞발을 들어 조용히 하라는 몸짓을 했다. 그는 이미 모든 준비가 끝났다고 동물들에게 말했다. 어떤 동물도 인간과 접촉할 필요는 없으며, 그런 접촉은 가장 바람직하지 못한 행동이라고 말했다. 그는 모든 책임을 자신이 질 각오라고 했다. 윌링던에 사는 윔퍼라는 변호사가 동물농장과 외부 세계를 이어주는 중개인 역할을 맡기로 했다. 그리하여 매주 월요일 아침마다 나폴레옹의 지시를 받으러 이 농장을 방문할 예정이라고 했다. 나폴레옹이 평소처럼 "동물농장 만세!"라고 외치며 연설을 마치자 동물들은 〈영국의 동물들〉을 부르고 나서 흩어졌다.

나중에 스퀼러가 농장을 한 바퀴 돌며 동물들의 마음을 가라앉혔다. 그는 거래를 하지 않는다거나 화폐를 사용하지 않는다는 결정은 통과된 적도, 아니 그러한 안건이 제안된 적도 없었다고 동물들에게 장담했다. 그런 생각은 다만 상상에 지나지 않으며 그럴 만한 근거가 있다면 애당초 스노볼이 퍼뜨린 거짓말에서 나온 것이라고 했다. 그래도 몇몇 동물들이 여전히 긴가민가하며 의심을 품자 스퀼러가 앙칼지게 추궁했다. "꿈꾼 거 아니오, 동무들? 동무들이 그런 결정을 어디 기록이라도 해놓았소? 그게 어디 쓰여 있냐는 말이오." 그것은 기록으로는 분명 존재하지 않았으므로 동물들은 자신들이 착각했겠거니 하고 말았다.

약속대로 매주 월요일에 윔퍼 씨가 농장을 방문했다. 구레나룻을 기르고 교활하게 생긴 작은 체구의 남자였다. 그는 시시껄렁한 일밖에 못 맡는 변호사였지만 동물농장에 중개인이 필요할 것이며, 보수가 꽤 크리라는 사실을 누구보다도 빨리 알아챌 만큼 눈치 빠른 위인이었다. 동물들은 두려움 비슷한 감정을 품고 그가 드나드는 것을 지켜보았다. 그리고 될 수 있으면 그와 마주치려 하지 않았다. 하지만 네 다리로 선 나폴레옹이 두 다리로 선 윔퍼에게 명령을 내리는 모습은 그들에게 자부심을 느끼게 했기에 몇몇 동물들은 새로운 결정이 오히려 잘된 일이라고 생각하게 되었다. 그즈음 인간과의 관계는 예전과 완전히 달라졌다. 그렇다고 인간들이 번창하는 동물농장에 증오심을 덜 품는 것은 아니었다. 오히려 전보다 더 미워했다. 인간들은 동물농장이 조만간 붕괴할 것이며, 무엇보다 풍차 건립은 어김없이 실패할 것이라고 굳게 믿었다. 그들은 선술집에 모여서 풍차는 반드시 무너질 운명이며, 설령 건립되더라도 절대 가동은 못할 것이라고 그림까지 그려가며 서로 입증해 보이곤 했다. 하지만 그러면서도 인간들은 농장을 효율적으로 운영해나가는 동물들에 대해 어떤 존경심마저 품게 되었다. 그들이 농장을 더 이상 '매너 농장'으로 부르지 않고 정식 명칭인 '동물농장'이라고 부르기 시작한 것이 그 증거였다. 또한 그들은 농장을 되찾겠다는 희망을 버리고 다른 지역으로 종적을 감춘 존스를 더는 옹호하지 않았다. 중개인 윔퍼를 통한 거래 말고는 아직 동물농장과 외부 세계 사이에 직접적인 접촉은 없었다. 나폴레옹이 폭스우드 농장의 필킹턴 씨나 핀치필드 농장의 프레더릭 씨 중 한 사람과 통상협정을 맺을 것이라는 풍문만 꾸준히 나돌았다. 그러나 두 사람과 동시에 통상협정을 맺지는 않을 것이라고 했다.

  바로 이 무렵 돼지들이 돌연 농장 본채를 거처로 삼았다. 동물들은 처음에 농장 본채에서 기거하지 않기로 결의했던 사실이 다시 떠오르는 듯했다. 그러나 이번에도 스퀼러가 나서서 그런 게 아니라고 동물들을 이해시켰다. 스퀼러는 이 농장의 두뇌인 돼지들에게는 머리 쓰는 일에 적합한 조용한 장소가 절대적으로 필요하다고 설명했다. 또한 지도자(근래 그는 나폴레옹에게 '지도자'라는 칭호를 덧붙였다)의 권위로 보아 돼지우리보다는 본채에 사는 것이 더 격에 맞다고 설명했다. 하지만 돼지들이 인간처럼 식당에서 식사를 하고, 응접실을 휴게실로 사용할 뿐만 아니라, 침대에서 잠을 잔다는 말이 돌자 몇몇 동물들이 동요하기 시작했다. 복서는 늘 그랬듯이 "나폴레옹은 항상 옳다!"라는 말로 그냥 넘어가려 했다. 그러나 클로버는 침대에서 자서는 안 된다는 규율이 있었던 것을 분명히 기억하고는 헛간으로 가서 거기에 적힌 일곱 계명을 읽어보려고 애를 썼다. 그러나 자신이 읽을 수 있는 것은 알파벳 한 자씩뿐이라는 것을 깨닫고서 뮤리얼을 데려왔다.

"뮤리얼, 저기 적힌 네번째 계명을 읽어줘요. 침대에서 자면 안 된다는 내용이 있지 않나요?"

뮤리얼은 더듬거리며 그것을 읽었다.

"어떤 동물도 침대에서 '시트를 깔고' 자서는 안 된다고 쓰여 있군요."

정말 이상하게도 클로버는 제4계명에 있었던 시트에 관한 언급을 기억하지 못한 것이다. 하지만 벽에 그렇게 쓰여 있다니 틀림없는 사실이었다. 때마침 개 두세 마리를 대동하고 우연히 이곳을 지나던 스퀼러가 사태의 전모를 가감 없이 설명해주었다.

"그럼 동무들은 이미 들었겠군요." 그가 말문을 열었다. "우리 돼지들이 요즘 본채 침대에서 잔다는 거 말이에요. 그런데 그러면 안 되는 이유가 있나요? '침대'에서 자지 말라는 규칙이 있다고 생각한 건 아니겠지요? 침대란 그저 잠자는 곳일 뿐입니다. 외양간에 널린 짚 더미도 정확히 말하면 침대라고 할 수 있어요. 규율 중에는 인간의 발명품인 '시트'를 금지하는 규율이 있을 뿐이죠. 우리는 본채에 있는 침대에서 시트는 걷어치우고 담요를 깔고 잔답니다. 역시 아주 안락한 침대더군요! 그러나 동무들, 요즈음 우리가 하는 정신노동에 비하면 그 정도의 편안함은 충분치 않아요. 우리한테서 휴식마저 빼앗지는 않을 테죠, 동무들? 너무 피곤해서 우리 의무를 수행하지 못하는 걸 바라지는 않겠죠? 분명히 여러분들 중 누구도 존스가 되돌아오기를 바라지는 않잖아요?"

동물들은 곧바로 절대 그렇지 않다며 스퀼러를 안심시켰고 더 이상 돼지들이 농장 본채 침대에서 자는 것을 두고 뭐라고 하지도 않았다. 그로부터 며칠 후, 이제부터 돼지들은 다른 동물들보다 한 시간 늦게 기상할 것이라는 발표가 있었을 때도 동물들은 그에 대해 아무런 불평을 하지 않았다.

가을에 접어들 즈음 동물들은 몸은 고됐지만 마음은 편했다. 그들은 고생스러운 한 해를 보냈다. 건초와 옥수수를 내다 판 뒤라 겨우살이 식량도 넉넉하지 못했다. 그러나 풍차가 모든 것을 보상해주고도 남았다. 이즈음 공사는 거의 절반쯤 진행된 상황이었다. 수확이 끝난 다음 연일 맑고 건조한 날씨가 계속되었다. 동물들은 전보다 더욱 열심히 일했다. 벽을 한 자라도 더 높일 수 있다면 하루 종일 벽돌을 날라도 그만한 가치가 있다고 생각했다. 복서는 밤에도 나와 가을 달빛을 받으며 홀로 한두 시간씩 일을 더 하곤 했다. 동물들은 틈만 나면 반쯤 완성된 풍차 주위를 빙빙 돌았다. 그리고 수직으로 서 있는 탄탄

한 벽을 보고 감탄하며 자신들이 이처럼 당당한 건물을 지을 수 있다는 것에 자랑스러워했다. 오직 벤저민 영감만이 풍차에 열의를 보이지 않았다. 다만 당나귀는 오래 산다는 수수께끼 같은 말만 할 뿐이었다.

매서운 남서풍을 몰고 11월이 왔다. 날씨가 너무 눅눅해서 시멘트를 섞을 수 없기 때문에 공사를 잠시 중단해야 했다. 그러던 어느 날 밤 강풍이 불어 닥쳐 농장 건물을 흔들었고, 헛간 지붕의 기왓장 몇 개가 날아가버렸다. 암탉들은 잠결에 멀리서 총소리 같은 것을 듣고 동시에 공포에 휩싸여 잠에서 깼다. 아침에 동물들이 우리에서 나와 보니 바람에 게양대가 쓰러져 있고 과수원 아래쪽의 느릅나무가 무처럼 뽑혀 있었다. 이 모습을 보자 절망적인 부르짖음이 모든 동물들의 목구멍에서 한꺼번에 터져 나왔다. 놀라운 광경이 그들 눈앞에 펼쳐져 있었다. 풍차가 무너져버린 것이다.

동물들은 한 덩어리가 되어 그곳으로 달려갔다. 좀처럼 나와서 걸어다니지 않던 나폴레옹이 선두에서 뛰었다. 그랬다, 그들 모두의 투쟁의 결실인 풍차가 토대까지 무너져 있었고, 그렇게 애써서 깨고 운반했던 돌들은 사방으로 흩어져버렸다. 동물들은 아무 말도 하지 못하고 무너진 돌무더기를 비통하게 바라보았다. 나폴레옹은 말없이 이리저리 걸음을 옮기며 가끔 땅에 대고 코를 킁킁거렸다. 뻣뻣해진 꼬리가 좌우로 심하게 씰룩거렸다. 그가 격렬한 정신 활동을 하고 있다는 표시였다. 갑자기 나폴레옹이 결심이라도 한 듯 걸음을 멈추었다.

"동무들," 그는 조용히 입을 열었다. "동무들은 이게 누가 한 짓인지 알겠습니까? 밤중에 침입해 우리 풍차를 무너뜨린 적이 누군지 알겠습니까? 스노볼이오!" 그는 갑자기 천둥이 치듯 목소리를 높였다. "스노볼이 이런 짓을 했단 말입니다! 앙심을 품고 우리의 계획을 망쳐놓고 자기가 당한 치욕적인 추방에 복수를 하려고 그 반역자는 야음을 틈타 이리로 기어들어왔소. 그리고 거의 1년이나 걸려 애써 세운 우리의 풍차를 파괴해버린 것이오. 동무들, 지금 이 자리에서 나는 스노볼에게 사형을 선고하는 바요. 법에 따라 그를 처단하는 동물에게는 누구든 '제2급 동물영웅' 훈장을 수여하고, 사과 15킬로그램을 부상으로 줄 것이오. 생포하는 자에게는 30킬로그램을 주겠소!"

스노볼이 이런 범죄를 저지르다니, 동물들은 이루 말할 수 없는 충격을 받았다. 분노에 찬 고함이 터져 나왔다. 그러고는 만약 스노볼이 돌아온다면 어떻게 잡을 것인지 궁리하기 시작했다. 이와 때를 같이하여 언덕에서 약간 떨어진 풀밭에서 돼지 발자국이 발견되었다. 발자국은 몇 미터 앞 울타리 구멍으로 이어져 있었다. 나폴레옹은 발자국에 코를 가까이 대고 킁킁거리더니 스노볼의 것이 틀림없다고 말했다. 그는 스노볼이 분명 폭스우드 농장 쪽에서 왔다고 했다.

"더 이상 지체하지 맙시다, 동무들!" 나폴레옹이 발자국을 자세히 들여다본 뒤에 외쳤다. "우리에겐 할 일이 있소. 오늘 아침부터 당장 풍차 재건에 착수합시다. 날씨가 흐리거나 맑거나 겨울 내내 공사를 계속합시다. 그 비열한 반역자에게 우리 작업은 그렇게 쉽사리 무너지지 않는다는 것을 가르쳐줍시다. 동무들, 우리 계획에 변경은 없다는 것을 명심하시오. 완성되는 그날까지 어떻게든 풍차 건립을 계속해야 합니다. 동무들, 전진합시다! 풍차 만세! 동물농장 만세!"

7

 혹독한 겨울이었다. 폭풍우가 불고 나면 진눈깨비가 흩날렸고, 단단하게 언 서리는 2월이 되어도 좀처럼 녹지 않았다. 동물들은 외부 세계가 자기들을 주시하고 있으며, 풍차 공사를 예정된 시일 내에 끝내지 못하면 질투심에 찬 인간들이 기뻐 날뛰고 승리감에 젖을 것임을 너무나 잘 알았기에 풍차 재건에 온 힘을 쏟았다.
 인간들은 스노볼이 악의를 품고 풍차를 무너뜨렸다는 사실을 믿지 않았다. 그들은 벽이 너무 약해서 풍차가 쓰러진 것이라고 말했다. 동물들은 그 말이 사실이 아님을 알았지만 이전의 50센티미터 정도였던 풍차 벽을 1미터 정도로 더 두껍게 하기로 결정했다. 이는 그만큼 더 많은 돌을 모아야 한다는 뜻이었다. 채석장에 눈이 쌓여 있어서 한동안 아무 일도 할 수 없었다. 춥고 건조한 날씨에도 공사는 조금 진척

되었지만, 그것은 너무나 가혹한 노동이었다. 동물들은 전처럼 이 일에 희망을 가질 수 없었다. 그들은 늘 추위로 덜덜 떨었으며 언제나 배가 고팠다. 오직 복서와 클로버만이 원기를 잃지 않았다. 스퀼러가 봉사의 즐거움과 노동의 존엄성에 대해 그럴듯한 연설을 했다. 그러나 다른 동물들은 복서의 엄청난 힘과 "내가 좀 더 일하지"라고 하는 변함없는 외침에 더 큰 힘을 얻었다.

1월이 되자 식량이 부족해지기 시작했다. 옥수수 배급이 눈에 띄게 줄었고 그것을 보충하기 위해 감자를 더 배급하겠다는 발표가 있었다. 그러나 흙을 충분히 두껍게 덮어두지 않은 탓에 구덩이 속에 있던 감자가 얼어버렸다. 감자는 물렁물렁해지고 색이 변해서 먹을 수 있는 게 얼마 없었다. 동물들은 겨와 근대만으로 며칠을 나기도 했다. 굶주림이 그들에게 정면으로 덤벼드는 것 같았다.

이런 사정을 외부 세계가 눈치 채지 못하게 감추는 것이 무엇보다 시급했다. 풍차가 붕괴된 사실에 힘을 얻은 인간들이 동물농장에 대한 새로운 거짓말을 지어내기 시작했다. 또다시 동물농장의 모든 동물들이 굶주림과 질병으로 죽어가고 있으며, 자기들끼리 끊임없이 싸워서 서로 잡아먹을 뿐만 아니라 새끼들까지 죽인다는 풍문이 떠돌았다. 나폴레옹은 식량 사정에 대한 진상이 알려지면 나쁜 결과로 이어질 수 있음을 너무도 잘 알고 있었다. 그래서 웜퍼 씨를 이용하여 이와 반대되는 소문을 퍼뜨리기로 했다. 이제까지 동물들은 매주 찾아오는 웜퍼와 거의, 아니 전혀 접촉하지 않았다. 그러나 사태가 이쯤 되자 양들이 대부분인 몇몇 선발된 동물들은, 웜퍼 씨가 듣는 자리에서 우연히 나온 말처럼 식량 배급이 늘었다는 이야기를 하라는 지시를 받았다. 게다가 나폴레옹은 창고의 빈 궤짝들을 모래로 가득 채우고, 그 위에 남은 곡식과 식량을 살짝 덮어두라고 명령했다. 나폴레옹은 적당한 구실을 대며 윔퍼를 헛간으로 데리고 가서 그가 궤짝을 슬쩍 보도록 유도했다. 그는 이 수작에 속아 동물농장은 절대로 식량이 부족하지 않다고 외부 세계에 계속 떠들어댔다.

하지만 1월 말이 되자, 어디서든 곡식을 입수해 오지 않으면 안 된다는 것이 분명해졌다. 그즈음 나폴레옹은 공개 석상에 거의 나타나지 않았는데 문마다 사나운 개들이 지키는 농장 본채에서 온종일 지냈다. 어쩌다가 집 밖으로 나올 때면 무슨 행차라도 하는 듯한 태도였고, 누구든 가까이 다가오기만 하면 바싹 붙어 그를 경호하는 여섯 마리 개들이 으르렁거렸다. 그는 일요일 아침에도 모습을 드러내지 않고 스퀄러를 통해 명령을 전달했다.

어느 일요일 아침, 이제 막 알을 낳기 시작한 암탉들에게 스퀄러는 달걀을 모두 바칠 것을 통보했다. 나폴레옹이 윔퍼를 통해 매주 달걀 400개를 팔겠다는 계약을 맺었기 때문이다. 달걀 판매 수입금이면 형편이 나아지는 여름까지 농장 유지에 필요한 곡식과 식량을 사들일 수 있다고 했다.

이 소식을 듣자 암탉들은 끔찍한 비명을 질러댔다. 일찍이 어떠한 희생이 필요해질 것이라는 통고를 받아온 그들이었지만 실제로 이런 일이 벌어지리라고는 생각하지 못했다. 봄에 병아리를 까려고 이제 막 알을 배 한가득 품으려던 참이었다. 그래서 암탉들은 지금 달걀을 가져가는 것은 살육행위라고 항의했다. 존스가 추방된 이후 처음으로 반란 비슷한 일이 일어났다. 검은색 미노르카종 젊은 암탉 세 마리의 지휘 아래 닭들은 나폴레옹의 요구를 저지하기 위해 단호히 행동했다. 그들이 택한 방법은 서까래로 날아 올라가 거기서 알을 낳고 땅바닥에 떨어뜨려 깨뜨려버리는 것이었다. 그러자 나폴레옹은 신속하고도 무자비하게 대처했다. 암탉의 식량 배급을 중지하도록 명령한 것이다. 그리고 어떤 동물이든 암탉에게 옥수수 한 알이라도 준 자는 사형에 처하겠노라고 선포했다. 개들이 이 명령이 지켜지는지 감시하는 역할을 맡았다. 암탉들은 닷새 동안 버티다가 마침내 굴복하고 닭장으로 돌아왔다. 그러는 사이에 암탉 아홉 마리가 죽었다. 암탉들의 사체는 과수원에 매장되었고 콕시듐증*으로 사망한 것으로 발표가 났다. 윔퍼는 이 사건에 대해 아무것도 듣지 못했으며 달걀은 일주일에 한 번씩 농장에 들르는 잡화상 마차에 꼬박꼬박 실렸다.

이런 와중에도 스노볼은 감감무소식이었다. 그가 폭스우드 농장이나 핀치필드 농장 어느 한 곳에 숨어 있다는 소문이 나돌았다. 이 무렵 나폴레옹과 다른 농장들과의 관계는 예전에 비해 다소나마 개선된 상황이었다. 마침 동물농장 마당에는 10년 전 너도밤나무 숲을 벌목할 때 쌓아놓았던 목재 더미가 있었는데, 아주 잘 건조된 그 나무들을 윔퍼가 팔기를 권했다. 필킹턴과 프레더릭 둘 다 목재를 사고 싶어 했고, 둘 중 누구에게 팔 것인지 나폴레옹은 결정을 못 내리고 망설이고 있었다. 나폴레옹이 프레더릭과 계약을 맺으려고 하면 스노볼이 폭스우드에 숨어 있다는 소문이 돌았고, 필킹턴 쪽으로 기울면 스노볼이 핀치필드에 있다는 말이 들렸다.

---

* 가축류의 장에 기생해 영양장애 등을 일으키는 전염병.

이른 봄, 급작스레 놀라운 사실이 밝혀졌다. 그동안 스노볼이 밤이 면 은밀히 농장을 수없이 들락거렸다는 것이다! 동물들은 너무나 심란해서 도무지 잠을 이룰 수가 없었다. 스노볼은 밤마다 어둠의 장막을 뚫고 기어들어와 갖가지 못된 짓을 저질렀다고 했다. 옥수수를 훔쳐가고, 우유통을 뒤엎고, 달걀을 깨뜨리고, 모판을 짓밟고, 과일나무 껍질을 다 물어뜯어놓았다고 했다. 그 후로 동물들은 일이 잘못되면 모두 스노볼 탓으로 돌리게 되었다. 유리창이 깨져도 수챗구멍이 막혀도 스노볼이 밤에 침입해 그 짓을 한 게 틀림없다고 말했다. 헛간 열쇠를 잃어버렸을 때도 모두들 스노볼이 열쇠를 우물에 던졌다고 믿었다. 정말 묘하게 잃어버렸던 열쇠가 곡식 부대 밑에서 발견되었을 때도 역시 그들은 이것을 스노볼의 소행이라 믿었다. 암소들은 자기들이 자는 동안 스노볼이 우리로 들어와 우유를 짜 갔다고 입을 모아 신고했다. 겨우내 골칫거리였던 쥐들마저 스노볼과 한통속이라는 소문이 나돌았다.

나폴레옹은 스노볼의 행적을 철저히 규명하겠다고 선포했다. 그가 개들을 거느리고 나타나 농장 건물을 돌아다니며 철저히 조사하는 동안 다른 동물들은 경의의 표시로 멀찍이 떨어져 뒤따랐다. 나폴레옹은 몇 발짝마다 걸음을 멈추고는 스노볼의 자취를 찾느라 땅에 코를 대고 킁킁거렸다. 그는 냄새로 흔적을 찾을 수 있다고 말했다. 나폴레옹은 창고, 외양간, 닭장, 채소밭 등 구석구석 냄새를 맡고 돌아다녔고 거의 모든 곳에서 스노볼의 흔적을 발견해냈다. 그는 코를 땅에다 처박고 몇 번 깊은숨을 쉬고는 무시무시한 목소리로 외쳤다. "스노볼! 그놈이 여기 왔었군! 분명히 냄새가 난다!" 스노볼이란 말이 들릴 때마다 개들은 모두 송곳니를 드러내며 소름끼치는 소리로 으르렁거렸다.

동물들은 완전히 겁에 질렸다. 마치 보이지 않는 유령처럼 스노볼이 공기 속에 스며들어 자신들을 갖가지 방법으로 위협하는 것 같았다. 저녁이 되자 스퀼러는 동물들을 모두 불러 모았다. 그러고는 놀란 얼굴로 모종의 중대한 소식을 발표하겠다고 했다.

"동무들!" 스퀼러는 다소 흥분한 듯 펄쩍펄쩍 뛰면서 외쳤다. "믿기지 않는 일이 일어났습니다. 스노볼이 당장이라도 우리를 공격해서 농장을 탈취하려는 핀치필드의 프레더릭에게 자신을 팔아버렸어요! 공격이 개시되면 스노볼이 프레더릭의 안내자 역할을 한다는 겁니다. 그러나 이쯤은 아무것도 아니에요. 우리는 이제까지 스노볼의 배신이 그의 허영심과 야심 때문이라고 생각했습니다. 그런데 잘못된 생각이었습니다, 동무들. 진정한 이유가 무엇인지 알겠습니까? 스노볼은 처음부터 존스와 결탁되어 있었어요! 줄곧 존스의 비밀 정보원이었던 겁니다. 그가 도망칠 때 남겨놓은 문서를 지금 막 발견했습니다. 이것이 모든 것을 말해주고 있습니다. 동무들, 그가 '외양간 전투'에서 어떤 식으로 우리를 패배하게 만들고 멸망시키려 했는지 ― 다행히도 실패했습니다만 ― 직접 보지 않았습니까?"

동물들은 너무 놀라 망연자실했다. 그게 사실이라면 풍차를 파괴한 일보다 훨씬 더 끔찍한 악행이었다. 하지만 동물들이 스퀼러의 설명을 그대로 받아들이는 데는 얼마간 시간이 필요했다. 동물들은 모두 스노볼이 '외양간 전투'에서 선두에 서서 어떻게 싸웠는지, 힘든 고비마다 어떻게 동물들을 규합하여 고무시켰는지, 존스의 총알에 맞아

등에 상처가 났던 순간에도 망설임 없이 어떻게 투쟁했는지를 기억했다. 혹은 적어도 기억한다고 생각했다. 처음부터 스노볼이 존스 편이었다면 그 용감한 행동은 어떻게 생각해야 하는지 이해할 수 없었다. 거의 의심이라고는 모르는 복서조차 당혹스러워했다. 그는 앞다리를 꿇고 앉아 눈을 감았다. 그러고는 생각을 정리하려고 안간힘을 썼다.

"난 믿을 수 없소." 복서가 입을 열었다. "스노볼은 '외양간 전투'에서 용감무쌍하게 싸웠소. 내 두 눈으로 똑똑히 보았소. 그 전투 직후 우리 손으로 그에게 '제1급 동물영웅' 훈장을 수여하지 않았던가요?"

"그건 실수였습니다, 동무. 최근에서야 스노볼이 우리를 파멸로 이끌려 했다는 사실을 알았기 때문이지요. 우리가 찾아낸 비밀문서에 그 모든 내용이 적혀 있습니다."

"하지만 부상을 당했잖소?" 복서가 다시 말했다. "스노볼이 피를 흘리면서 달리는 걸 우리 모두가 보았단 말이오." 그러자 스퀼러가 외쳤다. "존스의 총알이 그저 슬쩍 스치기만 한 것이지요. 동무들이 읽을 수만 있다면 스노볼이 직접 쓴 이 문서를 보여줄 수 있습니다. 위급한 순간에 스노볼은 도망가라는 신호를 함으로써 우리를 적에게 넘겨주려는 것이 그의 음모였어요. 그리고 거의 성공할 뻔했습니다. 감히 말하겠는데 동무들, 우리의 영웅 나폴레옹 지도자 동무만 아니었던들 스노볼은 성공했을 것입니다. 존스와 일꾼들이 마당 안으로 들어오던 바로 그 순간, 스노볼이 돌연 방향을 바꿔 줄행랑을 치니 많은 동물들이 그 뒤를 따라갔던 걸 동무들은 기억하고 있지 않습니까? 그리고 공포에 휩싸여 모두 얼이 빠져 있던 바로 그때, 나폴레옹 동무가 '인간을 죽여라!' 하고 외치며 돌진해 존스의 다리를 이빨로 물어뜯었던 것도 여러분은 기억하고 있지 않습니까? 동무들, '그것을' 분명히 기억하죠?" 스퀼러는 이리저리 깡충깡충 뛰면서 소리를 질렀다.

스퀼러가 그 장면을 이토록 생생하게 묘사하자 동물들은 정말 그런 일이 있었던 것 같았다. 어찌 되었든 전투의 가장 위급했던 순간에 스노볼이 몸을 돌려 도망치던 모습을 그들은 분명히 기억했다. 그러나 복서는 여전히 수긍할 수 없다는 표정이었다.

"나는 스노볼이 처음부터 반역자였다고는 생각하지 않소." 그는 마침내 말했다. "그가 나중에 한 일은 별개의 문제요. '외양간 전투'에서 스노볼은 훌륭한 전우였소."

스퀼러는 아주 천천히, 그러나 단호한 목소리로 복서의 말을 받았다. "우리의 지도자 나폴레옹 동무는, 단언하건대—동무들, 단언하건대 말이오—스노볼이 처음부터, 그렇소, 반란을 구상하기 훨씬 오래 전부터 존스의 정보원이었다고 말씀하셨소."

"아, 그렇다면 얘기가 다르죠!" 복서가 말했다. "나폴레옹 동무가 그렇게 말했다면 그게 옳겠군요."

"그게 올바른 정신이오, 동무!" 스퀼러가 외쳤다. 그러나 그 작고 반짝거리는 눈은 복서를 아주 험상궂게 노려보고 있었다. 그는 돌아서서 가려다 걸음을 멈추고 인상적인 말을 덧붙였다. "난 이 농장의 모든 동물에게 언제나 눈을 크게 뜨고 있으라고 충고하고 싶습니다. 스노볼의 비밀 정보원 몇 명이 지금 이 순간에도 우리 중에 숨어 있다고 생각할 만한 근거가 있으니까요!"

그로부터 나흘이 지난 늦은 오후, 나폴레옹은 동물들에게 마당으로 집합하라고 명령했다. 모두 모이자 나폴레옹은 훈장 두 개를 달고(얼마 전 그는 자신에게 '제1급 동물영웅'과 '제2급 동물영웅' 훈장을 수여했다) 농장 본채에서 나왔다. 덩치 큰 개 아홉 마리가 나폴레옹 주위를 이리저리 뛰어다니면서 등골이 오싹하도록 으르렁거렸다. 무언가 무시무시한 일이 벌어지리라는 것을 예감이라도 하듯 동물들 모두 겁에 질려 자리에 조용히 웅크리고 앉아 있었다.

　나폴레옹은 살벌한 눈빛으로 동물들을 훑어보더니 높고 날카로운 소리를 질렀다. 즉시 개들이 앞으로 뛰쳐나와 돼지 네 마리의 귀를 물어 나폴레옹 앞으로 끌어냈다. 귀에서 피를 흘리며 그들은 고통과 공포에 싸여 비명을 질렀다. 피 맛을 본 개들은 한동안 아주 미친 듯이 날뛰었다. 그런데 개들 중 세 마리가 복서에게 덤벼드는 모습을 보고 모두들 깜짝 놀랐다. 개들이 덤비자 복서는 큼직한 앞발굽을 들어 달려드는 개 한 마리를 공중에서 낚아채 땅바닥에 내동댕이쳐 짓눌렀다. 개는 처참하게 살려달라는 비명을 질렀고 다른 개 두 마리는 꼬리를 뒷다리 사이에 끼우고는 도망쳐버렸다. 복서는 개를 밟아 죽여버릴지 살려둘지 고민하다가 나폴레옹에게 어떻게 해야 할지 묻는 듯이 그를 보았다. 나폴레옹은 안색이 바뀌더니 복서에게 개를 놓아주라고 날카로운 소리로 명령했다. 복서가 다리를 들어 올리자 상처를 입은 개는 피를 흘리고 낑낑대며 슬금슬금 달아났다.

　이윽고 소란이 가라앉았다. 네 마리 돼지들은 부들부들 떨면서 서 있었는데, 그들의 표정 하나하나에 유죄라고 쓰여 있는 듯했다. 나폴레옹은 돼지들에게 죄를 자백하라고 명령했다. 그들은 나폴레옹이 일요일 회합을 중단했을 때 항의하고 나섰던 바로 그 네 마리 돼지들이었다. 따로 추궁하지도 않았는데 그들은 스스로 이렇게 자백했다. 스노볼이 추방당한 이후 비밀리에 그와 접촉해왔으며, 그와 공모하여 풍차를 부쉈고, 동물농장을 프레더릭 씨에게 넘겨주기로 했다는 말이었다. 덧붙여 스노볼이 지난 몇 년 동안 존스의 비밀 정보원이었음을 자신들에게 슬며시 자백했었다는 말도 했다. 자백을 마치자마자 개들이 잽싸게 달려와 그들의 목을 물어뜯었다. 나폴레옹은 무시무시한 목소리로 다른 동물들은 털어놓을 것이 없느냐고 다그쳤다.
 그러자 달걀 문제로 반란을 주도했던 암탉 세 마리가 나폴레옹 앞으로 나왔다. 그리고 꿈에 스노볼이 나타나 나폴레옹의 명령에 복종하지 말라고 했다는 진술이었다. 그들 역시 처형당했다. 그다음 거위 한 마리가 앞으로 나와 지난해 수확기에 옥수수 여섯 알을 숨겨두었다가 밤에 몰래 먹었다고 자백했다. 다음에는 양 한 마리가 스노볼의 선동으로 식수 웅덩이에 오줌을 눴다고 털어놓았다. 그러자 이번에는 다른 양 두 마리가 나오더니, 나폴레옹의 충실한 추종자인 늙은 숫양이 감기에 걸려 고생하고 있을 때 모닥불 주위로 뱅뱅 몰아 그를 죽여버렸다고 자백했다. 이들은 모두 그 자리에서 처형되었다. 이런 식으로 자백과 처형이 계속되었다. 마침내 나폴레옹의 발 앞에는 사체가 산더미처럼 쌓였고, 공기는 피비린내를 머금어 묵직해졌다. 존스가 추방된 이래 맡아보지 못했던 피비린내였다.
 이 모든 일이 끝나자 돼지와 개들만 남고 나머지 동물들은 모두 한 덩어리가 되어 슬금슬금 물러갔다. 몸은 떨렸고, 마음은 침통했다. 그들은 스노볼과 공모했던 동물들의 반역이 더 충격적인지, 방금 그들이 목격한 잔인한 처벌이 더 충격적인지 알 수 없었다. 옛날 존스 시절에도 이 못지않은 무서운 유혈 광경이 이따금 벌어졌었다. 그러나 오늘 일은 동물들 사이에서 벌어진 것이기에 훨씬 더 끔찍했다. 농장에서 존스가 쫓겨난 이래 오늘날까지 어떤 동물도 다른 동물의 생명을 빼앗은 적은 없었다. 쥐 한 마리조차 죽인 적이 없었다. 그들은 반쯤 완성된 풍차가 서 있는 둔덕으로 몰려가, 온기를 찾아 모두가 엉키듯 한 덩어리가 되어 둘러앉았다. 나폴레옹이 동물들에게 집합하라고 명령하기 바로 직전에 사라진 고양이만 빼고는 클로버, 뮤리얼, 벤저민, 암소들, 양들, 거위와 암탉 들 모두가 모였다. 한동안 아무도 말이 없었다. 복서는 혼자 서 있었다. 그는 기다란 검은 꼬리로 옆구리를 치며 가끔 놀랍다는 듯 조그맣게 한숨을 내쉬더니 가만히 있지 못하고 이리저리 서성거렸다. 마침내 복서가 입을 열었다.

"나는 이해를 못하겠습니다. 이런 일이 우리 농장에서 벌어지리라고는 상상도 못했단 말이지요. 우리가 뭔가 잘못한 탓이겠지요. 내가 생각하기에 해결책이란 그저 열심히 일하는 것뿐입니다. 이제부터 나는 아침에 한 시간 더 일찍 일어날 겁니다."

그리고 나서 그는 뚜벅뚜벅 육중한 발걸음으로 채석장을 향했다. 거기서 밤이 되어 일을 못할 때까지 계속해서 두 수레분의 돌무더기를 모아 풍차 쪽으로 날랐다.

동물들은 말없이 클로버 주위에 모여 앉았다. 그들이 앉아 있는 둔덕에서는 마을이 훤히 내려다보였다. 동물농장도 한눈에 들어왔다. 큰길을 향해 기다랗게 뻗은 목장이며, 목초지, 덤불숲, 식수 웅덩이, 초록빛으로 갓 싹튼 무성한 밀밭, 굴뚝에서 모락모락 연기가 피어오르는 농장의 붉은 지붕들. 쾌청한 봄날 저녁이었다. 풀밭과 우거진 산울타리가 저녁 햇살을 받아 황금빛으로 빛났다. 동물들에게 농장이 이처럼 멋진 곳으로 보인 적은 없었다. 동물들은 이곳이 그들 자신의 농장이고, 땅 한 뼘까지도 모두 자신들의 소유라는 생각이 들자 경이감 비슷한 감정을 느꼈다. 언덕 아래를 내려다보던 클로버의 눈에 눈물이 그득 고였다. 만약 그녀가 자기 생각을 말할 수 있었다면, 여러 해 전에 그들이 인간을 전복시키려는 행동에 착수했을 때 목표로 했던 것은 결코 이런 게 아니었다고 말했을 것이다. 이런 공포와 학살의 장면은 메이저 영감이 처음 그들에게 반란을 일으키라고 선동하던 날 밤에는 전혀 예상치 못한 것이었다. 그녀 나름의 꿈은 이런 것이었다. 모두가 굶주림과 채찍에서 해방되고, 모두가 평등하고, 모두가 자기 능력에 따라 노동을 하는 사회, 메이저의 연설이 있던 날 밤 그녀가 다리를 오므려 새끼 오리들을 감싸 보호해주었듯 강자가 약자를 보호하는 그런 동물 사회였다. 그런데 이와는 반대로―그녀는 왜 사태가 이렇게까지 됐는지 알 수 없었다―아무도 감히 속에 든 이야기를 하지 못하고, 사납게 으르렁거리는 개들이 사방을 휩쓸고 다닐 뿐만 아니라, 친구들이 충격적인 범죄 사실을 자백한 후 조각조각 찢겨 죽는 참상을 목격해야 하는 그런 때가 온 것이었다. 실상 그녀의 마음속에 반란이라든가 불복종이란 있을 수 없었다. 비록 사태가 이렇게 되었을망정 존스 시절보다는 지내기가 훨씬 좋아졌으니 무엇보다도 인간들이 다시 돌아오는 것은 막아야 한다고 생각했다. 무슨 일이 일어나든 여전히 그녀는 충성스럽게 최선을 다해 일할 것이다. 그리고 자신에게 떨어진 명령을 수행하며 나폴레옹의 통치를 받아들일 것이다. 그렇지만 그녀를 비롯한 다른 동물들이 이런 것을 위해서 꿈꾸며 애써온 건 결코 아니었다. 그들이 풍차를 건립하는 것도, 존스의 총탄에 맞서 싸웠던 것도 진정 이런 것을 위해서는 아니었다. 그녀는 말로 표현하지는 못했지만 대충 이런 생각을 했다.

마침내 그녀는 말로 표현할 수 없는 이 생각을 달리 나타내려는 듯 〈영국의 동물들〉을 부르기 시작했다. 그녀 주위에 앉았던 동물들도 모두 따라 불렀다. 그들은 멋진 가락으로, 그러나 전과는 아주 다른 슬픈 목소리로 천천히 노래를 세 번이나 불렀다.

동물들이 막 세번째 노래를 끝냈을 때 개 두 마리를 대동한 스퀼러가 무엇인가 중요한 할 말이 있다는 표정으로 그들에게 다가왔다. 그는 나폴레옹 동무의 특별 훈령에 따라 〈영국의 동물들〉이 금지되었다고 말했다. 이제부터는 그 노래를 부르는 것을 금한다는 이야기였다.

동물들은 깜짝 놀랐다.

"왜 그러죠?" 뮤리얼이 다급히 물었다.

"그 노래는 이제 필요 없게 되었소, 동무." 스퀼러가 굳은 얼굴로 말했다. "〈영국의 동물들〉은 반란의 노래입니다. 그러나 반란은 이제 완수되었지요. 오늘 오후에 있었던 반역자 처형이 그 마지막 행동이었어요. 이제 안팎의 모든 적을 물리쳤습니다. 우리는 〈영국의 동물들〉에서 다가올 미래에 이룰 더 좋은 사회에 대한 동경을 표현했습니다. 그러나 이제는 그 사회가 이루어졌단 말입니다. 그러니 분명히 이 노래는 더 이상 아무런 목적이 없는 것이지요."

비록 두려웠지만 몇몇 동물들은 도저히 항의하지 않고는 참을 수가 없는 모양이었다. 그러나 그 순간 양들이 늘 그렇듯 "네 발은 좋고, 두 발은 나쁘다"를 외쳐대기 시작했다. 그들은 수 분간 계속 외쳐댔고 토론은 결국 막혀버렸다.

그날 이후 〈영국의 동물들〉은 더 이상 동물농장에서 들리지 않았다. 그 대신 시를 쓰는 돼지 미니무스가 다른 노래를 작곡했다. 그 노래는

    동물농장, 동물농장
    나를 따르면 그대에게 해를 입히지 않으리니!

로 시작되었다. 이 노래는 매주 일요일 아침마다 깃발을 게양한 뒤에 제창되었다. 그러나 동물들에게는 그 가사나 곡조가 아무래도 〈영국의 동물들〉만 못한 것 같았다.

8

며칠 후 처형이 몰고 왔던 공포가 어느 정도 가라앉자, 몇몇 동물들은 제6계명인 "어떤 동물도 다른 동물을 죽여서는 안 된다"를 기억해 냈다. 아니, 기억하고 있는 듯한 생각이 들었다. 돼지나 개들이 듣는 데서 이 말을 꺼내지는 않았지만, 그들은 얼마 전에 일어난 살육행위가 이 계명을 깨뜨린 것이나 다름없다고 생각했다. 클로버는 벤저민에게 제6계명을 읽어달라고 청했다. 그러나 벤저민은 늘 그렇듯이 이런 일에 끼어들기를 거절했으므로 대신 뮤리얼을 데리고 갔다. 뮤리얼은 그녀에게 계명을 읽어주었다. 계명은 "어떤 동물도 '이유 없이' 다른 동물을 죽여서는 안 된다"였다. 어떻게 된 일인지 '이유 없이'라는 단어가 동물들의 기억에는 없었다. 하지만 그제야 동물들은 그 계명이 위배되지 않았다는 것을 알았다. 왜냐하면 스노볼과 결탁했던 반역자들은 죽일 만한 정당한 이유가 분명히 있었기 때문이다.

그해 내내 동물들은 전해보다 훨씬 더 열심히 일했다. 이전에 세웠던 것보다 벽이 두 배나 두꺼운 풍차를 재건하는 데는, 더구나 일상적인 농장 일을 하면서 예정된 날짜까지 완공하는 데는 어마어마한 노동력이 필요했다. 존스 시절보다 더 많은 시간을 일하면서도 먹는 것은 조금도 나아진 게 없다는 생각이 들 때도 많았다. 일요일 아침이면 스퀼러는 기다란 종이를 앞발로 받쳐 들고는 각종 식량 생산이 경우에 따라 200, 300 혹은 500퍼센트까지 증가했다는 것을 입증하는 통계 수치를 낭독하곤 했다. 동물들은 반란 전의 상태가 어떠했는지 정확히 기억하지 못했기 때문에 스퀼러의 말을 믿지 않을 이유가 없었다. 그럼에도 동물들은 그런 통계 수치는 줄어들어도 좋으니 식량이나 많아졌으면 하고 바라는 날이 많았다.

모든 명령은 스퀼러나 다른 돼지들을 통해 발표되었다. 나폴레옹 자신은 공개 석상에 2주일에 한 번 모습을 보일까 말까였다. 간혹 모습을 드러낼 때는 반드시 수행하는 개들과 검은 수탉을 대동했다. 이 젊은 수탉은 나폴레옹 앞에서 종종거리며 그가 연설을 하기 전에 큰 소리로 "꼬끼오 꼭" 하고 외쳐 나팔수 노릇을 했다. 농장 본채에서조차 나폴레옹은 다른 돼지들과 다른 방을 쓴다는 이야기가 떠돌았다. 그는 두 마리 개가 호위하는 가운데 혼자서 식사를 했으며, 응접실 유리 찬장에 있는 크라운 더비 자기*를 사용한다고 했다. 다른 두 기념일과 마찬가지로 나폴레옹의 생일에도 축포를 쏠 것이라는 발표가 또

---

* 영국 더비 산(産) 고급 자기. 왕실의 인가를 받았다는 표식으로 왕관(크라운) 마크가 들어 있다.

있었다.

나폴레옹은 이제 단순히 나폴레옹이라고만 불리지 않았다. 그에 대한 호칭은 공식적으로 '우리의 지도자 나폴레옹 동무'였다. 돼지들은 그에게 '모든 동물의 아버지'니 '인간들에게는 공포의 대상' '양떼의 보호자' '새끼 오리의 친구' 등등과 같은 명칭을 만들어 붙이기를 좋아했다. 스퀼러는 나폴레옹의 지혜라든가 그의 따스한 마음씨, 그리고 다른 곳에서 살고 있는 모든 동물들, 특히 아직도 다른 농장에서 무지하게 노예처럼 예속되어 살아가는 불행한 동물들에 대해 나폴레옹이 품고 있는 깊은 애정을 이야기할 때면 두 뺨에 눈물을 줄줄 흘리기까지 했다. 성공적인 실적이나 온갖 행운들은 나폴레옹의 공로로 돌리는 것이 통례가 되다시피 했다. 이를테면 한 암탉이 다른 암탉에게 "우리의 지도자 나폴레옹 동무의 지도로 난 엿새 동안 알을 다섯 개나 낳았어"라고 한다거나 암소 두 마리가 샘에서 시원스레 물을 마시며 "나폴레옹 동무의 영도력에 감사해야 해. 이 물이 얼마나 맛있는지 말이야"라고 외치는 소리를 흔히 들을 수 있었다. 전반적인 농장 분위기는 미니무스가 지은 〈나폴레옹 동무〉라는 시에 잘 표현되었는데, 그 내용은 다음과 같았다.

    아버지 없는 자들의 친구!
    행복의 샘이여!
    먹이통의 주님이여!
    오, 내 영혼은
    그대의 침착하고 위풍당당한 눈을

바라볼 때 불타오르나니
하늘의 태양 같은
나폴레옹 동무여!

그대는 그대의 모든 동물들이 좋아하는
그 모든 것을 주는 자
하루 두 번 배를 불리고
깨끗한 밀짚에 뒹굴게 하여
크고 작은 모든 짐승들이
그 우리 속에 평화스레 잠잔다
우리의 모든 걸 돌봐주시는
나폴레옹 동무여!

내 새끼가 태어나면
1파인트들이 병이나 국수방망이만큼
크게 자라기도 전에
그대에게 충성하고
진실해지는 법을 배우리라
그렇다, 아이가 외칠 첫울음은
'나폴레옹 동무여!' 일지니

나폴레옹은 이 시가 마음에 드는지 일곱 계명이 적힌 큰 헛간 벽의 맞은편 끝에 써놓도록 했다. 그 시 위에는 스퀼러가 흰 페인트로 나폴레옹의 초상화를 그려놓았다.

이러는 동안 나폴레옹은 윔퍼의 알선으로 프레더릭과 필킹턴을 상대로 복잡한 교섭을 벌이고 있었다. 목재 더미는 아직 팔리지 않은 채 마당에 쌓여 있었다. 두 사람 중 프레더릭이 목재를 사려고 더 열을 올렸다. 그러나 그는 합당한 가격을 지불하려 들지 않았다. 게다가 프레더릭과 그의 일꾼들이 동물농장에 침입해 풍차를 때려 부술 음모를 꾸미고 있다는 새로운 소문이 떠돌았다. 이 풍차 건물이 그에게 불같은 분노를 불러일으켰던 것이다. 스노볼은 여전히 핀치필드 농장에 숨어 지내는 것으로 알려졌다. 한여름에 접어들었을 즈음 암탉 세 마리가 앞으로 나와서 스노볼의 선동으로 나폴레옹을 살해할 음모에 가담했었다고 자백하는 소리를 듣고 동물들은 기절초풍했다. 그들은 즉각 처형되었고 나폴레옹의 안전을 위한 새로운 대비책이 만들어졌다. 밤이면 개 네 마리가 침대 네 모서리에서 그를 지켰고, 핑크아이라는 어린 돼지가 혹시나 음식에 독이라도 들었는지 나폴레옹이 먹기 전에 모든 음식을 미리 맛보는 책임을 맡게 되었다.

바로 이 무렵에 나폴레옹이 목재 더미를 필킹턴 씨에게 팔기로 했다는 소문이 파다하게 퍼졌다. 그는 또한 동물농장과 폭스우드 농장 간에 특정 생산품을 교환하는 계약을 정식으로 체결하려 하고 있었다. 윔퍼를 통해서이긴 했지만 나폴레옹과 필킹턴의 관계는 거의 우호적인 수준으로 변해가고 있었다. 동물들은 인간이란 이유로 필킹턴을 불신했다. 그러나 그들이 두려워하고 미워하는 프레더릭보다는 확실히 그를 더 좋아했다. 여름이 한발 물러가고 풍차가 거의 완성될 즈음, 반역자들의 공격이 임박했다는 소문이 더욱 거세게 일어났다. 프레더릭이 총으로 무장한 장정 스무 명을 이끌고 동물들을 공격할 계획이며, 동물농장의 부동산 권리증서만 수중에 넣는다면 아무런 문책도 받지 않도록 이미 지사와 경찰을 매수했다는 이야기였다. 더욱이 프레더릭이 자기 동물들에게 가혹한 짓을 저지르고 있다는 무시무시한 소문이 핀치필드 농장에서 새어 나왔다. 늙은 말을 채찍질해 죽였으며, 암소는 굶겨 죽였고, 개는 아궁이에 집어던져 죽였으며, 저녁이면 발톱에 면도날 조각을 붙인 수탉끼리 싸우게 하는 데 재미를 붙였다는 등의 소문이었다. 동물들은 같은 동물들에게 가해지는 이런 만행을 대할 때마다 분노로 온몸의 피가 끓어올랐다. 그래서 때로는 일치단결하여 핀치필드 농장을 공격해서 인간들을 몰아내고 동물들을 해방시켜주자고 아우성을 쳤다. 그러자 스퀄러는 경솔한 행동은 피하고 나폴레옹 동무의 전략을 믿으라고 그들을 타일렀다.

그럼에도 프레더릭에 대한 동물들의 반감은 더욱 고조되었다. 어느 일요일 아침, 나폴레옹은 헛간에 나타나 프레더릭에게 목재 더미를 팔 생각을 해본 적은 결코 한 번도 없었다고 해명했다. 그런 악당과 거래를 하는 건 체면을 떨어뜨리는 짓이라고도 말했다. 반란 소식을 퍼뜨리기 위해 여지껏 외부에 파견되었던 비둘기들도 폭스우드 농장에는 아예 발도 들이지 말라는 명령을 받았다. 비둘기들은 또 전에 내걸었던 '인간을 죽여라!'라는 슬로건을 '프레더릭을 죽여라!'로 바꾸라는 명령도 받았다. 늦여름이 되자 스노볼의 또 다른 음모가 드러났다. 밀밭은 잡초 투성이였는데 알고 보니 이는 스노볼이 밤에 몰래 들어와서 밀 종자에다 잡초씨를 섞어놓았기 때문이라는 사실이 밝혀졌다. 이 음모에 가담하여 스노볼과 내통한 수거위 한 마리가 스퀄러에게 자신의 죄를 자백한 후 그 자리에서 벨라도나 독초 열매를 먹고 자살했다. 동물들은 이즈음에 이르러서 스노볼이 '제1급 동물영웅' 훈장을 받은—많은 동물들은 지금까지 그렇게 믿어왔지만—적이 없다는 것을 알게 되었다. 이 이야기는 '외양간 전투'가 있은 지 얼마 후 스노볼 자신이 퍼뜨린 헛소문에 불과했다. 훈장은커녕 스노볼은 전투에서 비겁한 행동을 보여 견책을 받았다는 것이었다. 몇몇 동물들은 이 이야기를 듣고 다시 한 번 어떤 당혹감을 느꼈다. 그러나 스퀼러는 그들이 잘못 기억하는 것이라고 이내 설득할 수 있었다.

가을이 되자 전심전력을 다한 엄청난 노력 끝에—이와 거의 비슷한 시기에 곡식을 거두어들여야 했기 때문이다—풍차가 완공되었다. 이제는 기계를 설치할 일만 남았다. 윔퍼가 기계 구입을 교섭하는 중이었지만 아무튼 건물 뼈대만은 완성되었다. 경험도 없이 원시적인 도구를 사용해서, 게다가 불운과 스노볼의 배신 등 갖가지 난관에 부닥쳤음에도 굴하지 않고 예정된 바로 그날에 정확히 작업을 끝냈던 것이다. 동물들은 피로에 찌들었지만 자부심에 가득 차 자기들이 만든 걸작품 주위를 빙빙 돌았다. 그들 눈에는 처음 세워졌던 풍차보다 지금 풍차가 훨씬 아름답게 보였다. 더구나 벽은 먼저 세웠던 풍차보다 두 배나 두꺼웠다. 이제는 폭탄을 쓴다면 몰라도 다른 어떤 것으로도 이 벽을 무너뜨릴 수는 없으리라! 얼마나 많은 수고를 했으며, 그 숱한 좌절은 또 어떻게 극복했던가. 동물들은 풍차의 날개가 돌아 발전기가 가동되면 자신들의 생활에 얼마나 큰 변화가 올지를 생각하자 피로도 말끔히 씻기는 듯했다. 그들은 풍차 주위를 빙빙 돌면서 승리의 함성을 질렀다. 나폴레옹도 몸소 개들과 수탉을 데리고 완성된 풍차를 시찰하러 내려왔다. 그는 동물들의 노고를 치하하면서 이 풍차를 '나폴레옹 풍차'라 명명한다고 발표했다.

이틀이 지난 후 동물들은 헛간에서 특별 회합이 있으니 모두 모이라는 지시를 받았다. 나폴레옹이 목재 더미를 프레더릭에게 팔기로 했다고 발표하자 동물들은 모두 깜짝 놀라 입을 다물지 못했다. 다음 날 프레더릭의 마차가 와서 목재를 실어 간다고 했다. 겉으로는 필킹턴과 우호적인 관계를 맺는 척하면서 사실 그 기간 동안 비밀리에 프레더릭과 협상을 벌이고 있었던 것이다.

그날로 폭스우드 농장과의 관계는 완전히 끊어졌고 필킹턴에게는 굴욕적인 메시지가 전달되었다. 비둘기들은 이번에는 핀치필드 농장에 얼씬도 하지 말고, 슬로건도 '프레더릭을 죽여라!'에서 '필킹턴을 죽여라!'로 바꾸라는 명령을 받았다. 이와 동시에 나폴레옹은 동물농장에 대한 공격이 임박했다는 소문은 전혀 사실이 아니며, 나아가 프레더릭이 자기 농장 동물들에게 잔혹한 짓을 한다는 이야기도 상당히 과장된 것이라고 동물들에게 설명했다. 덧붙여 아마 이 모든 풍문들은 스노볼과 그의 정보원들이 퍼뜨렸을 것이라고도 했다. 어쨌든 그쯤 되어 스노볼은 핀치필드 농장에 숨어 있지 않다는 사실이 다시 밝혀졌다. 그는—전하는 말로는 비교적 호화스럽게—폭스우드 농장에서 살고 있는데, 사실 지난 수년 동안 필킹턴의 심부름꾼으로 지내왔다는 것이었다.

돼지들은 나폴레옹의 교묘한 책략에 넋을 잃고 환호했다. 나폴레옹은 필킹턴과 친한 척함으로써 프레더릭이 목재 가격을 12파운드나 더 올리도록 만들었다. 스퀼러는 나폴레옹이 아무도, 심지어 프레더릭조차 믿지 않는다는 사실에서 그의 탁월한 성품을 엿볼 수 있다고 말했다. 프레더릭은 종이쪼가리에다가 지불을 약속한다고 끄적거린, 소위 수표라는 것으로 목재 대금을 지불하려고 했다. 하지만 그런 얕은 수작에 넘어갈 나폴레옹이 아니었다. 그는 목재를 실어 가기 전에 5파운드짜리 지폐로 먼저 돈을 지불할 것을 요구했다. 그렇게 해서 프레더릭은 이제 지불을 끝냈고, 그 돈이면 풍차에 쓸 기계를 구입하기에 충분한 액수였다.

그동안 목재는 신속히 실려 나갔다. 일이 모두 끝나자 프레더릭이 지불한 지폐를 동물들에게 보여주기 위해 또 한 번 헛간에서 특별 회합이 열렸다. 나폴레옹은 더없이 흐뭇한 미소를 띠고 훈장 두 개를 번쩍이면서 연단 위 밀짚 침대에 자리를 잡고 앉았다. 옆에는 농장 본채 부엌에서 가져온 도자기 접시가 있었고 그 위에 지폐가 가지런히 쌓여 있었다. 동물들은 줄을 지어 천천히 발걸음을 옮겨 그 앞을 지나가며 지폐를 실컷 들여다보았다. 복서는 코를 갖다 대고서 킁킁거리며 지폐 냄새를 맡았는데 콧김에 얇은 흰 종이쪽이 살랑살랑 나풀거렸다.

그로부터 사흘 뒤에 무시무시한 소동이 벌어졌다. 얼굴이 사색이 된 윔퍼가 자전거를 타고 샛길을 달려와서는 자전거를 마당에 내동댕이치고 곧바로 농장 본채로 뛰어들어갔다. 다음 순간 숨이 막힐 듯한 분노의 고함 소리가 나폴레옹의 방에서 터져 나왔다. 소식은 삽시간에 농장 전체로 퍼졌다. 프레더릭이 지불한 돈이 위조지폐라니, 그렇다면 프레더릭은 공짜로 목재를 가져간 것이 아닌가!

나폴레옹은 즉시 동물들을 소집하여 매서운 목소리로 프레더릭에게 사형선고를 내렸다. 프레더릭이 체포되면 산 채로 끓는 물에 던져

죽이겠다고 말했다. 동시에 이런 배신행위에 뒤따르는 최악의 사태를 예상해야 한다면서 동물들의 경각심을 높였다. 프레더릭과 일꾼들이 언젠가는 장기전으로 예상되는 공격을 해올지도 모를 일이었다. 나폴레옹은 농장으로 접근할 수 있는 곳곳에 보초를 세웠다. 이 조치에 덧붙여 비둘기들은 필킹턴과 우호 관계를 회복하기를 희망한다는 화해 메시지를 가지고 폭스우드 농장으로 파견되었다.

바로 다음 날 아침, 동물농장은 습격을 받았다. 동물들이 아침 식사를 하고 있을 때 파수꾼이 뛰어와 프레더릭과 그의 추종자들이 벌써 빗장이 다섯 개 달린 문을 통과했다고 보고했다. 동물들은 용감무쌍하게 출격하여 적에게 맞섰으나 이번에는 '외양간 전투' 때처럼 쉽사리 승리를 거두지 못했다. 적은 열다섯 명이었고, 그중에 총을 가진 자는 여섯 명이나 되었다. 그들은 동물들이 50미터 이내에 들어오자 사격을 개시했다. 동물들은 무시무시한 폭음과 번개처럼 날아오는 총알을 감당해낼 수가 없었다. 나폴레옹과 복서가 동물들을 규합하려 애썼지만 얼마 지나지 않아 모두들 사방으로 달아났다. 상당수가 이미 부상을 입은 상태였다. 동물들은 농장 건물로 피신하여 벽 틈이나 나무 옹이구멍으로 조심스레 밖을 내다보았다. 풍차를 포함한 목장 전체가 적의 수중에 들어가 있었다. 한동안 나폴레옹조차 어쩔 줄 모르는 표정이었다. 그는 꼬리를 폈다 꼬았다 하면서 말없이 이리저리 왔다갔다했다. 동물들은 구원의 손길을 기다리는 듯한 시선으로 폭스우드 농장 쪽을 바라보았다. 필킹턴과 일꾼들이 도와준다면 이 전투를 승리로 이끌 수 있을 것 같았다. 그러나 바로 그 순간 전날 파견했던 비둘기 네 마리가 돌아왔다. 그중 한 마리가 필킹턴이 보낸 종이쪽지를 물고 있었다. 거기에는 연필로 '거, 꼴좋다'라고 적혀 있었다.

그러는 사이 프레더릭과 일꾼들이 풍차 근처에 멈춰 섰다. 동물들은 그들을 지켜보다가 절망에 찬 탄식 소리를 냈다. 프레더릭의 일꾼 중 두 사람이 쇠지레와 큰 망치를 꺼내 든 것이었다. 풍차를 때려 부술 모양이었다.

"그렇게는 안 될걸!" 나폴레옹이 외쳤다. "저럴 줄 알고 벽을 두껍게 만들었지. 일주일이 걸려도 못 부술 거야. 자, 용기를 냅시다! 동무들!"

그러나 벤저민은 줄곧 그자들의 동작을 유심히 지켜보고 있었다. 망치와 쇠지레를 든 두 사람이 풍차 밑동 가까이에 구멍을 뚫고 있었다. 벤저민은 천천히, 거의 유쾌하다는 표정을 지으며 긴 콧등을 끄덕였다.

"내 그럴 줄 알았지." 그가 입을 열었다. "저들이 뭘 하고 있는지 모르겠소? 잠시 후면 저들은 저 구멍에 폭약을 넣을 거요."

동물들은 겁에 질려 부들부들 떨면서 기다렸다. 지금 숨어 있는 건물 밖으로 뛰쳐나간다는 것은 불가능했다. 몇 분 후 사람들이 사방으로 뛰어 흩어지는 모습이 보였다. 그러고 나서 고막이 찢어질 듯한 폭음이 들렸다. 비둘기들은 공중으로 훌쩍 날아올랐다. 나폴레옹만 빼고 모든 동물들이 바닥에 납작하게 배를 깔고 엎드려 얼굴을 파묻었다. 그들이 다시 일어났을 때는 시커먼 연기가 거대한 구름이 되어 풍차가 서 있던 자리에서 뭉게뭉게 일고 있었다. 미풍이 불어와 연기가 슬슬 흩어졌다. 풍차가 사라져버렸다!

이 광경을 보자 동물들은 용기를 되찾았다. 그들이 조금 전에 느꼈던 공포와 절망은 이 비열하고 치사스러운 행위에 대한 분노 앞에서 순식간에 사라져버렸다. 더 이상 명령을 기다릴 것도 없이 그들은 복수를 다지는 힘찬 함성을 지르며, 한 몸이 되어 적을 향해 곧바로 돌진했다. 이 순간 그들은 우박처럼 쏟아지는 잔인한 총알도 염두에 두지 않았다. 참혹하고 격렬한 전투가 벌어졌다. 인간들은 계속 총을 갈겨댔고, 동물들이 맞닿을 만큼 가까이 다가오자 몽둥이를 휘두르고 구둣발로 걷어찼다. 암소 한 마리, 양 세 마리, 거위 두 마리가 죽었고, 거의 모든 동물들이 부상을 당했다. 뒤쪽에서 전투를 지휘하던 나폴레옹까지 총알에 맞아 꼬리 끝이 잘려나갔다. 그러나 인간들도 적지 않은 피해를 입었다. 세 사람은 복서의 발길에 차여 머리가 터졌고, 한 사람은 쇠뿔에 배를 받혔으며, 또 한 사람은 제시와 블루벨한테 물려 바지가 갈기갈기 찢겼다. 그리고 나폴레옹의 호위병인 아홉 마리 개들이 그 지시에 따라 산울타리 밑에 잠입해 있다가, 돌연 측면에서 인간들에게로 돌격하며 사납게 짖어대자 그들은 공포에 사로잡혀 허둥대기 시작했다. 인간들은 포위될 위험에 처했다고 느꼈다. 프레더릭이 일꾼들에게 출구 쪽으로 도망치라고 소리쳤고 그 순간 비굴한 적들은 허겁지겁 달아나기 시작했다. 동물들은 곧장 들판 끝까지 인간들을 추격해 그들이 가시나무 산울타리로 간신히 빠져나가는 마지막 순간까지 발길질을 했다.

동물들이 승리했다. 그러나 완전히 기진맥진했고, 모두가 피를 흘리고 있었다. 그들은 천천히 절룩거리며 농장으로 돌아왔다. 전사한 동무들의 사체가 풀밭에 널려 있는 광경을 보자 몇몇 동물은 눈물을 흘렸다. 그들은 풍차가 서 있던 자리에 이르자 슬슬 걸음을 멈추고는 잠시 동안 침묵했다. 그렇다, 풍차가 사라져버린 것이다. 그토록 공들여 세운 풍차가 조그마한 흔적도 남기지 않은 채 날아가버린 것이다! 토대마저 부분적으로 파괴되었다. 이번에는 풍차를 다시 세우는 데 지난번처럼 무너진 돌을 그대로 사용할 수도 없었다. 돌덩이마저 사라져버렸기 때문이다. 그곳은 마치 처음부터 풍차 따위는 없던 곳처럼 보였다.

동물들이 농장으로 돌아오니 전투에 참가하지 않았던 스퀼러가 어찌 된 일인지 꼬리를 흔들며 만족스러운 표정으로 그들 쪽으로 껑충껑충 뛰어왔다. 그리고 농장 건물 쪽에서 엄숙한 총소리가 들렸다.

"저 총소리는 뭐요?" 복서가 물었다.

"우리의 승리를 축하하기 위한 것이오!" 스퀼러가 외쳤다.

"무슨 승리요?" 복서가 되물었다. 무릎에선 피가 흐르고 있었다. 그는 편자 하나를 잃고 발굽이 찢겼으며 총알 열두 개가 뒷다리에 박혀 있었다.

"무슨 승리라뇨, 동무? 우리는 적을 우리 땅에서, 동물농장의 신성한 땅에서 몰아내지 않았습니까."

"그렇지만 그들은 우리 풍차를 부숴버렸소. 우리가 2년 동안이나 피땀 흘려 세운 풍차를 말이오!"

"그게 무슨 상관이죠? 우리는 또 다른 풍차를 세울 겁니다. 우리가 원한다면 풍차를 여섯 채라도 세울 거예요. 동무는 우리가 이룩한 위업을 인정하려 들지 않는군요. 적은 우리가 서 있는 바로 이 땅을 점령했었어요. 그런데 지금 우리는 나폴레옹 동무의 영도력 덕분에 한 치도 빼앗기지 않고 도로 찾았단 말입니다!"

"하지만 그건 우리가 원래 소유했던 걸 되찾은 것뿐이오." 복서가 되받았다.

"그것이 바로 우리의 승리요." 스퀄러가 말했다.

동물들은 절뚝거리며 마당으로 들어섰다. 복서는 다리에 박힌 총알 때문에 무척 아프고 쓰라렸다. 그는 풍차를 토대부터 다시 지어야 하는 막중한 노동이 자기 앞에 놓여 있다는 것을 깨달았고, 머릿속은 이미 그 일을 위해 긴장하고 있었다. 순간 그는 자신이 벌써 열한 살이나 되었고 튼튼했던 근육도 이제는 옛날 같지 않다는 생각이 처음으로 퍼뜩 머리에 떠올랐다.

동물들은 초록색 깃발이 펄럭거리는 것을 보고, 다시 총을 발사하는 소리—축포로 모두 일곱 발을 쏘았다—를 듣고, 자신들의 행위를 치하하는 나폴레옹의 연설을 듣고 있으려니 어찌 되었든 자신들이 위대한 승리를 거둔 것처럼 느껴졌다. 전투 중에 목숨을 잃은 동물들의 엄숙한 장례식이 치러졌다. 복서와 클로버는 영구차로 마차를 끌었다. 나폴레옹은 스스로 장례 행렬 맨 앞에 서서 걸었다. 꼬박 이틀 동안 승리의 축하연이 벌어졌다. 노래를 부르고 연설을 하고 연달아 축포를 터뜨렸다. 모든 동물들에게는 특별히 사과 한 알이 배급되었다. 날짐승에게는 옥수수 56그램, 개들에게는 비스킷 세 개씩이 주어졌다. 이번 싸움은 '풍차 전투'라고 불리게 될 것이며, 나폴레옹은 '녹색 깃발 훈장'을 새로 만들었다. 나폴레옹은 그 훈장을 자신에게 수여한다고 발표했다. 모두가 승리를 축하하며 즐거워하는 동안 불운했던 지폐 사건은 잊히고 말았다.

그로부터 며칠 후 돼지들은 우연히 농장 본채 지하실에서 위스키

한 상자를 발견했다. 그 집을 처음 점거했을 때는 미처 보지 못했던 것이었다. 그날 밤 본채에서는 시끌벅적한 노랫소리가 흘러나왔는데, 모두들 자신의 귀를 의심하지 않을 수 없었다. 노래들 중에 〈영국의 동물들〉이 섞여 있었기 때문이다. 아홉 시 반쯤에 나폴레옹이 존스 씨의 낡아빠진 중절모를 쓰고 뒷문으로 나와 마당을 마구 내달린 후 다시 황급히 문 안쪽으로 자취를 감추는 모습이 목격되었다. 그러나 아침이 되자 농장 본채는 다시 깊은 침묵에 빠져들었고, 돼지 한 마리 나타나 설치지 않았다. 거의 아홉 시가 다 되어서야 스퀼러가 모습을 드러냈지만 느릿느릿 힘없는 걸음걸이였다. 그의 눈은 빛을 잃었고, 꼬리는 밑으로 축 늘어졌으며, 어디를 보나 중병에 걸린 듯한 모습이었다. 그는 동물들을 소집하고서 무서운 소식을 전하겠다고 말했다. 나폴레옹 동무가 죽어가고 있다는 소식이었다!

비탄의 소리가 터져 나왔다. 동물들은 본채 문밖에 짚을 깔아놓고 발끝으로 조심조심 걸어다녔다. 동물들은 눈에 눈물을 가득 머금고 자신들의 지도자가 떠난다면 앞으로 어떻게 될 것인가를 서로 물으며 걱정스러워했다. 스노볼이 온갖 방법을 동원하여 나폴레옹의 음식에 독약을 넣도록 꾸몄다는 소문이 나돌았다. 열한 시가 되자 스퀼러가 다른 발표를 하러 나왔다. 나폴레옹 동무가 이 세상에서의 마지막 법률로 술을 마시는 자는 사형에 처할 것을 엄중히 선포했다는 것이다.

그러나 저녁이 되자 나폴레옹은 좀 나아진 것처럼 보였다. 이튿날 아침에 스퀼러는 동물들에게 나폴레옹이 회복해가는 중이라고 전했다. 그날 저녁 나폴레옹은 다시 집무를 시작했다. 다음 날 그가 윔퍼에게 양조와 증류에 관한 조그만 책자 몇 권을 윌링던에서 사 오라고 지시했다는 사실이 알려졌다. 일주일이 지난 후 나폴레옹은 과수원 너머의 작은 목장을 일구도록 명령했다. 그 땅은 전에 은퇴하는 동물들을 위한 목초지로 따로 떼어놓은 곳이었다. 그는 목장의 풀이 메말라서 새로 씨를 뿌려야 한다고 했다. 그러나 얼마 지나지 않아 나폴레옹이 그곳에 보리를 심으려고 한다는 것이 알려졌다.

이즈음 누구도 이해할 수 없는 해괴한 사건이 터졌다. 어느 날 밤 열두 시쯤 마당에서 뭔가 부서지는 굉장한 소리가 났다. 동물들은 우리 밖으로 뛰쳐나갔다. 달빛이 환한 밤이었다. 일곱 계명이 쓰인 큰 헛간 끝 벽 아래에 사다리가 두 쪽으로 부러져 있었다. 그 밑에 스퀼러가 잠시 기절한 상태로 넙죽 깔려 있었고 바로 옆에는 등잔과 페인트붓, 그리고 흰 페인트통이 쏟긴 채 뒹굴고 있었다. 개들이 즉시 스퀼러를 에워싸더니 그가 걸을 수 있게 되자마자 호위하여 농장 본채로 데리고 갔다. 동물 중 누구도 대체 어찌 된 영문인지 갈피를 잡을 수 없었다. 벤저민만은 알 만하다는 표정으로 콧등을 끄덕였지만 아무런 말도 하지 않았다.

그로부터 며칠 후 뮤리얼은 혼자서 일곱 계명을 읽던 중에 동물들이 잘못 기억하고 있는 구절이 또 하나 있음을 발견했다. 그들은 제5계명이 '어떤 동물도 술을 마셔서는 안 된다'라고 생각했었는데, 거기에는 그들이 잊고 있었던 단어가 더 있었다. 실제로 그 계명은 이랬다. "어떤 동물도 '지나치게' 술을 마셔서는 안 된다."

9

복서의 찢어진 발굽이 낫는 데는 오랜 시간이 걸렸다. 승리의 축하연이 끝난 바로 다음 날부터 동물들은 풍차 재건에 착수했다. 복서는 하루라도 쉬라는 것을 극구 사양했다. 그리고 고통스러워하는 모습을 자신의 명예를 걸고 동물들에게 보이지 않으려 했다. 그러나 저녁이면 클로버에게 발굽 때문에 자기가 겪는 고통을 살며시 털어놓았다. 클로버는 직접 약초를 씹어서 복서의 발굽을 치료해주었다. 클로버와 벤저민은 복서에게 너무 무리하게 일하지 말라고 충고했다. "말의 폐라고 해서 영원히 일을 할 수 있는 건 아니에요."라고 클로버는 복서에게 귀띔했으나 그는 귀담아들으려 하지 않았다. 복서는 자기에게 남은 단 하나의 꿈은 바로 은퇴하기 전에 풍차가 돌아가는 모습을 보는 것이라고 말했다.

동물농장의 제반 법률이 처음 제정되던 초기에는 은퇴 연령이 말과 돼지는 열두 살, 소는 열네 살, 개는 아홉 살, 양은 일곱 살, 그리고 닭과 오리는 다섯 살로 정해졌었다. 노령연금도 후하게 책정되었다. 하지만 아직까지 어떤 동물도 은퇴해서 연금을 받아본 적이 없었다. 최근 들어 이 문제는 더욱 자주 논의되는 중이었다. 과수원 너머에 있는 작은 들판은 보리를 심는 데 할당되었기 때문에, 큰 목장의 한구석에 울타리를 쳐서 노쇠한 동물들을 위한 목초지를 만들 것이라는 소문이 돌았다. 말의 연금은 하루에 옥수수 2킬로그램, 겨울에는 건초 7킬로그램, 그리고 공휴일에는 당근 하나 또는 가능하면 사과 한 개를 줄 것이라고 했다. 복서가 맞는 열두번째 생일은 이듬해 늦여름이었다.

농장 생활은 고생스럽기만 했다. 이번 겨울도 지난해만큼이나 추웠고, 식량은 더 부족했다. 돼지와 개의 식량을 제외하고는 모든 동물들의 식량 배급량이 또다시 줄었다. 스퀼러는 식량 배급을 지나치게 평등하게 적용하는 것은 동물주의 원칙에 어긋나는 것이라고 설명했다. 어쨌거나 농장의 식량 사정이 겉으로는 어떻게 보일지 몰라도 실제로는 식량이 '부족하지 않다'는 것을 그가 동물들에게 입증해 보이는 데는 어려움이 없었다. 물론 당분간 배급량 재조정(스퀼러는 언제나 '재조정'이라고 말하지 결코 '감축'이라고는 하지 않았다)이 필요하지만 존스 시절과 비교해보면 엄청나게 좋아진 것이라고 주장했다. 스퀼러는 찢어질 듯한 다급한 목소리로 숫자를 읽어가며, 현재 동물들이 존스 시절보다 더 많은 귀리와 건초, 순무를 받고 있고, 그 반면에 작업 시간은 더 짧아졌으며, 마시는 물의 질도 더 좋아졌고, 수명도 길어지고 새끼들의 생존 비율도 높아졌고, 축사 우리에는 짚이 더 많아졌을 뿐만 아니라 벼룩에게 시달리는 고통도 훨씬 줄었다는 사실을 그들에게 소상히 설명해주었다. 동물들은 그의 말을 모조리 믿었다. 그러나 사실 존스와 그가 했던 모든 일들은 동물들의 기억에서 거의 다 사라지고 없었다. 동물들은 지금의 삶이 고단하고 힘들다는 것, 자주 굶주리고 추위에 떨어야 한다는 것, 그리고 잠자는 시간을 제외하고는 하루 종일 일해야 한다는 것을 알고 있었다. 그러나 의심할 여지 없이 옛날 사정은 지금보다 더 나빴었다. 그들은 기꺼이 그렇게 믿고 있었다. 게다가 그때는 노예였지만 지금은 자유로운 몸이다. 스퀼러가 늘 지적했듯이 바로 그것이 근본적인 차이였다.

먹여야 할 식솔도 훨씬 늘었다. 가을에 암퇘지 네 마리가 거의 동시에 새끼를 낳아 돼지는 서른한 마리가 되었다. 새끼 돼지들은 흑백의 얼룩무늬를 가지고 있었다. 나폴레옹이 농장의 유일한 수퇘지였으므로 아버지가 누구인지 추측하기는 어렵지 않았다. 이후 늦게나마 벽돌과 목재를 사들여 농장 본채 정원에 교실을 짓는다는 계획이 발표되었다. 한동안은 나폴레옹이 직접 본채 부엌에서 새끼 돼지들을 가르쳤다. 새끼 돼지들은 정원에서 체육 수업을 받았고, 다른 새끼 동물들과는 어울려 놀지 말라는 지시를 받았다. 또한 이 무렵에는 돼지와 다른 동물이 길에서 마주치면 다른 동물이 공손히 길을 피해주어야 한다는 규칙과, 계급의 고하를 막론하고 일요일에는 모든 돼지가 꼬리에 녹색 리본을 매는 특권을 누릴 수 있다는 규칙도 제정되었다.

올해 수확은 꽤 성공적이었지만 현금은 여전히 부족했다. 교실 건축에 쓸 벽돌이며 모래, 석회도 필요했고, 거기다 풍차에 사용할 기계를 구입하자면 별도로 저축도 해야 했다. 그리고 농장 본채에서 쓸 등

잔 기름과 초, 그리고 나폴레옹의 식탁에 놓을 설탕(설탕을 먹으면 살이 찐다는 이유로 다른 돼지들에게는 금지되었다)이 있어야 했다. 또 연장, 못, 끈, 석탄, 철사, 고철, 개가 먹을 비스킷 따위도 필요했다. 그래서 건초 한 더미와 수확한 감자 일부를 팔았다. 달걀의 판매 계약도 주당 600개로 늘어났기 때문에 올해도 암탉들은 지난해와 겨우 같은 수를 유지할 정도로만 병아리를 깠다. 12월에 줄어들었던 식량 배급량이 2월에 또 줄어들었다. 기름을 아끼기 위해 우리에서 등잔불을 켜는 것은 금지되었다. 그러나 돼지들은 아주 안락하게 지내는 듯했고 살도 피둥피둥 찌고 있었다. 2월 하순의 어느 날 저녁, 동물들은 양조장에서 마당을 가로질러 풍겨 나오는 식욕을 돋우는 구수하고 달콤한 냄새를 맡았다. 존스 시절에는 결코 사용하지 않았던 부엌 뒤 작은 양조장이었다. 누군가가 보리 삶는 냄새라고 말했다. 동물들은 허기진 듯 킁킁거리며 냄새를 맡았다. 그 구수한 여물이 저녁식사로 나올 것인지 모두들 궁금해했다. 그러나 그들의 저녁에 구수한 여물은 들어 있지 않았다. 그다음 일요일이 되자 이제부터는 돼지들에게만 보리를 준다는 발표가 있었다. 과수원 너머 들판에는 이미 보리 종자가 뿌려져 있었다. 그런 후에 이번에는 다른 소문이 흘러나왔다. 모든 돼지들은 이제 각각 하루 세 홉의 맥주 배급을 받으며, 나폴레옹에게는 반 갤런이 제공되는데 그는 이것을 항상 자신의 크라운 더비 수프 그릇에 담아 마신다고 했다.

　동물들은 자신들이 감내해야 할 어려움이 많다고 해도 요즘의 생활이 이전보다는 훨씬 품위가 있다는 사실에서 다소나마 위안을 받았다. 이즈음에는 노래도 더 자주 불렸고 연설도 더 많이 했으며 행진도

잦아졌다. 나폴레옹은 동물농장의 투쟁과 승리를 기리기 위해 '자진 시위'라는 것을 일주일에 한 번씩 열도록 지시했다. 지정된 시간이 되면 동물들은 일손을 놓고 돼지들을 선두로 하여 말, 소, 양, 암탉, 거위, 오리의 순서로 대열을 지어 농장 경내를 돌며 행진했다. 대열 양 옆으로 개들이 따라붙었고, 맨 앞에는 나폴레옹이 거느리는 검은 수탉이 있었다. 복서와 클로버는 언제나 그들 양쪽에서 말굽과 뿔이 그려진 녹색 깃발을 들고 행진했는데 거기에는 '나폴레옹 만세!'라고 쓰여 있었다. 행군이 끝나면 나폴레옹을 기리는 시를 낭독하고 최근의 식량 생산 증가를 소상히 설명하는 스퀄러의 일장 연설이 시작되었다. 때로는 예포를 쏘기도 했다. 양들은 자진 시위를 지지하는 열성파들이었다. 괜히 추위에 떨며 시간을 낭비한다고 누군가가 불평이라도 할라치면(돼지나 개들이 없을 때면 몇몇 동물들이 가끔 투덜대고는 했다) 양들은 어김없이 커다란 목소리로 "네 발은 좋고, 두 발은 나쁘다!"라고 외치며 이런 불평을 잠재웠다. 그러나 대체로 동물들은 이 축하 행사를 좋아했다. 동물들은 결국 농장의 진정한 주인은 자신이며 모든 노동은 자신들을 위한 것임을 상기하고는 즐거워했다. 그리하여 노래 제창, 행진, 스퀄러의 숫자 나열, 우렁찬 총포 소리, 수탉의 꼬꼬댁 소리, 펄럭이는 깃발 등 이런 행사가 진행되는 동안만은 적어도 자기들 배 속이 비었다는 사실을 잊을 수 있었다.

4월에 동물농장은 '공화국'으로 선포되었다. 그래서 대통령을 선출해야 했다. 후보자는 나폴레옹 혼자였는데 만장일치로 선출되었다. 그리고 바로 그날, 스노볼이 존스와 공모한 사실을 상세히 기술한 새로운 문서가 발견되었다. 그 내용은 다음과 같았다. 동물들이 생각했던 것처럼 스노볼은 단순히 계략을 써서 동물들을 '외양간 전투'에서 패하게 만들려던 것이 아니라 처음부터 노골적으로 존스 편에 서서 싸웠다는 사실이 밝혀졌다. 사실 그는 인간군(人間軍)의 지휘자였다. 스노볼은 제 입으로 '인간 만세!'를 외치며 전투에 뛰어들었다고 했다. 몇몇 동물들이 그것을 목격했고 아직도 기억하고 있는 스노볼의 등 부상은 나폴레옹이 이빨로 물어뜯어 입힌 상처였다고 했다.

　몇 년 동안 종적을 감추었던 갈까마귀 모세가 한여름에 갑자기 다시 농장에 나타났다. 그는 조금도 변하지 않았다. 여전히 일은 안 하면서 얼음사탕 산에 대해 전과 똑같은 말투로 지껄여댔다. 모세는 나무 그루터기에 앉아 검은 날개를 퍼덕이면서 자기 말에 귀 기울이는 동물들에게 시간 가는 줄 모르고 수다를 떨었다. "저 위에는 말이야, 동무들" 하며 그는 큼직한 부리로 하늘을 가리키며 엄숙하게 말했다. "저기 보이는 컴컴한 구름 너머 있는 얼음사탕 산에는 우리 불쌍한 동물들이 노동에서 해방되어 영원히 안식할 행복의 나라가 있지!" 그는 언젠가 하늘을 높이 날다 그곳에 한 번 갔었는데 끝없이 넓게 펼쳐진 토끼풀밭과, 아마씨 깻묵과 각설탕이 자라는 산울타리를 보았다고 주장했다. 많은 동물들이 그의 말을 믿었다. 그리고 현재 자신들의 삶이 허기지고 고달픈 삶이란 것을 깨달았다. 더 살기 좋은 세상이 어딘가에 있으리라는 생각이 잘못된 것이며 옳지 않은 것일까? 돼지들이 모세를 대하는 태도로 보아 그것을 판단하기는 어려웠다. 돼지들은 누구나 얼음사탕 산에 대한 그의 이야기가 허무맹랑한 것이라고 멸시하듯 말했다. 그러나 모세를 농장에 머물러 있게 내버려두고, 일을 하지 않는데도 하루에 한 홉씩 맥주를 주었다.

발굽이 아물자 복서는 전보다도 더 열심히 일했다. 사실 모든 동물들은 그해 내내 노예처럼 일했다. 늘 하는 농장일이나 풍차 재건 사업 말고도 새끼 돼지들을 위해 교실 건축 공사까지 해야 했다. 작업은 3월부터 시작되었다. 충분히 먹지도 못하면서 장시간 일한다는 것이 때로는 견디기 어려웠지만 복서는 결코 힘든 내색을 하지 않았다. 말이나 행동으로만 보면 그의 힘이 예전만 못하다는 느낌은 조금도 들지 않았다. 조금 달라진 것이 있다면 그의 외모뿐이었다. 피부는 옛날만큼 윤기가 돌지 않았으며, 커다랗고 펑퍼짐했던 궁둥이는 작아진 듯했다. 그런 복서를 보며 다른 동물들은 "봄에 햇풀이 자라면 곧 좋아질 거야"라고 말했지만 봄이 와도 그는 다시 살이 찌지 않았다. 가끔 채석장 꼭대기를 향해 비탈길로 육중한 돌덩이를 끌고 올라가는 복서의 모습을 볼 때면 그에게서는 끈질긴 의지력 외에는 찾을 수 있는 것이 아무것도 없는 듯했다. 이런 곤경에 처할 때 그의 입술은 "내가 좀 더 일하지"라고 내뱉는 것처럼 보였다. 하지만 그는 그것을 소리 내어 말하지는 않았다. 클로버와 벤저민은 거듭 그에게 건강을 챙기라고 주의를 주었다. 그러나 그는 신경 쓰지 않았다. 복서의 열두번째 생일이 다가오고 있었다. 그는 연금을 받기 전에 돌덩이가 충분히 쌓이기만 한다면 어떤 일이 벌어져도 상관없었다.

 그해 여름 어느 날, 저녁 늦게 복서에게 무슨 일이 생겼다는 말이 농장에 돌았다. 그는 혼자서 돌무더기 한 수레를 끌고 풍차 쪽으로 내려갔었다. 소문은 사실이었다. 몇 분 뒤에 비둘기 두 마리가 허겁지겁 날아와 소식을 전했다. "복서가 넘어졌어요! 옆으로 쓰러져서 일어나질 못해요!"

농장 동물들 거의 절반이 풍차 공사를 하는 둔덕 쪽으로 뛰어갔다. 복서는 짐수레 굴대 사이에 끼어 머리도 들지 못하고 목을 쭉 뻗은 채 누워 있었다. 눈동자는 흐릿했고 옆구리는 땀에 젖어 있었다. 입에서는 한 줄기 피가 흘러나왔다. 클로버가 그의 옆에 무릎을 꿇고 앉았다.

"복서! 어떻게 된 거예요?" 그녀가 외쳤다.

"폐를 다친 것 같소." 복서는 힘없는 목소리로 대답했다. "대수롭지 않아요. 내가 없더라도 당신들은 이 풍차를 끝낼 수 있을 겁니다. 쌓아둔 돌이 꽤 많으니까요. 어쨌든 이제 한 달밖에 남지 않았군요. 솔직히 말하면 은퇴를 학수고대해왔어요. 그리고 아마 벤저민도 많이 늙었으니, 나와 같은 시기에 은퇴해서 서로 의지하며 살 수 있을 겁니다."

"빨리 손을 써야 해요. 누구든 달려가서 스퀼러한테 얘기해줘요." 클로버가 말했다.

이 말을 듣자 곧 다른 동물들은 스퀼러에게 소식을 알리려고 농장 본채를 향해 달려갔다. 클로버와 벤저민만이 남았다. 복서 옆에 앉은 벤저민은 말없이 자신의 긴 꼬리로 파리를 쫓아주었다. 15분쯤 지나서 스퀼러가 동정과 걱정에 가득 찬 표정으로 나타났다. 그는 농장에서 가장 충실한 일꾼에게 일어난 이 불행한 사고를 나폴레옹 동무는 심히 유감스러운 심정으로 받아들였으며, 복서를 윌링던에 있는 병원에 보내 치료를 받도록 이미 조처를 취하는 중이라고 말했다. 동물들은 이 말을 듣고 약간 불안해했다. 몰리와 스노볼을 빼고는 어떤 동물도 농장을 떠난 일이 없었는데, 병든 친구를 인간의 손에 맡긴다는 것이 영 내키지 않았다. 하지만 윌링던의 가축병원 수의사가 농장에서 하는 치료보다 훨씬 더 만족스럽게 복서의 병을 치료할 수 있을 거라고 스퀄러는 그들을 이해시켰다. 반 시간쯤 지나자 복서는 다소 원기를 회복했다. 복서는 간신히 발을 딛고 일어나 클로버와 벤저민이 자신을 위해 마련해놓은 편안한 밀짚 침대가 있는 우리로 절룩거리며 돌아갔다.

그 후 이틀 동안 복서는 자기 우리에 누워 있었다. 돼지들은 목욕탕 약장에서 찾아낸 커다란 분홍색 약 한 병을 복서에게 보냈다. 클로버가 하루에 두 번씩 식사 후에 그 약을 복서에게 먹였다. 저녁때마다 그녀는 복서 곁에 앉아 그와 이야기를 나누었다. 그러는 동안 벤저민은 줄곧 파리를 쫓아주었다. 복서는 자기가 쓰러진 것이 슬프지 않다고 말했다. 그는 몸이 회복된다면 앞으로 3년은 더 살 수 있으리라 생각했고, 커다란 목장 한구석에서 평화로운 날들을 보내길 고대하는 듯했다. 그는 난생처음으로 사색에 잠겨 마음을 수양할 여가도 가질 수 있을 터였다. 그는 여생을 알파벳의 나머지 스물두 글자를 배우는 데 바칠 생각이라고 말했다.

벤저민과 클로버는 작업 시간이 끝난 뒤에만 복서와 같이 있을 수 있었다. 며칠 후 대낮에 큰 마차가 그를 실으러 왔다. 동물들은 돼지 한 마리의 감독 아래 제초 작업을 하고 있었다. 그때 벤저민이 목청껏 고함을 지르며 농장 건물 쪽에서 뛰어나오는 것을 보고 모두들 깜짝 놀랐다. 벤저민이 그토록 흥분한 모습을 본 적은 처음이었기 때문이다. 사실 그가 뛰는 모습을 본 것도 처음이었다. "빨리 빨리!" 그가 소리를 질렀다. "빨리 와! 복서를 데려가고 있어!" 돼지의 명령을 기다릴 생각도 하지 않고 동물들은 일을 내동댕이치고 농장 건물로 뛰어

들어갔다. 아니나 다를까, 마당에 말 두 마리가 끄는 커다란 포장마차가 서 있었다. 포장 옆에는 무슨 글자가 쓰여 있었으며 마부석에는 납작한 중산모를 쓴 교활하게 생긴 남자 한 명이 앉아 있었다. 복서의 우리는 텅 비어 있었다.

동물들이 마차 주위로 모여들었다. "잘 가요, 복서!" 그들은 소리를 합쳐 외쳤다. "잘 가요!"

"바보! 이 멍청한 바보들!" 벤저민은 고함을 지르고 그 작은 발을 동동 구르며 그들 주위를 껑충껑충 뛰어다녔다. "바보들아! 저 마차 옆에 뭐라고 쓰였는지 안 보여?"

이 말을 듣자 동물들은 잠잠해졌다. 뮤리얼이 더듬더듬 글자를 읽어나가기 시작했다. 그러자 벤저민이 그녀를 한쪽 옆으로 밀어젖히고 동물들이 죽은 듯 침묵하고 있는 동안 그것을 읽었다.

"'앨프레드 시먼즈, 말 도살 및 아교 제조업, 윌링던. 동물 가죽과 뼛가루 매매. 축견 사료 공급.' 저게 무슨 뜻인지 아느냔 말이야? 저들이 복서를 말 백정에게 넘겨주는 거라고!"

모든 동물들의 입에서 공포의 외침이 터져 나왔다. 그 순간 마부석에 앉은 사나이가 말에 채찍질을 했고 마차는 빠른 속도로 마당을 빠져나갔다. 동물들은 그 뒤를 쫓아가며 있는 대로 소리를 질러댔다. 클로버가 다른 동물들을 헤치고 앞으로 나아갔다. 마차는 더욱 속력을 내기 시작했다. 클로버는 굵은 네 다리로 빨리 달리려고 노력했으나 젊은 말 두 필이 끄는 마차를 따라잡을 수는 없었다. "복서!" 그녀는 외쳤다. "복서! 복서! 복서!" 그러자 바로 그 순간 바깥에서 나는 외침을 들었는지 코 밑에 흰 줄무늬가 있는 복서의 얼굴이 마차 뒷문 작은 창에 나타났다.

"복서!" 클로버가 무서운 소리로 부르짖었다. "복서! 내려요! 빨리 내려요! 그들이 당신을 죽이려 해요!"

모든 동물들이 "내려요, 복서. 내려요!" 하고 고함을 질렀다. 그러나 마차는 벌써 속력을 내 그들에게서 점점 멀어지고 있었다. 클로버가 말한 것을 복서가 알아들었는지는 분명치 않았다. 그러나 잠시 후 그의 얼굴이 창문 뒤로 사라지더니 마차 안에서 쿵쿵거리는 커다란 발굽 소리가 들렸다. 그는 나갈 문을 찾고 있었다. 그 옛날에는 복서가 차기만 하면 그런 마차쯤은 성냥갑처럼 부서뜨릴 수 있었다. 참으로 슬프다! 이제 그에게는 그런 힘이 없었다. 잠시 후 쿵쿵거리던 발굽 소리조차 희미해지더니 그나마도 더는 들리지 않았다. 절망에 빠진 동물들은 마차를 끄는 말 두 마리에게 멈추어달라고 호소하기 시작했다. "동무! 동무들!" 그들은 소리쳤다. "당신네 형제를 죽음으로 끌고 가지 마시오!" 그러나 아둔한 짐승들은 너무나 무지해서 사태를 깨닫지 못하고 귀를 뒤로 젖힌 채 더욱 속력을 냈다. 복서의 얼굴은 다시는 창에 나타나지 않았다. 누군가가 마차보다 앞질러 달려가서 다섯 개의 빗장이 달린 농장 문을 닫으려고 했지만 이미 늦은 뒤였다. 마차는 그 문을 통과해 급히 큰길로 사라지고 있었다. 그 후로 복서의 모습을 다시는 볼 수 없었다.

사흘 후, 복서는 말이 받을 수 있는 치료란 치료는 모두 다 받았음에도 윌링던의 한 병원에서 사망했다는 발표가 났다. 스퀼러가 다른 동물들에게 이 소식을 전하러 왔다. 그는 자신이 복서가 죽기 전 마지막 몇 시간을 옆에서 지켰다고 했다.

"이제껏 내가 본 것 중 가장 가슴 아픈 장면이었습니다." 스퀼러는 앞발로 눈물을 훔치며 말했다. "그가 운명하는 마지막 순간에 그의 침대 곁에 있었지요. 말할 수 없을 정도로 기운이 쇠약해진 그는 내 귀에 대고 풍차를 완성하기 전에 세상을 뜨는 것이 유일한 슬픔이라고 속삭이더군요. 그는 '전진합시다, 동무들' 하고 말했소. '반란의 이름으로 전진합시다. 동물농장 만세! 나폴레옹 동무 만세! 나폴레옹은 항상 옳다.' 이것이 그의 마지막 말이었습니다, 동무들."

이 대목에 이르자 스퀼러의 태도가 갑자기 바뀌었다. 그는 잠시 동안 침묵에 잠겼다. 그러고는 조그마한 눈동자를 이리저리 의심스러운 듯 굴리더니 말을 이었다.

그는 복서가 실려 갈 때 어리석고도 악의에 찬 풍문이 떠돌았다는 것을 알고 있다고 했다. 스퀼러는 복서를 태우고 간 마차에 '말 도살'이라고 쓰인 것을 보고는 몇몇 동물들이 복서가 말 백정에게 넘겨졌다는 경솔한 결론으로 비약했다는데, 누가 그렇게 어리석을 수 있는지 도저히 믿기지 않는다고 했다. 그는 꼬리를 빳빳이 세우고 이리저리 흔들면서 친애하는 지도자 나폴레옹 동무를 그 정도로밖에 생각하지 않느냐고 분통을 터뜨리며 소리소리 질렀다. 스퀼러의 해명은 아주 간단했다. 원래 그 마차는 말 백정의 소유였는데 수의사가 마차를 사들인 다음 미처 옛 이름을 페인트로 지워 없애지 못했다는 것이었다. 오해가 생긴 건 바로 그 때문이라고 했다.

동물들은 이 말을 듣고서 크게 마음을 놓았다. 복서의 임종 모습이라든가 그가 받았던 극진한 간호, 비용을 생각하지 않고 나폴레옹이 지불한 값비싼 약품 등등을 스퀼러가 거침없이 생생하게 설명하자 동물들은 자신들이 품었던 마지막 한 가닥 의심조차 사라져버리는 것을 느꼈다. 그리고 복서가 적어도 행복하게 죽어갔다는 생각에 동물들은 동무의 죽음으로 받은 슬픔과 충격을 달랠 수 있었다.

나폴레옹은 몸소 다음 일요일 아침 회합에 나타나 복서를 찬양하는 짤막한 연설을 했다. 그는 죽은 동무의 유해를 농장에 매장하기 위해 찾아오는 것은 애통스럽게도 불가능하지만, 대신 본채 정원의 월계수로 커다란 월계관을 만들어 복서의 무덤에 갖다놓으라고 지시했다고 말했다. 그리고 돼지들은 며칠 내로 복서를 기리는 추모 연회를 열기로 했다고 덧붙였다. 나폴레옹은 복서가 즐겨 외던 '내가 좀 더 일하지'와 '나폴레옹 동무는 항상 옳다'는 두 가지 격언을 상기시키면서 모든 동물들이 그 격언을 자신의 것으로 삼으면 좋으리라는 말로 연설을 마쳤다.

추모 연회를 열기로 한 날, 윌링던의 식료품 가게 마차가 농장 본채에 커다란 나무상자 하나를 배달했다. 그날 밤, 본채에서는 떠들썩한 노랫소리가 들렸고, 이어 난폭하게 싸우는 듯한 소음이 나더니 열한 시쯤 유리 깨지는 굉장한 소리를 마지막으로 연회는 끝이 났다. 이튿날 점심때까지 농장 본채에는 아무도 얼씬거리지 않았다. 그리고 돼지들이 어디에선가 돈을 구해 자기들이 마실 위스키 한 상자를 샀다는 소문이 나돌았다.

10

여러 해가 흘렀다. 계절이 몇 번 바뀌는 사이 수명이 짧은 동물들은 하나둘씩 세상을 떠났다. 이제 클로버와 벤저민, 갈까마귀 모세, 그리고 여러 마리 돼지들을 제외하고는 '반란' 이전의 옛날을 기억하는 동물은 아무도 없었다.

염소 뮤리얼과 블루벨, 제시, 핀처 같은 개들도 죽었다. 존스 역시 죽었다. 그는 이 지역의 다른 마을에 있는 알코올 중독자 수용소에서 생을 마감했다. 스노볼은 모두의 기억에서 사라졌다. 복서에 대한 기억도 그를 알던 몇몇을 제외하고는 모든 동물의 뇌리에서 사라졌다. 클로버는 이제 관절이 뻣뻣하고 눈곱이 자주 끼는 늙고 뚱뚱한 암말이 되었다. 그녀는 정년이 이미 2년이나 지났다. 사실 동물농장에서 나이가 들어 은퇴한 동물은 지금까지 하나도 없었다. 은퇴하는 동물들을 위해 목장 한구석을 할애하겠다던 이야기도 오래전에 사라져버렸다. 나폴레옹은 몸무게가 136킬로그램이나 나가는 장년의 수퇘지가 되었다. 스퀼러는 살이 너무 쪄서 간신히 눈을 뜰 수 있을 정도였다. 오직 벤저민 영감만이 콧잔등의 털이 좀 더 희끄무레해지고, 복서가 죽은 후로 전보다 더 침울하고 과묵해진 것 외에는 전과 거의 다를 바가 없었다.

농장의 동물은 기대했던 것만큼은 아니지만 제법 그 수가 늘어났다. 이 농장에서 태어난 많은 동물들에게 '반란'이란 입에서 입으로 전해지는 희미한 전설에 불과했다. 다른 곳에서 팔려온 동물들은 자기들이 이곳에 오기 전까지는 반란 따위의 이야기는 들어본 적도 없다고 했다. 농장에는 클로버 말고도 말이 세 마리 더 있었다. 그들은 몸매가 아주 늘씬하고 자발적으로 일하는 선량한 동무들이었지만 머리는 아둔하기 그지없었다. 그들 중 누구도 알파벳의 B 이상은 익히지 못했다. 그들은 반란과 동물주의 원칙에 관한 이야기를 듣고서 그 모든 것을 잘 받아들였는데, 특히 어머니나 다름없이 따르는 클로버가 말할 때는 더욱 그랬다. 그러나 얼마만큼이나 이해하는지는 의심스러웠다.

농장은 훨씬 더 번창했고 조직적이 되었다. 필킹턴 씨한테 밭을 두 뙈기나 사들여 농지는 더욱 넓어졌다. 풍차도 마침내 성공리에 완공되었다. 농장은 탈곡기와 커다란 건초 창고까지 소유하기에 이르렀으며, 새 건물도 여러 채 증축되었다. 윔퍼는 자신이 타고 다닐 이륜마차를 사들였다. 풍차는 결국 전기 발전에는 실패했으나 곡식을 찧는 데 사용되어 농장에 엄청난 이익을 안겨주었다. 동물들은 또 다른 풍차를 세우기 위해 여전히 열심히 일했다. 그것이 완공되는 날이면 발전기를 놓을 것이라는 이야기가 들렸다. 스노볼이 예전에 동물들에게 설명했던 전등과 냉온수가 나오는 우리, 일주일에 사흘만 노동하게 되는 꿈 같은 호사스러움은 더 이상 거론되지 않았다. 나폴레옹은 그 따위 사고는 동물주의 정신에 어긋나는 것이라고 배척했다. 진정한 행복이란 열심히 일하며 검소하게 살아가는 데 있다고 그는 말했다.

어찌 되었든 농장은 점점 부유해지는 것처럼 보였지만 동물들의 삶은 풍요로워지지 않았다. 물론 돼지나 개들은 빼고 말하는 것이다. 아마도 돼지와 개들의 수가 너무 많은 것이 그 이유 중 하나일 듯했다. 그들도 일을 안 하는 것은 아니었다. 그들 나름대로 하긴 했다. 스퀼러가 지칠 줄 모르고 내세우듯 그들은 농장의 지휘 감독과 원활한 운영 조직을 위해 끊임없이 일을 했다. 이런 일들의 대부분은 다른 동물들은 너무나 무지해서 이해할 수 없는 것이었다. 스퀼러는 예를 들면 돼지들이 '문서' '보고서' '회의록' '비망록'이라 일컬어지는 신비한 것들을 만드느라 매일매일 굉장한 노동을 한다고 했다. 그것들은 글씨가 빼곡히 적힌 커다란 종이 뭉치였다. 돼지들은 그렇게 빽빽이 쓰는 일이 끝나고 나면 그것을 아궁이에 던져 태워버리고는 했다. 스퀼러는 이것이야말로 농장의 복지를 위해 가장 중요한 일이라고 했다. 개나 돼지들이 노동으로 식량을 생산하는 일은 절대 없었다. 그런데 그 수는 굉장히 많았고, 식욕도 언제나 왕성했다.

다른 동물들의 형편을 살펴보면 그들의 삶이란 언제나 똑같았다. 그들은 늘 배가 고팠고, 짚 더미 위에서 잠을 잤으며, 식수 웅덩이에서 직접 물을 마셨고, 하루 종일 들판에서 일했다. 겨울이면 추위로 고생했고, 여름이면 파리에게 시달렸다. 때로는 그들 중 몇몇 늙은 동물들이 희미한 기억을 쥐어짜내 존스가 쫓겨난 지 얼마 안 된 '반란' 초기의 형편이 지금보다 더 좋았던가 더 나빴던가를 판단해보려고 애썼으나 도무지 기억해낼 수가 없었다. 현재의 생활과 비교할 수 있는 것이라고는 아무것도 없었다. 그들은 스퀄러가 읊어대는 숫자 목록을 참조할 수밖에 없었다. 그런데 그 자료는 모든 것이 더욱더 좋아졌다는 사실을 천편일률적으로 나열한 것에 불과했다. 동물들은 이 문제를 해결할 수 없음을 깨달았다. 어찌 되었든 그들은 이제 이런 일들을 생각할 만한 겨를도 없었다. 오직 벤저민 영감만이 자기가 걸어온 긴 생애를 세세히 기억하고서, 더 좋아질 수도 나빠질 수도 없으며 더 좋았던 적도 나빴던 적도 결코 없었노라고 공언했다. 그는 굶주림, 고난, 좌절은 삶의 불변의 법칙이라고 말했다.

그래도 동물들은 희망을 버리지 않았다. 더욱이 그들은 한순간도 자신들이 동물농장의 구성원이라는 명예심과 특권 의식을 잊은 적이 없었다. 그들은 여전히 이 마을 전체에서—아니 영국 전체를 통틀어서!—동물들이 소유하고 운영하는 유일한 농장에 살고 있었다. 동물들은 모두, 가장 어린 새끼는 물론 30킬로미터나 떨어진 농장에서 끌려온 신참 동물들마저도 이 점에는 경탄을 표했다. 그리고 축포 소리를 듣고, 게양대에 녹색 깃발이 펄럭이는 것을 볼라치면 그들의 가슴은 한없는 자부심으로 부풀어 올랐다. 그럴 때마다 화제는 그 옛날 용감무쌍했던 시절이라든가, 존스의 추방, 일곱 계명의 계시, 인간 침략자들을 쳐부순 위대한 전투 이야기로 돌아가곤 했다. 옛날에 품었던 꿈 중 어느 하나도 포기한 것은 없었다. 영국의 푸른 들판이 인간의 발에 밟히지 않을, 즉 메이저가 예언했던 '동물 공화국'은 여전히 추앙받고 있었다. 언젠가는 그런 날이 올 것이다. 지금 당장은 아닐지 모른다. 지금 살아 있는 동물들의 생애 동안에는 이루어지지 않을지도 모른다. 하지만 그 이상향은 지금도 다가오고 있다. 〈영국의 동물들〉까지 은근히 이곳저곳에서 콧노래로 불리고 있었다. 어쨌든 농장의 동물들은 소리 내어 부를 수는 없었지만 모두들 그 노래를 알고 있었다. 삶은 고되고 품었던 희망은 전부 이루어지지 않았지만, 그들은 자신들이 다른 동물들과는 다르다는 것을 의식하고 있었다. 설령 굶주리는 일이 있다고 하더라도 독재하는 인간들을 먹여 살리느라 그런 것은 아니었다. 그들이 고생스레 일하는 것은 적어도 그들 자신을 위한 것이었다. 그들 중 누구도 두 발로 걷지 않았다. 어떤 동물도 다른 동물을 '주인님'이라 부르지 않았다. 모든 동물은 평등했다.

초여름의 어느 날, 스퀼러는 양들에게 자기를 따라오라고 명령을 내리고는 농장 한쪽 끝 어린 자작나무들이 무성하게 자란 미개간지로 양들을 데리고 갔다. 양들은 스퀼러의 감독을 받으며 하루 종일 자작나무잎을 뜯어 먹었다. 저녁이 되자 스퀼러는 양들에게 날씨가 따뜻하니 그곳에 그대로 머물러 있으라고 지시하고는 혼자 농장으로 돌아왔다. 외박은 일주일 만에 끝났는데, 그동안 양들은 다른 동물들을 전혀 만나지 못했다. 스퀼러는 매일매일 대부분의 시간을 그들과 함께 보냈다. 그는 양들에게 비밀을 요하는 새로운 노래를 가르치기 위해서라고 했다.

양들이 돌아온 직후의 일이었다. 동물들이 일을 끝내고 농장 건물로 돌아오던 어느 상쾌한 저녁에 무시무시한 말 울음소리가 마당에서 들려왔다. 동물들은 깜짝 놀라 그 자리에서 발을 멈췄다. 클로버의 울음소리였다. 그녀의 울음소리가 다시 들리자 동물들은 모두 마당으로 달려나갔다. 그 순간 그들은 클로버가 본 그 광경을 보았다.

돼지 한 마리가 뒷다리로 걷고 있었다.

그렇다, 바로 스퀼러였다. 커다란 몸집을 두 발로 지탱하기 어려운 듯 약간 뒤뚱뒤뚱거렸지만 썩 균형을 잘 잡아 마당을 가로지르며 이리저리 걷고 있었다. 잠시 후 농장 본채 문에서 돼지들이 우르르 몰려나왔는데 모두들 하나같이 뒷다리로 걷고 있었다. 어떤 돼지는 다른 돼지보다 잘 걸었다. 한둘은 조금 뒤뚱거려 지팡이를 짚는 것이 좋을 듯 보였다. 그러나 그들 모두 곧잘 마당을 걸어다니고 있었다. 마침내 무시무시한 개 짖는 소리와 수탉의 날카로운 울음소리가 나더니 위풍당당하게 꼿꼿이 서서 좌우로 교만스러운 시선을 던지며 나폴레옹이 나타났다. 그를 호위하는 개들과 함께였다.

그는 앞발에 채찍을 들고 있었다.

죽음과도 같은 침묵이 찾아왔다. 놀라고 공포에 질려 한데 모여 있던 동물들은 마당을 서서히 돌며 행진하는 돼지들의 긴 대열을 지켜보았다. 마치 세상이 뒤집힌 것 같았다. 처음의 충격이 가라앉은 다음 동물들은 개에 대한 두려움에도 불구하고, 어떤 일이 일어나도 불평하거나 비판하지 않는 몇 해 동안에 생긴 습관에도 불구하고, 이번에는 몇 마디 항의의 말을 하려던 참이었다. 그런데 바로 그때 무슨 신호라도 떨어진 것처럼 양들이 큰 소리로 외치기 시작했다.

"네 발도 좋지만, 두 발은 '더욱 좋다!' 네 발도 좋지만, 두 발은 '더욱 좋다!' 네 발도 좋지만, 두 발은 '더욱 좋다!'"

양들의 외침은 5분이나 끊임없이 계속되었다. 양들이 잠잠해졌을 즈음에는 돼지들이 이미 본채로 돌아간 뒤여서 동물들은 항의할 기회를 놓치고 말았다.

벤저민은 누군가가 자기 어깨에 코를 비비는 것을 느꼈다. 돌아보니 다름 아닌 클로버였다. 클로버의 나이 든 눈동자는 전보다 더 흐릿해 보였다. 그녀는 아무런 말도 하지 않고 그의 갈기를 끌어 일곱 계명이 쓰여 있는 큰 헛간 끝 벽으로 그를 데리고 갔다. 잠시 동안 그들은 흰 글씨가 쓰여진 타르 벽을 바라보며 서 있었다.

"내 시력이 많이 약해졌군요." 마침내 그녀는 입을 열었다. "하긴 젊었을 때도 저기 쓰인 글자를 읽을 줄 몰랐지만 말이에요. 그런데 저 벽이 많이 달라진 것처럼 보이네요. 일곱 계명이 전에 적혀 있던 것하고 똑같은가요, 벤저민?"

벤저민은 이번만은 자신의 규율을 깨뜨리기로 마음먹었다. 그래서 벽에 쓰인 글을 그녀에게 읽어주었다. 거기에는 단 하나의 계명만이 존재했다. 그것은 다음과 같았다.

모든 동물은 평등하다.
그러나 몇몇 동물은 다른 동물보다 더 평등하다.

그런 일이 있은 다음 농장 작업을 감독하는 돼지들이 하나같이 앞발에 채찍을 들고 있었지만 조금도 이상해 보이지 않았다. 돼지들이 라디오를 사고 전화 가설을 신청하고, 『존 불』 『팃-비츠』 〈데일리 미러〉 정기구독을 신청했다는 이야기가 들렸지만 조금도 이상하게 느

꺼지지 않았다. 나폴레옹이 입에 파이프를 물고 본채 정원을 어슬렁 거리며 산책하는 것도 이상해 보이지 않았다. 아니, 돼지들이 옷장에서 존스 씨의 옷을 꺼내 입는 것도 이상하지 않았다. 나폴레옹이 검정코트와 사냥 승마복을 입고 가죽 각반을 차고 나타났을 때도, 또 그가 애지중지하는 암퇘지가 존스 씨 부인이 일요일마다 입던 물결무늬 비단옷을 입고 나타났을 때도 조금도 해괴하게 느껴지지 않았다.

일주일이 지난 어느 날 오후, 이륜마차 여러 대가 농장으로 들어왔다. 나폴레옹의 초대를 받아 이웃 농장의 대표단이 동물농장을 시찰하러 온 것이었다. 그들은 농장을 두루 살펴보면서 눈에 띄는 것마다, 특히 풍차에 대해 대단한 찬사를 보냈다. 동물들은 순무밭에서 잡초를 뽑고 있었다. 그들은 돼지들과 방문해온 인간들 중 어느 쪽이 더 무서운 존재인지 알 수 없어 땅에서 얼굴을 들지 않은 채 부지런히 일을 했다.

그날 저녁 농장 본채에서는 왁자지껄한 웃음소리와 노랫소리가 터져 나왔다. 그런데 돌연 인간과 동물의 목소리가 뒤섞여 들려왔다. 문득 동물들은 호기심이 발동했다. 처음으로 동물들과 인간들이 대등한 위치에서 만나고 있으니 대체 저 안에서 무슨 일이 벌어지고 있을까? 그들은 일제히 본채 정원으로 발소리를 죽인 채 조용히 기어들어갔다.

출입문에 이르자 동물들은 들어가기가 약간 겁이 나서 잠깐 걸음을 멈추었다. 그러자 클로버가 선두로 나섰다. 그들은 뒤꿈치를 들고 집 안으로 들어갔다. 키가 큰 동물들은 식당 창문으로 안을 들여다보았다. 응접실에는 둥그런 식탁이 놓여 있었고, 식탁 주위로 농부 여섯 명과 고위층 돼지 여섯 마리가 앉아 있었다. 나폴레옹이 식탁 머리 상석을 차지하고 있었다. 돼지들이 의자에 앉은 모습은 아주 편안해 보였다. 그들은 카드놀이를 즐기는 중이었고, 지금은 축배를 들기 위해 잠시 놀이를 중단한 것이 분명했다. 커다란 주전자가 돌았고 잔에 맥주가 채워졌다. 동물들이 창문으로 안을 들여다보는 것을 아무도 눈치 채지 못했다.

폭스우드 농장의 필킹턴 씨가 손에 잔을 들고 일어섰다. 그는 잠시 후에 모두에게 축배를 들자고 권하겠지만, 그전에 꼭 해야 할 이야기가 있다며 이런 말을 했다.

오랫동안 쌓여왔던 불신과 오해가 이제 종말을 고하게 되었다고 생각하니 자기는 크게 만족스럽다. 자기뿐만 아니라 여기 함께 자리한 모든 이들도 그럴 것이라고 확신한다. 자신이나 여기 있는 그 누구도 그런 감정을 품었던 적이 없지만, 서로 이웃하고 있는 인간들은 존경하는 동물농장의 주인 여러분에게 적개심까지는 아니라 하더라도 다소의 의구심을 품은 적이 있었다. 불행한 사건이 일어났고 잘못된 오해도 만연했다. 돼지들이 소유하고 운영하는 농장이 존재한다는 것 자체만으로 어딘지 비정상적이고 이웃들에게 나쁜 영향을 미칠 수 있다고 생각했다. 대부분의 농장주들은 제대로 알아보지도 않고 동물농장에는 방종과 무질서가 득세하리라고 속단해버린 것이다. 그들은 자기네 동물뿐만 아니라 심지어 그들이 부리는 일꾼들에게까지 영향을 미칠까봐 신경을 곤두세웠다. 하지만 이러한 의구심은 모두 사라졌다. 오늘 자신과 동료들은 동물농장을 방문해서 두 눈으로 직접 구석구석을 시찰하면서 과연 무엇을 보았던가? 가장 현대적인 영농법과 세상 어느 농부에게라도 본보기가 될 만한 규율과 질서를 보았다. 동물농장의 하층 동물들은 이 마을의 다른 어떤 동물들보다 일은 더 많이 하는 반면 식량은 적게 먹는 효율성을 발휘하고 있다고 생각한다. 사실 자신과 동료 방문객들은 오늘 동물농장에서 많은 장점들을 발견했으며 그것들을 자신들이 경영하는 농장에 곧 도입할 생각이다.

동물농장과 그 이웃들 간에 존속해왔고 앞으로도 존속해야 할 우의를 다시 한 번 강조하는 것으로 그는 자신의 연설을 끝마치겠다고 했다. 돼지와 인간 사이에는 어떤 형태로든 이해의 상충은 없으며 또 상충할 필요도 없다. 그들이 지향하는 투쟁이라든가 당면 과제는 동일한 것이다. 노동 문제는 어디서든 매한가지로 일어나고 있지 않은가? 필킹턴 씨는 이 대목에서 미리 심사숙고하여 준비한 몇몇 재담을 좌중에 털어놓을 참이었다. 그러나 그런 이야기를 할 수 있는 것이 너무도 우스운 나머지 잠시 동안 말이 막히고 말았다. 그는 여러 겹으로 접힌 턱이 뻘게지도록 한참 숨차 하더니 겨우 말을 꺼냈다. "여러분에게 여러분과 다투는 하층 동물들이 있다면 우리에게도 우리와 다투는 하층 계급이 있소!" 그의 '재치 있는 말'은 좌중을 박장대소하게 만들었다. 필킹턴 씨는 다시 한 번 돼지들에게 자신이 동물농장에서 관찰했던, 적은 식량 배급과 긴 작업 시간, 전반적으로 방종한 분위기가 아니라는 점에 대해 치하를 아끼지 않았다.

그런 다음 그는 마침내 좌중에게 일어나 잔을 채우라고 말했다. "신사 여러분, 신사 여러분, 건배합시다. 동물농장의 번영을 위하여!" 필킹턴 씨는 인사말을 맺었다.

열정적인 박수 소리와 발 구르는 소리가 들렸다. 나폴레옹은 너무나 흡족해서 자기 자리에서 일어나 필킹턴 씨 쪽으로 가서 잔을 부딪친 후 술잔을 비웠다. 박수 소리가 가라앉자 일어서 있던 나폴레옹은 자기도 몇 마디 하겠노라고 했다.

언제나 그랬듯 나폴레옹의 연설은 짧고 간략했다. 그는 다음과 같이 말했다. 오해의 시기가 끝난 것을 자신 또한 다행스럽게 생각한다. 자신과 동료들의 사상이 파괴적이고, 심지어는 혁명적인 그 무엇을 퍼뜨린다는 소문—악의에 찬 어떤 적이 퍼뜨린 것이라는 근거가 있지만—이 오랫동안 떠돌았다. 또 자신들이 이웃 농장의 동물들을 선동해 반란을 부추긴다고도 알려졌다. 이처럼 진실과 동떨어진 허무맹랑한 이야기가 없다. 자신들에게 유일한 소망이 있다면, 과거에도 그랬고 지금도 그렇듯이 이웃들과 평화롭게 정상적인 거래를 유지하며 지내는 것이다. 덧붙여 자신이 통치하는 영광스러운 이 농장이야말로 협동 기업체라고 말했다. 자신이 소유한 부동산 소유권 역시 돼지들의 공동소유라는 것이었다.

그는 계속해서 말했다. 자신은 옛날의 의혹이 아직도 남아 있다고 생각하지 않는다. 최근 들어 농장에서는 판에 박은 일상에 뚜렷한 변화가 있었는데 그 변화야말로 서로의 신뢰를 더욱 공고히 하는 효과가 있을 것이다. 농장의 동물들은 서로 '동무'라 부르는 어리석은 관습을 지켜왔지만 앞으로는 이것을 금할 것이다. 또 언제부터 시작되었는지 그 기원을 알 수 없는 아주 해괴한 관습이 있다. 그것은 일요일 아침마다 정원 기둥에다 못으로 박아놓은 메이저의 해골 앞을 행진하는 것인데, 이 역시 금지할 것이며 해골도 이미 땅에 묻어버렸다. 방문객들은 게양대에서 펄럭이는 녹색 깃발도 보았을 것이다. 그렇다면 전에 그려져 있던 흰 발굽과 뿔이 이젠 지워져 없어진 것도 보았을 것이다. 이제부터 그것은 단순한 녹색 깃발에 불과하다.

 나폴레옹은 이어서 말했다. 필킹턴 씨의 우정 어린 훌륭한 연설에 단 하나 비판할 것이 있다. 필킹턴 씨는 시종 우리 농장을 '동물농장'이라고 표현했다. 물론 필킹턴 씨는 '동물농장'이라는 이름이 폐기된 것을 몰랐을 것이다. 왜냐하면 나 자신도 처음으로 이 말을 하는 것이기 때문이다. 앞으로 이 농장은 '매너 농장'이라고 불릴 것이다. 나는 이것이 본래 이 농장의 정확한 이름이라고 믿는다.

 "신사 여러분," 연설을 끝낸 나폴레옹이 말했다. "나는 여러분에게 필킹턴 씨가 하던 것과 똑같이, 그렇지만 다른 형식으로 건배를 청하겠습니다. 잔이 찰랑찰랑하도록 술을 채우십시오. 신사 여러분, 건배합시다. '매너 농장'의 번영을 위하여!"

 이번에도 우레 같은 박수 소리가 들렸고 모두들 술잔을 쭉 들이켰다. 그러나 밖에서 이 광경을 지켜보던 동물들은 무언가 이상한 일이 일어나고 있음을 깨달았다. 돼지들의 얼굴이 뭔가 변한 것 같은데 대체 무엇일까? 클로버의 늙고 흐릿한 눈동자가 이 얼굴 저 얼굴로 옮겨다녔다. 어떤 돼지는 턱이 다섯 겹이었고, 어떤 돼지는 네 겹, 또 어떤 돼지는 세 겹이었다. 그런데 그 얼굴이 녹아내려 형태가 변해가고 있는 듯한데 이건 대체 무엇이란 말인가? 그 순간 박수 소리가 멎더니 일행은 카드를 들어 중단되었던 게임을 계속했다. 그리고 동물들은 슬그머니 정원을 빠져나갔다.

 그러나 그들은 채 20미터도 못 가서 문득 걸음을 멈추었다. 본채에서 고함 소리가 터져 나왔던 것이다. 동물들은 다시 뛰어가 창문으로 안을 들여다보았다. 아니나 다를까, 격렬한 싸움이 벌어지고 있었다.

고함을 지르고 식탁을 탕탕 치고 찌를 듯 의심에 찬 눈초리를 번득이며 격렬하게 부정하는 목소리 등이 뒤섞여 온통 난리도 아니었다. 나폴레옹과 필킹턴 씨가 동시에 똑같은 스페이드 에이스를 내놓은 것이 싸움의 발단이었다.

열두 명이 제각기 분노에 찬 음성으로 고함을 치고 있었는데 그 목소리들이 모두 똑같았다. 그러고 보니 돼지들의 얼굴에 무슨 변화가 일어났는지 이제 알 수 있었다. 밖에서 지켜보던 동물들의 시선은 돼지에게서 인간으로, 인간에게서 돼지로, 또다시 돼지에게서 인간으로 왔다갔다 분주했다. 그러나 누가 돼지이고 누가 사람인지 구별하기란 이미 불가능했다.

1943년 11월~1944년 2월

파리와 런던의 따라지 인생

1

 파리, 콕도르 가, 아침 일곱 시. 거리에서 연달아 들려오는 아귀다툼의 고함 소리. 우리 숙소 건너편에서 조그만 여인숙을 운영하는 마담 몽스가 길바닥으로 나와 3층에 든 한 투숙객에게 소리를 지르고 있다. 맨발에 나막신을 꿰신고, 백발이 된 머리채는 치렁치렁 늘어뜨린 모습이다.
 마담 몽스 야, 이 잡년아! 이 잡년아! 벽지에 빈대 문지르지 말라고 수천번도 더 말했지? 네년이 이 여인숙을 샀니, 응? 딴 사람들처럼 창밖으로 못 내던져? 갈보년! 이 쌍년아!
 3층 여자 이 늙다리 암소 할멈 같으니!
 그러자 사방에서 창문이 열리고, 온갖 욕지거리가 합창을 이루며 이 거리의 주민 반수가 싸움에 끼어들었다. 10분쯤 지나 그들은 돌연 악다구니 퍼붓던 입을 닫았다. 마침 기마부대가 말을 타고 지나가는 바람에 그걸 구경하느라 고함질을 멈췄던 것이다.

콕도르 가의 분위기 같은, 그걸 바로 전할 수 있지 않을까 싶어서 나는 이 장면을 묘사하고 있다. 이 거리에서 늘 싸움만 일어나는 것은 아니다. 그렇지만 적어도 한 번쯤 이런 소동을 겪지 않고서 아침을 넘기는 날은 없다. 싸움질, 행상들이 처량하게 외치는 소리, 자갈길에서 오렌지 껍질을 두고 다투는 아이들의 외침, 거기에다 밤이면 귀가 찢어질 듯한 고성방가, 쓰레기차에서 나는 쉬척지근한 악취 따위가 이 거리의 분위기를 이루고 있었다.

아주 비좁은 거리였다. 문둥병에 걸린 것 같은 높다란 집들이 마치 와그르르 무너지다가 바싹 얼어붙은 듯 서로에게 비스듬히 묘하게 기울어져 협곡을 이루었다. 이 집들이 전부 여인숙이었다. 대부분이 폴란드인, 아랍인, 이탈리아인인 투숙객들은 기왓장 밑까지 꽉 차 있었다. 여인숙 아래층에는 조그마한 선술집이 있어서 1실링 정도만 내면 취하도록 마실 수 있었다. 토요일 밤이면 이 지역 남자 거주자의 3분의 1은 곤드레가 되었다. 계집을 두고 싸움을 벌이기도 했다. 제일 싸구려 여인숙에 묵는 아랍인 잡역부들은 이유를 알 수 없는 괴상한 시비로 시작해서 의자를 날리고 때로는 총까지 쏘아댔다. 밤에는 경찰도 둘씩 짝을 지어 이 거리를 지났다. 말인즉슨 콕도르 가는 상당히 요란스러운 곳이었다. 그러나 이런 소란과 쓰레기판 속에서도 점잖은 프랑스인들이 빵집이나 세탁소 따위의 가게를 운영하며 살고 있었다. 이들은 자기들끼리만 오가면서 하찮은 재산이나마 조용히 모으는 사람들이었다. 이곳이 진정 전형적인 파리의 빈민굴이었다.

우리 여인숙 이름은 〈트루아 무아노〉*였다. 어두컴컴하고 찌그덕찌그닥 흔들거리는 토끼장 같은 5층 집으로, 나무 칸막이를 세워 40개의 방으로 쪼개놓은 곳이었다. 방은 조그마한 데다 늘 더러웠는데, 하녀도 없고 여주인인 마담 F도 시간이 없어서 청소를 못 하기 때문이었다. 벽은 성냥개비만큼이나 얄팍했고, 갈라진 틈새를 눈에 띄지 않게 하려고 분홍색 종이를 겹겹이 붙여놓았다. 그런데 이 종이가 떨어져 무수한 빈대집이 생겼다. 천장 근처에서 긴 빈대 행렬이 마치 병사의 대열처럼 온종일 행군을 했다. 그러다가 해만 떨어지면 굶주려서 게걸스럽게 내려오기 때문에 몇 시간마다 일어나 대량학살을 감행해야 했다. 때로 너무 시달리면 유황을 태워서 빈대를 옆방으로 내몰곤 했다. 그럴라치면 옆방 투숙객 역시 자기 방에 유황을 태워서 빈대를 쫓아 보내 응수했다. 더럽기 짝이 없는 곳이지만 마담 F와 그녀의 남편이 좋은 사람들이어서 가족적인 분위기이긴 했다. 방세는 매주 30에서 50프랑까지 제각기 달랐다.

투숙객으로 말하자면 주로 외국인들로, 보따리 하나 없이 맨몸으로 나타나 일주일쯤 묵다가 사라지는 뜨내기들이었다. 직업도 구두수선공, 미장이, 석공, 잡역부, 학생, 매춘부, 넝마주이 등 가지가지였다. 그들 중 몇몇은 믿어지지 않을 만큼 가난했다. 지붕 밑 다락방들 중 한 곳에 사는 불가리아인 학생은 미국 시장에다 팔려고 꽃신을 만들었다. 여섯 시부터 열두 시까지 침대 위에 앉아서 신 열두 켤레를 만들어 35프랑을 벌었고, 오후 시간에는 소르본 대학에서 강의를 들었

---

* 프랑스어로 '세 마리 참새'라는 뜻.

다. 그는 신학을 공부했는데, 가죽 조각이 흩어진 방바닥에는 읽다가 덮어둔 신학 책들이 널려 있었다. 다른 방에는 러시아 여인과 자칭 화가라는 그녀의 아들이 살았다. 여인은 한 짝에 25상팀*을 받고 하루에 열두 시간씩 양말 깁는 일을 했다. 그러나 아들은 말쑥이 차려입고 몽파르나스 카페에서 빈둥거리며 놀고 다녔다. 한 방에 서로 모르는 투숙객 두 사람을 받기도 했다. 한 사람은 낮에 일하고 다른 한 사람은 밤에 일했다. 또 다른 방에는 홀아비가 폐병에 걸린 다 큰 두 딸과 한 침대를 쓰고 있었다.

여인숙에는 괴짜들도 많았다. 사실 파리 빈민가는 괴짜들의 집합 장소였다. 이들은 외톨이인 데다 반은 미친 채 삶의 구렁텅이에 빠져서 정상적으로 온건하게 살려는 노력을 포기해버린 사람들이었다. 돈이 사람을 노동에서 해방시켜주듯, 가난도 보편타당한 행동 기준에서 그들을 해방시켜주었다. 우리 여인숙의 투숙객 중 몇몇은 말로 표현할 수 없을 만큼 기묘한 삶을 영위하고 있었다.

예를 들면 누더기를 걸친, 난쟁이처럼 작달막한 늙은 루지에 씨 부부가 그랬다. 이들은 희한한 장사를 했다. 생미셸 대로에서 그림엽서를 팔았는데 괴상하게도 그것을 춘화처럼 밀봉해서 파는 것이었다. 그러나 정작 열어보면 루아르 지방의 오래된 성을 담은 사진이었다. 산 사람들은 이 사실을 뒤늦게 알아차리지만, 그렇다고 불평할 도리는 없었다. 루지에 씨 부부는 일주일에 100프랑가량 벌었지만 돈을 무척이나 아껴서, 반은 굶다시피 하고 반은 싸구려 술에 취해 지내곤

---

* 1상팀은 100분의 1프랑.

했다. 방은 어찌나 더러운지 아래층까지 고약한 냄새를 풍겼다. 마담 F는 루지에 씨 부부가 4년 동안 한 번도 옷을 벗지 않았다고 했다.

하수도 일을 하는 앙리라는 사람도 있었다. 고수머리에 키가 후리후리하고 침울한 사내였다. 그는 하수도를 칠 때 긴 장화를 신으면 어딘지 낭만적인 분위기를 풍겼다. 앙리의 기이한 특징을 들자면, 일을 할 때를 제외하고는 실제로 며칠씩 말을 하지 않는다는 것이었다. 1년 전만 해도 그는 돈을 잘 버는 자가용 운전기사로 일하면서 저축도 하고 지냈다. 그러던 어느 날 그는 사랑에 빠졌는데 아가씨가 자신의 사랑을 거절하자 화를 참지 못하고 그녀를 발로 걷어차버렸다. 그런데 차이고 나자 그 아가씨는 죽자사자 앙리를 사랑하게 되었다. 그래서 두 주를 함께 지내면서 그는 돈 천 프랑을 다 써버렸다. 그러다 여자가 바람을 피웠고, 앙리는 그녀의 팔을 칼로 찌르고서 6개월 징역살이를 했다. 그런데 칼을 맞기가 무섭게 그 아가씨는 전보다 더 열렬하게 앙리를 사랑하게 되었다. 결국 둘은 화해했고, 앙리가 감옥에서 풀려나면 결혼을 하고 택시도 한 대 사서 살림을 차리기로 했다. 그러나 2주 후에 그 아가씨는 다시 바람을 피웠고, 앙리가 출옥했을 때는 이미 임신까지 한 터였다. 앙리는 또다시 칼부림을 하지는 않았다. 그는 그냥 저축한 돈을 몽땅 찾아 술을 마시고 다녔고, 결국 한 달 동안 구류 처분을 받는 신세가 되었다. 그리고 나서 그는 하수도 잡역부로 일했다. 무슨 짓을 해도 앙리의 입을 열게 할 수는 없었다. 그는 왜 하수도 일을 하느냐고 물어도 대답하지 않았고, 대신에 팔목을 포개 쇠고랑을 암시하는 몸짓을 보이고는 감옥이 있는 남쪽을 향해 고개를 돌렸다. 액운이 하루아침에 그의 머리를 돌게 만든 것 같았다.

또 R라는 영국인이 있었다. 1년 중 6개월은 런던 교외에 있는 푸트니에서 부모님과 함께 살고, 나머지 6개월은 프랑스에서 지내는 자였다. 그는 프랑스에 머무르는 동안 하루에 포도주를 4리터를 마셨고 토요일에는 6리터를 마셨다. 한번은 아조레스*까지 간 일이 있었는데, 그곳 포도주가 유럽 어느 지역보다 싸기 때문이었다. 그는 온순하고 상냥한 사람으로 결코 난폭하지도, 싸움질을 하지도 않았지만 술에 취하지 않은 날이 거의 없었다. 그는 정오까지는 침대에 누워 있었다. 그리고 정오부터 자정까지는 술집 구석의 자기 자리에 우울한 기분으로 죽치고 앉아 조용히 술에 빨려 들어가는 것이었다. 그는 술에 젖어 있을 때면 세련된 여자 같은 목소리로 고가구에 대해 이야기하곤 했다. 나 말고는 R가 이 지역에서 유일한 영국인이었다.

이 밖에도 앞서 소개한 자들 만큼이나 괴이한 생활을 하는 사람들이 많이 있었다. 의안(義眼)을 하고도 멀쩡한 척하는 루마니아인 쥘 씨와 리무쟁 출신의 석공 퓌레, 그리고 구두쇠 루콜―내가 이곳에 오기 전에 죽긴 했지만― 같은 사람들이었다. 늙은 넝마주이 로랑은 종이 쪼가리를 호주머니에 넣어 다니며 서명하는 연습을 하기도 했다. 시간만 허락한다면 이들의 전기를 써봐도 재미있을 것 같다. 내가 우리 지역에 사는 이들을 묘사해보려는 이유는 단지 호기심이 일어서가 아니라, 이들이 이야기의 한몫씩을 차지하고 있기 때문이다. 내가 쓰려는 것은 가난 그 자체이다. 나는 이 빈민가에서 처음으로 가난을 만났다. 지저분하고 괴이한 삶으로 이루어진 이 빈민가는 처음에는 가난의 실제

---

* 포르투갈 서쪽에 있는 화산 군도.

교육 현장이 되어주었고, 다음에는 내 경험의 배경이 되었다. 이런 이유로 해서 나는 그곳의 생활이 어떠했는지를 다소나마 알리기 위해 노력해보려 한다.

2

이 바닥에서의 생활. 예를 들면 트루아 무아노 여인숙 아래층의 술집 정경. 조그만 벽돌을 깐 반지하 방에 포도주에 찌든 테이블, '외상은 죽었다'라고 적힌 장례식 사진, 커다란 잭나이프로 소시지를 자르는 붉은 허리띠를 맨 노동자들, 고집불통 암소 얼굴을 하고서 '위장(胃臟)을 위해' 하루 종일 말라가산(産) 백포도주를 마시는 화려하고도 위풍당당한 오베르뉴 시골 출신의 마담 F, 식욕을 돋우기 위한 주사위놀이, 〈딸기와 산딸기〉*라는 노래, "연대 전체를 사랑하는 내가 어찌 한 병사를 사랑할 수 있나요?"라고 말한 〈마들롱〉의 노래, 그리고 놀랄 만큼 드러내놓고 하는 정사. 저녁이 되면 여인숙 투숙객의 절반

---

* 외설적인 가사의 권주가.

은 으레 이 술집에 모여들곤 했다. 런던에도 이런 유쾌한 술집이 있었으면 하고 나는 부러워했다.

이 술집에 있노라면 괴상한 대화를 듣는 일도 있었다. 한 예로 이 지역의 명물인 샤를리 이야기를 해보겠다.

샤를리는 집안도 좋고 교육도 받은 청년이었다. 그는 집에서 도망쳐 나와 이따금 부쳐주는 돈으로 살고 있었다. 뺨은 생기 있고 머리는 부드러운 갈색이며, 입술은 버찌처럼 유난히 붉고 촉촉한 멋쟁이 젊은이를 상상하면 된다. 덧붙여 조그만 발에 팔은 이상하리만치 짧고 손은 갓난아이처럼 마디가 오목조목 살에 파묻혀 있었다. 그는 너무나 행복하고 생기가 흘러넘쳐 잠시도 가만있지 못하겠다는 듯 말을 하는 동안에도 춤추는 양 발을 굴리며 깡충깡충 뛰는 습관이 있었다. 때는 오후 세 시였다. 술집에는 마담 F와 일을 나가지 않는 한두 사람을 제외하고는 아무도 없었다. 그러나 샤를리는 자기 자신에 대해서 말할 수 있는 한 누가 들어주건 상관이 없었다. 그는 단상에 선 웅변가처럼 열변을 토했는데, 목청을 한껏 돋우고는 그 짤막한 팔로 몸짓까지 곁들였다. 돼지 눈깔같이 빠끔한 눈은 광적인 열기로 반짝였다. 아무튼 보기에 몹시 거북했다.

그는 자신이 가장 좋아하는 화제인 사랑에 관해 늘어놓았다.

"아, 사랑, 사랑! 아아, 여자들이 나를 파멸로 이끌었도다! 신사 숙녀 여러분, 여자들은 나를 파멸시키고, 희망을 꺾은 적입니다. 스물두 살에 나는 완전히 지쳐버렸고 끝장이 나버렸던 것입니다. 그러나 얼마나 많은 것을 배웠으며, 깊이를 알 수 없는 얼마나 많은 지혜의 심연을 체험했던가! 진정한 지혜를 얻는 것, 심오한 뜻에서 문명인이 되는 것, 세련되어지는 것, 타락하는 것은 얼마나 값진 일입니까?" 등등.
"신사 숙녀 여러분, 나는 여러분의 슬픔을 감지하고 있습니다. 아 아, 그러나 인생은 즐거운 것, 슬퍼해서는 안 됩니다. 제발 더 명랑해지세요!

사모스*의 포도주로 찰랑찰랑 잔을 채우라,
우리가 이런다고 몰락하지는 않으리니!

아아, 인생은 얼마나 즐거운가! 신사 숙녀 여러분, 내 풍부한 경험에 비춰 여러분에게 사랑에 관한 이야기를 하겠습니다. 사랑의 진정한 의미가 무엇인지를, 즉 진정한 감성, 개화된 인간만이 느낄 수 있는, 더 높은, 더욱 세련된 즐거움이 무엇인지를 여러분에게 설명해볼까 합니다. 내 인생살이에서 가장 행복했던 시절을 이야기하겠습니다. 아아, 그러나 내가 그런 행복을 느낄 수 있을 때는 행복은 이미 지나가버린 뒤였습니다. 영원히 가려져버린 뒤였습니다. 다시 누릴 가능성, 그것을 바라는 욕망까지도 영영 사라져버린 뒤였습니다.
그럼 귀를 기울여 들어보세요. 2년 전의 일입니다. 내 형—변호사입니다—이 파리에 와 있었습니다. 부모님은 형에게 나를 데리고 나가 저녁을 같이하라고 하시더군요. 형과 나는 서로 미워했습니다. 그러나 우리는 부모님 말씀을 거역하길 원치 않았죠. 우리는 저녁을 같이 먹었습니다. 형은 보르도 포도주 세 병을 마시고 꽤 취해버렸고요.

---

* 그리스 동부 에게 해에 있는 섬.

그래서 내가 형을 호텔까지 데려다주었습니다. 가는 도중에 브랜디 한 병을 사서는 호텔에 도착해서 큰 컵에 가득 부어 형에게 마시도록 했지요. 술이 깨는 음료라고 일러줬던 겁니다. 형은 그것을 마시자마자 까무러치듯 쓰러져 그대로 곯아떨어졌습니다. 나는 형을 일으켜 침대에 기대놓고 주머니를 뒤졌습니다. 1,100프랑이 들었더군요. 그걸 가지고 황급히 계단을 내려와 택시를 잡아타고 줄행랑을 쳤습니다. 형은 내 주소를 몰랐습니다. 그래서 나는 무사했지요.

남자라는 치들은 돈만 있으면 어디로 갈까요? 말할 것도 없이 창녀촌이지요. 그러나 내가 잡역부들에게나 어울릴 그런 추잡한 난봉질에 시간을 허비할 거라고 생각하십니까? 천만의 말씀입니다. 난 교양 있는 사람이니까요. 주머니에 천 프랑이 들어 있으니 까다롭고도 다급해지더란 말입니다. 아시겠습니까? 밤이 깊어서야 내가 원하던 것을 발견했습니다. 턱시도를 입고 미국식으로 머리를 자른 열여덟 살 난 젊은이를 우연히 만난 것입니다. 우리는 큰길에서 좀 떨어진 조용한 술집에서 이야기를 나누었습니다. 잘 통하더군요. 그 젊은이와 나는 이런저런 이야기를 하다가 즐겁게 시간을 보낼 방도를 상의했지요. 우리는 곧 택시를 잡아타고 그곳으로 달려갔습니다.

가스등 하나가 저 멀리 붉게 비치고 있는 좁고 한적한 거리에 이르자 택시는 멈췄지요. 길바닥에는 시커먼 물웅덩이가 있었습니다. 길 한쪽으로는 높고 공허한 수녀원의 담이 길게 뻗어 있었고요. 나의 안내인은 덧문이 달린 높고 폐가 같은 집으로 나를 데려가더니 몇 번 문을 두드렸습니다. 이윽고 발소리가 들리더니 빗장이 풀어지고 문이 약간 열리더군요. 그 틈으로 손이 하나 슬그머니 나오는 것이었습니다. 크고 울퉁불퉁한 손은 우리 코앞에서 손바닥을 보이며 돈을 요구했습니다.

나의 안내인은 문틈으로 한 발을 디밀고서 '얼마를 달라는 거야?' 하고 물었지요.

'천 프랑.' 여자의 목소리가 들리더군요. '당장 안 내면 못 들어와요.'

나는 천 프랑을 손에 쥐여주고 남아 있는 100프랑을 안내인에게 주었습니다. 그랬더니 그는 작별 인사를 하고 가버렸습니다. 안에서 돈 세는 소리가 들리더군요. 그리고 나서 까마귀처럼 검은 옷을 입은 노파가 코만 내밀고 나를 수상한 눈초리로 훑어보더니 들여보내주더군요. 안은 무척 캄캄했습니다. 흔들거리는 가스등이 손바닥만큼 벽을 비추고 있을 뿐, 칠흑 같은 어둠 속에 묻혀서 아무것도 보이지 않더군요. 쥐 냄새에 먼지 냄새가 섞여 났습니다. 노파는 아무 말도 없이 가스등에 촛불을 댕겼습니다. 그러고서 돌이 깔린 통로를 따라 앞서서 절름거리며 가더니 돌층계 꼭대기로 나를 인도했습니다.

'자! 저기 지하실로 내려가서 무슨 짓이든 하구려. 나는 보지도 않고 듣지도 않고 아무것도 모르는 거요. 당신은 자유란 말이지, 알겠소? 완전히 자유란 말이오.' 노파가 말했습니다.

아하, 신사 여러분, 여러분에게 굳이 묘사할 필요가 있을까요? 의당 여러분도 알고 계실 텐데요. 그런 순간에는 두려움과 즐거움이 반반씩 섞여 온몸이 부르르 떨린다는 것을 말입니다. 나는 길을 더듬으며 계단을 기어 내려갔습니다. 내 숨소리와 돌 바닥을 스치는 구두창 소리만 들릴 뿐 쥐죽은 듯 고요했습니다. 계단을 다 내려가니 전기 스위치가 손에 닿더군요. 나는 스위치를 켰습니다. 그러자 붉은 전구가 열두 개나 달린 거대한 샹들리에가 지하실을 붉은빛으로 가득 물들였습니다. 그런데 이게 어찌 된 일입니까? 나는 지하실이 아니라 침실에 있는 게 아닙니까? 천장에서 방바닥까지 피처럼 붉게 물든 호화롭고 화려한 커다란 침실에 말입니다. 그 광경을 상상해보십시오. 신사 숙녀 여러분! 방바닥에 깔린 붉은 융단, 사방 벽의 붉은 벽지, 의자를 덮은 붉은 천, 심지어 천장까지도 붉은빛이어서 온통 눈 속으로 타들어오는 것 같았답니다. 불빛은 피가 담긴 그릇을 통과해 비치듯 짙고, 숨이 막힐 듯 붉었습니다. 저쪽 한구석에 역시 붉은 이불에 덮인 큼직한 침대가 있더군요. 그 위에 붉은 벨벳 드레스를 입은 아가씨가 누워 있었습니다. 나를 보자 그녀는 몸을 움찔하면서 짧은 드레스 안으로 무릎을 감추려 하더군요.

　나는 문 옆에서 걸음을 멈추었습니다. '이리 와, 내 병아리.' 나는 그녀를 불렀지요.

　그녀는 놀라서 울기 시작했습니다. 나는 한걸음에 침대 곁으로 다가섰습니다. 계집은 나를 피하려고 했지만 나는 그녀의 목을—이렇게 말입니다. 아시겠죠?—꼭 쥐었답니다. 계집은 버둥거리고 울면서 그러지 말라고 애원했지만 나는 으스러지게 껴안고 머리를 억지로 뒤로 젖힌 다음 계집의 얼굴을 빤히 들여다보았습니다. 모르긴 몰라도 스무 살은 된 것 같았지요. 계집의 얼굴은 넓적하니 바보 같았지만, 분가루와 연지로 짙게 화장을 했더군요. 붉은 불빛에 번쩍이는 멍청하고 푸르뎅뎅한 눈은 이런 계집이 아니면 어디서도 구경할 수 없는 놀라 일그러진 표정을 담고 있었습니다. 부모가 노예로 팔아버린 시골 처녀가 틀림없었지요.

말 한마디 없이 침대에서 계집을 끌어내려 방바닥에 내동댕이쳤습니다. 그러고는 굶주린 호랑이처럼 덮쳤지요. 아아, 그 즐거움, 그 순간의 비할 데 없는 황홀경! 신사 숙녀 여러분, 이것이 내가 여러분에게 설명하고자 하는 것입니다. 바로 사랑입니다! 여기에 진정한 사랑이, 이 세상에서 애써서 얻을 가치가 있는 유일한 것이 있습니다. 이것 없이는 여러분의 모든 예술과 이상, 철학과 신조, 훌륭한 언어와 숭고한 태도, 그 모든 것이 재처럼 무색하며 무가치합니다. 사랑, 진정한 사랑을 맛보고 나면, 이 세상에 단순한 쾌감의 희미한 흔적 말고는 무엇이 남겠습니까?

나는 더욱더 야만스럽게 새로운 공격을 가했습니다. 그러자 그 계집은 또다시 피하려 들더군요. 울먹이며 거듭 자비를 구했으나 나는 비웃을 따름이었습니다.

'자비라고! 내가 여기 자비를 베풀러 온 줄 알아? 그러려고 천 프랑을 치렀을 것 같아?'라고 윽박질렀죠. 신사 숙녀 여러분, 진정 우리의 자유를 박탈하는 그 염병할 법률만 아니었다면 그 자리에서 계집을 죽여버리고 말았을 겁니다.

아아, 그녀는 얼마나 쓰라리게 괴로워하면서 울었는지 모릅니다. 그렇지만 그 소리를 들어줄 사람은 없었죠. 그곳 파리의 홍등가에서 우리는 피라미드 한가운데 있는 것만큼이나 안전했답니다. 눈물이 계집의 볼을 타고 줄줄 흐르더니 길고 너저분한 얼룩을 남기며 덕지덕지 찍어 바른 분가루를 지워냈습니다. 아아, 다시는 돌이킬 수 없는 시간! 여러분, 신사 숙녀 여러분, 좀 더 섬세한 애정의 감각을 개발하지 않은 여러분으로선 그런 쾌감은 상상도 못하실 것입니다. 그리고 저 역시 이제 청춘이 갔으니—아아, 청춘!—다시는 그렇게 아름다운 인생은 보지 못할 것입니다. 끝장이 난 셈이죠.

아아, 그렇고말고요. 사라져버렸습니다. 영원히 가버렸단 말입니다. 아아, 인간의 즐거움이 그렇게 초라하고 짧고 덧없다니! 현실 세계에서 사랑의 절정은 얼마나 갈까요? 아무것도 아니죠. 한순간, 1초나 될까요? 1초 동안의 황홀경, 그다음은…… 먼지, 재, 아무것도 아닙니다.

그러니까 다만 한순간이나마 나는 인간이 도달할 수 있는 최고의 행복, 가장 숭고하고 가장 세련된 감정을 포착해냈던 것입니다. 그 순간에 그것은 끝장이 났고, 그런 다음 내가 내던져진 곳이 어디였겠습니까? 내 모든 야수성, 불꽃 튀던 정열은 마치 장미꽃처럼 맥없이 흩어졌습니다. 으스스 춥고 나른하게 축 처져 부질없는 후회로 가득 찼습니다. 회한 속에서 나는 방바닥에 엎어져 울고 있는 계집에게 연민의 정 비슷한 것마저 느꼈습니다. 우리가 그런 비열한 감정의 노예가 되어야 한다니 너무도 메스꺼운 일 아닙니까? 나는 다시는 그 계집을 보지 않았지요. 도망쳐야겠다는 생각만 들더군요. 그래서 지하굴 계단을 급하게 뛰어올라 거리로 뛰쳐나갔습니다. 밖은 어둡고 무척이나 스산했습니다. 거리는 텅 비었고 발밑의 바닥 돌이 공허하고도 쓸쓸히 울리더군요. 돈은 모두 사라졌고 택시비조차 없었습니다. 나는 걸어서 춥고 외로운 내 방으로 돌아왔습니다.

그러나 신사 숙녀 여러분, 그것이 내가 여러분에게 설명하겠다고 약속한 것입니다. 바로 사랑입니다. 그날은 내 생애 가장 행복했던 날이었습니다."

샤를리는 기묘한 자의 표본이었다. 나는 콕도르 가에 얼마나 다양한 괴짜들이 우글거렸던가를 이야기하기 위해서 그를 묘사했을 뿐이다.

3

 나는 약 1년 반 동안 콕도르 구역에서 살았다. 어느 여름, 내 수중에는 정확히 450프랑이 있었는데 수입이라고 해봐야 영어를 가르쳐서 버는 주당 36프랑이 전부였다. 그때까지 장래에 대해 생각해본 일이 없었던 나는 그제야 당장 무슨 일이든 해야 한다는 것을 깨달았다. 나는 일자리를 알아보기로 마음먹었다. 그리고 만약을 위해 한 달치 방세 200프랑을 미리 지불해두었는데, 나중에 보니 그렇게 한 것이 정말 다행이었다. 남은 250프랑과 영어 교습료로 한 달은 어떻게 버틸 수 있었고, 한 달 안에는 일자리도 찾을 수 있을 것 같았다. 여행사의 가이드라든가 통역으로라도 취직해볼 생각이었다. 그러나 하찮은 불운이 이마저 훼방을 놓았다.
 어느 날 자칭 식자공이라는 젊은 이탈리아인이 여인숙에 나타났다.

그는 어떤 면에서는 신분이 불확실한 사람이었다. 그가 기른 구레나룻은 불량배의 표시일 수도, 지성인의 표지일 수도 있었기 때문에 그가 어느 부류에 속하는지는 아무도 장담하지 못했다. 마담 F는 그의 외모가 마음에 들지 않아 일주일치 방세를 선불로 받았다. 그 이탈리아인은 방세를 치르고 여인숙에서 엿새를 묵었다. 그동안 그는 여인숙 열쇠를 복제했고, 마지막 날 밤에는 내 방을 포함해서 열두 곳을 털어 갔다. 다행스럽게도 내 주머니에 있던 돈은 찾아내지 못했고 나는 알거지 신세는 면하게 되었다. 47프랑, 즉 7실링 10펜스가 내 전 재산이었다.

이 일로 인해 일자리를 찾으려던 계획도 포기했다. 그때부터는 하루 6프랑 정도로 생계를 유지해야 했다. 애당초 다른 생각을 할 여유가 없었다. 그리하여 그때부터 나는 가난을 경험하게 되었다. 하루 6프랑으로 버틴다는 것이 실질적으로 가난하다고는 할 수 없을지 몰라도 거의 그 한계점에 다다른 실정이었다. 6프랑은 1실링에 해당하는데 파리에서는 요령만 있으면 하루에 1실링만 갖고도 살 수 있었다. 그러나 그렇게 살아가는 것은 매우 복잡했다.

사람이 처음으로 가난에 부닥치게 되면 아주 묘해진다. 가난에 대해서는 충분히 생각해왔다. 이는 평생을 두고 두려워하던 것, 조만간 맛보리라고 각오했던 것이다. 그런데 막상 부닥치면 너무나 무미건조하고 생소하다. 지극히 단순하리라 여겼으나 실은 굉장히 복잡하다. 무시무시하리라 생각했지만 그저 궁상맞고 진절머리가 날 따름이다. 처음에 발견하는 것은 가난이 지닌 특유의 구차스러움이다. 즉, 마지못해 쓰는 편법, 비굴한 쩨쩨함, 빵 부스러기까지 쓸어 먹는 일 따위이다.

예를 들면 가난에 따라다니는 비밀을 알게 된다. 느닷없이 하루 6프랑으로 수입이 줄었다. 그러나 이를 드러내서는 안 된다. 평소와 조금도 다름없이 살아가는 척해야 한다. 처음부터 거짓말의 그물에 얽혀들면 거짓말을 하지 않고는 살아가기 어렵다. 빨랫감을 세탁소에 안 맡기니 세탁소 여편네가 길거리에서 붙잡고 이유를 묻는다. 무어라 입 안으로 우물거리면 다른 세탁소로 빨랫감을 보내는 구나 생각하고는 꽁해서 평생 원수가 된다. 담뱃가게 주인은 왜 담배를 줄였느냐고 거듭거듭 다그친다. 답장을 하고 싶은 편지가 있지만 우푯값이 비싸서 못 보내기도 한다. 날마다 끼니때가 찾아오면 태연하게 식당에 가는 척 나가서는 뤽상부르 공원에서 비둘기를 구경하며 한 시간 동안 빈둥거린다. 나중에 끼니로 때울 음식을 주머니에 슬그머니 넣고는 집으로 돌아온다. 식사라고 해봐야 빵과 마가린 아니면 빵과 포도주이지만, 이런 따위의 음식을 살 때도 거짓말의 구애를 받는다. 가정용 식빵보다 비싸지만 둥글기 때문에 호주머니에 넣을 수 있는 호밀빵을 산다. 이 때문에 하루 1프랑씩을 더 허비해야 한다. 때로는 체면을 차리느라고 음료수 한 잔에 60상팀을 써서 그만큼 부족한 음식 분량을 감수해야 한다. 속옷은 때에 절어 더러워지고 비누와 면도날도 다 떨어진다. 머리가 길어지면 자기 손으로 깎아보려 하지만 엉망진창이 되어 결국은 이발소를 찾아가야 하고 그만큼 배를 더 곯아야 한다. 눈만 뜨면 거짓말, 그것도 돈이 드는 거짓말을 해가며 하루하루 살아간다.

하루 6프랑의 생활이 지극히 불안정하다는 것을 알게 된다. 하찮은 재앙이 일어나도 끼니를 거르게 마련이다. 가령 마지막 남은 80상팀을 주고 우유를 반 리터 사 와서 알코올풍로에 데우고 있다고 하자. 우유가 끓고 있는데 빈대 한 마리가 팔에서 스멀거린다. 그래서 손톱으로 톡 튕겼더니 그것이 퐁당! 우유 속으로 빠져버린다. 이렇게 되면 우유를 쏟아버리고 배를 쫄쫄 곯는 수밖에 별도리가 없다.

빵을 사려고 빵집에 간다. 빵집 아가씨가 다른 손님에게 빵을 1파운드 베어주는 동안 기다린다. 아가씨가 좀 서툴러서 1파운드가 더 되게 베어낸다. 그러고는 "손님, 죄송하지만 2수*만 더 내시겠어요?"라고 말한다. 빵이 1파운드에 1프랑인데, 주머니에는 꼭 1프랑밖에 없다. 내게도 2수를 더 요구할지도 모르고, 그렇게 되면 줄 수 없다고 고백해야 한다는 생각이 들자 지레 놀라 허겁지겁 뺑소니를 친다. 그리고 몇 시간이 흐른 뒤에야 겨우 그 빵집에 다시 발을 들여놓는다.

감자 1킬로그램을 사려고 채소가게에 들른다. 그런데 1프랑 중에 벨기에 동전이 있다고 받으려 들지 않는다. 그러면 그 가게에서 나와 다시는 발을 디밀지 못한다.

길을 잘못 찾아 흥청거리는 곳에 들어섰다가 마침 저쪽에서 다가오는 부유한 친구를 본다. 그의 눈을 피하기 위해 가장 가까운 카페로 몸을 숨긴다. 일단 카페에 들어간 이상 무엇이든 주문해야 한다. 그래서 마지막 50상팀을 후벼 꺼내 죽은 파리가 둥둥 뜬 커피 한 잔을 마신다. 이런 따위의 재앙은 수백 가지나 무수히 겹칠 수도 있다. 이런 사례는 돈에 쪼들리며 지내는 과정의 일부에 지나지 않는다.

굶주림이 어떻다는 것도 절감하게 된다. 배 속에는 빵에다 마가린

---

* 1수는 5상팀.

을 넣었을망정, 거리에 나서면 상점의 진열장을 들여다본다. 곳곳에 무더기로 쌓인 음식이 나에게 모욕을 퍼붓는 듯하다. 통째 놓여 있는 돼지고기, 바구니마다 그득 찬 김이 무럭무럭 나는 빵, 어마어마하게 큰 노란 버터 덩어리, 줄줄이 매달린 소시지, 수북이 쌓인 감자 더미, 맷돌만큼이나 커다란 그뤼예르산 치즈 등등이 말이다. 그렇게나 엄청난 음식을 보면 자신에 대한 애처로운 연민의 정이 엄습해온다. 빵을 한 덩어리 훔쳐 달아나 먹고 싶다는 생각이 굴뚝같지만 배짱이 없어서 그 짓도 못한다.

가난과 불가분의 관계인 권태라는 것도 느끼게 된다. 아무 할 일도 없는 데다 배불리 먹지도 못하는 시간에는 그 무엇에도 흥미가 일지 않는다. 보들레르의 시에 나오는 '젊은 해골' 같은 느낌으로 한 번 침대에 누우면 반나절이나 누워 있곤 한다. 오로지 음식만이 몸을 일으키게 한다. 일주일을 빵과 마가린으로 버틴 사람은 사람이 아니라 몇몇 곁다리 기관이 달린 밥통에 지나지 않음을 깨닫는다.

이것이 ─ 더 자세히 묘사할 수도 있으나 모두 비슷비슷하다 ─ 하루 6프랑의 인생이다. 파리에서는 수천 명이 이런 삶을 살고 있다. 가난한 학생이나 화가, 재수 옴 붙은 매춘부들, 모든 부류의 실업자들 등등. 말하자면 이것이 가난의 언저리이다.

나는 이런 식으로 약 3주를 버텼다. 47프랑은 금세 바닥났고 매주 영어 교습료로 받는 36프랑으로 어떻게 해서든 살아나가야 했다. 경험이 없는 나는 돈을 요령 있게 쓰지 못해서 때로는 하루 종일 배를 쫄쫄 곯았다. 이런 날이면 옷가지 몇 점을 조그맣게 꾸려 슬그머니 몽타뉴 생주느비에브 가에 있는 고물상으로 가서 팔곤 했다. 가게 주인은 빨강 머리 유대인으로, 찾아오는 손님한테 무섭게 화를 버럭버럭 내는 해괴망측한 자였다. 그의 태도만을 보면 그 집에 가는 일이 그에게 무슨 해라도 끼치는 것이 아닌가 생각할 정도였다. 그는 이렇게 소리를 지르곤 했다. "제기랄! 또 왔소? 여기가 어떤 곳인지 알고 오는 거요? 수프 파는 식당인 줄 아쇼?" 그러고는 믿기지 않을 정도로 형편없이 물건을 싸게 쳐서 돈을 내주었다. 내가 25프랑에 사서 거의 쓰지도 않은 모자에 그는 단돈 5프랑을 쳐주었다. 성한 구두 한 켤레에 5프랑, 내의 한 벌에 1프랑씩 쳐서 주었다. 그는 항상 사는 것보다는 교환을 즐겼다. 못 쓰는 물건을 손에 쥐여주고는 자신은 값을 치른 것으로 쳐버리는 묘한 재주가 있었다. 한번은 어떤 늙수그레한 부인한테 썩 훌륭한 외투를 넘겨받은 그가, 당구공 두 개를 그녀 손에 쥐여주고는 채 항의할 틈도 안 주고 문밖으로 몰아내는 광경을 보았다. 할 수만 있다면 그 유대인의 코를 납작하게 분질러주면 속이 시원할 것 같았다.

이렇게 지내온 3주는 지저분하고 불쾌하기 짝이 없었다. 그리고 머지않아 방세를 내야 할 신세이니 더욱 궁핍한 처지에 빠지리라는 사실은 분명했다. 그럼에도 사태는 내 예측의 반의반만큼도 나쁘지 않았다. 왜냐하면 가난에 다가가면서 가난으로 인한 어떤 발견을 했기 때문이다. 권태라든가 비열할 정도로 쩨쩨한 것, 굶주림의 시초를 발견하기도 했지만 더불어 가난이 지닌 커다란 장점, 즉 가난은 미래를 말살해버린다는 사실도 발견했다. 어느 한도 내에서는 돈을 적게 가질수록 걱정도 덜 하게 된다는 것은 실제로 들어맞는 얘기이다. 모두 합쳐 100프랑밖에 없을 때는 가장 소심한 겁쟁이가 되기 십상이다.

하지만 단 3프랑만 가지고 있으면 아주 무심해진다. 3프랑으로는 다음 날까지 먹을 수 있을 것이니 그 이상은 생각할 수 없기 때문이다. 지루하기는 하겠지만 무섭지는 않다. 멍하니 '하루나 이틀 후에 나는 굶어 죽을 거야. 놀라운 일이구나, 안 그래?'라고 생각해본다. 그러다가 다른 잡념에 빠져든다. 빵 한 덩이와 마가린으로 때우는 식사가 어느 정도는 그것 자체로 진통제 역할을 해주는 것이다.

가난에 큰 위안이 되는 또 하나의 감정이 있다. 찢어지게 극심한 가난을 겪어본 사람이라면 이런 감정을 체험했으리라 믿는다. 자신이 마침내 진정 밑바닥까지 왔다는 것을 인식하게 되면 안도감, 아니 거의 쾌감 비슷한 감정을 느끼는 것이다. 영락에 대한 이야기를 자주 해왔다. 자, 이제야말로 밑바닥이다. 이제야 여기에 도달했다. 그리고 충분히 견뎌낼 수 있다. 이런 기분이야말로 온갖 근심을 덜어준다.

4

어느 날 느닷없이 영어 교습이 중단되었다. 학생 중 하나가 무더운 날씨 탓에 너무나 게을러져서 공부를 계속할 수 없다며 나를 해고해 버린 것이다. 또 한 학생은 내게 12프랑의 빚을 지고는 아무 말도 없이 숙소에서 사라졌다. 돈은 겨우 30상팀만 남았고 담배까지 떨어졌다. 하루 반 동안 먹을 것도 피울 것도 없이 지내다 너무 허기가 져서 더는 참을 수가 없었다. 그래서 나머지 옷가지를 가방에 꾸려 전당포로 갔다. 이것으로 돈이 있는 척 가장하는 짓도 끝장이 났다. 왜냐하면 마담 F의 허락 없이는 여인숙 밖으로 옷을 가지고 나갈 수 없었기 때문이다. 그런데 내가 옷가지를 몰래 내가지 않고 허락을 청한 것에 그녀가 퍽 놀라워했던 기억이 난다. 이 지역에서 밤중에 달아나는 일 따위는 예사였던 것이다.

프랑스의 전당포는 처음이었다. 웅장한 석조 정문(물론 '자유' '평등' '박애'라고 새겨져 있었다. 프랑스는 경찰서 건물에도 이렇게 쓰여 있다)으로 들어가자 학교 교실같이 넓고 텅 빈 방이 나왔다. 그곳에 카운터 하나와 의자 여러 줄이 놓여 있었고 사오십 명의 사람들이 대기 중이었다. 전당 잡힐 물건을 카운터에 넘겨주고 앉아 있는 것이다. 곧 점원이 물건의 가치를 매겨서 호명했다. "몇 십 몇 번! 50프랑 받아 가시겠소?" 어떤 때는 겨우 15프랑이거나 10프랑 또는 5프랑도 부른다. 매긴 금액이 어떻든 방에 있는 사람들은 그 금액을 다 알게 된다. 내가 방에 들어갔을 때 점원은 화가 난 태도로 "83번, 이리 좀!" 하고 불렀다. 그런데 마치 개를 부르듯이 휘파람에다 고갯짓까지 하고 있었다. 83번이 카운터 앞으로 걸어갔다. 수염을 기른 노인이었다. 목까지 단추를 채운 윗옷에 바짓단은 닳아서 너덜너덜했다. 한마디 말도 없이 점원은 보따리를 카운터 너머로 던졌다. 아무런 가치도 없음이 분명했다. 보따리가 땅에 떨어지면서 풀어졌는데 남성용 모직 팬티 네 벌이 드러났다. 웃지 않고 배길 수가 없었다. 가엾게도 83번은 팬티를 주워 모아서는 무어라 혼자 중얼거리면서 비틀비틀 걸어나갔다.

가방까지 합쳐서 전당 잡힌 옷가지는 20파운드 넘게 주고 산 것으로, 아직 말짱한 물건이었다. 적어도 10파운드의 가치는 있으리라고 생각했다. 그 4분의 1(전당포는 4분의 1밖에 기대할 수 없다)이라고 할지라도 250프랑에서 300프랑은 될 터였다.* 나는 적어도 200프랑

---

* 1파운드는 프랑스 돈 120프랑에 해당한다.

은 받으려니 생각하면서 아무 걱정 없이 기다리고 있었다.

드디어 점원이 "97번!" 하고 내 번호를 불렀다.

나는 "네" 하고 대답하면서 일어섰다.

"70프랑?"

10파운드 가치가 있는 옷가지가 고작 70프랑이라니! 그러나 말해 봐야 소용이 없었다. 전에 누군가가 따지려 드니까 점원이 곧바로 전당 잡기를 거절하는 것을 본 적이 있었다. 나는 돈과 전당표를 움켜쥐고 나왔다. 이제 나한테는 지금 걸친 팔꿈치가 다 닳은 옷과 잘하면 전당 잡힐 수도 있을 코트, 그리고 여분의 내의 한 벌뿐이었다. 나중에야 너무 늦게 알아차린 사실이지만, 전당포에는 오후에 가는 편이 훨씬 유리했다. 점원들이 프랑스인이기 때문에 대부분의 프랑스인이 그렇듯 점심을 먹기 전에는 기분이 좋지 않았다.

여인숙에 돌아오니 마담 F가 바의 마룻바닥을 쓸고 있었다. 그녀는 층계를 올라와서 나를 맞았다. 눈동자에는 내 방세를 걱정하는 기색이 역력했다.

"그래," 그녀가 입을 열었다. "옷을 잡히고 얼마나 받았어요? 별로 못 받았죠?"

"200프랑요." 나는 재빨리 대답했다.

"어머!" 그녀는 놀라며 말했다. "그만하면 괜찮네요. 필시 그 영국제 양복이 굉장히 비쌌던 거예요!"

이 거짓말 때문에 성가신 일을 많이 모면한 셈인데, 이상스럽게도 그 말은 참말이 되었다. 신문에 실린 원고료로 며칠 후에 꼭 200프랑을 받았다. 속이 쓰리기는 했지만 그 돈을 한 푼도 안 남기고 방세로 즉시 지불했다. 그래서 다음 몇 주 동안은 허기진 상태에서 헤매긴 했으나 지붕 없이 지내는 신세는 면하게 되었다.

이제는 어떻게든 일자리를 찾아야 했다. 그때 보리스라는 러시아인 웨이터가 머리에 떠올랐다. 그 친구가 나를 도와줄 수 있을 것 같았다. 나는 보리스를 병원 공동병실에서 처음 만났다. 거기서 그는 왼쪽 다리에 생긴 관절염 치료를 받고 있었다. 그때 어려운 일이 생기면 자기를 찾아오라고 했던 것이다.

보리스에 관해 이야기를 좀 해야겠다. 괴짜에다 내 오랜 친구였으니 말이다. 그는 서른다섯 살쯤 된 덩치 크고 군인같이 생긴 사내였는데, 병에 걸린 후로는 줄곧 자리에 누워 있는 통에 굉장히 살이 쪄서 풍채가 좋았다. 대부분의 러시아 망명자가 그렇듯 그도 파란만장한 인생을 살아왔다. 양친은 러시아 혁명 전에 살해되었고, 그전에는 부유하게 살았다고 했다. 전쟁 중에는 제2시베리아 보병대에 복무했다. 그의 말로는 그 부대가 러시아 군대에서 최고라는 것이었다. 전쟁이 끝나자 처음에는 솔 만드는 공장에서 일했고, 다음에는 파리 중앙시장에서 짐꾼으로 일하다가, 접시닦이를 거쳐 마침내는 웨이터로 자기 앞길을 개척했다고 했다. 그는 병에 걸리기 전까지 스크리브 호텔에서 하루에 100프랑씩 팁을 받으며 일했다. 그의 야심은 수석 웨이터가 되어 5만 프랑의 돈을 저축해서 센 강 오른편 기슭에 아담한 고급 식당을 차리는 것이었다.

보리스는 늘 전쟁 기간이 자기 인생에서 가장 행복했던 시기였다고 말했다. 전쟁이라든가 군대 생활이 그의 열정적인 관심사였다. 그는 전략과 전쟁사에 관한 책을 수없이 많이 읽었다. 그래서 나폴레옹, 쿠

투조프, 클라우제비츠, 몰트케, 포슈의 이론은 거의 꿰고 있었다. 군인에 관한 이야기라면 무엇이든 그를 즐겁게 만들었다. 그가 가장 마음에 들어 한 카페는 몽파르나스에 있는 〈클로즈리 데 릴라〉*였는데, 단지 네 장군의 동상이 문밖에 서 있다는 것이 이유였다. 이후에 보리스와 나는 종종 코메르스 가에 갔다. 지하철을 이용할 때면 코메르스 역이 더 가까운데도 보리스는 늘 캉브론 역에서 내렸다. 워털루에서 항복 권고를 받고서도 "개똥이다!"라고 일축해버린 캉브론 장군과 연관된 그 역이 좋았기 때문이다.

러시아 혁명이 보리스에게 남겨준 것이라곤 몇 개의 훈장과 몸담았던 옛 연대의 사진 몇 장뿐이었다. 다른 물건은 모두 전당 잡히는 판국에도 이것들만은 소중히 간직하고 있었다. 거의 매일 그는 침대에다 사진들을 펼쳐놓고 이렇게 이야기하곤 했다.

"어이 친구, 이거 봐! 중대 맨 앞에 있는 게 나라고. 체격이 당당한 멋진 놈이지, 안 그래? 여기 쥐새끼같이 조그마한 프랑스 놈들하고는 딴판이라고. 스무 살에 대위라니…… 뭐 괜찮았지, 내 아버지는 대령이셨어.

아, 그런데 친구, 인생의 흥망성쇠라니! 러시아군 대위가 혁명이 터지는 통에…… 쳇! 알거지가 됐어. 1916년에는 에두아르 7세 호텔에서 일주일을 묵었더랬지. 그런데 1920년에는 거기서 야간경비원 일자리를 얻으려 했단 말이야. 야간경비원, 창고지기, 바닥 청소부, 접시닦이, 짐꾼, 화장실 청소부 등 안 해본 일이 없어. 웨이터한테 팁

---

* '라일락 농장'이라는 뜻.

을 주던 팔자에서 웨이터가 되어 팁을 받는 신세가 됐으니!

아, 그래도 난 신사답게 사는 것이 무엇인가를 체득했네. 친구, 자랑은 아니네만 언젠가 난 그동안 정부로 데리고 놀던 계집의 숫자를 계산해봤단 말이지. 그런데 200명이 넘더군. 그렇지, 적어도 200명. ……아아, 다시 돌아올 날이 있겠지. 승리는 가장 오래 버티는 자에게 오나니, 용기를!" 등등.

보리스는 기이하고도 변덕스러운 성격이었다. 그는 언제나 군대로 돌아가고 싶어 했다. 그러나 오랫동안 웨이터 노릇을 해서인지 이미 웨이터다운 분위기를 물씬 풍겼다. 몇 천 프랑 이상은 저축하지 못했지만 언젠가는 식당을 차려 부자가 되리라 생각하고 있었다. 나중에야 안 사실이지만, 웨이터라면 누구나 그런 식으로 말하고 그런 생각을 가지고 있었다. 이렇게 넋두리를 함으로써 그들은 웨이터 노릇을 감내하는 것이었다. 보리스는 호텔 생활에 대해 흥미진진한 이야기를 들려주곤 했다.

"웨이터 노릇은 도박이야." 그는 늘상 말했다. "아무리 찢어지게 가난해도 1년 이내에 한몫 잡아 부자가 될 수 있단 말이야. 급료는 없지만 팁으로 살아가지. 계산서의 10퍼센트 팁이랑 샴페인 병마개 하나하나에 주류업자가 치르는 수수료로 말이야. 팁이 엄청날 때도 있어. 맥심에서 일하는 바텐더는 하루에 500프랑을 번다더군. 성수기에는 500프랑 이상을 벌 때도 있지…… 나도 하루에 200프랑 이상 받아본 적이 있어. 성수기에 비아리츠에 있는 호텔에 다닐 때였는데, 지배인부터 접시닦이 일까지 하루에 스물한 시간씩 일했어. 한 달 내내 스물한 시간 일하고 두 시간 반 자는 거야. 그래도 하루에 200프랑을 벌었으니 그만한 보람은 있었지.

언제 행운이 굴러 들어올지 알 수 없는 노릇이야. 한번은 내가 루아얄 호텔에 다닐 때였는데, 어떤 미국인 손님이 만찬 전에 나를 부르더니 브랜디 칵테일 스물네 잔을 주문하더군. 스물네 잔을 쟁반에 받쳐 들고 들어갔어. '자, 보이!' 손님이 입을 열었어. (취해 있었지.) '내가 열두 잔 마실 테니 자네도 열두 잔 마시게나. 그러고 나서 문까지 걸어가면 100프랑을 주지.' 내가 문까지 걸어가니까 그가 100프랑을 주더군. 그런데 엿새 동안 밤마다 똑같은 짓을 하더란 말이지. 열두 잔의 브랜디 칵테일을 마시면 100프랑이란 말이야. 몇 개월이 지난 후에 나는 그 손님이 미국 정부에 의해 본국으로 송환되었다는 소문을 들었어. 횡령범이었더라고. 그렇지만 이런 미국인들은 좀 멋진 구석이 있는 것 같지 않아?"

나는 보리스를 좋아했다. 우리는 체스도 두고 전쟁이나 호텔 이야기도 주고받으며 재미있는 시간을 보냈다. 보리스는 나더러 웨이터가 되라고 넌지시 권하기도 했다. "그 생활이 자네한테 어울릴 거야" 하고 늘상 말하곤 했다. "이 일을 시작하면 하루에 100프랑은 너끈히 들어오는 데다 멋진 정부와 노는 생활도 나쁘지는 않지. 자네는 글을 쓰겠다고 그러지만 글 쓰는 일은 구질구질해. 글을 써서 돈을 버는 유일한 길이라고는 출판업자 딸이나 낚아채서 결혼하는 수밖에 없어. 하지만 자네는 그 콧수염만 밀어 없애면 멋진 웨이터가 될 수 있고말고. 키도 후리후리한 데다 영어도 곧잘 하겠다, 그건 웨이터가 갖춰야 할 중요한 조건이란 말이야. 내 이놈의 빌어먹을 다리를 구부릴 수 있을 때까지 기다리게나, 친구. 그리고 혹시라도 실직하거든 날 찾아오게."

방세도 떨어지고 배도 곯게 되자 보리스의 약속이 생각나 당장 그를 찾아가기로 했다. 나는 그가 말했듯이 그렇게 쉽사리 웨이터가 되리라고 생각하지는 않았다. 그러나 접시 닦는 일 정도는 할 수 있으니 그가 주방 일자리라도 구해줄 것은 조금도 의심치 않았다. 접시닦이 자리는 여름철에는 얼마든지 있다고 말한 적이 있었기 때문이다. 하여간 의지할 만한 친구가 기억난 것만으로도 큰 위안이 되었다.

5

얼마 전에 보리스는 마르셰 데 블랑 망토 가(街)의 주소를 내게 알려주었다. 편지에는 "아주 형편없지는 않네"라는 말만 적혀 있었기 때문에 나는 그가 스크리브 호텔로 돌아가서 하루 100프랑을 벌고 있으리라고 생각했다. 나는 희망에 부풀었다. 멍텅구리처럼 왜 진작 보리스를 찾아가지 않았을까 생각했다. 요리사들이 사랑의 노래를 부르면서 프라이팬에 달걀을 깨뜨려 넣는 아담한 식당에서 하루 다섯 끼를 배부르게 먹는 내 모습을 머릿속에 그려보았다. 심지어는 급료가 들어올 것을 예상하고서 2프랑 50상팀을 주고 골루아즈 블뢰 담배 한 갑을 사기까지 했다.

아침에 나는 걸어서 마르셰 데 블랑 망토 가로 갔다. 그런데 그곳이 내가 기거하는 거리와 별반 다르지 않은 누추한 곳임을 알고서 깜짝 놀랐다. 보리스가 있다는 호텔은 그 거리에서도 가장 더러운 여인숙이었다. 어두컴컴한 입구에서 음식 찌꺼기와 싸구려 가공 수프인 부용 지프 냄새가 뒤섞인 고약하고 시큼틸틸한 냄새가 풍겼다. 불안이 엄습해왔다. 한 봉지에 25상팀 하는 부용 지프를 끓여 먹는 사람이라면 굶어 죽어가거나 그와 비슷한 상태에 처한 자가 분명했다. 보리스가 하루에 100프랑을 번다는 게 사실일까? 사무실에 앉아 있던 시무룩한 표정의 관리인은 "아, 그 러시아 사람이라면 안에 있소. 지붕 밑 다락방에요"라고 말했다. 좁고 구불구불한 층계로 6층까지 올라갈수록 부용 지프 냄새는 더욱 심하게 코를 찔렀다. 노크를 해도 기척이 없어 나는 문을 열고 들어갔다.

다락방은 가로세로 열 자쯤 되고 채광창으로만 햇빛이 들고 있었다. 가구라고는 좁은 철제 침대와 의자 하나에 한쪽 다리가 망가진 세면대가 있을 뿐이었다. 침대 위쪽 벽에는 빈대가 S자 모양으로 줄을 지어 느리게 기어가고 있었다. 보리스는 벌거벗은 채 자고 있었는데, 커다란 배가 지저분한 시트 밑에서 둥근 무덤처럼 벌렁거렸다. 가슴에는 여기저기 빈대에 물린 자국이 있었다. 내가 들어가자 그는 잠에서 깨어나 눈을 비비며 깊은 신음 소리를 냈다.

"아이고 젠장!" 그가 탄식을 시작했다. "이런, 염병할! 아이고 허리야! 빌어먹을. 허리가 부러진 것 같구먼!"

"어찌 된 일이야?" 내가 외쳤다.

"내 허리가 부러진 것 같다고. 마룻바닥에서 잤으니 말이야. 아이고, 젠장! 허리가 얼마나 아픈지, 자네가 상상이나 하겠나?"

"여보게 보리스, 어디 아픈가?"

"아픈 게 아니라 배가 고픈 거야. 그래, 이런 상태가 계속되면 굶어 죽을 판이지. 마룻바닥에서 자는 데다 지난 몇 주 동안 하루 2프랑으로 연명했으니. 끔찍한 일이지. 자네가 하필 나쁠 때 왔어, 이 친구야."

보리스에게 지금도 스크리브 호텔에서 일하는지는 물어볼 필요도 없었다. 나는 아래층으로 달려 내려가 빵을 한 덩어리 사 왔다. 보리스는 빵 덩어리에 허겁지겁 달려들어 반쯤 후딱 먹어치우고는, 기분이 좀 나아진 듯 일어나 앉아 자기에게 어떤 일이 있었는지 말했다. 그는 병원에서 퇴원한 후에도 다리를 많이 절어 일자리를 얻지 못했다고 했다. 그래서 가진 돈을 다 써버리고 가진 물건도 다 전당 잡혔었으며, 마침내는 며칠을 굶고 있던 중이라는 것이었다. 그는 오스터리츠 다리 아래 부둣가에 있는 빈 술통 사이에서 일주일 동안 노숙했고, 지난 두 주 동안은 이 방에서 유대인 직공과 함께 지냈다고 했다. 사정인즉(아마 무슨 복잡한 사연이 얽혀 있겠지만) 그 유대인이 보리스에게 300프랑의 빚을 지고 있어서, 마룻바닥에서 재워주고 하루 식대로 2프랑씩 주어 그 빚을 갚아나가는 모양이었다. 2프랑이면 커피 한 잔과 빵 세 덩이를 살 수 있는 돈이었다. 유대인이 아침 일곱 시에 일하러 나가면 보리스는 자기 자리(채광창 밑이라 비가 샌다고 했다)에서 침대로 잠자리를 옮기곤 했다. 거기서도 빈대 때문에 제대로 자지 못했지만 마룻바닥에서 자서 뻣뻣해진 허리는 쉴 수 있었다.

보리스의 도움을 얻고자 찾아온 터에 나보다도 훨씬 못한 처지에 있는 것을 보니 실망이 이루 말할 수 없을 정도였다. 내게도 돈이 60프랑 정도밖에 남아 있지 않아 곧 일자리를 얻어야 할 사정이라고 설명했다. 이때쯤 보리스는 빵을 다 먹어치운 다음이라 명랑해졌고 말수도 많아졌다. 그는 아무렇지도 않다는 듯 지껄여댔다.

"원 참, 자네는 뭐가 걱정인가? 60프랑이나 있다면서. 아니 그만하면 한재산이지! 거기 신발 좀 주게나, 친구. 이놈의 빈대들, 가까이 오기만 하면 때려잡아줄 테다."

"그런데 일자리 얻을 기회는 있을 것 같은가?"

"기회? 물론 있고말고. 사실 이미 생각해둔 데가 있다네. 며칠 안에 코메르스 가에 러시아 식당이 개업할 거야. 내가 수석 웨이터가 될 것은 자명한 일이지. 자네한테 주방 일자리쯤은 마련해줄 수 있을 걸세. 한 달에 500프랑에다 식사 제공이야. 재수가 좋으면 팁도 들어오고."

"하지만 그동안이 문제지. 얼마 안 있으면 방세를 치러야 하니 말이야."

"옳지, 뭘 좀 찾아볼까? 몇 가지 묘책을 준비해두고 있어. 예를 들어 내게 빚진 사람들이 있지. 파리에는 이런 자들이 사방에 널려 있단 말이야. 그중 한 사람은 머지않아 꼭 돈을 갚게 되어 있어. 그리고 말이야, 내 정부였던 계집들을 생각해보게. 여자는 절대로 잊어버리지를 않거든. 내가 청하기만 하면 도와줄 거야. 또 그 유대인 녀석 말로는 자기가 일하는 차고에서 자석발전기를 훔쳐올 작정인데, 그걸 내다 팔기 전에 청소를 해주면 하루에 5프랑씩 주겠다는 거야. 그것만으로도 얼마간 먹고살 수 있겠지. 친구, 걱정하지 말게. 돈 벌기보다 쉬운 일은 없다네."

"좋아, 지금이라도 일자리를 찾아보세."

"좀 이따 나가자고, 친구. 굶어 죽진 않을 테니 걱정 말라니까. 오직 운명에 맡길 뿐이야. 나는 이보다도 더한 궁지에 빠진 적이 수십 번은 될 거야. 문제는 버티는 거지. 포슈의 좌우명을 기억하게나. '공격! 공격! 공격!'"

정오쯤 되자 보리스는 일어나기로 마음먹었다. 그에게 남은 것이라곤 양복 한 벌에 내의 한 벌, 옷깃과 넥타이, 다 해진 구두 한 켤레, 구멍투성이 양말이 전부였다. 그러나 최후의 궁지에 몰렸을 때 잡혀먹을 외투는 가지고 있었다. 또 형편없는 마분지로 된 것이긴 했지만 20프랑짜리 여행가방도 있었는데, 이 가방이 아주 중요했다. 왜냐하면 여인숙 주인은 그 속에 옷이 가득 들었다고 믿고 있기 때문이었다. 그것이 없었다면 보리스는 그 집에서 벌써 쫓겨났을 터였다. 가방 속에 든 것이라곤 사실 훈장과 사진, 여러 가지 허섭스레기, 두툼한 연애편지 다발뿐이었다. 그런 처지에도 보리스는 제법 그럴듯하게 차리고 나섰다. 두 달이나 쓴 면도날로 비누칠도 하지 않고 면도를 했으며, 숭숭 구멍 뚫린 넥타이는 구멍이 보이지 않도록 잘 맸고, 구두 바닥에도 치밀하게 신문지를 깔았다. 마침내 옷을 다 입고 나서는 잉크병을 가지고 와 구멍 난 양말 사이로 보이는 발목의 살에다 잉크를 칠했다. 치장이 끝나고 보니 그가 최근까지도 센 강 다리 밑에서 노숙한 사람이라고는 상상할 수 없었다.

우리는 리볼리 가에 있는 조그마한 카페로 갔다. 그곳은 호텔 지배인과 종업원들이 만나는 장소로 유명했다. 구석에 어둠침침한 동굴 같은 방이 있었는데 이곳에 여러 부류의 호텔 종업원들이 앉아 있었다. 말쑥이 차려입은 젊은 웨이터들, 굶은 게 분명한 그다지 말쑥하지 못한 웨이터들, 살이 뒤룩뒤룩 찌고 발그레한 혈색의 요리사들, 기름때가 밴 접시닦이들, 늙어 꼬부라진 청소부 노파. 그들 앞에는 손도 대지 않은 블랙커피 한 잔이 놓여 있었다. 이곳은 실상 직업소개소였고, 음료수를 마시는 데 드는 돈이 주인의 수수료였다. 가끔 몸이 건장하고 식당 주인임이 분명한 힘 있어 보이는 남자가 바텐더에게 무어라 쑤군거리면, 그는 뒷방에 처박혀 있는 사람들 중에서 하나를 뽑아내가곤 했다. 그러나 바텐더가 보리스나 나는 호출하지 않았기 때문에 우리는 두 시간이나 공친 후 거기에서 나왔다. 음료수 한 잔에 두 시간 이상 버티지 않는 것이 그곳의 예의였기 때문이다. 그리고 나중에 안 사실이지만 바텐더에게 뇌물을 먹이는 것이 요령이었다. 20프랑만 주면 대개 일자리를 마련해준다는 것이었다.

우리는 스크리브 호텔로 가서 길거리에서 지배인이 나타나기를 한 시간이나 눈이 빠지게 기다렸다. 그러나 그는 끝내 오지 않았다. 그러고서도 우리는 지친 다리를 끌고 코메르스 가까지 갔으나 새로 단장한 새 식당 역시 문이 닫혀 있었고 주인은 외출 중이었다. 그러다 밤이 되었다. 우리는 길거리를 14킬로미터나 돌아다니느라 너무 피곤했기 때문에 1프랑 50상팀이나 들여 지하철을 타고 돌아왔다. 한쪽 다리를 저는 보리스에게는 걷는 게 고통이었다. 밤이 깊어감에 따라 그의 낙천주의도 점점 퇴색하고 있었다. 이탈리아 광장 역에서 내릴 때는 거의 절망에 빠진 상태였다. 일자리를 찾는 건 소용없는 짓이고 범죄를 시도해볼 도리밖에 없다고 말하기 시작했다.

"굶어 죽느니 강도질이라도 하는 게 낫지. 친구, 내가 종종 계획을 짜봤어. 살지고 돈 많은 미국인…… 몽파르나스의 어느 어두운 길모퉁이에서…… 양말 속에 넣어둔 돌멩이로…… 딱! 그러고 호주머니를 뒤져서 줄행랑치는 거야. 누워서 떡 먹기지, 안 그래? 나는 절대 겁먹지 않아. 내가 당당한 군인이었다는 걸 잊지 말게."

그러나 그는 우리 둘 다 외국인이어서 쉽사리 눈에 띈다는 이유로 결국 이 계획도 포기했다.

우리는 1프랑 50상팀으로 빵과 초콜릿을 사서 내 방으로 돌아왔다. 보리스는 자기 몫을 꿀꺽 먹어치우더니 당장 마법에라도 걸린 듯 쾌활해졌다. 그의 신체 조직은 마치 칵테일처럼 음식이 재빨리 효력을 발휘하는 것 같았다. 그가 연필 한 자루를 꺼내더니 우리에게 일자리를 줄 법한 사람들의 명단을 작성하기 시작했다. 그는 기십 명은 된다고 말했다.

"내일이면 뭐가 됐든 걸려들 걸세. 친구, 난 육감으로 알아. 행운이란 언제나 돌고 도는 법이니까. 그뿐인가? 우리 둘 다 머리가 있단 말이야. 머리만 쓰면 누구도 굶어 죽진 않아.

머리만 있으면 뭐든 할 수 있고말고! 머리만 쓰면 뭘 해도 돈을 벌 수 있단 말이야. 참으로 천재적인 폴란드인 친구가 하나 있었는데, 그자가 어떤 짓을 했을 것 같은가? 금반지를 사서 15프랑에 전당을 잡혔거든. 그런데 점원이 전당표에 아무렇게나 적어 넣는 걸 자네도 알잖아. 그 친구는 점원이 '금'이라고 적은 데다가 '그리고 다이아몬드'라고 쓰고, '15프랑'을 '15,000프랑'으로 고쳐놓는단 말이야. 어때, 멋지지 응? 그러면 전당표를 담보로 맡기고 천 프랑을 빌릴 수가 있거든. 머리만 있으면 돈을 벌 수 있다는 건 바로 이런 걸 두고 하는 말일세……."

보리스는 저녁 내내 희망에 차서, 우리가 니스나 비아리츠에서 웨이터로 같이 일하면서 깔끔한 방을 쓰고 정부를 둘 만한 돈을 벌 그런 호시절을 말했다. 그는 너무나 피곤해서 3킬로미터나 떨어진 자기 여인숙까지 돌아갈 수가 없었다. 그래서 윗옷을 벗어 구두에 둘둘 말아 베개 삼아 괴더니 내 방 마룻바닥에서 잠들었다.

6

 우리는 다음 날도 일자리 얻기에 실패했다. 행운이 돌아오는 데는 3주가 걸렸다. 내가 가지고 있던 200프랑으로 방세 걱정은 덜었으나 그 밖의 모든 일은 최악의 밑바닥을 맴돌았다. 매일매일 보리스와 나는 군중을 헤치며 파리 거리를 헤매고 다녔지만 지치고 배만 고플 뿐 아무것도 얻지 못했다. 하루는 센 강을 열한 번이나 건너다닌 기억이 난다. 우리는 몇 시간이고 하릴없이 문밖에서 빈둥거리다가 지배인이 나오기만 하면 모자를 벗어 들고 굽실굽실 그에게 다가가곤 했다. 우리는 늘 똑같은 대답을 들었다. 절름발이나 무경험자는 필요 없다는 것이었다. 한번은 거의 고용될 뻔한 적도 있었다. 이야기를 하는 동안 보리스가 지팡이에 의지하지 않고 꼿꼿이 서 있었기 때문에 지배인이 그가 절름거리는 줄을 몰랐던 것이다. 지배인은 "그래요, 지하실에 두 사람이 필요한데 당신들이면 될 것 같군요. 이리 오시죠"라고까지 했으나, 보리스가 다리를 절며 걷는 것을 보더니 "아, 다리를 저는군요. 유감이지만……" 하고 말했다.

우리는 직업소개소에 이름을 올리고 구인 광고에도 응했지만 사방으로 쏘다니는 바람에 늦어져서 반 시간 차이로 번번이 일자리를 놓치는 듯했다. 한번은 철길 청소하는 자리를 거의 얻은 거나 다름없었는데 마지막 순간에 프랑스 사람을 우선으로 봐주는 통에 거절당했다. 또 한번은 곡마단에서 일손이 필요하다는 구인 광고에 응한 적도 있었다. 우리가 할 일은 의자를 정리하거나 장내를 청소하는 것, 그리고 공연 중에는 사자가 우리 다리 아래를 통과하도록 두 개의 술통 위에 올라 서 있는 것이었다. 우리는 정해진 시간보다 한 시간이나 빨리 그곳에 도착했지만 그때는 이미 50명이나 줄을 서서 기다리고 있었다. 사자에게 매력을 느낀 것이 분명했다.

한번은 내가 몇 달 전에 등록해둔 직업소개소에서 속달이 왔다. 어느 이탈리아 신사가 영어 개인교사를 필요로 한다는 내용이었다. 속달에는 '즉시 내방'이라 기재되어 있었고, 시간당 20프랑을 주겠다고 했다. 그러나 보리스와 나는 절망에 빠졌다. 더할 나위 없이 좋은 기회가 왔는데도 이를 받아들일 수가 없었다. 팔꿈치가 뻥 뚫린 코트를 입고는 직업소개소에 찾아갈 수 없기 때문이었다. 그때 보리스의 윗옷을 빌려 입으면 되겠다는 생각이 퍼뜩 떠올랐다. 내 바지에 어울리지는 않지만 바지가 회색이니까 좀 떨어져서 보면 플란넬 감으로 만든 것처럼 보일 듯도 했다. 코트가 너무 커서 단추를 채우지 않고 한 손은 주머니에 넣고 있어야 했다. 나는 허겁지겁 여인숙을 나섰다. 75상팀을 버스 요금으로 내고 직업소개소까지 갔다. 가서 보니 그 이탈리아인은 마음이 변해서 파리를 떠나고 없었다.

한번은 보리스가 파리 중앙시장에 가서 짐꾼 일자리라도 얻어보라고 귀띔해주었다. 나는 새벽 네 시 반에 그곳으로 갔다. 한창 일이 바삐 돌아갈 때였다. 키가 작달막하고 땅딸한, 중산모를 쓴 사나이가 짐꾼 몇 사람을 부리는 것을 보고 그에게 다가가서 일을 시켜달라고 애원했다. 그는 대답하기 전에 내 오른손을 잡고는 손바닥을 만져보았다.

"힘 좀 쓰쇼?" 그는 물었다.

"무척 셉니다." 나는 꾸며댔다.

"좋소. 그러면 저 나무상자 한번 들어보쇼."

감자가 그득 찬 거대한 상자였다. 나는 상자를 잡아보았다. 그런데 들어 올리기는 고사하고 움직일 수조차 없었다. 중산모를 쓴 그 사내는 나를 지켜보다가 어깨를 으쓱하고는 어디론가 가버렸다. 나도 도망치듯 그곳을 벗어났다. 얼마간 걸어가다가 돌아보니 네 사람이 함께 상자를 들어서 짐수레에 싣고 있었다. 아마 140킬로그램은 나갈 것 같았다. 그 사내는 미리 내가 무용지물이라 판단하고서 그런 식으로 나를 따돌렸던 것이다.

보리스는 희망에 사로잡힐 때마다 50상팀짜리 우표를 사서는 지난날의 정부들에게 돈을 구걸하는 편지를 띄우곤 했다. 답장을 준 여자는 단 한 명뿐이었다. 그녀는 그의 정부였을 뿐만 아니라 그에게 200프랑의 빚도 지고 있었다. 보리스는 편지의 필체를 알아보고는 희망에 부풀어 어쩔 줄 몰라 했다. 우리는 편지를 들고 사탕을 훔친 어린

아이처럼 그것을 읽기 위해 보리스의 방으로 단숨에 뛰어 올라갔다. 보리스는 편지를 읽은 다음 잠자코 내게 넘겨주었다. 내용은 다음과 같았다.

사랑하는 내 소중한 늑대

　당신의 매력적인 편지를 얼마나 반갑게 뜯었는지 몰라요. 우리의 완벽했던 사랑의 시절과 당신의 입술이 퍼부은 달콤한 키스가 떠올라서 말이에요. 그런 추억들이 마치 시들어버린 꽃의 향기처럼 가슴속에 아직도 맴돌고 있답니다.

　200프랑의 요구에 대해서 말인데요, 암요! 불가능하고말고요. 당신의 곤경을 읽고서 내가 얼마나 가슴 아파했는지, 당신은 아마 모를 거예요. 그러나 어쩌면 좋죠? 너무나 슬픈 우리네 인생은 모든 사람에게 괴로움을 안겨주나봐요. 나 역시 괴로움을 안고 살아가고 있답니다. 어린 여동생이 몸져누워 있어요. (아아, 가엾어라. 그 조그만 것이 얼마나 괴로워하는지 모르겠어요!) 의사에게 많은 빚을 지고 있지만 무엇으로 갚을지 나도 모르겠어요. 가진 돈이라곤 죄다 없어졌어요. 그래서 퍽이나 힘겨운 나날을 보내는 신세랍니다.

　용기를 내세요. 내 귀여운 늑대, 언제나 용기를 잃지 마세요! 불행한 날들이 영원히 계속되지는 않을 거고, 그렇게 지긋지긋한 고생도 언젠가는 끝나리라는 것을 잊지 마세요.

　내가 늘 당신을 기억하리라는 것을 믿어주세요. 끊임없이 당신을 사랑하는 여자의 가장 순수한 포옹을 받아주세요.

당신의 이본

이 편지는 그를 너무나 실망시켜서 보리스는 바로 자리에 드러누워 그날은 일자리를 구하려고도 하지 않았다.

내 60프랑으로 2주는 버틸 수 있었다. 나는 식당에 가는 척하던 것도 그만두었다. 내 방에서 우리 둘은 하나는 침대에 앉고 하나는 의자에 걸터앉아 식사를 하곤 했다. 보리스가 2프랑을 내고 내가 3, 4프랑을 보태서 빵, 감자, 우유, 치즈를 사고 내 알코올풍로 위에다 수프를 끓이곤 했다. 우리에게는 냄비 한 개, 커피 주발 하나, 숟가락 하나가 있었다. 날마다 누가 냄비에다 먹고, 누가 주발로 먹느냐를 두고(냄비가 좀 더 많이 들어갔다) 은근한 신경전이 벌어졌다. 내가 남몰래 화가 치민 것은 보리스가 날마다 먼저 덤벼들어 냄비를 차지했기 때문이다. 때로는 저녁에 빵의 양이 더 많을 때도 있고 그렇지 않을 때도 있었다. 내가 입은 내복은 구지레하게 때에 절었으며 목욕을 못한 지도 3주나 지났다. 이 모든 것을 참고 견디게 해주는 것은 담배였다. 우리한테 담배는 꽤 있었는데, 얼마 전에 보리스가 군인 한 사람을 만나(군인에게는 담배가 무상으로 지급된다) 한 갑에 50상팀씩 주고 이삼십 갑을 사놓았기 때문이다.

보리스는 나보다 이 모든 곤경을 훨씬 못 참아냈다. 많이 걸어다니고 마룻바닥에서 잔 탓에 다리와 허리가 늘 아팠던 것이다. 게다가 몸이 수척해지는 것 같지는 않지만, 거구의 러시아인답게 식욕이 왕성해서 늘 허기로 인한 고통을 느꼈다. 대체로 그는 놀랄 만큼 명랑했으며, 희망을 품는 자질도 남달리 뛰어났다. 그는 자신을 지켜주는 수호성인이 있다고 진지하게 말하곤 했다. 그래서 아주 사정이 딱해졌을 때는 수호성인께서 하수구에 2프랑을 떨어뜨려주셨다고 하면서 거기에서 돈을 찾아보는 것이었다. 어느 날 우리는 루아얄 가에 있었다. 근처에 러시아인이 경영하는 음식점이 있는데 거기서 일자리를 구해볼 심산이었다. 보리스는 느닷없이 마들렌 성당으로 가서 자신의 수호성인께 50상팀짜리 촛불을 바치겠다고 결심했다. 그리고 나와서 염려 없다고 말하고는 불멸의 신에게 바치는 제물로 50상팀짜리 우표를 근엄한 얼굴로 태웠다. 그렇지만 하느님과 수호성인이 아마도 배가 맞지 않았던가보다. 하여간 우리는 일자리를 얻지 못했다.

아침에 가끔 보리스는 극도의 절망 상태에 빠져들곤 했다. 그는 자리에 누워 울다시피 하면서 자신과 같이 지내는 유대인을 저주했다. 최근에 그 유대인이 매일 2프랑씩 돈 주는 걸 꺼리고 있으며, 무엇보다도 못 견딜 점은 자기가 은인인 척한다는 것이었다. 보리스는 내가 영국인이어서 명문가 출신의 러시아인이 유대인의 손에 맡겨진 것이 어떠한 고통을 주는지 상상도 못할 것이라고 말했다.

"유대인이야, 여보게나. 진짜 유대인이지! 그런데 그 녀석은 부끄러워할 줄 아는 염치도 없어. 나로 말하면 러시아 군대의 대위였단 말이지…… 친구, 내가 제2시베리아 보병대 대위였다고 말했던가? 그래, 대위였지. 아버지는 대령이셨고. 그런데 내가 지금 유대인의 빵을 먹고 있다니. 일개 유대인의……

유대인이 어떤 종자인지 내 말해볼까? 전쟁 초기에 있었던 일인데, 한번은 우리가 행군하다가 한 마을에서 밤을 보내게 되었네. 유다처럼 수염이 빨갛고 늙수그레한 무섭게 생긴 유대인이 내 숙소로 살그머니 들어왔단 말일세. 무슨 일로 왔냐고 물었더니 '대위님을 위해서 아가씨를 데리고 왔습니다. 이제 열일곱 난 아주 예쁜 아가씨랍니다.

겨우 50프랑이에요.' 하지 않겠어. '고맙지만 도로 데리고 가시오. 병에 걸리고 싶지는 않소이다'라고 내가 대답했지. '병이라고요?' 그 유대인이 역정을 내더군. '대위님, 병에 걸릴 걱정은 없습니다. 내 딸년인걸요!' 유대인의 민족성이 이렇단 말일세.

친구, 옛날 러시아 군대에서는 유대인한테 침 뱉는 걸 나쁜 짓으로 쳤다고 내가 얘기했던가? 그렇지, 우리 러시아 장교들은 침도 너무 소중해서 유대인한테 마구 뱉을 수 없다고 생각했다네……" 등등.

이런 날이면 보리스는 너무나 몸이 아프다며 나가서 일자리를 알아볼 수 없다고 선언했다. 그러고는 때에 잔뜩 절어 우중충하고 물것이 득시글거리는 시트를 덮고 드러누워서, 담배를 피우며 저녁까지 날 지난 신문을 뒤적이곤 했다. 가끔 우리는 체스를 두었다. 체스판이 없어 종이 쪼가리에다 판을 그려서 두다가 나중에는 상자를 뜯어서 체스판을 만들었다. 그리고 단추나 벨기에 동전 따위로 말을 대신했다. 러시아인 대부분이 그렇듯 보리스도 체스를 꽤 즐겼다. 그가 늘 하는 말을 들어보면, 체스의 규칙은 사랑이나 전쟁의 규칙과 같은 것이어서 체스에 이길 수 있다면 사랑과 전쟁에서도 승리할 수 있다고 했다. 그는 체스판만 대하면 배고픔도 문제가 안 된다고 말했지만 내 경우에는 확실히 그렇지 못했다.

7

 내 돈은 점점 줄어들었다. 8프랑으로, 4프랑으로, 1프랑으로, 25상팀으로. 그런데 25상팀은 아무 쓸모가 없었다. 그 돈으로는 신문 한 부밖에 살 수 없었다. 우리는 며칠 동안 마른 빵으로 연명했고, 이틀하고 한나절은 그나마도 먹지 못했다. 정말이지 고약한 경험이었다. 3주 또는 그 이상 단식하는 사람들이 있는데, 그들은 나흘만 지나면 단식이 아주 즐겁다고 했다. 하지만 나는 사흘을 넘겨보지 못했으니 모를 일이다. 자발적으로 단식을 하고, 시작하기 전에 영양실조에 걸려 있지 않다면 아마 상황이 다를는지도 몰랐다.
 첫날은 너무나 힘이 없어서 일자리를 구하러 나가지 못했다. 그래서 낚싯대를 빌려 금파리를 미끼로 삼아 센 강에서 낚시질을 했다. 끼니를 때울 수 있을 만큼 고기가 잡히기를 바랐지만, 물론 실패였다.

센 강에는 황어(黃魚)가 득실득실했다. 그러나 파리 포위공격 동안에 물고기들이 약아져서 이후로는 그물이 아니면 한 마리도 잡히지 않았다. 둘째 날은 외투를 잡힐까 했으나 걸어가기에는 전당포가 너무나 멀게 느껴져서 침대에 누워 온종일『셜록 홈스의 추억』을 읽었다. 배를 쫄쫄 굶고도 할 수 있는 일은 책 읽는 것뿐인 듯했다. 굶주림은 사람을 척추도, 두뇌도 없는 상태에 빠지게 하는데 꼭 독감 후유증이랑 비슷하다. 해파리가 되어버린 것 같기도 하고, 피를 다 뽑아내고 대신 미지근한 물을 넣은 것 같기도 하다. 굶주림 중에 맛본 주된 기억은 완전한 무기력이다. 침을 자꾸만 뱉어야 했는데, 이상하리만큼 희고 부드러워서 거품벌레의 거품 같았다. 왜 그런지는 모르겠으나 며칠 끼니를 거른 사람은 누구나 이런 현상을 겪었다.

셋째 날 아침에는 기분이 훨씬 나아졌다. 나는 곧 뭐라도 해야 함을 깨달았다. 보리스에게 가서 어찌 되었든 하루나 이틀 동안 그가 가진 2프랑을 나눠 쓰자고 부탁해보기로 했다. 내가 그의 방에 발을 들여놓았을 때 침대에 누워 있던 보리스는 지독하게 화가 나 있었다. 내가 들어서자마자 그는 거의 숨이 넘어갈 듯 소리를 질렀다.

"그걸 도로 가져갔어, 더러운 도둑놈이! 도로 가져갔단 말이야!"

"누가 무얼 가지고 가?" 내가 물었다.

"그 유대놈 말이야! 내 2프랑을 가져갔어. 개새끼, 도둑놈! 내가 자는 동안에 훔쳐 갔어!"

전날 밤에 그 유대인이 매일 2프랑씩 지급하기를 까놓고 거절했던 모양이다. 말다툼과 악다구니 끝에 결국 유대인이 돈을 내놓는 데는 동의했다. 그러나 보리스 말로는 그가 몹시 거만스러운 태도로 자기가 얼마나 친절한지에 대해 긴 연설을 하고, 엎드려 절 받기 식으로 비굴한 감사를 억지로 받은 다음에야 돈을 내주었다는 것이다. 그래 놓고서 아침에 보리스가 잠에서 깨기 전에 그 돈을 다시 훔쳐 갔다고 했다.

타격이 컸다. 나는 몹시 실의에 빠졌다. 왜냐하면 이미 내 쪼르륵거리는 배는 음식이 들어오리란 기대를 하고 있었기 때문이다. 배가 고플 때 이것은 큰 실수였다. 그럼에도 내가 놀란 것은 보리스가 전혀 실망하지 않았다는 사실이다. 그는 침대에서 일어나 앉아 담뱃대에 불을 붙이고는 상황을 정리했다.

"자, 들어보게. 친구, 어쩔 수 없이 궁지에 몰렸어. 우리 둘의 주머니를 다 털어봤자 25상팀밖에 없지 않나. 그 유대놈이 2프랑씩 내놓는 일도 더는 없을 거고. 하여튼 그놈 소행은 참을 수가 없단 말이야. 요전날 밤에는 내가 여기 마룻바닥에 누워 있는데 계집을 이리로 끌어들이는 무례한 짓을 했어. 믿을 수 있겠나? 개돼지만도 못한 놈! 하지만 그건 아무것도 아니야. 방세가 일주일치나 밀렸는데 그놈은 방세를 떼먹는 동시에 나까지 따돌릴 심산인 게야. 그 유대놈이 오밤중에 내빼버리면 난 지붕도 없는 신세가 돼. 그러면 관리인은 방세 대신에 내 가방을 빼앗아버릴 거야. 염병할 자식! 이제 최후의 수단을 찾아야겠어."

"그래 좋아. 근데 무슨 수가 있단 말인가? 내 보기에는 우리 외투를 잡혀서 요기할 걸 사는 도리밖에 없는 것 같은데."

"물론 그렇게 해야지. 그보다 우선 이 집에서 내 짐을 빼내야해. 내 사진을 뺏긴다는 생각을 해보게! 그래, 계획은 준비됐어. 그 유대놈을 앞질러서 줄행랑을 칠 생각이야. 후퇴하는 거지, 알겠나? 이게 적절한 행동 같은데, 안 그런가?"

"그렇지만 여보게, 보리스. 대낮인데 어떻게 하려고? 틀림없이 붙잡힐 텐데."

"아, 그야 물론 전략이 필요하지. 우리 관리인은 세든 사람이 방세를 안 내고 뺑소니칠까봐 망을 보고 있잖나. 전부터 그랬어. 관리인이랑 그 여편네가 번갈아가면서 온종일 사무실에 앉아 있거든. 프랑스인들이 그렇게 노랑이야! 그래도 난 빠져나갈 방법을 모색해냈지. 자네만 도와준다면 말일세."

그다지 도와줄 기분은 나지 않았지만 보리스에게 어떻게 할 셈이냐고 물어보았다. 그는 차근차근 자신의 계획을 설명했다.

"자, 들어봐. 먼저 우리가 입은 외투를 잡히는 걸로 시작해야 해. 우선 자네 여인숙 방으로 가서 외투를 가져오게. 그런 다음에 내 외투를 자네 외투 밑에 감추고서 슬쩍 나간단 말이지. 그걸 프랑 부르주아 가의 전당포에 잡히는 거야. 운 좋으면 두 벌에 20프랑은 받을 거야. 그 다음에 센 강 둑으로 가서 주머니에다 돌을 가득 넣어 와서 내 가방에 처넣는 거지. 내 계획이 어떤가? 짐을 될 수 있는 대로 많이 신문지에 싸서 관리인한테 가서는 가장 가까운 세탁소로 가는 길을 묻는단 말이야. 아주 대담하게 시치미를 떼고 묻는 거지, 알겠나? 관리인은 보나 마나 그 꾸러미가 구질구질한 내의 따위라고 생각하겠지. 설혹 뭔가 의심스럽다고 해도 늘 하는 비열한 짓을 할 걸세. 내 방으로 올라가서 옷가방의 무게를 가늠해보겠지. 돌을 들어보고는 아직도 그 가방에 짐이 그득하다고 생각하는 거야. 전략이지, 응? 그리고 난 다음에 다시 돌아와서 다른 물건들을 주머니에 넣고 나가는 거야."

"그러면 가방은 어쩔 셈인가?"

"아, 가방? 그건 포기할 수밖에. 그 너절한 건 고작해야 20프랑이야. 더구나 퇴각 시에는 늘 뭔가는 포기하게 마련이거든. 베레지나 강에서의 나폴레옹을 보게. 자기 부하를 모두 버리지 않았나."

보리스는 이런 계략에(그는 전략이라고 불렀다) 너무도 흡족한 나머지 배고픔도 잊어버렸다. 그러나 그는 계략의 치명적인 약점 — 도망친 후에 잠잘 곳이 없다는 — 은 계산에 넣지 않았다.

처음에는 전략이 잘 들어맞았다. 나는 집에 가서 외투를 가져왔고 (텅 빈 배로 9킬로미터를 걸어야 했다), 보리스의 외투도 성공적으로 감추고 나왔다. 그런데 그다음에 차질이 생겼다. 전당포 점원은 심술궂고 찌푸린 얼굴에 간섭하길 좋아하는 조그만 사람이었는데 — 전형적인 프랑스 관리의 모습이다 — 외투를 무엇으로 싸지 않았다며 받기를 거부했다. 여행용 가방이나 마분지 상자에라도 넣어 와야 한다고 했다. 우리에게 상자 따위는 없었고, 다 털어야 25상팀밖에 없으니 상자를 구할 방도도 없었다. 따라서 그것으로 모든 일은 수포로 돌아가고 말았다.

나는 보리스에게 돌아가서 언짢은 소식을 전했다. "빌어먹을!" 그는 입을 열었다. "우스꽝스러워졌군. 내 가방에다 외투를 넣게."

"그런데 가방을 들고 관리인 앞을 어떻게 통과하지? 그 사람 거의 언제나 사무실 문 앞에 있잖나. 불가능해!"

"자네는 실망도 잘하는군. 친구, 내가 책에서 읽었던 영국인의 끈기는 다 어디로 갔나? 용기를 내! 어떻게든 되겠지."

보리스는 잠시 생각하더니 교활한 다른 계획을 내놓았다. 기본적인 난관은 우리가 가방을 들고 살짝 빠져나가는 데 소요되는 약 5초 동안 관리인의 주의를 다른 데로 돌리는 일이었다. 보리스는 관리인에게 한 가지 약점이 있음을 퍼뜩 떠올려냈다. 그는 스포츠에 관심이 대단해서 그에 관한 화젯거리를 가지고 접근하면 이야기에 끼려고 덤벼들 것이었다. 보리스는 오래된 〈프티 파리지앵〉 신문에서 자전거 경주에 관한 기사를 읽었다. 그는 계단을 잘 정찰한 다음에 내려가서 관리인과 이야기를 나누었다. 그러는 동안 나는 한 손에는 외투를, 다른 한 손에는 가방을 들고 계단 밑에서 기다리고 있었다. 기회가 좋다고 생각될 때 보리스가 기침 소리를 내기로 했다. 어느 순간 관리인의 여편네가 사무실 건너편 문에서 나와 이런 수작이 수포로 돌아갈지 몰랐으므로, 나는 몸을 덜덜 떨면서 기다리고 있었다. 얼마 안 있어 보리스가 기침을 했다. 나는 날쌔게 사무실 앞을 지나 거리로 나섰다. 신발 소리가 안 난 것을 내심 고맙게 여겼다. 보리스의 몸집이 작았다면 이 계략도 실패로 돌아갔을 것이다. 그의 널찍한 어깨가 사무실 문을 가로막아주었던 것이다. 배포 역시 대단했다. 보리스의 목소리가 어찌나 컸던지 관리인은 내가 내는 소리를 전혀 듣지 못했다. 내가 꽤 멀리 빠져나온 다음에 그도 나왔고, 우리는 길모퉁이에서 만나 함께 도망쳤다.

  이렇게 갖은 고생을 겪었는데도 전당포 점원은 또 외투를 받아주지 않았다. 그는 내게 (알은체하길 좋아하는 프랑스인의 정신이 여지없이 드러났다) 내 신분증명서로는 불충분하다고 말했다. 그러면서 신분증은 믿을 수 없으니 여권이나 주소가 적힌 편지 겉봉 따위를 보여달라고 했다. 보리스는 편지 봉투는 다발로 가지고 있었지만 신분증명서가 제대로 되어 있지 않았다(세금을 물지 않으려고 증명서를 갱신하지 않은 것이다). 그래서 그의 이름으로도 외투를 잡힐 수가 없었다. 하는 수 없이 내 여인숙 방으로 돌아가 필요한 서류를 마련해서 포르루아얄 거리에 있는 전당포로 외투를 가지고 가는 도리밖에 없었다.

나는 보리스를 내 방에 남겨두고 전당포로 갔다. 그런데 거기 가서야 전당포가 오후 네 시나 되어야 연다는 사실을 알았다. 그때 시각은 한 시 반경이었다. 나는 12킬로미터나 걸었고 60시간 동안 음식 구경을 하지 못했다. 운명이란 것이 이상하리만큼 멋대가리 없게 나를 연달아 희롱하는 것만 같았다.

그때 운명이 기적처럼 바뀌었다. 브로카 가로 해서 집으로 돌아오는데 길바닥에 5수짜리 동전이 번쩍이는 게 아닌가. 나는 허겁지겁 그것을 집어 들고는 재빨리 집으로 돌아왔다. 그리고 가지고 있던 5수와 합쳐 감자 1파운드를 샀다. 풍로에는 감자를 반숙할 정도의 알코올밖에 없고 게다가 소금도 없었지만 우리는 이리처럼 덤벼들어 껍질째 먹어치웠다. 그것을 먹고 나니 새사람이 된 듯했다. 그래서 전당포 문이 열릴 때까지 체스를 두었다.

네 시에 나는 전당포를 다시 찾았다. 그러나 희망을 걸지는 않았다. 저번에도 겨우 70프랑밖에 받지 못했는데 마분지 가방에 든 보잘것없는 외투 두 벌에 얼마나 기대를 걸 것인가? 보리스는 20프랑은 호언장담했지만 내 생각에는 잘하면 10프랑, 그렇지 않으면 5프랑쯤 받을 것 같았다. 그러나 이보다 더 재수가 없으면 요전번에 본 83번처럼 가엾게 퇴짜를 맞을지도 모를 일이었다. 나는 점원이 5프랑이라고 할 경우 사람들이 비웃는 것을 보지 않으려고 맨 앞에 있는 벤치에 앉았다.

드디어 점원이 "117번!" 하고 내 번호를 불렀다.

"예." 나는 대답하면서 일어섰다.

"50프랑?"

나는 전번에 70프랑이라고 들었을 때와 같은 충격을 받았다. 그 외투를 팔아도 50프랑은 받을 수 없었기 때문에 점원이 내 번호를 다른 사람 것과 혼동했다고 믿었다. 나는 여인숙으로 황급히 돌아와 뒷짐을 지고 아무 말도 하지 않았다. 보리스는 체스판을 가지고 놀고 있었다. 그가 애타는 눈초리로 나를 올려다보았다.

"얼마 받았나?" 보리스가 입을 열었다. "뭐, 20프랑 아냐? 그래도 10프랑은 틀림없이 받았겠지? 세상에, 5프랑……? 그건 너무한데. 친구, 제발 5프랑이라고는 하지 말게. 5프랑이라고 하면 난 정말 자살할지도 몰라."

나는 50프랑짜리 지폐를 테이블 위에 던졌다. 보리스의 얼굴이 백묵처럼 하얗게 질렸다. 그러더니 벌떡 일어나서 내 손을 움켜잡았다. 너무 꼭 쥐어서 뼈가 으스러질 것 같았다. 우리는 밖으로 뛰쳐나가 풍로에 넣을 알코올에다 빵이랑 포도주, 쇠고기 한 덩이를 사 와서 게걸스럽게 입에 쑤셔 넣었다.

먹고 나니 보리스는 그 어느 때보다 낙천적이 되었다. "내가 뭐랬어?" 그가 말문을 열었다. "운명일 뿐이야! 오늘 아침엔 5수밖에 없었는데, 자, 이제 우리를 봐. 내가 늘 그랬듯이 돈 벌기보다 쉬운 일이 없잖아. 그러고 보니 퐁다리 가에 있는 친구 생각이 나는군. 그 녀석이 내 돈 4천 프랑을 사기 쳐먹었단 말이야, 그 도둑놈이. 그 녀석 맑은 정신일 때는 악질 중의 악질인 도둑놈인데 술에 취하면 아주 정직해지는 괴상한 놈이거든. 저녁 여섯 시면 아마 취해 있을 거야. 가서 그 녀석을 찾아보세. 아마 100프랑은 떼줄지 모르지, 염병할 놈! 200프랑을 줄지도 모르고. 자, 가세!"

우리는 퐁다리 가로 가서 그를 만났다. 그는 술에 취해 있었고, 우리는 100프랑을 받아내지 못했다. 그와 보리스는 만나자마자 길거리에서 심한 언쟁을 벌였다. 그는 보리스에게 단 한 푼도 빚진 일이 없을 뿐 아니라 오히려 보리스가 자기한테 4천 프랑을 빚졌다고 주장했다. 그러면서 두 사람은 자꾸 내 의견을 물었다. 나는 누가 옳은지 판가름할 수가 없었다. 두 사람은 처음에는 길거리에서, 다음엔 술집에서, 저녁을 먹으러 간 음식점에서, 그러고도 모자라 또 다른 술집에 가서 끝없이 말다툼을 했다. 결국 두 시간 동안이나 서로 도둑놈이라며 악악거리고 난 연후에 함께 어울려 술타령을 해서 보리스는 마지막 몇 수까지 탕진해버리고 말았다.

보리스는 그날 코메르스 지역에 사는 러시아 피난민인 구두수선공 방에서 하룻밤 신세를 졌다. 나에게는 8프랑의 돈과 담배가 넉넉히 남아 있었고, 음식과 술이 목구멍까지 꽉 차 있었다. 이틀 동안의 불운 끝에 경이롭게도 행운이 찾아든 것이었다.

8

우리는 28프랑을 밑천 삼아 또 한 차례 일자리를 찾아 나섰다. 보리스는 모호한 조건으로 구두수선공 집에서 계속 머물렀다. 그리고 어떤 러시아인 친구에게서 어찌어찌하여 20프랑을 꾸어냈다. 그는 파리 이곳저곳에 대부분 자기처럼 퇴역 장교인 친구들이 있었다. 그중에는 웨이터도 있고 접시닦이도 있으며, 어떤 자는 택시를 몰고 몇몇은 여자에게 얹혀살기도 했다. 그리고 몇몇은 러시아에서 돈을 갖고 나오는 데 성공해 정비소나 댄스홀 따위를 소유하고 있었다. 파리에 있는 러시아 망명자들은 일반적으로 고된 일을 하는 자들이었다. 그들은 같은 계급의 영국인이었다면 견디지 못했을 것 같은 불운을 잘 견뎌내고 있었다. 물론 예외도 있었다. 보리스는 고급 음식점에 드나드는 러시아인 망명 공작을 만난 일이 있다며 수시로 내게 그 이야기를 해췄다. 공작은 웨이터 중에 러시아 장교 출신이 있으면 찾아내 식사가 끝난 다음 자기 식탁으로 친절하게 부르곤 했다.

"아하." 공작은 이렇게 입을 열었다. "그래, 자네도 나처럼 노병이로군. 세월이 고약해놔서. 어? 좋아, 좋아. 러시아 군인은 아무것도 무서워하지 않지. 그런데 자네는 어느 연대 소속이었나?"

"××연대입니다." 웨이터가 대답했다.

"용감무쌍한 연대로군! 1912년에 내가 시찰했었지. 그건 그렇고, 재수 없게 지갑을 집에 놓고 나왔는데 러시아 장교였다면 내게 300프랑은 빌려주겠지?"

웨이터가 마침 300프랑을 가지고 있어 그에게 넘겨주면 다시 그 돈을 받지 못하는 것은 불문가지였다. 공작은 이런 식으로 꽤 많은 돈을 뜯어냈다. 그러나 웨이터들은 돈을 갈취당하는 것에 개의치 않는 듯했다. 공작은 어디까지나 공작이었다. 망명 중이라 해도 말이다.

이런 러시아 망명자 중의 한 사람에게서 보리스는 돈이 될 만한 이야기를 들었다. 우리가 외투를 잡혀먹은 지 이틀 만에 보리스는 어딘지 비밀스러운 표정으로 내게 말했다.

"친구, 자네는 정치에 대한 소신이 있는가?"

"아니." 나는 대답했다.

"나도 없어. 물론 우리가 애국자이긴 하지. 하지만…… 모세도 이집트를 망치는 무슨 말을 했더랬지? 자네는 영국인이니까 성경을 읽겠지. 내 말은 공산주의자들의 돈을 버는 데 반대하겠느냐는 거야."

"아니, 물론 아니지."

"그런데 말일세, 파리에 러시아 비밀결사가 있는 것 같은데 우리를 위해 뭔가 해줄지도 모르겠어. 공산주의자들인데, 사실 볼셰비키 공작원이란 말이야. 우호단체인 양 활동하면서 망명한 러시아인들하고 접촉해서 그들을 볼셰비키로 전향시키려고 노력하지. 내 친구가 그 단체에 가입했는데 우리가 가면 무슨 도움을 줄 거 같아."

"그런데 그들이 무슨 도움을 주겠나? 어쨌든 나는 러시아인이 아니니까 도와주지 않을 거야."

"바로 그게 핵심이야. 그 사람들 모스크바 어느 신문의 특파원인 모양인데 영국 정치에 관한 기사가 필요하다는 거야. 지금 당장 찾아가면 그들이 자네한테 기사 청탁을 할지도 모르지."

"날 보고 말인가? 나는 정치에 대해선 백치인걸."

"제기랄! 그들이라고 뭘 알겠나! 정치에 관해서 뭘 알겠냐고? 누워서 떡 먹기지. 자네는 영국 신문에서 그대로 베끼면 되는 거야. 파리판 〈데일리 메일〉 있잖아? 거기에서 베끼라고."

"〈데일리 메일〉은 보수계 신문이야. 공산주의자라면 질색하거든."

"응, 그래? 그럼 〈데일리 메일〉 기사 내용을 반대로 쓰지 뭐. 그러면 틀림없겠군. 이번 기회를 놓치면 안 돼. 친구, 몇백 프랑은 벌 수 있을 테니 말이야."

나는 그 제의가 별로 내키지 않았다. 파리 경찰은 공산주의자에게 매우 엄했다. 특히 외국인이라면 더욱 심해서 나는 이미 의심을 받고 있는 터였다. 몇 달 전에 형사 한 사람이 공산당 주간지 사무실에서 내가 나오는 것을 보았고, 이 때문에 나는 경찰과 엄청나게 옥신각신해야 했다. 내가 비밀결사 사무실에 드나드는 것이 포착되기만 하면 국외 추방을 당할지도 몰랐다. 그래도 놓치기에는 너무나 아까운 기회였다. 그날 오후 보리스의 친구인 웨이터가 우리를 데리고 약속 장소로 갔다. 그 거리 — 국회 의사당 근처, 센 강변에서 남쪽으로 뻗은 초라한 거리였다 — 의 이름은 기억나지 않는다. 보리스의 친구는 우리에게 각별히 경계하라고 주의를 주었다. 우리는 어슬렁거리면서 태연하게 거리를 걸어 내려가 우리가 들어가야 할 문간 — 세탁소였다 — 을 눈여겨 봐둔 다음 진열장과 카페를 샅샅이 살펴보면서 되돌아왔다. 만약 그곳이 공산주의자들이 자주 드나드는 곳으로 벌써 알려졌다면 아마 누군가는 감시하고 있을 것이어서, 형사 비슷한 사람이 눈에 띄기만 해도 우리는 그냥 집으로 돌아올 심산이었다. 나는 겁에 질려 있었다. 반면 보리스는 이런 음모의 과정을 즐기고 있었다. 보리스는 자기 부모를 살육한 놈들과 거래하려는 것이란 사실을 까맣게 잊고 있었다.

강변에 아무도 없다는 확신이 들자 우리는 잽싸게 문으로 뛰어들어 갔다. 세탁소 안에서 옷을 다리고 있던 프랑스 여인이 우리에게 '러시아 신사분'들은 안뜰 건너편 층계 위쪽에 산다고 말해주었다. 우리는 어두컴컴한 계단을 몇 층 올라가서 어느 층계참에 이르렀다. 이마가 좁고 건장하고 무뚝뚝하게 생긴 청년이 계단 위에 서 있었다. 우리가 올라가자 그는 의심쩍은 눈으로 훑어보더니 팔로 우리를 가로막으면서 러시아어로 무어라고 했다.

내가 대답을 못하자 "암호!" 하고 그는 날카롭게 소리쳤다.

나는 겁에 질려 걸음을 멈추었다. 암호는 예상 밖의 일이었다.

"암호!" 그 러시아인은 되풀이해서 요구했다.

이때 뒤따라오던 보리스의 친구가 앞으로 나서서 암호인지 설명인지 무어라고 러시아어로 말했다. 그의 설명을 듣고서야 그 무뚝뚝한 젊은이는 만족스러운 표정을 지었다. 그러고는 반투명 유리창이 달린 초라하고 조그마한 방으로 우리를 안내했다. 가난에 몹시 쪼들리는 듯 허름한 사무실이었다. 방에는 러시아 문자로 쓰인 선전 포스터와 조잡하지만 큼직한 레닌의 사진이 벽에 걸려 있었다. 테이블에는 수염이 텁수룩한 러시아인이 셔츠 바람으로 앉아 앞에 잔뜩 쌓인 신문 띠지에다 주소를 쓰고 있었다. 내가 들어서자 그는 몹시 서툰 억양의 프랑스어로 말을 걸었다.

"너무 부주의해!" 사내가 신경질적으로 말했다. "왜 빨랫감 보따리를 안 가지고 왔소?"

"빨랫감요?"

"여기 오는 사람은 누구나 빨랫감을 가져오고 있소. 그래야 아래층 세탁소에 온 것같이 보이니까 말이오. 다음에는 커다란 빨랫감 보따리를 가져오시오. 경찰이 추적하는 건 원치 않소."

이 단체는 내 예상보다 훨씬 더 비밀스러웠다. 보리스는 유일하게 비어 있는 의자에 앉아 러시아어로 한참 동안 이야기를 주고받았다. 수염이 텁수룩한 사나이 혼자 이야기를 했다. 무뚝뚝한 청년은 아직도 의심쩍다는 듯 벽에 비스듬히 기대서서 나를 주시했다. 혁명 포스터가 붙은 조그만 밀실에 서서 한마디도 알아들을 수 없는 대화를 듣고 있자니 기분이 묘했다. 러시아인들은 미소를 머금고 어깨를 으쓱거리면서 재빠른 말씨로 열심히 지껄였다. 도대체 무슨 얘기들을 하는지 궁금했다. 그들은 러시아 소설에 나오는 인물들처럼 '조그만 비둘기'니 '이반 알렉산드로비치'니 '작은 아버지'니 하며 서로 애칭으로 부르는 것 같았다. 아마도 혁명에 관한 이야기를 하는 듯했다. 수염이 텁수룩한 사나이는 단호하게, "우리는 논쟁을 하지 않습니다. 논쟁은 부르주아 계급의 소일거리밖에 안 되니까요. 우리는 행동만을 논의합니다"라고 말하는 것 같았다. 그런데 점차 전혀 그런 대화가 아님을 알게 되었다. 아마 입회비 명목으로 20프랑을 요구하는 모양이었고, 보리스는 그것을 내겠다고 약속하는 것 같았다(우리에게는 17프랑밖에 없었다). 보리스가 우리의 소중한 재산을 꺼내 계약금으로 5프랑을 지불했다.

이 광경을 보자 무뚝뚝한 청년은 의심이 약간 누그러지는 표정이더니 테이블 가장자리에 걸터앉았다. 텁수룩하게 수염을 기른 사나이가 프랑스어로 내게 질문을 하면서 종이에 메모하기 시작했다. 공산주의자냐고 그가 물었다. 나는 마음뿐이지 어떤 조직에 가담한 일은 없노라고 대답했다. 영국의 정세를 알고 있는가? 아, 물론, 물론이고말고. 나는 몇 명의 각료 이름을 대고 노동당에 대한 경멸에 찬 말을 했다. 그러면 〈르 스포르〉는 어떻게 생각하는가? 스포츠 신문에 기사를 쓸 수 있는가? (유럽 대륙에서 축구와 사회주의는 불가해한 연관성이 있었다.) 오, 물론, 말할 나위도 없지. 두 사람은 진중하게 고개를 끄덕거렸다. 수염이 텁수룩한 사나이가 말했다.

"확실히 두 동무는 영국의 제반 상황에 대해 다양한 지식을 가지고 있군. 모스크바 주간지에 연재 기사 쓰는 일을 맡을 수 있겠소? 그러면 세부사항을 일러주겠소."

"할 수 있습니다."

"그럼, 동무! 내일 첫 우편으로 소식이 갈 거요. 어쩌면 두번째 우편으로 갈 수도 있소. 원고료는 기사 한 편당 150프랑이오. 다음에 올 때는 빨랫감 보따리를 잊지 마시오. 또 만납시다, 동무."

우리는 아래층으로 내려가서 거리에 누가 있나 조심스럽게 살펴보고서 슬쩍 빠져나왔다. 보리스는 기뻐서 어쩔 줄을 몰라 했다. 그는 제의적인 희열 비슷한 감정에 들떠서 근처 담배가게로 달려가 궐련을 한 갑 샀다. 그는 지팡이로 길바닥을 두들기면서 활짝 웃으며 말했다.

"드디어! 드디어! 친구, 우리한테 정말 행운이 찾아들었네. 자네가 저들의 제안을 멋지게 받아들였단 말이야. 그 사람이 자네를 동무라고 부르는 소리 들었나? 기사 한 편에 100하고도 50프랑이라. 오, 하느님, 이게 무슨 횡재람!"

다음 날 아침 나는 우체부 소리를 듣고 편지를 받으러 달려 내려갔다. 그러나 편지가 오지 않아 실망했다. 두번째 배달을 기다렸으나 역시 감감무소식이었다. 사흘이 흘렀는데도 그 비밀결사로부터 소식이 없자 우리는 희망을 버렸다. 그들이 기사를 쓸 다른 사람을 찾아냈거니 하고 생각했다.

열흘이 지났을 때 우리는 세탁물같이 보이는 보따리를 세심하게 싸서 비밀결사 사무실로 다시 찾아갔다. 그런데 비밀결사가 사라지고 없는 것이 아닌가! 세탁소 여자는 아는 게 없었다. 그녀가 말하기를 '그 양반들'은 방세 때문에 한바탕 싸움을 하고서 며칠 전에 떠났다는 것이다. 보따리를 들고 서 있는 우리 꼴이 얼마나 멍텅구리처럼 보였을까! 하지만 20프랑이 아니라 5프랑만 낸 것은 천만다행이었다.

우리가 비밀결사의 소식을 들은 것은 그것이 마지막이었다. 그들의 신분이 무엇이고 무얼 하는 자들인지는 아무도 몰랐다. 내 소견으로 그들이 공산당과 무슨 관계가 있다고는 생각하지 않는다. 그들은 다만 러시아 망명자에게 유령조직 입회비를 갈취하는 사기꾼에 지나지 않았다. 매우 안전한 사기여서 지금도 아마 다른 어떤 도시에서 그 짓을 하고 있을 터였다. 영리한 자들이었다. 그래서 자신들의 배역을 썩 잘 소화해낸 것이다. 사무실은 공산주의자들의 비밀결사 사무실로 보이도록 교묘하게 꾸며져 있었다. 빨랫감 보따리를 가지고 오라는 대목에서는 가히 천재랄 수밖에 없었다.

9

사흘 동안 우리는 일자리를 찾아서 계속 헤매다가 내 여인숙 방에 돌아와 점점 양이 줄어드는 수프와 빵을 먹어야 했다. 희미하나마 두 가지 희망이 보였다. 첫번째는 보리스가 콩코드 광장 가까이에 있는 X호텔에 일자리를 얻을 수 있을지 모른다는 말을 들은 것이고, 둘째는 코메르스 가의 새 식당 주인이 마침내 돌아왔다는 것이었다. 오후에 우리는 그를 만났다. 보리스는 가는 도중에 온갖 수다를 다 떨었다. 그 일자리를 얻는다면 엄청난 돈을 벌 것이라느니, 주인에게 좋은 인상을 주는 것이 중요하다느니 하면서 말이다.

"외모, 외모가 전부란 말이야. 친구, 나한테 새 양복 한 벌만 줘보라고. 저녁식사 전까지 천 프랑은 꿔올 수 있으니 말이야. 돈이 있을 때 옷깃을 사놓지 않은 게 얼마나 유감천만인가 몰라. 난 오늘 아침에 옷깃을 뒤집었다네. 하지만 안쪽이나 바깥쪽이나 똑같이 꾀죄죄하니 무슨 소용이 있겠어. 혹시 내가 배고파 보이나, 친구?"

"안색이 창백하군."

"젠장! 먹은 거라곤 빵하고 감자뿐이니 별수 있나? 배고파 보이는 건 치명적인데. 그런 모습은 사람들한테 발로 차버리고 싶은 생각이 들게 한단 말이야. 가만있게."

그는 보석가게 진열장 앞에 발을 멈추더니 자기 뺨을 호되게 갈겨 핏기가 오르게 했다. 그러고서 홍조가 사라지기 전에 황급히 식당 안으로 들어가 주인에게 우리를 소개했다.

말쑥한 플란넬 더블 양복을 걸치고 향수 냄새를 풍기는 주인은 고수머리에 키가 작달막하고 땅딸한 위엄 있는 사내였다. 그 역시 러시아 군대의 퇴역 대령이라고 보리스가 내게 일러주었다. 그의 아내도 그 자리에 있었다. 죽은 사람처럼 새하얀 얼굴에 차갑게 식은 송아지 고기나 토마토를 연상시키는 주홍색 입술을 가진 끔찍스럽게 살이 찐 프랑스 여자였다. 주인은 보리스를 친절하게 맞았고 두 사람은 러시아어로 몇 분 동안 이야기를 나누었다. 나는 접시닦이로서의 내 경력에 관해 엄청난 거짓말을 할 채비를 하고 그들 뒤에 서 있었다.

그때 주인이 내 앞으로 다가왔다. 나는 공손해 보이려고 애를 쓰면서 불안스럽게 몸을 굽실거렸다. 접시닦이란 노예 중의 노예라고 보리스가 거듭 내 귀에 불어넣었기 때문에 주인이 나를 똥같이 취급하리라고 예상했다. 그런데 놀랍게도 그는 내 손을 다정하게 잡았다.

"그러니까, 당신 영국 사람이라면서요?" 그는 감탄해 마지않았다. "거참 멋지군요! 그렇다면 골프를 칠 줄 아는지 물어볼 필요도 없겠죠?"

"그야 물론이죠." 나는 그의 기대에 어긋나지 않는 대답을 했다.

"나는 평생 동안 골프를 치길 원했죠. 그러니 여보시오, 몇 가지 기본 타법을 나한테 가르쳐주구려."

이런 게 러시아식 일 처리 방식임이 분명했다. 내가 드라이버와 아이언의 차이를 설명하는 동안 주인은 주의 깊게 귀를 기울였다. 그러다가 갑자기 알았다고 말했다. 그러더니 음식점을 개점하면 보리스는 수석 웨이터가 되고 나는 접시닦이가 되는데, 일만 잘하면 화장실 청소부로 승진할 기회도 있다고 했다. 음식점은 언제쯤 문을 여느냐고 내가 물었다. "오늘부터 꼭 2주일 뒤에요." 주인은 점잖게 대답했다. (그는 손을 저으면서 담뱃재를 터는 버릇이 있었는데 이 몸짓이 퍽 그럴듯해 보였다.) "오늘부터 꼭 2주가 되는 날 점심시간에." 그러고서 한껏 자부심을 내보이며 우리에게 음식점 구경을 시켜주었다.

음식점은 바, 식당 그리고 화장실 크기 정도밖에 안 되는 조그마한 주방으로 이루어져 있었다. 주인은 잡다한 물건들을 '고풍'스럽게 장식해놓았다(그는 '노르만 양식'이라 말했지만 회벽에다 가짜 기둥을 붙여놓은 정도였다). 그리고 그는 중세 분위기를 내기 위해 음식점 이름을 '오베르주 드 제앙 코타르'*라고 붙일 계획이었다. 그는 이 지역의 역사적 사실에 관한 거짓말을 잔뜩 늘어놓은 전단을 인쇄했다. 무엇보다도 이 음식점 자리에 옛날 샤를 대제가 자주 드나들던 주점이 있었다고 주장했다. 주인은 이런 문구에 무척 만족스러워했다. 그는

---

* '제앙 코타르의 집'이라는 뜻.

또 예술가가 그린 점잖지 못한 그림을 화랑에서 사다가 바를 장식해 놓았다. 마지막으로 주인은 우리에게 값비싼 담배를 한 개비씩 권하고 우리와 좀 더 이야기를 나누었다. 그러고 나서 우리는 여인숙으로 돌아왔다.

나는 이 음식점에서 별 재미를 보지 못하리라고 확신했다. 내 눈에는 주인이 사기꾼 같았기 때문이다. 더더구나 그는 무능한 사기꾼 같았다. 빚쟁이 두 명이 뒷문 주위에서 서성거리는 것을 틀림없이 두 눈으로 보았다. 그러나 보리스는 수석 웨이터가 된 자신을 다시 한 번 그려보면서 실망하려 들지 않았다.

"우리가 해내고 말았군. 딱 2주만 버티면 되는 거야. 2주, 그까짓 게 뭐야? 먹을 것? 그까짓 거…… 3주만 지나면 나도 애인이 생길 거란 말이지! 그녀는 살결이 검을까 흴까? 너무 빈약하지만 않으면 그건 문제도 안 되지."

고생스러운 이틀이 계속되었다. 돈이라고는 60상팀밖에 남지 않았으니 빵 반 파운드에다 바를 마늘 한 쪽을 사면 끝이었다. 빵에 마늘을 바르는 이유는 냄새가 남아 있어서 금방 식사를 한 듯한 착각을 불러일으키기 때문이었다. 우리는 그날 대부분의 시간을 식물원에 앉아 보냈다. 보리스는 돌멩이로 길들여진 비둘기를 겨냥했지만 번번이 빗나갔다. 그러고 나서 봉투 뒷장에다 저녁 식단을 썼다. 우리는 너무나 허기가 져서 먹는 것 외에는 어떤 것도 생각할 수 없었다. 마침내 보리스가 저녁 식단을 작성했는데, 나는 지금도 그걸 기억하고 있다. 메뉴는 다음과 같았다. 굴 열두 개, 보르시 수프(붉고 달콤한 홍당무 수프에 크림을 얹은 것), 가재, 영계찜, 서양자두를 곁들인 쇠고기 스튜,

햇감자, 샐러드, 수이트 푸딩에 로크포르 치즈, 부르고뉴 포도주 1리터에 오래된 브랜디 약간 등등. 보리스는 음식에 있어서는 국제적인 미각을 갖추고 있었다. 나중의 일이지만 우리 형편이 넉넉해졌을 때 나는 보리스가 이 정도 음식을 거뜬히 해치우는 것을 종종 보았다.

돈이 바닥나자 나는 일자리 찾기를 포기하고 종일 쫄쫄 굶었다. 〈오베르주 드 제앙 코타르〉가 정말로 문을 열리라고는 믿지 않았다. 그렇다고 다른 희망이 보이는 것도 아니었다. 그러나 나는 몸이 나른해서 그저 자리에 누워 있는 것 말고는 할 일이 없었다. 그때 홀연히 행운이 찾아들었다. 밤 열 시쯤 되었을까. 거리에서 열띠게 외치는 소리가 들렸다. 나는 일어나서 창가로 갔다. 보리스가 지팡이를 내두르며 만면에 희색을 띠고 서 있었다. 입을 열기도 전에 그는 찌그러진 빵 한 덩이를 주머니에서 꺼내 나에게 던졌다.

"친구, 이 친구야. 우린 이제 살았네! 무슨 일일 것 같은가?"

"일자리를 구한 건 아니겠지!"

"콩코르드 광장 근처 X호텔…… 식사 제공에다 한 달에 500프랑이야. 오늘 거기서 일했네. 하느님 맙소사, 얼마나 처먹었던지!"

열 시간에서 열두 시간 일을 한 뒤에 불편한 다리를 끌고 여인숙까지 3킬로미터나 걸어와서 나에게 희소식을 전해줄 생각을 했다니! 더군다나 보리스는 다음 날 오후 휴식시간에 튈르리 공원에서 만나자고 했다. 나를 위해 먹을 것을 슬쩍해 오겠다는 것이었다. 약속한 시간에 나는 공원 벤치에서 보리스를 만났다. 그는 조끼 단추를 풀더니 구겨진 커다란 신문지 꾸러미를 내놓았다. 그 안에는 다진 송아지고기, 카망베르 치즈 한 쪽, 빵과 에클레르 과자 등이 한데 뒤범벅되어 있었다.

"이것 봐!" 보리스가 말했다. "이게 훔쳐낸 것 전부야. 수위 놈이 어찌나 교활하던지."

공원의 벤치에서, 특히 아름다운 아가씨가 그득한 튈르리 공원 같은 곳에서 신문지를 펴고 먹는다는 것이 영 내키지 않았지만 너무나 배가 고팠던지라 체면을 차릴 겨를이 없었다. 내가 먹는 동안 보리스는 자기가 호텔 카페테리—영국으로 치면 식료품 저장실이다—에서 일하고 있다고 설명해주었다. 저장실 근무란 호텔에서 가장 낮은 직책이어서 웨이터 출신인 그로서는 말할 수 없는 몰락이었다. 그러나 〈오베르주 드 제앙 코타르〉가 문을 열 때까지는 일단 그곳에서 일할 수밖에 없었다. 그동안 나는 날마다 튈르리 공원에서 보리스를 만나기로 했고, 그는 자신이 갖고 나올 수 있는 한 많은 음식을 빼내 오겠다고 했다. 사흘 동안 우리는 그 짓을 계속했고, 나는 전적으로 훔쳐 온 음식만으로 살았다. 그러고는 드디어 그 지긋지긋한 고생도 모두 끝났다. X호텔의 접시닦이가 그만두었는데, 보리스의 추천으로 내가 그 자리를 얻었기 때문이다.

10

 X호텔은 고풍스러운 외관을 갖춘 웅장한 건물로, 종업원들은 한쪽에 쥐구멍처럼 난 좁고 컴컴한 문으로 드나들었다. 나는 아침 일곱 시 십오 분 전에 그곳에 도착했다. 기름때에 전 바지를 입은 종업원들이 줄을 서서 서둘러 들어가면 조그마한 방에 앉은 수위가 일일이 점검을 했다. 나는 말하자면 부지배인쯤 되는 인사계장을 기다리고 있었는데, 잠시 후 그가 나와서 내게 이런저런 질문을 시작했다. 그는 이탈리아인이었고 둥글넓적하고 창백한 얼굴에 과로 때문인지 초췌해 보였다. 접시닦이 경험이 있느냐고 묻기에 나는 그렇다고 대답했다. 내 손을 힐끗 곁눈질한 그는 내가 거짓말을 하고 있음을 알아차렸지만 영국인이라는 말을 듣고는 이내 말투를 바꾸어 나를 고용했다.
 "영어회화를 연습할 만한 사람을 찾고 있었지." 그가 말했다. "고객은 거의 미국인인데 우리가 아는 영어라고는 ……" 그는 런던에서 꼬마들이 벽에다 낙서나 할 말을 되뇌었다. "자넨 쓸모가 있겠어. 아래층으로 오게."

그는 구불구불한 층계를 내려가서 좁은 복도로 나를 데려갔다. 그곳은 깊숙한 지하로, 어찌나 천장이 낮은지 몇 차례나 허리를 구부려야 했다. 숨이 콱콱 막히도록 무덥고 무척이나 어두웠다. 몇 미터 간격으로 희미하고 노란 전구가 켜져 있었다. 미로 같은 컴컴한 통로가 몇 킬로미터나 계속 되는 듯싶었다. 실제로는 모두 합쳐 몇백 미터밖에 안 될 것이다. 이곳은 묘하게도 기선의 선창을 연상케 했다. 뜨거운 열기, 좁은 공간, 뜨뜻한 음식 냄새, 그리고 엔진 소음 같은 윙윙거리는 소리(주방 아궁이에서 나는 소리였다) 등이 선창에서 나는 소음과 똑같았다. 우리는 이따금 방문을 지나갔는데, 욕질하는 소리가 터져 나오기도 하고 때로는 붉은 불꽃이 번쩍거리기도 했으며, 한번은 얼음 저장실에서 오싹하게 차가운 바람이 나오기도 했다. 우리가 걸어가는 도중에 무언가가 내 등을 난폭하게 쳤다. 다름 아닌 파란색 앞치마를 두른 짐꾼이 밀고 가는 50킬로그램쯤 되는 얼음 덩어리였다. 그 뒤로 엄청난 쇠고기 덩어리를 어깨에 멘 소년이 뒤따랐다. 소년은 그 축축하고 스펀지 같은 고깃덩이에 볼을 처박고 있었다. 그들은 "비켜, 이 바보야!" 하고 소리를 지르더니 나를 밀쳐내고 돌진했다. 불빛이 비치는 벽에다 누군가가 아주 참한 필체로 이렇게 써놓았다. 'X호텔에서 처녀성을 간직한 여자를 찾느니 겨울에 구름 끼지 않은 하늘 찾는 일이 빠를 것이다.' 묘한 곳이라고 생각했다.

통로가 갈라지면서 세탁실에 이르렀다. 거기에서 늙고 해골 같은 얼굴의 한 노파가 내게 파란색 앞치마와 행주 한 꾸러미를 주었다. 그런 다음에 인사계장은 조그마한 지하굴—이를테면 지하실 밑의 지하실—로 나를 데리고 갔다. 그곳에는 개수대와 가스 오븐이 몇 개 있었는데 천장이 너무 낮아서 똑바로 설 수도 없었다. 실내 온도가 아마 43도는 되는 듯싶었다. 내가 할 일은 위쪽의 작은 식당에서 식사하는 상급 종업원에게 식사를 날라다주고, 그들의 거실을 청소하고, 그들이 먹은 그릇을 씻는 것이라고 인사계장이 설명해주었다. 그가 가버리자 다른 이탈리아인 웨이터 하나가 사납게 풀어 헤친 머리를 디밀고 나를 내려다보았다.
"영국인이라지, 응?" 그가 입을 열었다. "좋아, 내가 여기 책임자야. 일을 잘하면 말이야……" 그는 술병을 기울여 요란스럽게 들이마셨다. "일을 잘 못하면……" 그는 문설주를 몇 차례 난폭하게 걷어찼다. "당신 목 비트는 건 마룻바닥에 침 뱉는 일 정도밖에 안 돼. 그리고 무슨 사고가 나도 내 말을 믿지 당신 말을 믿지는 않을걸. 그러니까 조심하라고."

이런 주의를 듣고 난 뒤에 나는 서둘러 일하기 시작했다. 한 시간가량을 빼고는 아침 일곱 시부터 저녁 아홉 시 십오 분까지 일만 했다. 먼저 설거지를 하고, 종업원 식당의 식탁과 마룻바닥을 문지르고, 유리잔과 칼을 깨끗하게 닦고, 식사를 나른 다음 다시 설거지를 했다. 고된 일은 아니었다. 음식을 가지러 주방에 갈 때를 제외하면 다른 일은 잘 해냈다. 주방은 내가 알거나 예상했던 것과는 영 달랐다. 마치 지옥 같은 지하는 질식할 듯 숨이 막히고, 낮은 천장에 불꽃이 활활 타오르고, 욕지거리와 취사도구 부딪치는 소리로 귀가 먹먹해지는 곳이었다. 너무 뜨거워서 스토브만 빼고 모든 쇠붙이는 헝겊으로 싸야 했다. 한가운데 화덕이 있어 흰 모자를 썼는데도 열두 명의 요리사들은 얼굴에서 땀방울을 뚝뚝 떨어뜨리면서 이리저리 뛰어다녔다. 화덕 주위에는 카운터가 있는데 웨이터와 접시닦이들이 우글거리며 쟁반을 덜그럭거렸다. 허리까지 훌렁 벗어젖힌 접시닦이들은 불을 쑤시기도 하고 모래로 커다란 소스 냄비를 닦기도 했다. 모든 사람이 바삐 움직이고 화가 난 듯했다. 길게 수염을 기르고 얼굴이 주홍빛인 수석 요리사는 한가운데 버티고 서서 접시닦이한테 욕지거리를 터뜨릴 때를 빼고는 계속 이렇게 소리를 질러댔다. "스크램블드에그 두 개! 버터에다 사과 곁들인 샤토브리앙*!" 카운터는 세 군데 있었는데, 처음 주방에 들어갔을 때는 잘못 알고 쟁반을 다른 카운터로 가져갔었다. 그러자 수석 요리사가 내 앞으로 걸어오더니 수염을 꼬면서 나를 위아래로 훑어보았다. 그러고 나서 아침식사 당번 요리사를 손짓으로 부르더니 나를 가리켰다.

"이것 좀 보게? 요즘은 이런 얼빠진 접시닦이를 보낸단 말이야. 이 바보야, 너 어디서 왔어? 샤랑통에서 왔겠지, 아마?"(샤랑통에는 큰 정신병원이 있었다.)

"영국에서 왔습니다." 내가 대답했다.

"이런, 알아 모시겠습니다. 그런데 나의 친애하는 영국인 양반, 그대가 갈보 자식이라는 걸 알려드릴까요? 자, 어서 네 녀석 카운터로 꺼지지 못해?"

---

* 소설가 샤토브리앙 남작의 요리사가 개발한 최고급 스테이크 요리.

나는 주방에 갈 때마다 어떤 실수든 저질렀기 때문에 이런 대접을 받곤 했다. 나는 일에 익숙한 척 말하고 들어왔기 때문에 번번이 욕을 먹었다. 호기심이 나서 하루 동안 내가 '갈보 서방'이라고 불린 횟수를 세어보았더니 서른아홉 번이나 되었다.

네 시 반에 이탈리아인 웨이터가 나보고 잠깐 일을 쉬어도 좋다고 말했지만 다섯 시부터 다시 일이 시작되므로 외출할 만한 시간은 안 되었다. 나는 담배를 피우러 변소로 갔다. 흡연은 엄격하게 금지되어 있었고, 보리스는 변소가 유일하게 안전한 장소라고 일러주었다. 삼십 분이 지난 뒤에 다시 들어가 아홉 시 십오 분까지 내리 일했다. 그때 웨이터가 문으로 머리를 디밀고서 남은 설거지거리는 그냥 두고 퇴근하라고 했다. 놀랍게도 하루 종일 나에게 돼지 새끼니, 고등어니 하며 욕지거리를 하던 그가 갑자기 너무나 친절해졌다. 그때서야 내가 얻어먹은 욕은 수습기간에 겪는 일종의 단련임을 깨달았다.

"됐어, 이 친구야." 웨이터가 말했다. "빠릿빠릿하진 못해도 곧잘 하는군. 올라가서 저녁 들게. 호텔 규정상 1인당 포도주 2리터는 허용되는데 내가 한 병 더 훔쳐놨지. 함께 실컷 마시잔 말이야."

우리는 상급 종업원들이 먹다 남긴 음식으로 멋진 저녁식사를 했다. 술로 얼큰해진 웨이터는 나한테 자신의 연애 행각, 이탈리아에서 자신이 칼로 찔렀던 두 사나이, 그리고 병역 의무를 교묘하게 피한 이야기를 들려주었다. 알고 보니 좋은 친구였다. 어느 면에서 그는 벤베누토 첼리니*를 생각나게 했다. 나는 피곤했고 땀에 흠뻑 젖어 있었지

---

* 16세기 이탈리아의 조각가. 파란만장한 생애를 과장해서 쓴 자서전으로 유명하다.

만 하루 동안 잘 먹으니 새사람이 된 기분이었다. 일이 힘들게 생각되지 않았고, 이런 정도의 일이 내게 적당하다고 느껴졌다. 그렇지만 나는 일급 25프랑으로 그날만 임시로 채용되었기 때문에 계속해서 고용될지는 확실하지 않았다. 무뚝뚝하게 생긴 수위가 돈을 계산해주었다. 50상팀이 부족했는데 보험료로 제했다고 했다(나중에야 거짓말이었음을 알았다). 그러고서 통로로 나와 내 옷을 벗게 하고 음식을 훔쳐 가는지 수색하느라 온몸을 샅샅이 훑었다. 그러고 나자 인사계장이 나타나서 내게 말을 붙였다. 웨이터가 그랬듯이 그도 내가 꾀부리지 않고 일을 열심히 한 것을 알고 훨씬 부드럽게 대해주었다.

"당신만 원한다면 정식으로 채용하겠소." 그가 말했다. "수석 웨이터가 그러는데 영국인한테 욕하는 게 재미있다더군. 1개월 고용계약에 서명하겠소?"

마침내 일자리가 나타났으며 나는 뛰어들 준비가 돼 있었다. 그런데 2주 후에 문을 열 예정인 러시아 음식점이 기억났다. 한 달 동안 일하겠다고 약속하고서 중도에 그만두는 건 잘하는 짓이 아닌 듯했다. 그래서 나는 다른 일자리가 기다리고 있으니 2주만 일할 수 없겠느냐고 물었다. 그러나 이 말을 듣자 인사계장은 어깨를 으쓱해 보이며 이 호텔은 월 계약으로만 종업원을 고용한다고 했다. 일자리 기회를 잃은 것이 분명했다.

약속한 대로 보리스는 리볼리 가 아케이드에서 나를 기다리고 있었다. 보리스에게 그 이야기를 하자 화를 냈다. 내가 그를 안 이래 처음으로 그는 예의를 잊고 내게 멍텅구리라며 욕을 했다.

"바보! 이 멍텅구리 종자야! 내가 겨우 일자리를 구해놓았는데 가서 곧바로 내팽개쳐버리면 대체 어떡하자는 거야? 다른 음식점 얘기를 하다니 그따위 바보가 어디 있어? 한 달 일하겠다고 약속만 하면 되잖아."

"그만둬야 할지도 모른다고 말하는 게 더 정직하게 생각되더군." 나는 항의를 했다.

"정직! 정직이라! 접시닦이가 정직하다는 말, 세상천지에 누가 들어봤겠나? 친구." 갑자기 그는 내 옷자락을 잡고 열을 올리며 말했다. "친구, 자네가 여기서 하루 종일 일해봤으니 호텔 일이 어떤지 알았을 텐데. 접시닦이로 제법 명예의식을 뽐낼 수 있다고 생각되던가?"

"아니, 그렇지 않은 것 같아."

"자, 그러면 빨리 돌아가서 인사계장한테 한 달 동안 일하겠다고 말하게. 다른 직장은 포기하겠노라고 말해. 그러다가 우리 식당이 문을 열 때 자리를 차고 나오면 그뿐이야."

"하지만 계약을 어기면 임금은 어떻게 되는 거지?"

보리스는 내 어리석은 말에 지팡이로 길바닥을 탕탕 치며 크게 소리쳤다. "일당으로 쳐달라고 하면 한 푼도 손해 볼 것 없단 말이야. 접시닦이가 계약 위반했다고 고소라도 할 것 같나? 접시닦이란 너무나 보잘것없어서 소송감도 되지 않는다고."

나는 급히 돌아가 인사계장을 찾아 한 달 동안 일하겠다고 말하고서 서명을 했다. 이것이 접시닦이 윤리에 관한 나의 첫번째 수업이었다. 세월이 흐른 다음에야 그런 야단법석을 피운 것이 얼마나 어리석은 짓인지를 알았다. 큰 호텔은 그들의 종업원에게 무척 무자비했기 때문이다. 그들은 일의 양에 따라 사람을 고용하기도 하고 마음대로 해고하기도 했다. 성수기가 지나면 종업원의 10퍼센트 또는 그 이상을 해고해버렸다. 또한 그들은 미리 알리지 않고 그만두는 종업원이 있어도 이를 대체하는 데 조금도 어려움이 없었다. 파리에는 일자리 없이 빈둥거리는 호텔 종업원들이 우글우글했기 때문이다.

11

지나고 보니 나는 계약을 어기지 않은 셈이 됐다. 6주가 지난 후에야 〈오베르주 드 제앙 코타르〉가 개점할 기미를 보였기 때문이다. 그동안 나는 X호텔에서 일주일 중 나흘은 식료품 저장실에서 일하고, 하루는 4층에 있는 웨이터들을 돕고, 나머지 하루는 식당에서 설거지하는 여자를 대신해서 일했다. 근무 시간은 아침 일곱 시부터 오후 두 시까지, 오후 다섯 시부터 밤 아홉 시까지 열한 시간이었다. 식당 설거지를 하는 날에는 열네 시간이나 꿈지럭거려야 했다. 그래도 파리의 접시닦이 평균 기준에 비하면 이는 예외적으로 짧은 시간이었다. 단 하나 견디기 어려운 것은 끔찍스러운 열기와 그 미로 같은 지하실의 숨 막히는 공기였다. 이런 것만 아니라면 크고 체계화된 이 호텔은 편한 일터라고 생각했다.

식료품 저장실은 가로 6미터, 세로 2미터에 높이는 2.5미터쯤 되는 음침한 지하실이었다. 커피 통이라든가 빵 자르는 기계 따위가 꽉 들어차 있어서 몸을 움직이기만 하면 무엇이든 부딪히게 마련이었다. 희미한 전구가 하나 켜져 있고, 네다섯 군데에서 가스불이 맹렬한 붉은 기운을 내뿜고 있었다. 온도계가 하나 있었는데 43도 이하로는 온도가 내려간 적이 없으며, 때로는 54도까지 육박했다. 또 한쪽 끝에는 다섯 대의 운반용 승강기가 있었고, 맞은편에는 우유와 버터를 저장하는 냉장고가 있었다. 냉장고 안으로 한 발짝만 들여놓아도 온도는 60도쯤 내려갔다. 그곳은 그린란드의 빙산과 인도의 산호초를 두고 노래한 찬가를 생각나게 했다. 보리스와 나 이외에 두 사람이 더 이 식료품 저장실에서 일했다. 한 사람은 마리오라는 사내로 몸집이 크고 흥분을 잘하는 이탈리아인이었다. 그는 오페라식 몸짓을 하는 경찰관 같았다. 다른 한 명은 우리가 마자르인이라고 부르는 털투성이 거친 녀석이었다. 나는 그가 트란실바니아 사람이거나 그보다도 더 먼 곳 출신이라고 생각했다. 마자르인을 빼고는 우리 셋 모두 몸집이 커서 바쁜 시간에는 끊임없이 서로 몸을 부딪쳤다.

식료품 저장실에서의 일은 산발적이었다. 한가하지는 않았지만 일 다운 일은 한 번에 두 시간씩 쏟아져 들이닥쳤다. 우리는 이렇게 일이 한꺼번에 쏟아지는 것을 '일제 사격'이라 불렀다. 처음 맞는 '일제 사격'은 여덟 시에 위층의 투숙객들이 일어나 아침식사를 요구하는 시간이었다. 여덟 시만 되면 갑자기 쿵쾅거리고 떠들썩하게 외치는 소리가 지하실 전체에 울려 퍼졌다. 사방에서 벨이 울리고, 파란색 앞치마를 두른 종업원들이 통로를 뛰어다니고, 우리의 음식물 운반 장치들이 동시에 덜커덩거리며 내려오고, 다섯 층에 흩어져 일하는 웨이터들이 승강 통로에 대고 이탈리아어로 욕을 퍼붓는 등 온통 난리 법석이었다. 우리 임무를 모두 기억하지는 못하지만 대략 다음과 같은 것들이었다. 홍차와 커피와 초콜릿차를 만드는 일, 주방에서 음식을 날라 오는 일, 지하실에서 포도주와 과일 등을 식당으로 가져가는 일, 빵을 자르고 토스트를 만드는 일, 버터를 덩어리로 만들고 잼을 저울에 다는 일, 우유 깡통을 따는 일, 각설탕을 세는 일, 달걀을 삶고 죽을 끓이고 얼음을 부수고 커피를 가는 일. 일이백 명의 손님을 위해 이런 따위의 모든 일을 했다. 주방은 삼십 미터, 식당은 오륙십 미터나 떨어져 있었다. 운반 장치로 올려 보내는 음식은 모두 전표에 기입하고, 전표는 주의 깊게 철해두어야 했다. 만약 설탕 한 덩어리라도 없어지면 골치 아파졌다. 이런 일 말고도 우리는 호텔 직원들에게 빵과 커피를 갖다주고 위층에 있는 웨이터들에게 식사를 날라야 했다. 한마디로 요약하면, 복잡하기 짝이 없는 일이었다.

내 어림짐작으로는 한 사람이 하루에 약 24킬로미터를 걸었다. 그리고 일이 힘든 이유는 육체적인 것보다 정신적인 데 있었다. 겉으로는 이런 자질구레한 주방 일보다 더 쉬운 일이 없는 것 같지만 바쁠 때는 굉장히 힘들었다. 여러 가지 일을 하면서 사방으로 뛰어다녀야 했다. 예를 들면 토스트를 만드는 판에 쾅! 하고 음식 운반 장치가 내려와 홍차와 빵과 세 종류의 잼을 주문하고, 동시에 또 쾅! 하고 다른 것이 내려와 스크램블드에그와 커피, 그레이프푸르트를 주문하는 것이었다. 달걀을 가지러 주방으로 가고 과일을 가지러 식당으로 가야 하는데, 토스트가 타기 전에 돌아와야 하므로 번개처럼 뛰어다녀야 했다. 그뿐 아니라 홍차와 커피 주문을 잊지 말아야 하고, 그때까지 처리하지 못한 많은 주문을 일일이 외우고 있어야 했다. 이런 북새통에 다른 웨이터가 뒤를 따라다니면서 소다수 병이 없어졌다고 성가시게 굴면 그와 말다툼도 해야 했다. 생각보다 훨씬 머리를 써야 하는 일이었다. 마음 놓고 맡길 수 있는 종업원이 되자면 1년은 걸릴 거라고 마리오가 말한 적이 있었는데 분명 맞는 얘기였다.

여덟 시부터 열 시 반까지는 정신이 혼미해질 정도로 바쁜 시간이었다. 때때로 우리는 인생이 단 5분밖에 남지 않은 것처럼 움직였다. 그러다가 주문이 뜸해지고 모든 것이 잠시 조용해지면서 갑작스레 고요가 찾아들었다. 그럴 때면 우리는 바닥의 쓰레기를 쓸고 새 톱밥을 뿌렸다. 그러고서 포도주나 커피나 물 등 그저 마실 수 있는 건 무엇이든 닥치는 대로 마셨다. 또 얼음을 깨뜨리는 동안에는 얼음 조각을 빨았다. 가스불이 뿜어내는 열에 메스꺼웠기 때문이다. 우리는 낮 동안 몇 리터의 물을 마셨고 몇 시간만 지나면 앞치마는 땀으로 흠뻑 젖었다. 어떤 때는 절망스러울 정도로 일이 밀렸다. 그래서 몇몇 손님이 아침식사를 못하고 나갈 정도가 되면 언제나 마리오가 우리를 이끌고 일을 해치웠다. 그는 식료품 저장실에서 14년간 일을 해서 일과 일 틈에 1초도 허비하지 않는 기술을 터득하고 있었다. 마자르인은 퍽이나 멍청했고 나는 경험이 없었으며, 보리스는 다리를 절름거리는 탓도 있지만 웨이터 노릇을 하다가 저장실에서 일하는 것이 창피하기도 해서 꾀를 부리려는 경향이 있었다. 그러나 마리오는 억척같았다. 그는 커다란 팔을 벌려 한 손으로는 커피 주전자에 커피를 따르고, 다른 한 손으로는 달걀을 삶으면서 동시에 토스트가 구워지는 것을 살펴보고,

마자르인에게 어찌어찌 하라고 지시까지 내렸다. 그리고 틈틈이 〈리골레토〉의 한 소절을 부르는 모습은 가히 찬탄을 불러일으켰다. 호텔 주인은 그의 진가를 아는 터여서 그에게는 우리처럼 한 달에 500프랑이 아니라 천 프랑씩 주고 있었다.

아침식사의 법석은 열 시 반에 끝났다. 그러고 나면 테이블을 훔치고 바닥을 쓸며 놋쇠그릇에 윤을 냈다. 재수가 좋은 아침에는 한 사람씩 번갈아 변소에 가서 담배를 피웠다. 이때가 우리에게는 한가한 시간이었다. 그러나 비교적 한가할 뿐이었다. 왜냐하면 점심시간으로 10분밖에 여유가 없었고, 그나마 방해받지 않고 식사를 마쳐본 적도 없었기 때문이다. 손님들의 점심시간은 열두 시부터 두 시까지여서 아침시간과 마찬가지로 또 한 번 법석을 치렀다. 우리 일의 대부분은 주방에서 식사를 날라 오는 것이었다. 이는 요리사에게 줄곧 욕설을 듣는다는 의미였다. 그때쯤 되면 요리사들은 네댓 시간 동안 아궁이 앞에서 땀을 흘린 터라 모두 성질이 달아올라 있었기 때문이다.

두 시가 되면 우리는 갑자기 자유로운 몸이 되었다. 그러면 앞치마를 벗어 던지고 윗옷을 걸치고 밖으로 뛰쳐나가 돈이 있을 때는 가까운 술집으로 뛰어들었다. 푹푹 찌는 지하실에서 거리로 나오면 신기한 느낌이 들었다. 눈이 아찔할 정도로 공기가 차가워서 북극의 여름 같은 착각이 들었다. 땀과 음식 냄새를 실컷 맡고 난 후의 휘발유 냄새는 얼마나 달콤했던가! 이따금 술집에서 우리 호텔의 요리사나 웨이터들을 만나기도 했다. 호텔 안에서 우리는 그들의 노예였지만 근무 시간 외에는 모든 사람이 대등하고 욕설도 문제가 안 된다는 것이 호텔 생활의 예절이었다.

다섯 시 십오 분 전에 우리는 호텔로 돌아왔다. 여섯 시 반까지는 주문이 없으므로 우리는 이 시간을 이용해서 은식기를 닦고 커피 통을 깨끗이 헹구고 그 밖에 잔일을 처리했다. 그러고 나면 하루 중 가장 큰 소란이 벌어지는 저녁시간이 시작되었다. 그 저녁시간을 묘사하기 위해서 잠시만이라도 내가 에밀 졸라가 될 수 있으면 좋겠다. 일이백 명이 대여섯 가지가 나오는 각각 다른 식사를 요구하는데, 고작 오륙십 명이 요리를 하고 심부름을 하고 식사 뒤처리까지 해야 했다. 요리를 해본 경험이 있는 사람이라면 누구나 그 말이 무엇을 의미하는지 알 것이다. 그러나 이렇게 일이 곱절로 불어나는 시간에 모든 종업원은 지쳐 있는 데다 또 그중 다수가 술에 취해 있었다. 그 광경에 대해서 여러 장을 쓴다 해도 나는 그 참모습을 표현해내지 못할 것이다. 좁은 통로에서 이리저리 뛰어다니고, 서로 부딪히고, 고함을 치고, 바구니와 쟁반과 얼음덩이를 들고 비틀거리고, 열과 어둠과 싸울 시간도 없는 격렬한 투쟁. 도저히 뭐라고 묘사할 수도 없다. 처음으로 이 지하실에 들어와본 사람이라면 누구나 미치광이 소굴에 들어와 있다고 생각할 것이다. 이런 혼돈 속에서도 주문을 가려낼 수 있었던 것은 나중에 내가 호텔이 돌아가는 상황을 이해한 다음이었다.

여덟 시 반이 되면 돌연 일이 멈췄다. 아홉 시까지 자유롭지는 못했지만 바닥에 길게 누워 다리를 쉴 수 있었다. 몸이 너무 나른해서 음료수를 가지러 냉장고까지 갈 기력조차 없었다. 가끔 인사계장이 맥주병을 들고 찾아오기도 했다. 일이 고되게 돌아간 날이면 호텔 측에서 특별히 맥주를 제공했다. 우리에게 제공되는 식사는 마음껏 먹을 수 있는 정도는 아니었지만 호텔 주인은 술에는 그다지 인색하지 않았다.

그는 하루에 2리터의 포도주를 주지 않으면 3리터를 훔친다는 것을 알고서 접시닦이에게도 매일 2리터씩 술을 주었다. 또한 먹다 남은 술을 보관할 수도 있어서 흔히 과음을 하곤 했다. 그러나 약간 취하면 일을 더 빠르게 처리하는 것 같았으니 이것도 해롭지는 않았다.

일주일의 나흘은 이런 식으로 흘러갔다. 근무하는 나머지 이틀 중에서 하루는 좀 수월했고 하루는 더욱 고되었다. 일주일을 이렇게 보내고 나자 휴일이 필요했다. 토요일 밤이어서 술집에 모인 사람들은 부지런히 술을 마시고 있었다. 다음 날 쉬는 나도 그들 패에 끼었다. 우리는 술에 취해 새벽 두 시에 잠자리에 들어 정오까지 잘 심산이었다. 하지만 새벽 다섯 시 반에 나는 급작스레 잠에서 깼다. 호텔에서 보낸 야간경비원이 침대 옆에 서 있었다. 그는 이불을 젖히고 나를 거칠게 흔들어댔다.

"일어나!" 그가 외쳤다. "곤드레만드레군, 어이? 좋아, 괜찮아. 호텔에 사람이 하나 부족한데 오늘 일을 해야겠어."

"왜 내가 일을 해야 합니까?" 나는 항의했다. "오늘은 비번이란 말입니다."

"비번, 필요 없어! 일해야 하니까 일어나!"

나는 일어나서 밖으로 나갔지만 등이 부러질 것 같았다. 그리고 머리 속에 불덩이가 가득 찬 듯했다. 도저히 그날 하루 일을 해낼 것 같지가 않았다. 그러나 지하실에 들어가서 한 시간이 지나자 술이 완전히 깼다. 그 지하실의 무더위 속에 있으면 아무리 많은 술을 마셨어도 마치 증기탕에 들어간 것처럼 누구든 땀으로 내쏟을 것 같았다. 접시닦이는 이것을 알기에 그마저 계산에 넣고 술을 마시는 것이다. 포도주를 실컷 들이켜고 술이 몸에 많은 해독을 끼치기 전에 땀으로 흘려 버리는 그 위대한 힘이 바로 그들의 생활이 주는 하나의 보상이었다.

12

 단연코 호텔에서 가장 편한 시간은 웨이터를 도우러 4층으로 올라갈 때였다. 우리는 식료품 저장실과 음식물 운반 장치로 연결되는 좁은 식기실에서 일했다. 그곳은 지하실에 있다가 오면 상쾌하고 시원했으며, 일이라야 주로 은그릇과 유리그릇을 닦는 정도였으니 꽤 할 만한 일이었다. 웨이터인 발렌티는 사람이 좋아서 우리끼리만 있을 때는 거의 대등하게 나를 대해주었다. 그렇지만 웨이터가 접시닦이에게 친절하다는 것은 있을 수 없는 일이었기에 다른 사람이 있으면 말을 거칠게 해야 했다. 그는 벌이가 좋은 날이면 가끔 내게 5프랑의 팁을 주곤 했다. 스물네 살이었지만 열여덟 살밖에 안 되어 보이는 잘생긴 청년이었다. 웨이터 대부분이 그렇듯이 그는 처신을 잘했고 옷을 어떻게 차려입어야 하는지도 알았다. 검은 턱시도에 하얀 타이를 매고 생기 있는 얼굴에 윤기나는 갈색 머리를 가진 그는 꼭 이튼 학교 학생처럼 보였다. 그러나 그는 열두 살부터 스스로 생계를 꾸려왔고, 말 그대로 빈민굴에서 출세한 사람이었다. 여권 없이 이탈리아 국경을 넘었고, 파리 북부 가로수 길에서 손수레로 군밤을 팔았으며, 허가 없이 일한 죄로 런던에서 50일간 구류를 살기도 했었다. 호텔에서 돈 많은 늙은 여자와 정사를 나누고 다이아몬드 반지를 선물 받았지만 오히려 훔쳤다는 누명을 쓰고 고소를 당한 일도 그의 이력에 끼어 있었다. 한가한 시간에 음식물 운반 장치 밑에 앉아서 그와 얘기를 나누는 것은 즐거운 일이었다.

가장 고된 시간은 식당에서 설거지를 하는 때였다. 은접시는 주방에서 닦았지만 그 밖에 사기그릇, 은그릇, 나이프, 유리잔 등은 내가 씻어야 했다. 이 일만 해도 하루 열세 시간의 노동이었으며, 행주 삼사십 개를 써야 할 형편이었다. 프랑스에서 옛날부터 전해 내려오는 설거지 방법은 일을 갑절로 어렵게 했다. 접시 놓는 선반은 아예 없었으며, 조각 비누도 아닌 끈적끈적하고 흐물흐물한 비누를 썼다. 이 비누는 경수(硬水)인 파리의 수돗물에서는 거품이 잘 나지 않았다. 나는 식기실과 설거지하는 곳을 겸한 더럽고 비좁은 우리 같은 데서 일했다. 그런데 여기는 식당과 바로 통하는 곳이기도 했다. 설거지 외에도 웨이터들의 식사를 나르고 그들의 시중을 들어야 했다. 그들 대부분은 참을 수 없을 만큼 거만했다. 몇 차례 주먹이라도 휘둘러야 사람 대접이라도 받을 수 있었다. 설거지는 여자 한 명이 담당했는데 웨이터들이 무척 애를 먹였다.

더럽고 작은 식기실을 둘러보면서 우리와 식당 사이에 이중문 하나

뿐이라고 생각하면 흥미진진해졌다. 티끌 하나 없는 식탁보, 꽃병, 거울, 금박으로 장식한 천장, 벽 사이의 돌림띠, 천사가 그려진 식당에는 손님들이 한껏 차려입고 앉아 있는데, 나는 거기에서 불과 몇 미터 밖에 떨어져 있지 않은 이곳의 구역질 나는 불결함 속에서 일하는 것이다. 진정 구역질 나는 불결함이었다. 저녁이 될 때까지 바닥을 쓸 겨를이 없었다. 음식물이 뒤범벅된 바닥을 우리는 미끄러지며 오갔다. 웃통을 벗은 열두 명의 웨이터들이 땀난 겨드랑을 보이면서 식탁에 앉아 샐러드를 뒤섞고 크림 병에 엄지손가락을 담갔다. 방 안에서는 음식물과 땀이 뒤섞인 더러운 냄새가 풍겼다. 찬장의 사기그릇 더미 뒤쪽 구석에는 웨이터들이 훔쳐다놓은 너저분한 음식이 쌓여 있었다. 개수대는 두 개뿐이었고, 설거지통도 없었다. 그래서 깨끗한 사기그릇을 가셔내는 물에다 웨이터가 얼굴을 씻는 것은 해괴망측한 일이 아니었다. 하지만 손님들은 이런 광경을 보지 못한다. 식당 문밖에는 야자수 잎으로 만든 신발 닦개와 거울이 걸려 있어서 웨이터들은 한껏 맵시를 내고 정결의 표본인 양 들어가곤 했다.

　웨이터가 호텔 식당으로 들어가는 모습에는 배울 점이 있었다. 문을 통과할 때 그에게는 돌연 변화가 일어난다. 어깨 모양도 달라지고 모든 불결함과 서두름, 신경질이 순식간에 없어진다. 그는 엄숙한 신부 같은 태도로 융단 위를 여유롭게 걸어간다. 성미가 불같은 이탈리아인 수석 웨이터가 식당 문 앞에 서서 포도주병을 깨뜨린 수습 웨이터에게 발끈 화를 내던 일이 생각난다. 그는 주먹을 머리 위로 휘두르면서 고함을 질렀다(다행히 문은 다소나마 방음 장치가 되어 있었다).

"망할 놈, 그러고도 네가 웨이터냐, 이 개새끼야! 네가 웨이터야? 네 어미가 있는 매음굴 마룻바닥도 못 닦겠다. 이 갈보 서방 같은 놈!"

욕질이 끝나자 그는 문을 향해 발길을 돌렸다. 그러고는 문을 열면서 이탈리아인이 모욕을 줄 때 흔히 그러듯이 크게 방귀를 뀌었다.

그리고 나서 그는 식당으로 들어가 손에 요리 접시를 얹고서 백조처럼 우아하게 미끄러져 갔다. 10초 후에 그는 한 손님에게 정중하게 인사를 했다. 숙련된 웨이터의 그 순진한 미소와 허리를 굽힌 모습을 보면, 이런 귀족이 손님의 시중을 드는 것이 오히려 손님을 모욕하는 일이라고 생각할 정도였다.

설거지 일은 지겹고도 괴로운 것이었다. 고된 것이 아니라 지루하고 말로 표현할 수 없을 만큼 한심한 일이었다. 어떤 사람이 이런 일에 수십 년 동안 종사한다는 것은 생각만 해도 끔찍했다. 나와 교대하는 여자는 육십 고개에 접어든 노파였다. 그녀는 하루 열세 시간, 일주일에 엿새, 일 년 내내 설거지를 했다. 게다가 웨이터들에게는 심한 천대를 받았다. 노파는 자신이 한때 여배우였다고 했다. 하지만 까놓고 얘기하면 매춘부였으리라고 나는 추측했다. 대부분의 매춘부 출신은 잡역부로 말로를 끝낸다. 그 나이와 그런 생활에도 그녀는 아직 밝은 금발의 가발을 쓰고, 스무 살 난 아가씨처럼 눈 가장자리에 검은 칠을 하고 짙은 화장을 했는데, 그 얼굴을 보고 있으면 이상한 기분이 들었다. 그러고 보면 주당 78시간의 노동을 해도 약간은 기력이 남는 모양이었다.

13

호텔에서 일한 지 사흘째 되던 날, 대체로 친절한 어조로 말을 걸던 인사계장이 나를 부르더니 따끔하게 야단을 쳤다.

"이봐, 자네 그 콧수염 당장 밀어버려! 세상에, 콧수염 기른 접시닦이가 어디 있나?"

내가 항의하려 하자 그가 가로막았다. "콧수염 기른 접시닦이라니 우스꽝스럽지! 내일은 그런 꼴 보지 않을 테니 그리 알게."

집으로 돌아오는 길에 나는 보리스에게 그게 도대체 무슨 말이냐고 물었다. 그는 어깨를 으쓱했다. "친구, 그가 말한 대로 해. 호텔에서는 요리사 빼놓고는 아무도 콧수염을 안 길러. 자네가 이미 알아차렸으리라고 생각했지. 이유? 이유는 무슨 이유야. 관습이 그렇단 말일세."

턱시도에는 흰 타이를 매지 않는 것처럼 이것도 어디까지나 예의라 생각하고서 나는 콧수염을 밀어버렸다. 나중에야 나는 그 관습의 내용을 알았다. 그것은 이런 이유에서였다. 훌륭한 호텔의 웨이터는 콧수염을 기르지 않는다. 그래서 그들은 자신들의 우월함을 나타내려고 접시닦이에게도 수염을 기르지 못하도록 한다. 그리고 요리사들은 웨이터에 대한 멸시를 나타내기 위해 콧수염을 기른다는 것이다.

이쯤 되면 호텔에 형성된 묘한 계급제도가 어떤 건지 약간은 알 수 있을 터이다. 약 110명에 이르는 종업원은 군대의 계급체계처럼 정확히 구분되어 있었다. 요리사나 웨이터가 접시닦이보다 상위인 것은 대위가 사병보다 높은 것과 매한가지였다. 가장 높은 사람은 지배인으로 그는 누구든, 심지어 요리사까지 해고할 수 있었다. 우리는 호텔 주인을 본 적이 없었다. 주인의 식사는 손님 것보다 더더욱 세심하게 장만해야 한다는 것을 알고 있을 뿐이었다. 호텔의 모든 규율은 전적으로 지배인에게 달려 있었다. 그는 고지식한 사람이어서 종업원들이 나태해지지 않나 늘 감시했다. 그러나 우리는 지배인보다 훨씬 영리했다. 호텔 구석구석에 벨 장치가 있어서 모든 종업원은 이것을 이용하여 서로 신호를 주고받았다. 길게 한 번, 짧게 한 번 누르고 난 다음에 길게 두 번을 누르면 지배인이 온다는 신호였다. 그러면 우리는 바쁜 체하느라 신경을 썼다.

지배인 다음에는 수석 웨이터였다. 그는 귀족이나 지체 높은 손님 외에는 직접 시중을 들지 않았다. 그는 다른 웨이터들을 지휘하고 손님의 비위를 맞추는 일을 도왔다. 팁과 샴페인 회사에서 보내오는 보너스(병마개 하나에 2프랑씩 들어온다)를 합치면 하루 수입이 200프랑에 이르렀다. 다른 종업원들과는 격차가 현저한 지위에 있는 터라

식사도 독실에서 하고 식탁에는 은그릇이 오를 뿐만 아니라 말끔하게 흰 제복을 입은 두 명의 수습 웨이터가 시중을 들었다. 수석 웨이터보다 약간 아래가 수석 요리사인데 그는 한 달에 5천 프랑이나 받았다. 그는 주방에서 식사할망정 따로 식탁이 마련되어 있으며, 수습 요리사 한 명이 식사 시중을 들었다. 그다음이 인사계장이었다. 한 달에 받는 돈은 1,500프랑 정도이지만 검정 양복을 빼입고 별달리 하는 일이 없었다. 그리고 그에게는 접시닦이를 해고하거나 웨이터에게 벌금을 물릴 수 있는 권한이 있었다. 다음이 일반 요리사인데 한 달에 3천 프랑에서 750프랑 정도를 벌었다. 그다음이 웨이터였다. 이들은 팁으로 하루 70프랑에다 약간의 기본급을 받았다. 다음이 세탁부와 재봉 담당이고, 그다음이 수습 웨이터로 팁은 없지만 매달 750프랑의 급료를 받았다. 다음이 접시닦이로 역시 750프랑, 다음이 하녀로 매달 500프랑에서 600프랑, 끝으로 식료품 저장실 종업원이 매달 500프랑씩 지급받았다. 우리로 말하면 호텔 종업원 중 가장 밑바닥으로, 모든 사람의 멸시를 받고 누구나 우리에게 반말지거리를 했다.

   이 밖에도 별의별 직종이 다 있었다. 흔히 '서기'라고 부르는 사무원, 매점 주인, 창고 관리인, 짐꾼과 심부름꾼, 얼음 배달원, 빵 굽는 사람, 야간경비원, 현관 수위 등등 직종에 따라 인종도 달랐다. 사무원과 요리사와 재봉 담당은 프랑스인이었고, 웨이터는 이탈리아인이거나 독일인(파리에 프랑스인 웨이터는 거의 없었다), 접시닦이는 유럽의 모든 종족이 섞여 있었는데 아랍인과 흑인까지 끼어 있었다. 이곳에서는 프랑스어가 공용어였고, 이탈리아인들도 자기들끼리 프랑스어를 사용했다.

모든 부서에는 각기 특별한 부수입이 있었다. 파리의 모든 호텔에서는 빵 부스러기를 1파운드당 8수에 빵집에 내다 팔고, 주방에서 나오는 음식 찌꺼기를 돼지 치는 사람에게 약간의 푼돈을 받고 넘겨 거기서 생긴 돈을 접시닦이들이 나눠주는 관습이 있었다. 물론 좀도둑질도 잦았다. 웨이터라면 누구나 음식을 빼돌렸다. 사실 나는 호텔 급식을 먹는 웨이터를 별로 보지 못했다. 요리사는 주방에서 대량으로 음식을 훔쳤다. 우리도 식료품 저장실에서 규칙은 아랑곳하지 않고 홍차나 커피를 홀짝거렸다. 창고 관리인은 브랜디를 훔쳤다. 호텔 규칙에 따르면 웨이터는 주류 보관이 허용되지 않았기에 주문을 받는 대로 번번이 창고 관리인에게 가야만 했다. 그때 창고 관리인은 술을 따라 낼 때마다 한 잔당 아마 한 숟갈 정도 덜어놓는 모양이었다. 이런 식으로 그는 상당한 양을 모았다. 그렇게 모아둔 브랜디를 믿을 만한 사람이라고 생각되면 한 잔에 5수씩 받고 팔곤 했다.

종업원 중에는 도둑놈도 있어서 윗옷 주머니에 돈을 넣어두면 대부분이 사라졌다. 우리에게 임금을 나눠주고, 음식을 훔치지 않는지 몸수색을 하는 수위 녀석은 도둑 중의 도둑이었다. 이 녀석은 6주에 걸쳐 한 달에 500프랑인 내 임금에서 114프랑을 실제로 사기쳐먹었다. 일급으로 지불해달라고 요구했기 때문에 그는 저녁때마다 내게 16프랑씩을 주었는데, 일요일에는 주지 않고(일요일에도 물론 임금이 지불된다) 64프랑을 쓱싹 해버렸다. 또 나는 수시로 일요일에도 일을 했는데, 나는 몰랐지만 25프랑의 특근수당을 받을 자격이 있었다. 수위가 이것 또한 지불하지 않았으니 75프랑을 가로챈 셈이었다. 마지막 주가 되어서야 사기를 당했다는 사실을 알았다. 그러나 증거를 댈 수 없어서 겨우 25프랑만 받아낼 수 있었다. 수위 녀석은 속아 넘어갈 만큼 어리석은 종업원이면 누구에게나 비슷한 속임수를 썼다. 그는 자기가 그리스인이라고 했지만 사실은 아르메니아인이었다. 그를 안 이후로 나는 이 속담이 맞다는 것을 알았다. '유대인을 믿으려거든 뱀을 믿고, 그리스인을 믿으려거든 유대인을 믿어라. 그러나 아르메니아인은 믿지 마라.'

웨이터 가운데는 묘한 성격의 소유자도 있었다. 한 청년은 대학에서 교육을 받은 신사였다. 그는 어떤 회사에서 많은 돈을 받고 일했는데, 어느날 성병에 걸려 실직당하고 떠돌이 생활을 하다가 지금은 웨이터가 된 것도 다행스럽게 여기고 있었다. 웨이터 중에는 여권도 없이 프랑스로 몰래 들어온 자가 부지기수였고, 그중에는 스파이도 한둘 있었다. 사실 웨이터는 스파이가 흔히 택하는 직종이었다. 하루는 웨이터 식당에서 모란디라는 사내와 또 다른 이탈리아인 사이에 대판 싸움이 벌어졌다. 몸도 약한 데다 모란디를 무서워하는 모습이 역력한 그 이탈리아인은 양미간이 넓고 위협적인 인상을 가진 모란디를 어설프게 위협하고 있었다.

모란디는 그를 비웃었다. "그래, 어떡할 참이냐? 네 애인하고 잤다. 한 번도 아닌 세 번이나 끼고 말이야. 근사하던데. 그래서 어쩌란 말이야, 응?"

"비밀경찰에 신고하겠어. 당신 이탈리아 스파이라고."

모란디는 그것을 부정하지 않았다. 단지 바지 뒷주머니에서 면도칼을 꺼내 뺨을 베는 것처럼 두어 번 허공에다 휘둘렀을 뿐이다. 이탈리아인 웨이터는 이 모습을 보고 그대로 내뺐다.

호텔에서 본 가장 기묘한 사람은 '임시 고용인'이었다. 그는 몸이 아픈 마자르인 대신에 하루 25프랑을 받기로 하고 고용되었다. 세르비아인으로, 스물다섯가량 되었으며 몸집이 땅딸막하고 민첩한 이였다. 그는 영어를 포함해서 6개 국어를 구사했다. 호텔 일을 훤히 아는 듯했고 정오까지는 노예처럼 일했다. 그러다가 열두 시가 되자마자 시무룩해져서 일을 게을리하고, 술을 훔쳐 마시더니 마침내는 보란 듯이 파이프를 물고 빈둥거리는 것으로 마지막을 장식했다. 말할 것도 없이 흡연은 금지되어 있었고 이를 어기면 가혹한 벌금을 물어야 했다. 이 사실이 지배인의 귀에까지 전해지자 화가 난 지배인이 그를 면담하려고 씩씩거리면서 내려왔다.

"도대체 여기서 담배를 피우다니 어쩌자는 거야?" 지배인이 소리쳤다.

"도대체 그런 낯짝을 하면 어쩌자는 거요?" 세르비아인은 태연스럽게 반문했다.

얼마나 모욕적인 말투였는지 딱히 표현할 수도 없다. 만약 접시닦이가 이따위 말대꾸를 나불거렸다면 뜨거운 수프가 담긴 냄비를 얼굴에 내던졌을 것이다. 지배인은 즉시 "넌 모가지야!"라고 말하고는 두 시밖에 안 되었는데도 25프랑을 주고 해고시켰다. 그가 떠나기 전에 보리스는 러시아어로 대체 무슨 짓을 한 거냐고 물었다. 세르비아인은 이렇게 말했다고 한다.

"이봐, 들어보게. 만일 내가 정오까지 일하면 저들은 하루 임금을 줘야 해, 안 그런가? 법이 그렇거든. 그리고 임금을 받고 나서 일하는 건 아무 의미 없지 않나? 그래서 이런 행동을 하는 거야. 어느 호텔이고 임시로 일자리를 얻으면 오전까지는 열심히 일하네. 그러고 나서 열두 시가 땡 치면 소동을 일으켜 나를 해고하지 않고는 못 배기게 만들거든. 근사하지, 어? 대개 열두 시 반이면 쫓겨난단 말이야. 오늘은 두 시여서 좀 늦었지만 상관없어. 네 시간 노동은 절약한 셈이지. 한 가지 난처한 일이라면 한 호텔에서 이 짓을 두 번은 못 써먹는다는 거야."

그는 파리 내의 호텔과 음식점 절반을 이런 소행을 하면서 전전한 모양이었다. 호텔은 나름대로 요주의 인물 명단을 작성해서 될 수 있으면 이런 종업원을 채용하지 않으려 했지만 여름 한철은 충분히 써먹을 수 있는 행각이었다.

14

며칠이 지났을 때 나는 호텔 경영의 주요한 원칙을 파악했다. 호텔 서비스업 분야에 처음 들어온 사람이라면 누구나 한창 붐비는 시간대의 가공할 소음과 무질서 때문에 놀랄 것이다. 이는 상점이라든가 공장에서의 차분한 노동과는 너무나 판이한 것이어서, 처음 보기에는 그저 불합리한 경영에 기인하는 것으로 보인다. 그러나 이 소음과 무질서는 실로 불가피한 것인데 그 이유는 이러하다. 호텔 일이란 유별나게 힘들지는 않지만 본질상 한꺼번에 일이 밀어닥쳐 이를 합리적으로 안배해 처리할 수가 없다. 예를 들면 스테이크를 주문받기 두 시간 전에 미리 구워둘 수는 없는 노릇이므로 주문하기 직전까지 기다려야 하고, 그때까지 숱한 일이 산적해 있어 미친 듯이 서둘러서 한꺼번에 일을 처리해야 한다. 그 결과, 식사 시간에는 누구나 두 사람 몫의 일을 해야 하니 소란과 말다툼이 없을 리 없다. 그래서 이 과정에서는 싸움질이 불가피하다. 왜냐하면 모두가 다른 사람에게 게으르다고 욕질하거나 윽박지르지 않으면 보조를 맞춰나갈 수 없기 때문이다. 이런 연유로 바삐 돌아가는 시간에는 모든 종업원이 화를 내고 악마처럼 욕질을 해댄다. 그 시간에 호텔에서 '우라질'이라는 단어가 빠진 말은 들을 수도 없다. 열여덟 살 난 제빵부의 한 소녀는 택시기사를 능가할 만한 욕설을 예사로 했다(햄릿도 '부엌 하녀처럼 욕한다'라고 말하지 않았던가? 셰익스피어도 부엌 하녀들이 일하는 정경을 구경했음이 틀림없다). 그러나 우리는 냉정을 잃거나 시간을 허비하지 않았다. 네 시간에 걸쳐 할 일을 두 시간에 해치우려니 서로 자극할 수밖에 없었다.

호텔이 제대로 돌아가는 이유는 다름 아니라 종업원들이 너저분하고 바보 같은 일일지라도 진정한 긍지를 느끼며 일하기 때문이다. 누군가 게으름을 피우면 나머지 사람들이 이를 발견해서 음모를 꾸며 그가 쫓겨나도록 한다. 요리사와 웨이터, 접시닦이는 제각기 다른 관점을 가지고 있지만 자신의 실력에 자부심을 느낀다는 점에서는 모두 같다.

의심할 바 없이 가장 장인답고 굽실거리지 않는 부류는 요리사들이다. 요리사들은 웨이터처럼 수입이 좋지는 않지만 지위는 더 높아서 웨이터보다 안정적이다. 요리사는 자신을 노예라 여기지 않고 기술을 가진 노동자라 생각한다. 그래서인지 요리사들은 일반적으로 '노동자'로 불리는데 웨이터는 그렇지 않다. 요리사는 자신의 힘을 알았다. 즉 자신만이 음식점을 흥하게도 망하게도 할 수 있고, 만일 자신이 5분만 늦으면 모든 것이 뒤틀린다는 사실을 알고 있다. 이들은 요리를 할 수 없는 모든 종업원을 멸시했다. 그리고 수석 웨이터 이하의 모든 사람을 모욕하는 일을 명예로 삼고 있다. 게다가 특별한 기술을 요하는 자신의 일에 순수한 예술가적 자부심을 느꼈다. 어려운 일은 요리 자체보다 모든 일을 제시간에 해내는 것이다. X호텔의 수석 요리사는 아침식사와 점심식사에 각각 내갈 몇백 그릇의 요리 주문을 받았다. 그가 손수 요리하는 경우는 거의 없었고 다만 모든 요리에 지시를 내리고 내가기 전에 요리들을 일일이 점검했다. 그의 기억력은 놀라웠다. 판때기에 주문 전표가 핀으로 꽂혀 있지만 수석 요리사는 그것을 보는 일이 별로 없었다. 모든 것을 머릿속에 넣어두고 요리가 완성되는 각각의 시간을 분 단위까지 정확히 알아서 "비프커틀릿 하나(그밖에 뭐가 되었든) 나가요!"라고 소리치곤 했다. 그는 참기 거북할 만큼 횡포를 부렸으나 역시 예술가였다. 남자 요리사가 여자보다 낫다고 하는 이유는 기술이 월등해서가 아니라 시간을 잘 지키기 때문이었다.

  웨이터의 세계는 전혀 다르다. 그들 역시 나름의 기술을 자랑했지만 기술이라고 해봤자 주로 알랑거리는 기술이다. 하는 일을 보면 노동자라기보다는 아첨꾼의 사고방식을 지니고 있다. 언제나 부유한 사람들을 상대로 생활하며, 그들의 식탁 옆에 서서 대화를 듣고 미소와 조심스러운 재담으로 대화에 끼어들어 비위를 맞춘다. 웨이터는 돈을 쓰는 즐거움을 대리로 맛본다. 더군다나 그들은 자신이 부자가 될 기회가 늘 있다고 생각한다. 웨이터들은 대부분 가난하게 죽어가지만 이따금 행운이 연거푸 겹치기도 하기 때문이다. 그랑불바르의 어느 카페에선 돈을 아주 많이 벌 수 있기 때문에 웨이터들이 호텔 주인에게 돈을 내고 고용되기도 한다. 그 결과 웨이터들은 부단히 돈을 보면서 돈을 벌 희망을 품게 되고 어느 정도 자신을 고용주와 동일시하게 된다. 그는 자신도 식사에 참여하고 있다고 착각하기 때문에 식사 시중을 멋지게 들려고 무진 애를 쓴다.

발렌티가 니스에서 열린 어떤 연회에서 일했던 경험담을 들려준 기억이 난다. 연회 비용이 20만 프랑이나 들었는데 두고두고 몇 달 동안 이야깃거리가 되었다. "굉장했어. 정말 호화판이었더랬지! 젠장! 샴페인, 은그릇, 난초하며…… 그런 연회는 본 적이 없어. 흐뭇했어. 아아, 정말 영광이었지!"

"하지만 자네는 거기서 심부름만 한 거 아니야?" 내가 대꾸했다.

"어허, 물론이지. 그랬더라도 굉장했단 말이야!"

중요한 점은 웨이터를 안됐다고 생각할 필요는 없다는 것이다. 이따금 음식점에 앉아서 폐점 시간 30분이 지나서까지 음식을 먹고 있을 때면 우리는 옆에 서 있는 피로에 지친 웨이터가 분명히 우리를 멸시하리라는 느낌을 받는다. 그러나 그렇지 않다. 그는 우리를 보면서 '더럽게 많이 처먹는군. 언젠가 나도 돈을 많이 벌면 이 사람 흉내를 낼 수 있겠지'라고 생각한다. 그는 자신이 충분히 이해하고 찬미하는 일종의 즐거움에 봉사하는 것이다. 웨이터가 여간해서는 사회주의자가 못 될뿐더러 효율적인 노동조합을 결성하지도 못하고 하루 열두 시간씩 일하는 이유는 이 때문이다. 그들은 보통 카페에서 하루에 열다섯 시간씩 일주일 내내 일을 했다. 웨이터 일이 가지는 비굴함이 속물인 그들의 성미에 맞는 것이다.

접시닦이에게도 역시 다른 세계가 있다. 그들의 일은 무척 힘들 뿐 아니라 희망을 품는 것은 고사하고 기술을 익힐 수도, 흥미를 느낄 수도 없는 것이다. 기운만 세다면 어떻게 보아도 여자가 할 일이다. 그들에게 요구되는 것이란 끊임없이 뜀박질을 하고 장시간에 걸쳐 답답한 공기를 견뎌내는 힘뿐이다. 그들은 이런 생활에서 헤어날 길이 없다. 왜냐하면 임금에서 일전 한 푼 저축하기 힘들었고, 매주 60시간에서 100시간씩 일에 시달리다보면 다른 기술을 배울 겨를이 없기 때문이다. 접시닦이들의 가장 큰 희망은 야간경비원이나 화장실 청소부같이 조금 수월한 일자리를 얻는 것이다.

그렇지만 그들도 나름의 긍지가 있다. 이는 악착같이 일하는 자의 자부심, 즉 일을 해내는 양에 있어 타의 추종을 불허하는 데서 오는 자부심이다. 그런 수준에서는 소처럼 일하는 힘만이 유일무이한 덕성이다. 접시닦이라면 누구나 '해결사'라는 호칭으로 불리기를 바랐다. 해결사란 불가능한 일도 어떻게든 해결해내는 사람을 말한다. X호텔의 접시닦이였던 한 독일인은 해결사로 명성이 자자했다. 어느 날 밤 영국 귀족이 호텔에 들어 복숭아를 찾았는데, 저장실에 없었을 뿐만 아니라 상점도 닫혀서 웨이터들은 발만 동동 구르고 있었다. 그때 그 독일인 접시닦이가 "내게 맡기시오"라고 말했다. 그는 밖으로 나가더니 10분도 안 되어 복숭아 네 개를 가지고 돌아왔다. 근처 음식점에서 몰래 훔쳐온 것이다. 그 영국인 귀족은 복숭아 한 개당 20프랑씩을 지불했다.

식료품 저장실 책임자인 마리오는 전형적인 잡역부 정신의 소유자였다. 그에게는 일을 해내겠다는 '일념'뿐이어서 아무리 많은 일을 맡거도 마다하지 않았다. 지하실에서 14년간이나 지낸 그는 피스톤 막대처럼 자연스럽고 느긋하게 일을 해냈다. 누가 불평이라도 하면 그는 입버릇처럼 "참아야지"라고 했다. 접시닦이들은 마치 자신들이 잡역부가 아니라 늠름한 군인이라도 되는 것처럼 "힘들지 않습니다"라고 외치고는 했다.

　이렇게 호텔에서 일하는 모든 사람들은 명예심을 가지고 있었다. 엄청난 양의 일이 몰려올 때마다 모두가 이를 해내기 위해 장대한 협주곡을 연주하는 노력으로 임했다. 각기 다른 분야 간에 벌어지는 끊임없는 싸움도 능률을 위해서였다. 왜냐하면 모두가 자신의 특권에 집착하면서 남이 꾀부리거나 눈속임하는 것을 막으려 했기 때문이다.

　이것은 호텔 업무의 좋은 측면이다. 호텔이라는 거대하고 복잡한 기계가 부족한 인원으로도 잘 돌아가는 것은 모든 사람이 잘 짜인 각자의 일을 맡아 주도면밀하게 해내기 때문이다. 그러나 약점도 있었는데, 종업원이 하는 일이 손님이 치르는 돈에 반드시 부합되지만은 않는다는 것이다. 고객은 좋은 서비스를 받기 위해 돈을 쓴다. 종업원은 일하는 대가로―대개 훌륭한 서비스의 흉내만을 내고―돈을 받는다. 그래서 호텔은 기적처럼 시간은 지켜내지만 다음 문제에서는 최악의 가정집만도 못했다.

　청결을 예로 들어보자. 종업원 구역에 일단 발을 들여놓으면 X호텔은 역겨울 만큼 불결해진다. 우리가 일하는 저장실에도 어두운 구석마다 해묵은 먼지가 쌓여 있고, 빵 상자에는 바퀴벌레가 붙어 있었다. 한번은 내가 마리오한테 그것들을 죽여버리자고 제안했다. 그러자 그는 "이 가엾은 곤충들을 왜 죽이나?" 하고 나무라는 투로 말했다. 또 내가 버터를 만지기 전에 손을 씻으려 하자 다른 사람들이 비웃었다. 그러나 청결이 우리 소임의 일부인 곳에서는 깨끗했다. 우리는 그렇게 하도록 지시를 받았기 때문에 규칙적으로 식탁을 닦았으며, 놋쇠 제품은 광을 냈다. 하지만 진정으로 정결히 하라는 명령은 받은 적은 없었다. 어떤 경우에도 그럴 시간이 없었다. 우리의 우선적인 의무는 시간 엄수였으므로 불결하게 마구 일을 함으로써 시간을 절약했던 것이다.

주방의 불결함은 더 심했다. 프랑스 요리사는 자기가 먹지 않을 수프에는 침을 뱉는다. 이 말은 과장이 아니라 단순한 사실의 진술이다. 요리사는 예술가이지만 그의 예술은 청결함이 아니다. 그는 예술가이기 때문에 어느 면에서는 불결하다. 왜냐하면 음식을 그럴듯하게 보이기 위해서는 더럽게 다룰 필요가 있기 때문이다. 가령 수석 요리사에게 점검을 받기 위해 스테이크를 가져가면 그는 이것을 포크로 다루지 않는다. 그는 손가락으로 고기를 집어 올려서 철썩 내던진다. 그러고선 엄지손가락으로 접시를 훑어서 국물을 핥아 맛을 본다. 다시 한 번 훑고 핥은 다음에 몇 걸음 물러서서 마치 그림을 감상하는 화가처럼 고깃조각을 가만히 바라본다. 그리고 그날 아침만 해도 백 번이나 핥았을, 살이 통통 찌고 불그스레한 손가락으로 고기를 지그시 꼭꼭 눌러본다. 만족하면 행주를 집어서 접시에 난 손자국을 닦아내고 웨이터에게 내준다. 그러면 웨이터 역시 자기 손가락을 고깃국물에다 담근다. 그 손가락으로 말하자면 기름 바른 머리를 줄곧 쓰다듬던 더럽게 기름때가 묻은 손가락이다. 파리에서 한 접시에 10프랑 이상 치르고 먹는 쇠고기 요리라면 이런 식으로 여러 손가락이 들락날락했다고 확신해도 좋다. 그러나 저렴한 음식점에서는 경우가 다르다. 거기에서는 음식을 그다지 귀찮게 들볶지 않고, 포크로 프라이팬에서 찍어 접시에 던지는 정도다. 손가락으로 쑤셔대는 짓은 하지 않는다. 결과적으로 음식을 비싸게 사 먹을수록 더 많은 침과 땀을 먹는다는 말이 된다.

먹음직한 음식은 시간 엄수라든가 그럴듯해 보이는 외양을 더 중요시하기 때문에 호텔이나 음식점에서는 불결함이 따라붙게 마련이다. 호텔 종업원들은 음식을 장만하느라 너무나 바빠서 그것을 먹기 위해 만든다는 것을 잊어버린다. 의사에게 암으로 죽어가는 사람이 단지 '환자'에 불과하듯, 요리사에게 요리는 '주문품'에 불과하다. 가령 고객이 토스트를 주문했다고 하자. 깊은 땅속의 지하실에서 일에 억눌려 있는 누군가가 그것을 만들어야 한다. 어떻게 그가 일을 멈추고 이렇게 다짐할 수 있겠는가? "이 토스트는 손님이 먹기 위한 것이다. 먹을 수 있게 만들어야 한다"라고 말이다. 그가 아는 것은 오로지 토스트가 그럴싸하게 보이고 3분 안에 준비되어야 한다는 것뿐이다. 커다란 땀 몇 방울이 그의 이마에서 토스트 위로 떨어진다. 그가 왜 걱정을 해야 하는가? 이내 토스트가 더러운 톱밥이 깔린 마룻바닥에 떨어진다. 성가시게 새로 만들어야 하는가? 톱밥을 털어버리는 쪽이 훨씬 빠르다. 위층으로 올라가는 층계에서 이번에는 버터를 바른 쪽이 아래로 떨어진다. 이번에도 다시 털면 그것으로 끝이다. 만사가 이런 식이다. X호텔에서 정결하게 만드는 유일한 음식은 종업원과 주인이 먹을 식사이다. 모든 종업원들이 입을 모아 되풀이하는 격언은 "주인 음식일랑 조심하라. 손님은 아무래도 좋다!"는 것이다. 종업원들이 일하는 구역은 곳곳이 불결하다. 거창하고 화려한 호텔에는 사람의 몸속에 퍼진 내장처럼 비밀스러운 불결의 혈관이 흐르고 있다.

불결함은 제쳐두고라도 주인은 전심전력을 다 기울여 손님을 속여 먹는다. 음식 재료는 대부분 질이 아주 나빴다. 하지만 요리사는 이것을 멋지게 만들어내는 방법을 안다. 고기는 고작해야 중질이고, 채소는 웬만한 가정주부라면 시장에서 거들떠보지도 않을 것이다. 크림은 정해진 지시에 따라 우유를 희석해서 만들었고, 홍차나 커피는 하등품이었다. 잼은 상표도 안 붙은 커다란 통에 든 합성 잼이었다. 보리스 말에 따르면 모든 값싼 포도주는 병마개에 보통 '식탁용 포도주'라는 딱지가 붙었노라고 했다. 종업원은 자기가 망가뜨린 것은 무엇이나 보상해야 하는 규칙이 있었다. 그래서 쓸 수 없을 만큼 심하게 손상된 것이라도 내버리는 경우는 거의 드물었다. 한번은 3층에 있는 웨이터가 구운 닭 한 마리를 식품 운반 장치에 떨어뜨렸다. 바닥에는 빵 부스러기, 종이 쪼가리 따위가 흩어져 있었지만 우리는 그저 그것을 행주로 닦아서 다시 올려 보냈다. 또 위층에서는 한 번 사용한 시트를 세탁하지 않고 그냥 물만 축여 다림질을 해서는 다시 침대에 깐다는 지저분한 이야기도 있었다. 호텔 주인은 손님뿐만 아니라 우리에게도 인색했다. 예를 들면 그 큰 호텔 전체를 통틀어 솔이나 쓰레받기 하나가 없었다. 그래서 빗자루와 마분지로 요령껏 치워야 했다. 게다가 종업원용 변소는 중앙아시아에나 있을 법한 모양새였다. 그리고 그릇을 씻는 개수대 말고는 손을 씻을 데도 없었다.

이런데도 X호텔은 파리에서 가장 비싼 열두 곳 호텔 중 하나였다. 손님들은 기상천외한 값을 치렀다. 아침식사를 제외하고 하룻밤 숙박료만 100프랑이나 되었다. 물론 주인이 도맷값으로 사올지라도 술과 담배는 상점 가격의 꼭 두 배를 받았다. 손님이 어떤 칭호를 가졌거나 백만장자일 때는 모든 요금이 덩달아 올랐다. 어느 날 4층에 묵는 미국인 손님이 다이어트 때문에 아침식사로 소금과 따뜻한 물만을 청했다. 그러자 발렌티는 발끈 화를 냈다. "젠장! 내 10퍼센트 팁은 어떡하고? 소금과 물의 10퍼센트라!" 그래서 그는 아침식사 값으로 25프랑을 매겼다. 그 손님은 군말 없이 돈을 치렀다.

보리스 말에 따르면 파리의 모든 호텔, 적어도 크고 비싼 모든 호텔에서는 똑같은 일이 벌어진다고 했다. 그러나 내가 추측하기에 X호텔에 묵는 손님들은 특히 속여먹기 쉬웠다. 왜냐하면 손님들중에 영국인은 몇 명 있지만 프랑스인은 전혀 없고, 좋은 음식이 뭔지도 모르는 미국인들이 대부분이었기 때문이다. 그네들은 아침에는 맛없는 미국식 '시리얼'로 배를 채웠고, 차는 마멀레이드랑 먹었으며, 저녁식사 후에 베르무트*를 마시고, '풀레아라렌(왕비풍 새요리)'을 100프랑이나 내고 주문해서는 우스터소스**를 뿌려 먹는 식이었다. 피츠버그에서 왔다는 어떤 손님은 매일 밤 침실에서 건포도와 스크램블드에그, 코코아로 저녁식사를 했다. 아마 이런 부류의 사람들은 자기를 속여 등쳐먹거나 말거나 상관없을 것이다.

---

* 주로 식전주로 마시는 리큐어.
** 채소와 향신료에 조미료를 넣은 식탁용 소스.

15

나는 호텔에서 온갖 기기묘묘한 이야기를 다 들었다. 마약중독자, 예쁘장한 심부름꾼 아이를 찾아 호텔을 드나드는 늙은 난봉꾼, 도둑놈, 그리고 공갈범에 관한 것들이었다. 마리오가 자신이 일하던 호텔에서 한 객실 담당 여종업원이 미국 부인의 값도 매길 수 없을 만큼 비싼 다이아몬드 반지를 훔친 사건 이야기를 들려주었다. 며칠 동안 종업원들은 퇴근할 때마다 몸수색을 당했다. 형사 두 명이 호텔을 샅샅이 뒤졌으나 반지는 발견되지 않았다. 여종업원의 애인이 제빵부에서 일하고 있어 빵 속에 반지를 넣고 구웠기 때문에 수색이 끝날 때까지 의심을 받지 않았기 때문이다.

어느 날 발렌티가 한가한 시간에 자신의 이야기를 들려주었다.

"여보게, 이런 호텔 생활은 아주 좋아. 하지만 일자리를 잃으면 야단이지. 굶주림이 어떤 건지 자네도 알지, 응? 그야 그걸 모르면 접시나 닦고 있겠어? 물론 나는 너절한 접시닦이는 아니고 웨이터지만 한번은 닷새나 굶은 일이 있었어. 빵 부스러기 하나 구경 못하고 닷새나 말이야. 염병할!

참으로 닷새 동안은 지옥 같더군. 그래도 한 가지 다행스러운 건 방세를 미리 지불해두었다는 거였어. 나는 라탱 지구에 있는 생텔루아즈 가의 누추한 싸구려 호텔에 들어 있었지. 호텔 이름은 제국시대의 유명한 매춘부 이름을 따서 '쉬잔 메'였네. 나는 굶어 죽기 직전이었지만 어찌해볼 도리가 없었지. 호텔업자가 웨이터를 구하러 오는 카페에 가려 해도 차 마실 돈이 없어 갈 수 없었다네. 내가 할 수 있는 일이란 그저 침대에 누워 점점 말라가면서 천장에 기어다니는 빈대나 바라보는 것뿐이었어. 정말이지 다시는 그 지경에 빠지고 싶지는 않다 그 말일세.

닷새째 되는 날 오후에 나는 반은 미쳤었지. 적어도 지금 생각하면 그랬던 것 같아. 내 방 벽에는 오래돼서 다 낡은 어떤 여자의 복사판 초상화가 걸려 있었어. 나는 그게 누굴까 궁금했지. 한 시간이나 지난 후에야 이 지역의 수호성인 생텔루아즈라는 걸 알아차렸어. 전에는 눈에 띄지도 않았는데 누워서 그림을 응시하고 있자니까 아주 기발한 생각이 퍼뜩 떠오르지 않겠나.

나는 마음속으로 이렇게 말했지. '너 말이야, 이런 상태로 지내면 곧 굶어 죽고 말 거야. 뭐라도 해야지. 생텔루아즈한테 기도라도 해보지그래? 무릎을 꿇고 돈을 좀 보내달라고 빌어봐. 어찌 되든 손해 볼 건 없잖아, 한번 해봐!'

어이, 미친 거지? 그렇지만 사람이 배를 곯다보면 무슨 짓이든 하게 돼. 더군다나 말한 것처럼 손해 볼 일은 아니니까 말이야. 나는 침대에서 기어 나와 기도를 올리기 시작했지.

'친애하는 생텔루아즈시여, 당신이 존재한다면 내게 돈을 좀 보내주시구려. 많이 바라지는 않습니다. 그저 약간의 빵과 포도주 한 병을 사서 기운을 차릴 정도면 됩니다. 3, 4프랑이면 충분합니다. 생텔루아즈시여, 이번만 도와주신다면 내가 얼마나 감사할지 당신은 모르실 겁니다. 당신이 무엇이고 보내주신다면 제일 먼저 거리에 있는 당신의 교회에 달려가서 촛불을 올리겠습니다. 아멘.'

내가 촛불 이야기를 기도에 끼워 넣은 건 성자들은 자기 이름으로 촛불을 켜주면 좋아한다는 소문을 들었기 때문이야. 물론 약속을 지킬 생각이었어. 하지만 나는 무신론자니까 거기에서 무엇이 나오리라고는 진정으로 믿지 않았지.

그래서 다시 침대에 들었는데 5분쯤 지나서 누가 문을 두드리잖아. 우리 호텔에 묵는 마리아라는 뚱뚱한 시골 아가씨였어. 아주 멍청했지만 마음씨는 착했지. 그래서 내 그런 꼴을 보여도 별로 신경이 쓰이지 않더군.

그런데 아가씨가 나를 보더니 소리를 지르는 거야. '맙소사! 어떻게 된 거예요? 이런 시간에 침대에서 뭐 하세요? 아이고, 정말 말랐네! 산 사람이 아니라 시체처럼 보이네요.'

아마 볼만했을 거야. 닷새를 대부분 침대에 누워서 굶고 있었고, 세수나 면도를 한 지도 사흘이나 지났으니. 방 안도 돼지우리나 진배없었어.

'무슨 일이에요?' 마리아가 거듭 묻더군.

'무슨 일이냐니, 빌어먹을! 굶고 있어. 닷새 동안 쫄쫄 굶었다고. 무슨 일이란 바로 이거야.'

마리아는 깜짝 놀라더니 '닷새를 안 먹었어요? 왜 그랬어요? 돈이 떨어진 거예요?'라고 묻는 거야.

'돈!' 하고 나는 대답했지. '돈이 있는데도 굶는 것 같아? 도대체 돈이라고는 5수밖에 없고, 갖고 있던 건 모조리 잡혀먹었어. 방을 둘러봐서 팔거나 잡힐 게 남았는지 한번 보라고. 50상팀 넘게 받을 수 있는 물건을 찾으면 나보다 영리한 거야.'

마리아가 방을 살펴보더군. 널려 있는 허섭스레기를 여기저기 뒤져보더니 갑자기 흥분하는 거야. 놀란 나머지 크고 넙죽한 입을 딱 벌리고 있었어.

'바보 천지 같으니!' 그녀가 소리를 쳤지. '멍텅구리! 이건 뭐예요, 글쎄.'

그녀는 구석에 놓여 있던 기름통을 들고 있었네. 물건을 모조리 팔아먹기 전에 석유램프에 넣으려고 몇 주일 전에 기름을 사왔던 통이었지.

'그거? 기름통이지. 그게 뭐 어쨌단 말이야?'

'멍텅구리! 3프랑 50상팀을 통 값으로 맡겨두지 않았어요?'

아, 그러고 보니 3프랑 50상팀을 내가 맡겨놨었지. 그네들은 통 값으로 미리 돈을 받아놓고 통을 돌려주면 돈을 내주니까. 그런데 그걸 새까맣게 잊어버렸으니.

'아, 그렇군……' 하고 내가 대답했지.

'천치 같으니!' 마리아는 다시 소리쳤어. 너무 흥분해서 발을 동동 굴러서 그녀가 신은 나막신이 마룻바닥을 뚫지는 않나 싶었지. '바보 천치! 멍텅구리! 멍텅구리예요! 그걸 상점에 갖다주고 맡겨둔 돈을 찾아오지 않고 왜 그러고 있는 거예요? 3프랑 50상팀이 눈을 뜨고 빤히 노려보고 있는데 굶고 있다니! 바보 천치!'

닷새 내내 통을 가게에 돌려줄 생각이 나지 않았으니 지금 생각하면 도저히 믿어지지 않는단 말이야. 현찰로 3프랑 50상팀이나 되는 돈이 전혀 생각나지 않았다니! 나는 침대에서 일어나 앉았어. '빨리!' 나는 마리아에게 소리쳤지. '나 대신 좀 갖고 가. 길모퉁이에 있는 잡화상에 돌려주고 번개처럼 뛰어가서 먹을 걸 사다줘!'

마리아는 내 얘기를 더 듣지도 않고 통을 움켜잡고서 코끼리 떼처럼 층계를 쿵쾅쿵쾅 내려갔어. 3분쯤 지났을까, 한쪽 팔에는 2파운드짜리 빵 덩어리, 다른 팔에는 포도주 반 리터를 들고 돌아왔지. 나는 고맙다는 말을 할 짬도 없이 빵을 움켜쥐고 물어뜯었어. 오래 굶주린 판에 빵 맛이 어떤 줄 알아? 차갑고 축축한 데다가 설구운 듯한 게 꼭 유리창 접착제 같더군. 그래도 하느님 맙소사, 그 맛이 어찌나 좋던지! 포도주로 말할 것 같으면, 단숨에 전부 들이켰는데 곧바로 혈관으로 들어가 내 몸에 새로운 피처럼 돌지 않겠어. 아아, 정말 별천지에 있는 것 같았어!

나는 숨 쉴 겨를도 없이 빵 2파운드를 굶주린 늑대처럼 해치웠지. 마리아는 엉덩이에다 두 손을 얹은 채 내가 먹는 모습을 지켜보더군. '이제 좀 기분이 좋아졌어요?' 내가 다 먹고 난 후에 그녀는 입을 열었어.

'좋고말고! 기분 만점이야! 5분 전의 나하고는 완전히 딴사람이 된 것 같아. 이제 세상에서 필요한 것은 오직 하나, 담배뿐이야.' 나는 말했지.

마리아가 앞치마 주머니에 손을 넣었어. '안 되겠어요. 나도 돈이 없는데요. 3프랑 50상팀에서 남은 거라곤…… 7수예요. 이 돈 가지곤 소용없잖아요. 제일 싼 담배도 한 갑에 12수이니까요.'

'그렇다면 살 수 있어! 하느님 맙소사, 천만다행이야! 나한테 5수가 있으니까 꼭 들어맞는군.' 내가 대답했지.

마리아는 12수를 가지고 담뱃가게로 가려고 했어. 그때, 내내 잊어버렸던 것이 머리에 떠올랐지. 빌어먹을 그 생텔루아즈 말이야! 돈을 보내주면 촛불을 밝히겠다고 약속까지 하지 않았는가. 그리고 진실로, 기도가 실현되지 않았다고 누가 장담하겠어? '3, 4프랑만' 하고 기도 했는데 즉시 3프랑 50상팀이 생겼단 말이지. 그러니 약속을 외면할 도리가 없더군. 나는 12수를 초 한 자루 구하는 데 쓸 도리밖에 없었어.

나는 마리아를 불러들였어. '안 되겠어, 생텔루아즈 때문에. 그 여자한테 촛불을 켜겠다고 약속했단 말이야. 12수는 거기에 써야겠어. 우스꽝스럽군, 안 그래? 결국 담배는 못 사겠어.'

'생텔루아즈요? 생텔루아즈가 어쨌는데요?' 하고 마리아가 묻잖아.

'돈을 주십사고 기도하면서 대신 촛불을 약속했거든' 하고 나는 대답했지. '기도를 들어준 거잖아…… 어찌 되었든 돈이 생겼으니 초를 사야겠어. 성가시긴 하지만 내 생각에는 약속을 지켜야 할 것 같아.'

'그런데 왜 생텔루아즈가 머리에 떠올랐나요?' 하고 마리아가 또 묻더군.

'그림 때문에. 저기 있잖아' 하고 자초지종을 모두 설명해줬지. 벽에 걸린 그 그림을 가리키면서.

마리아가 그림을 보고서 폭소를 터뜨리는 바람에 나는 깜짝 놀랐어. 점점 더 크게 웃어대더니 뚱뚱한 옆구리가 터져나가기라도 할 듯이 움켜잡고서 발을 구르며 방 안을 돌아다니더군. 미쳐버린 게 아닌가 했어. 2분쯤 지난 후에야 겨우 입을 열더군.

'바보 천치!' 마침내 그녀가 소리를 쳤지. '멍청이! 멍텅구리 같으니! 참말로 저 그림 밑에서 무릎 꿇고 기도를 드렸단 말이에요? 누가 생텔루아즈라고 하던가요?'

'하지만 틀림없이 생텔루아즈인데!' 나는 대답했네.

'바보! 저건 생텔루아즈가 아니에요. 누군지 몰라요?'

'누구야?' 내가 물었지.

'쉬잔 메예요. 이 호텔은 저 여자 이름을 딴 거예요.'

난 제국시대의 악명 높은 매춘부 쉬잔 메 앞에서 기도를 올린 거야……

그러나 어찌 되었든 난 후회하지 않았어. 마리아와 나는 실컷 웃었지. 그러고 나서 그 일을 두고 토의한 끝에 내가 생텔루아즈한테 아무것도 신세 진 것이 없다는 결론에 도달했어. 기도를 들어준 건 그녀가 아니니까 당연히 그녀를 위해 초를 살 필요도 없었지. 그래서 결국은 내게 담배 한 갑이 굴러들어왔다는 얘기지."

16

시간이 지나도 〈오베르주 드 제앙 코타르〉는 개점할 기미가 보이지 않았다. 어느 날 오후 휴식 시간에 보리스와 나는 그곳으로 가보았다. 점잖지 못한 그림 외에는 변한 것이라곤 없고 빚쟁이만 둘에서 셋으로 늘어나 있었다. 주인은 여전히 아무 까닭도 없이 우리를 반가이 맞더니 이내 내게(장차 자신의 접시닦이에게) 몸을 돌려 5프랑을 꾸어 갔다. 그 이후로 나는 이 음식점은 말뿐이지 개업은 물 건너갔다고 확신했다. 그럼에도 이 주인이라는 작자는 오늘부터 꼭 2주 뒤에는 틀림없이 개업을 할 거라면서 요리를 맡기로 했다는 여자를 우리에게 소개했다. 그녀는 키가 150센티미터쯤 되고 엉덩이 둘레가 1미터나 되는 발트 해 출신의 러시아 여자였다. 요리사로 전락하기 전에는 가수였다고 말했다. 무척 예술가인 체하며 영문학, 특히 『톰 아저씨의 오두막』을 침이 마르도록 칭찬했다.

2주가 지나자 나는 접시닦이의 일상에 너무나 익숙해져 다른 생활은 거의 상상할 수도 없었다. 그것은 큰 변화가 없는 생활이었다. 여섯 시 십오 분 전에 깜짝 놀라 일어나 기름때로 뻣뻣해진 옷을 끼어 입고, 더러운 얼굴에 무거운 근육을 이끌고 허겁지겁 밖으로 나왔다. 새벽이어서 노동자 카페를 제외하고는 어느 창에도 불이 켜져 있지 않았다. 하늘은 검은 종이로 만든 지붕과 첨탑을 풀로 붙여놓은 거대하고 평평한 코발트색 벽 같았다. 잠이 덜 깬 노동자들이 3미터나 되는 긴 빗자루로 길거리를 쓸었고, 누더기를 걸친 그의 가족은 쓰레기통을 뒤졌다. 노동자들과 한 손에 초콜릿 조각을 들고 다른 손에 바나나 모양 빵을 든 아가씨들이 지하철 역으로 몰려 들어갔다. 노동자들로 만원인 전차가 윙윙 침울한 소리를 내며 지나갔다. 역으로 허겁지겁 내려가 지하철에 싸우듯이 올라타 자리를 잡고―아침 여섯 시의 파리 지하철은 말 그대로 싸우면서 타야 한다―흔들리는 승객들 사이에 꽉 끼어 시큼한 포도주에 마늘 냄새를 풍기는 흉측하게 생긴 프랑스인과 코를 맞대고 가는 것이다. 지하철에서 내려서는 미로 같은 호텔 지하로 내려갔다. 그런 다음 햇볕이 뜨거워지고 도시가 인파와 차량으로 시커메지는 오후 두 시까지는 해 구경을 못했다.

호텔에서 일한 지 일주일이 지나자 나는 오후 휴식 시간을 잠을 자면서 보내거나 돈이 있으면 술집에서 보냈다. 영어 수업을 들으러 가는 몇몇 야심 찬 웨이터를 제외하면 대부분의 종업원들이 이런 식으로 시간을 허비했다. 아침 일을 하고 나면 몸이 축 늘어져 고무적인 일을 할 의욕이 안 나는 모양이었다. 이따금 대여섯 명의 접시닦이들이 작당해서 시에예스 가에 있는 해괴망측한 매음굴로 갔다. 거기에 드는 비용은 겨우 5프랑 25상팀, 즉 10펜스 반이었다. 그 매음굴은 '정찰제'라는 별명으로도 불렸는데, 접시닦이들은 그곳에서 겪은 일을 농담 삼아 서로 주고받았다. 그곳은 호텔 종업원들이 즐겨 찾는 밀회 장소였다. 접시닦이가 받는 임금으로는 결혼하기가 어려웠고 지하실 일은 그들에게 까다로운 취향도 가질 수 없게 했다.

다시 네 시간을 지하실에서 일한 뒤 땀에 절어서 시원한 거리로 나왔다. 이때쯤이면 가로등이 — 파리의 가로등은 이상스럽게 자줏빛을 띠었다 — 켜져 있었다. 강 건너편에는 에펠탑의 불빛이 기다란 뱀처럼 꼭대기에서 바닥까지 꾸불꾸불 비쳤고 자동차 물결이 미끄러지듯 잠잠히 오가고 있었다. 희미한 불빛 아래 비할 데 없이 아름다운 여인들이 아케이드를 한가하게 거닐었다. 때로는 어떤 여자가 보리스나 나를 힐끔 보기도 했지만 우리의 기름때 묻은 옷을 알아보고는 재빨리 눈길을 돌려버렸다. 지하철에서 또 한 차례 고초를 겪은 다음 열 시쯤 집으로 돌아왔다. 그리고 대개 열 시부터 오밤중까지 내가 묵고 있는 여인숙 근처 술집에서 시간을 보냈다. 그곳은 아랍인 잡역부들이 자주 드나드는 지하 술집이었다. 싸움하기에 적당한 장소는 아니었지만 수시로 술병이 난무하는 광경을 보았다. 한번은 끔찍스러운 결과를 낳은 적도 있었다. 아랍인들은 대체로 자기들끼리 싸웠고 기독교인은 내버려두었다. '라키'라는 아랍 술은 아주 쌌고, 술집은 밤새 열려 있었다. 왜냐하면 아랍인들 — 복 받은 사람들 — 은 해질 때까지 일하고도 밤새 술을 마실 여력이 있었기 때문이다.

이것이야말로 전형적인 접시닦이의 생활이었고, 당시에는 그것이 그리 나쁜 생활같이 느껴지지 않았다. 가난하다는 생각은 조금도 들지 않았다. 방세를 내고 담뱃값, 교통비, 일요일의 식대를 떼어놓고도 술값으로 매일 4프랑이 남았기 때문이다. 4프랑만 있으면 풍족했다. 이러한 단순한 생활에는—표현하기 어렵지만—일종의 묵직한 만족감, 배불리 먹은 짐승이 느낄 만한 그런 만족감이 있었다. 접시닦이의 생활보다 더 단순한 생활은 결코 없을 것이었다. 일과 잠 사이의 리듬 속에서 생각할 여유도 없이, 외부 세계를 거의 의식하지 못한 채 살아가는 것이다. 그들의 파리 생활은 호텔과 지하철, 몇몇 술집과 잠자리로 제한되어 있었다. 멀리 벗어난다고 해봤자 겨우 몇 구획이었고, 그마저도 자기 무릎 위에 올라앉아 굴과 맥주를 홀짝이는 계집을 데리고 가는 것이 고작이었다. 노는 날이면 정오까지 침대에 누웠다가 깨끗한 셔츠로 갈아입고 술 내기 주사위놀이를 했다. 그리고 점심식사를 마치면 다시 침대로 기어든다. 그들에게는 노동과 술, 잠 외에는 실감 나는 것이 전혀 없었다. 그중에서도 잠이 가장 중요했다.

　어느 날 밤, 한밤중에 내 창문 바로 아래에서 살인이 벌어졌다. 나는 왁자지껄한 소란에 잠을 깼다. 창문으로 내다보니 어떤 사람이 돌길 위에 쭉 뻗어 있었다. 살인자는 셋이었는데 거리 저 끝으로 줄행랑을 치고 있었다. 몇 사람이 내려가서 납 파이프로 골통을 얻어맞고 죽은 남자를 확인했다. 포도주처럼 묘한 자주색 핏빛이 아직 뇌리에 남아 있다. 그날 저녁 집으로 돌아왔을 때도 피는 길바닥 자갈에 그대로 묻어 있었다. 학생들이 몇 킬로미터 밖에서 이걸 구경하러 몰려왔다. 그러나 돌이켜보면 나를 놀라게 한 건 내가 살인 현장을 본 지 3분도 채 되지 않아 침대에 들어 곧 잠이 들었다는 사실이다. 그 거리에 사는 대부분의 사람들이 그랬다. 우리는 남자의 숨이 끊긴 것만 확인하고 나서 곧바로 잠자리에 들었다. 우리는 중노동자가 아닌가, 살인 사건쯤으로 잠을 설칠 이유가 어디 있겠는가?

나는 호텔에서 일하면서 잠의 진가를 알게 되었다. 마치 굶주림이 음식의 진가를 가르쳐준 것처럼 말이다. 잠은 단지 육체적 요구에 그치지 않았다. 말하자면 잠은 휴식이라기보다는 관능적인 무엇, 즉 탐닉과 같은 것이었다. 빈대는 더는 나를 성가시게 하지 않았다. 마리오가 완벽한 퇴치 방법을 일러주었다. 다름 아니라 이불에다 후추를 듬뿍 뿌리는 것이었다. 재채기가 심하게 나긴 했지만 빈대란 놈들은 하나같이 후추 냄새를 싫어해서 모두 다른 방으로 이사를 가버렸다.

17

나는 일주일에 30프랑을 술값으로 쓰게 되면서 이 지역 사교계에 한 다리를 걸칠 수 있었다. 우리는 토요일만 되면 트루아 무아노 여인숙 지하 술집에서 유쾌한 저녁시간을 보냈다.

가로세로 열다섯 자 정도 되는 벽돌 바닥 방에는 스무 명가량의 사람들이 가득 차 있고 담배 연기가 자욱했다. 모두 목청을 높여 이야기를 하거나 노래를 부르는 통에 귀가 먹먹할 정도였다. 때로는 목소리만 뒤섞인 소음으로 떠들썩했고, 때로는 모두 함께 같은 노래를 불렀다. 〈마르세예즈〉*나 〈인터내셔널 가(歌)〉, 〈마들롱〉, 〈딸기와 산딸기〉 따위의 노래였다. 유리 공장에서 하루 열네 시간 일한다는 몸집 큰 시

---

* 프랑스 국가.

골 출신 아가씨 아자야는 "찰스턴 춤을 추다가 그이는 바지를 잃어버렸네"라는 가사의 노래를 불러댔다. 또 그녀의 친구인 마르고 까무잡잡하며 고집 센 코르시카 출신 마리네트라는 아가씨는 양쪽 무릎을 한데 묶고 배꼽춤을 추었다. 늙은 루지에 씨 부부는 들락날락하면서 술을 얻어 마시며 언젠가 자신들에게 침대를 사기쳐먹은 어떤 사람에 대한 길고 복잡한 이야기를 들려주려고 애를 쓰고 있었다. 말수가 없고 해골처럼 바싹 마른 R란 자는 구석에 조용히 앉아 술만 마셔댔다. 샤를리는 술에 취해서 통통한 손에 가짜 압생트가 든 잔을 들고는, 춤을 추는 건지 이리저리 비틀거리는 건지 계집들 젖통을 꼬집으며 시를 낭독한다고 아우성이었다. 사람들은 다트 던지기, 술 내기 주사위 놀이를 했다. 스페인 사람인 마누엘은 아가씨들을 바 쪽으로 끌고 가서 재수가 좋으라고 주사위 통을 그녀들 배에 대고 흔들었다. 마담 F는 바에 서서 백랍 깔때기로 포도주 반 리터씩을 잽싸게 따라주었다. 그리고 언제나처럼 젖은 행주를 가까이 놓아두었다. 왜냐하면 방 안에 있는 모든 사내들이 그녀에게 수작을 걸려고 했기 때문이다. 벽돌공 루이의 사생아인 두 아이가 구석진 곳에 앉아서 시럽 한 잔을 나눠 마시고 있었다. 모두가 지극히 행복한 표정들이었고, 이 세상이 살기 좋은 곳일 뿐만 아니라 우리 모두가 소중한 사람들이라는 확신에 차 있었다.

한 시간 동안 소음은 끝날 줄 몰랐다. 한밤중이 되자 "시민 여러분!" 하는 귀청이 찢어질 듯한 고함이 들리더니 의자 넘어지는 소리가 났다. 금발에 붉은 얼굴의 노동자가 벌떡 일어서서 테이블에 대고 술병을 탕탕 쳤다. 그러자 모두가 노래를 멈췄다. "쉿! 퓌레가 발작을 시작했군!" 하는 말이 돌았다. 석공 퓌레는 이상야릇한 녀석이었다. 그는 일주일 내내 착실히 일하고서 토요일에는 발작 비슷하게 술을 퍼마시는 자였다. 그는 기억을 상실해서 전쟁 전의 일은 기억하지 못했다. 만약에 마담 F가 돌봐주지 않았다면 술 때문에 만신창이가 되었을 것이다. 토요일 저녁 다섯 시경이면 마담 F는 "퓌레가 품삯을 다 날리기 전에 가서 그를 데리고 와요"라고 누구에겐가 말하곤 했다. 퓌레가 잡혀오면 그녀는 얼큰해질 만큼의 돈만 남겨놓고는 다 빼앗아버렸다. 어느 주엔가는 마담 F의 수중에서 빠져나가 몽주 광장에서 곤드레만드레 취해 자동차에 치여 크게 다친 일도 있었다.

퓌레에게는 술에 취하지 않았을 때는 공산주의자이지만, 취했다 하면 열렬한 애국자로 둔갑하는 괴상한 면이 있었다. 저녁에는 그럴듯한 공산주의 이론을 펼치지만 술 네댓 리터만 들어가면 광적인 애국주의자가 되었다. 그래서 스파이를 비난하고, 모든 외국인에게 싸움을 걸고, 말리지 않으면 술병을 던졌다. 그가 연설을 할 때는 바로 이런 지경에 도달해서였다. 그는 토요일 밤마다 애국심에 불타는 연설을 했다. 연설은 언제나 단어 하나까지 똑같았는데, 그 내용은 다음과 같았다.

"공화국 시민 여러분, 여기 프랑스인 있습니까? 만일 프랑스인이 있다면 나는 그들에게 상기시켜주기 위해 일어섰습니다. 그들에게 영광스러운 전쟁시대를 상기시키기 위해서 말입니다. 우리가 그 전우애와 영웅주의의 시대를 돌이켜보건대, 말하자면 전우애와 영웅주의를 돌이켜볼 때 말입니다. 전사한 영웅을 돌이켜보자면, 이를테면 전사한 영웅을 회상하자면 말입니다. 공화국 시민 여러분, 저는 베르됭에서 부상을 당했지요……"
이 대목에 이르면 그는 옷을 조금 걷어 베르됭에서 입은 상처를 내보였다. 그러면 박수갈채가 터져나왔다. 우리는 세상에서 퓌레의 연설보다 더 재미있는 것은 없다고 생각했다. 그는 이 지역에서 유명한 구경거리였다. 그의 발작이 시작되면 다른 술집에서도 구경하러 몰려들곤 했다.

퓌레를 골려주자는 말이 돌았다. 누군가가 다른 사람들에게 조용하라는 눈짓을 하고는 그에게 〈마르세예즈〉를 불러달라고 했다. 그는 훌륭한 저음으로 썩 잘 불렀다. "무기를 들어라, 시민들이여! 대형(隊形)을 갖추어라!"라는 대목을 부를 때는 가슴 깊숙한 곳에서 애국심에 찬 목소리가 우러나왔다. 가식 없는 눈물이 그의 볼을 타고 흘러내렸다. 그는 너무나 취해서 다른 모든 사람들이 자신에게 조소를 보내는 것도 알아차리지 못했다. 노래를 다 끝내기도 전에 억센 노동자 두 명이 그의 팔을 붙잡아 억지로 앉혔다. 이러는 동안 그의 손이 미치지 않는 데서 아자야가 "독일 만세!"를 외쳤다. 그런 파렴치한 행위에 퓌레의 얼굴은 파랗게 질렸다. 술집 안에 있는 모든 술꾼들이 입을 모아 함께 "독일 만세! 프랑스 타도!"라고 외치기 시작하자 퓌레는 그들에게 덤벼들려고 버둥거렸다. 그러다 갑자기 그가 흥을 깨버렸다. 비통하고 창백해진 얼굴로 몸도 가누지 못한 채 누가 손댈 겨를도 없이 테이블 위에 게워댔다. 그러면 마담 F는 그를 자루처럼 끌고 데려가 침대에다 뉘였다. 그리고 아침이 되면 그는 조용히 상냥한 표정으로 나타나 〈뤼마니테〉* 한 부를 샀다.

마담 F가 행주로 테이블을 훔쳤다. 그런 다음 술 몇 병과 빵을 더 가져왔고 우리는 자리에 앉아 본격적으로 마시기 시작했다. 노래 몇 곡을 더 불렀다. 순회 가수가 밴조를 들고 들어와 5수짜리 연주를 했다. 거리 아래쪽 술집에서 온 한 아랍인과 아가씨가 춤을 추었다. 그런데 그 사내는 방망이 크기에 물감칠을 한 나무로 만든 남근을 휘두르고 있었다. 이쯤 해서 요란한 소음도 잠깐잠깐 멈췄다. 술꾼들은 연애 사건이니 전쟁, 센 강에서 한 낚시질, 최고의 혁명책 따위와 옛날이야기로 화제를 돌리고 있었다. 다시 술이 깬 샤를리가 이야기의 주도권을 잡고 영혼에 관해 5분 동안 열변을 토했다. 방 안을 식히려고 출입문과 창문을 열어젖혔다. 거리는 한적해졌다. 생미셸 대로 밑으로 덜컹거리며 내달리는 완행열차 소리가 고독하게 들려왔다. 새벽 공기가 이마를 싸늘하게 스치면 질 낮은 아프리카 포도주 맛도 썩 좋았다. 우리는 여전히 행복감에 젖어 있었지만 왁자지껄 유쾌한 기분이 사라지자 명상적인 분위기가 감돌았다.

　새벽 한 시쯤 되면 우리는 더는 행복하지 않았다. 저녁의 즐거움이 점점 희미해지는 것을 느끼고 서둘러 술을 더 청하지만 그때쯤엔 마담 F가 포도주에 물을 타기 시작하기 때문에 술 맛도 처음 같지 않았다. 술꾼들은 하찮은 일로도 싸움을 하려 들었다. 계집에게 열렬히 키스를 해대고, 젖무덤에 손을 쑤셔 넣기도 했다. 그녀들은 최악의 상황을 피하려고 자리를 떠버렸다. 벽돌공 루이는 만취하면 개처럼 짖으면서 마룻바닥을 기어 다녔다. 사람들은 이제 그에게도 싫증이 나서 루이가 기어갈 때면 발로 걷어찼다. 술꾼들은 서로의 팔을 잡고 두서

---

* 프랑스 공산당 기관지.

없이 했던 고백을 계속 되풀이해 늘어놓았다. 그리고 상대편이 자기 말을 들어주지 않으면 화를 냈다. 술꾼들은 하나 둘 사라졌다. 마누엘과 또 한 친구는 둘 다 노름꾼이었다. 그래서 새벽까지 노름할 수 있는 아랍 술집으로 건너갔다. 샤를리는 느닷없이 마담 F에게 30프랑을 빌려서 사라졌다. 아마 갈보 집으로 갔을 것이다. 술꾼들은 술잔을 비우고 짤막하게 "안녕, 마담"이라고 말하고는 각자의 잠자리로 흩어졌다.

새벽 한 시 반이 되면 마지막 티끌만 한 즐거움도 사라지고 두통 말고는 아무것도 남지 않았다. 우리는 황홀한 세상의 찬란한 주민이 아니라 궁상맞고 비참하게 취한 저임금 노동자일 뿐임을 의식했다. 계속 포도주를 들이켜지만 오로지 습관 때문이었다. 술이 갑자기 역겹게 느껴졌다. 머리는 고무풍선처럼 부풀어 오르고, 바닥이 흔들렸다. 혀와 입술은 보랏빛으로 물들었다. 마침내 술을 더 마셔도 소용이 없었다. 술꾼 몇몇은 술집 뒤뜰로 나가서 게워내기 시작했다. 우리는 침대로 기어올라가서, 옷을 벗는다는 것이 반은 걸친 채로 열 시간 동안 자는 것이다.

나도 토요일 밤이면 대부분 이런 식으로 보냈다. 전체적으로 보면 완벽하고도 야성적으로 행복해지는 두 시간이 그후에 따르는 두통을 보상해주는 것 같았다. 이 지역에 거주하는 많은 사람들은 결혼생활도 맛보지 못할 뿐만 아니라 신중하게 준비할 미래도 없었기 때문에, 일주일에 한 번 벌이는 술판이 인생을 살 만한 가치가 있게 해주는 유일한 일이었다.

18

어느 토요일 밤에 샤를리는 술집에서 우리에게 재미있는 이야기를 해주었다. 술은 취했지만 이야기를 계속 이어나갈 정신은 남아 있는 그를 상상해보길 바란다. 그는 아연 막대로 카운터를 탕 치고서 조용히들 하라고 소리를 질렀다.

"조용히, 신사 숙녀 여러분, 제발 조용히들 하십시오! 지금 내가 하려는 이야기에 귀를 기울이십시오. 기억에 남을 만한 이야기, 교훈적인 이야기, 세련되고 교화된 생활에 기념이 될 만한 이야기입니다. 조용히, 신사 숙녀 여러분!

이 이야기는 내가 돈에 쪼들릴 때 벌어진 일입니다. 어떤 상황인지 잘 아시겠지요. 세련된 사람이 그런 상황에 놓인다는 게 얼마나 저주스러운 일인지를 말이지요. 집에선 돈이 안 왔고, 나는 갖고 있던 전부를 전당 잡혔습니다. 이제 일할 수밖에 없었지만 그건 내가 원하는 생활이 아니었지요. 그때 나는 어떤 아가씨랑 동거를 하고 있었습니다. 이름은 이본이었는데, 저기 아자야처럼 몸집이 크고 머리가 좀 모자라는 시골 출신 아가씨였습니다. 노란 머리에 다리는 아주 통통했지요. 우리 둘은 사흘 동안 아무것도 먹지 못했습니다. 아아, 그 고통이라니! 그 아가씨는 두 손으로 배를 움켜쥐고 방 안을 왔다갔다하면서 이러다간 굶어 죽겠다며 개처럼 짖었습니다. 무시무시하더군요.
 그러나 지성인에게 불가능이란 없습니다. 나는 자신에게 이런 질문을 제기해봤지요. '일을 하지 않고 돈을 버는 가장 쉬운 방법은 무엇일까?' 하고요. 그러자 이내 답이 나오더군요. '쉽사리 돈을 벌려면 여자로 태어나야 해. 계집이란 누구나 팔 게 있잖아?' 그래서 내가 만일 여자라면 무슨 일을 할 것인가 하는 상상을 하며 누워 있었지요. 그때 머릿속에 멋진 생각이 떠오르잖아요. 국영 산부인과 병원이 생각난 겁니다. 여러분도 국영 산부인과 병원을 알고 계시죠? 임신한 여자에게 아무것도 묻지 않고 무료로 음식을 제공하는 곳이지요. 출산 장려를 위해서 취해진 조치였습니다. 어떤 여자든지 가서 식사를 요구하면 즉시 음식이 나오지요.
 '제기랄! 나도 여자라면! 날마다 거기 가서 얻어먹을 수 있을 텐데. 진단을 안 하면 임신을 했는지 안 했는지 누가 안단 말인가?' 나는 생각했습니다.
 나는 이본에게 말했지요. '그 지겨운 울음일랑 그쳐. 내가 음식을 얻을 방도를 생각해놨으니.' '어떻게요?' 하고 그녀가 묻더군요. '간단해. 국영 산부인과 병원으로 가서 임신했다고 하고 음식을 청하란

말이야. 두말 않고 밥을 줄 거야.'

이본은 이 말을 듣자 깜짝 놀랐지요. '아유, 그렇지만 임신도 안 한 걸요!' 하고 울더군요.

내가 말했지요. '상관없어. 그런 건 쉽게 해결할 수 있어. 쿠션 한두 개면 충분하잖아? 하늘이 내린 영감이야. 이봐, 제발 이 기회를 버리지 말라고.'

어쨌든 나는 끝내 그녀를 설득했어요. 그래서 쿠션을 하나 빌린 다음 준비를 시켜 산부인과 병원으로 데리고 갔지요. 그 사람들 두 손 들어 그녀를 환영했습니다. 양배추 수프, 쇠고기 스튜, 으깬 감자, 빵, 치즈, 맥주까지 주고 태아 관리에 관해 온갖 조언을 다 해주더군요. 이본은 뱃가죽이 터지도록 게걸스레 음식을 먹었지요. 그리고 나를 위해서 빵과 치즈를 슬쩍 주머니에 넣었습니다. 돈이 생길 때까지 매일 그녀를 그곳에 데리고 갔습니다. 머리를 써서 우리 둘은 먹고살게 된 것이지요.

1년까지는 모든 일이 순조롭게 돌아갔습니다. 어느 날 나는 이본과 함께 포르루아얄 대로 옆 판자촌 근처를 걸어 내려가고 있었습니다. 그런데 갑자기 이본이 입을 딱 벌린 채 얼굴이 붉으락푸르락하더니 다시 붉어지지 않겠어요.

'이를 어째!' 그녀는 소리쳤습니다. '저기 오는 사람 좀 보세요! 산부인과 병원 담당 간호사예요. 난 망했어요!'

'빨리! 뛰어!' 나는 말했습니다. 그러나 이미 때는 늦었지요. 간호사는 이본을 알아보고 미소를 지으며 똑바로 우리를 향해 걸어왔습니다. 금테 안경을 낀 몸집이 크고 뚱뚱한 여자더군요. 볼은 사과처럼 발그레했습니다. 어머니 같은 인상에 쓸데없이 남 걱정하는 그런 여자였지요.

'불편하지 않으세요?' 그녀는 친절하게 말을 걸었습니다. '아기는 잘 크나요? 아들을 원하더니 아들을 낳은 거예요?'

이본이 심하게 떨기 시작해서 내가 팔을 잡아주어야 했습니다. '아니에요'라고 겨우 대답하더군요.

'아, 그럼 딸인가요?'

여기서 천치 같은 이본이 완전히 이성을 잃고 '아뇨'라고 대답해버린 겁니다.

간호사는 깜짝 놀라며 '어떻게!'라고 소리를 지르더군요. '아들도 아니고 딸도 아니라니! 하지만 어떻게 그럴 수가 있죠?' 상상해보세요, 신사 숙녀 여러분. 위기일발의 순간이었지요. 이본은 홍당무가 되어서 금방이라도 울음을 터뜨릴 듯 보였습니다. 다음 순간 아마도 모든 걸 고백했을 테지요. 무슨 사태가 벌어질지 아무도 예측할 수 없었습니다. 그렇지만 나로 말씀드리면 냉정을 잃지 않았지요. 내가 끼어들어 겨우 위기를 모면했습니다.

'쌍둥이였습니다'라고 침착하게 말했습니다. '쌍둥이라!' 간호사는 소리를 질렀습니다. 너무나 기뻐서 이본의 어깨를 잡고 남들이 보는 앞에서 두 볼에 키스를 해주더군요.

'예, 쌍둥이요……'"

19

우리가 X호텔에서 일한 지 오륙 주쯤 된 어느 날, 보리스가 한마디 말도 없이 자취를 감췄다. 그런데 저녁에 리볼리 가에서 나를 기다리고 있었다. 그는 신이 나서 내 어깨를 탁 쳤다.

"드디어 자유야, 친구! 내일 아침에 그만둔다고 통고해. 그 집이 내일 개업을 한단 말이야."

"내일?"

"응, 준비하자면 하루 이틀은 더 걸릴 거야. 그래도 어쨌든 저장실하고는 이제 안녕이야! 우리 일이 시작된 거란 말일세. 친구! 내 턱시도도 전당포에서 이미 찾아왔다네."

보리스가 너무나 들떠 있어서 나는 뭔가 잘못되었다는 확신이 들었다. 안전하고 편안한 호텔 일자리를 버리고 싶은 생각은 추호도 없었다. 하지만 오래전부터 보리스와 약속을 해왔던 터라 호텔에 그만둔다는 통고를 하고 다음 날 아침 일곱 시에 〈오베르주 드 제앙 코타르〉로 갔다. 식당 문이 잠겨 있어서 보리스를 찾아갔다. 그는 자기 숙소에서 또다시 도망쳐 나와 크루아 니베르 가에 방을 얻어 살고 있었다. 보리스는 전날 밤에 낡은 아가씨를 끼고 자고 있었는데, 그의 말로는 매우 동정심이 많은 아가씨라고 했다. 그리고 음식점에 대해서는 모든 준비가 완료됐으며, 문을 열기 전에 몇 가지 사소한 일만 손대면 된다고 설명했다.

열 시나 되어서 겨우 보리스를 침대에서 끌어내 음식점 자물쇠를 열었다. 나는 내부를 힐끗 보자마자 몇 가지 '사소한 일'이 얼마만 한 일인지를 알게 되었다. 간단히 말하자면 우리가 지난번에 들렀을 때와 달라진 것이라곤 하나도 없었다. 주방용 스토브는 아직도 도착하지 않았고, 수도와 전기도 가설되지 않았으며, 마치지 못한 페인트칠과 마무리 손질과 목공일 등도 아직 그대로 였다. 기적이 일어나지 않는 한 열흘 안에 음식점을 열기는 글러 먹은 상태였다. 되어가는 꼬락서니를 보니 문도 열어보지 못하고 망할 것만 같았다. 무슨 일이 벌어질지 명백했다. 주인이란 작자는 돈이 달리니까 종업원(우리 네 사람)부터 고용해놓고 인부들 대신 일을 시킬 속셈인 것이다. 그는 거의 돈을 들이지 않고도 우리를 부릴 수 있었다. 왜냐하면 웨이터한테는 임금을 지불하지 않아도 되고, 나한테는 돈을 치러야 하지만 개점하기 전에는 밥을 먹일 필요가 없었기 때문이다. 결과적으로 음식점을 열기도 전에 우리를 고용해서 수백 프랑의 돈을 등쳐먹을 셈이었다. 우리는 어이없이 좋은 일자리만 내팽개친 꼴이 되고 말았다.

그런데도 보리스는 희망에 차 있었다. 그의 머릿속에는 드디어 다시 턱시도를 입고 웨이터로 일할 수 있다는 오직 한 가지 생각뿐이었다. 이러한 목적을 위해서라면 열흘 동안 무보수로 일하고 결국은 실직을 해도 좋다는 각오가 충분히 돼 있었다.

"참게!" 그는 늘 이렇게 말했다. "참으면 저절로 해결되는 거야. 음식점을 열 때까지 기다리면 다 보상이 된단 말일세. 참아, 이 친구야!"

며칠이 지나도 음식점은 개점 단계까지 가지 못했으니 실상 참을 도리밖에 없었다. 우리는 지하실을 청소하고, 선반을 달고, 벽에 페인트를 칠하고, 나무세공 장식에 번쩍번쩍 광을 내고, 천장과 얼룩진 바닥에 흰색 칠을 했다. 그러나 주인이 돈을 치르지 않아 수도라든가 가스, 전기 같은 중요한 공사는 손도 대지 못하는 실정이었다. 확실히 그는 무일푼이었다. 아주 작은 대금도 지불을 거절했고, 돈을 요구하면 날쌔게 종적을 감추는 재주만 봐도 알 수 있었다. 게다가 변덕스러움과 귀족적인 태도가 뒤범벅되어서 다루기가 꽤 까다로웠다. 인상을 잔뜩 찌푸린 빚쟁이들이 끊일 새 없이 그를 찾아왔다. 그러면 우리는 지시대로 주인이 퐁텐블로나 생클루 혹은 멀리 빛 독촉에서 안전할 정도로 떨어진 곳에 갔노라고 둘러댔다. 그러는 동안 나는 점점 배를 곯게 되었다. 호텔을 그만둘 때 가진 돈은 30프랑뿐이었다. 그래서 이내 아무것도 안 바른 맨빵으로 식사를 줄여야 했다. 보리스는 주인에게 간신히 선불로 60프랑을 받아냈다. 그러나 웨이터 제복을 찾는 데 반을 쓰고 나머지 반은 동정심 많은 아가씨에게 써버렸다. 그는 차석 웨이터인 쥘한테 하루 3프랑씩 꿔서 빵을 샀다. 어떤 날에는 우린 담배를 살 돈조차 없었다.

이따금 요리사가 일이 어떻게 되어가는지 보러 왔다. 그때마다 그녀는 주방에 취사도구가 마련되지 않은 것을 보고는 눈물을 글썽거렸다. 차석 웨이터 쥘은 일 돕기를 완강히 거부했다. 마자르인인 그는 약간 가무잡잡하고 이목구비가 날카로운 얼굴에 안경을 꼈으며 무척 수다스러웠다. 의학도였지만 돈이 없어 공부를 포기했다고 했다. 쥘의 취미는 다른 사람이 일할 때 수다를 떠는 것이었다. 그래서 자신과 자신의 생각에 관한 모든 것을 내게 털어놓았다. 그는 공산주의자였는데 여러 가지 이상야릇한 이론을 펴곤 했다(그는 일하는 게 옳지 못하다는 것을 통계숫자로 증명할 수 있었다). 대부분의 마자르인들이 그렇듯 그 역시 무척이나 자존심이 강했다. 자존심이 강하거나 게으르면 훌륭한 웨이터가 되지 못한다. 쥘이 늘 자랑삼아 하는 이야기가 있었는데, 어느 음식점에서 손님이 자기를 모욕하자 뜨거운 수프 접시를 그 손님 목에다 들어붓고서 해고되길 기다릴 것도 없이 곧장 나와버렸다는 것이었다.

하루하루 날이 갈수록 쥘은 우리를 우롱하는 주인이란 자의 간교함에 점점 더 화가 나는 모양이었다. 그는 침을 튀기면서 웅변조로 얘기하는 버릇이 있었는데, 주먹을 휘두르고 왔다갔다하면서 일을 하지 말라고 나를 부추기곤 했다.

"이런 바보 같으니! 그 빗자루 팽개쳐! 자네나 나는 긍지 있는 종족의 후손이야. 이런 빌어먹을 러시아 농노들처럼 무보수로 일해서는 안 된단 말이야. 정말 이런 식으로 사기당하는 건 내겐 고문이나 다름없어. 옛날엔 누가 5수라도 나를 속여먹는 날이면 구역질을 했지. 암, 화가 나서 구역질을 했고말고.

이 친구야, 더군다나 난 공산주의자라고. 부르주아 계급 타도! 내가 안 해도 될 일을 하는 걸 본 사람 있는가? 없지? 나는 자네 같은 바보들처럼 일을 해서 자신을 소모하지는 않아. 오로지 나는 나의 독립성을 과시하기 위해서만 도둑질을 한단 말이지. 예전에 주인이 나를 개처럼 취급하는 음식점에서 일한 적이 있어. 그때 복수를 위해 우유 통에서 우유를 훔쳐내고 아무도 눈치채지 못하도록 다시 막아두는 방법을 알아냈지. 밤낮을 가리지 않고 우유를 들이켰어. 날마다 우유 4리터와 크림 반 리터를 마셨지. 주인은 우유가 대관절 어디로 사라지는지 알 수가 없어서 머리를 쥐어짰고. 우유가 탐나서 한 짓은 아니네, 알겠지? 난 우유를 무척이나 싫어하니까. 주의(主義), 오로지 주의 때문이었지.

그런데 사흘이 지나니까 배가 지독스레 아프기 시작해서 의사를 찾아간 거야. '뭘 드셨습니까?' 하고 묻기에 '하루에 우유 4리터랑 크림 반 리터씩을 마셨습니다'라고 대답했지. '4리터나요? 그럼 당장 끊으세요. 계속 그러면 배가 터질 겁니다'라고 하잖아. '상관없습니다. 내게는 주의, 주장이 전부입니다. 배가 터지는 한이 있어도 계속 우유를 마시겠습니다'라고 했지.

그런데 다음 날 우유를 훔치는 걸 주인한테 들켰단 말이지. '넌 모가지야. 주말에 그만둬'라고 하더군. '미안합니다, 주인님. 오늘 아침에 그만두겠습니다.' 내가 이렇게 말하니까 그는 '안 돼, 토요일까지는 내보낼 수 없어'라고 하더군. '좋습니다. 누가 먼저 지쳐 나가떨어지나 겨뤄봅시다'라고 속으로 나는 생각했지. 그러고 나서는 접시를 깨기 시작했어. 첫날에는 아홉 장을 깨뜨리고, 다음 날은 열세 장을 깼지. 그랬더니 제발 나가달라고 하는 거야.

아아, 난 네놈들의 러시아 농노가 아니란 말이야……"

열흘이 지났다. 견디기 어려운 때였다. 나는 완전히 무일푼이었고, 방세도 며칠 밀렸다. 우리는 음산하고 텅 빈 음식점 안에서 빈둥거렸다. 너무나 허기져서 남아 있는 일조차 할 수 없었기 때문이다. 음식점이 개업하리라고 믿는 사람은 오직 보리스뿐이었다. 그는 수석 웨이터가 되는 것에 온 신경을 쏟고 있었다. 그래서 주인의 돈이 증권에 묶여 있어 팔아치울 최적기를 기다리고 있다는 거짓말을 스스로 창작해냈다. 열흘째 되던 날, 내게는 먹을 것도 피울 것도 없었다. 하는 수 없이 주인에게 임금을 선불로 주지 않으면 일을 계속할 수 없다는 이야기를 했다. 주인은 늘 그랬듯 흔쾌히 주겠다고 약속한 후 버릇대로 종적을 감췄다. 나는 방세 때문에 마담 F와 한바탕할 기력조차 없어서 그날 밤은 대로변 벤치에서 보냈다. 무척 불편했고 팔걸이를 베니 목이 부러질 듯했다. 그리고 생각보다 훨씬 추웠다. 새벽에 잠에서 깬 시간과 일하러 갈 시간 사이에는 길고 지루한 많은 시간이 있었으므로 나는 그 러시아인들 손에 나를 내맡긴 것이 얼마나 어리석은 짓이었는지를 곰곰이 생각해보았다.

그런데 그날 아침 행운이 찾아왔다. 주인이 채권자들과 합의를 본 것이 분명했다. 그는 주머니에 돈을 넣어 가지고 와서 내부 수리를 진행했고 내게도 임금을 선불로 주었다. 보리스와 나는 마카로니와 말의 간을 사다가 열흘 만에 처음으로 따뜻한 식사를 했다.

일꾼들이 와서 수리를 시작했지만 너무 서둘러 작업을 해서인지 믿을 수 없을 정도로 허울만 그럴듯했다. 예를 들어 주인은 테이블에 녹

색 모직천을 덮으려다가 그게 비싸다는 걸 알고는 대신 땀 냄새에 전
군용 담요를 사왔다. 물론 그 위에다 식탁보를 덮었다(노르만 양식에
어울리는 바둑판무늬였다). 마지막 날에는 새벽 두 시까지 일을 강행
해서 모든 준비를 갖췄다. 그릇은 아침 여덟 시가 되어서야 도착했다.
새것이라 전부 닦아야 했다. 칼은 다음 날 아침까지도 오지 않았다.
행주도 없어서 주인의 셔츠와 수위의 헌 베갯잇으로 그릇을 닦아야
했다. 보리스와 내가 도맡아 일을 했다. 쥘은 게으름을 피웠으며, 주
인 내외는 빚쟁이와 몇몇 러시아인 친지들과 바에 앉아 음식점 개업
성공을 기원하는 축배를 들고 있었다. 요리사는 주방 조리대에 머리
를 처박고 울고 있었다. 쉰 명분의 요리를 해야 할 판인데 냄비며 프
라이팬이 여남은 명분밖에 없었기 때문이다. 밤중에는 주인이 빚쟁이
들과 무시무시한 담판을 벌였다. 주인이 외상으로 들여온 구리냄비
여덟 개를 빚쟁이들이 가져가려고 해서 그들을 달래느라 브랜디 반
병이 들었다.

쥘과 나는 집으로 돌아가는 마지막 지하철을 놓쳤다. 그래서 음식
점 마룻바닥에서 자야 했다. 아침에 일어나 처음 본 광경은 커다란 쥐
두 마리가 주방 조리대에 앉아 거기 세워둔 햄을 갉아먹는 모습이었
다. 그것은 나쁜 징조로 여겨졌고, 나는 〈오베르주 드 제앙 코타르〉가
실패하리라고 더욱 확신하게 되었다.

20

 주인은 나를 주방의 접시닦이로 고용했다. 내가 할 일은 설거지, 주방 청소, 채소 다듬기, 홍차와 커피와 샌드위치 만들기, 아주 간단한 요리 하기, 잔심부름 등등이었다. 계약 조건은 통례대로 월 500프랑에 식사 제공이었다. 그러나 휴일이 없는 데다 정해진 근무 시간도 없었다. X호텔에 다닐 때는 엄청난 자본과 잘 짜인 조직을 바탕으로 손님을 최대한 만족시키는 모습을 보았다. 그런데 지금 이곳에서는 너무도 형편없는 하급 음식점이 어떻게 돌아가는지 알게 되었다. 파리에는 이와 비슷한 음식점이 수백 개나 존재하고, 관광객들은 이런 곳에서 가끔 식사를 하기 마련이므로 이곳의 돌아가는 상황을 묘사할 가치가 있겠다.
 먼저 이 음식점이 학생들이나 노동자들이 드나드는 값싼 식당은 아님을 미리 말해두겠다. 우리는 25프랑 이하로는 먹을 만한 요리를 만들지 않았다. 내부는 그럴듯하게 고풍스럽고 예술적이어서 고급스러워 보였다. 술 마시는 바에는 점잖지 못한 그림이 걸려 있었고, 노르만 양식으로 장식되어 있었다. 벽에는 모조 기둥을 붙이고 촛대처럼 만든 전등에, 시골풍 오지그릇을 썼고, 입구에는 말을 탈 때 쓰는 디딤대까지 놓여 있었다. 주인과 수석 웨이터는 러시아 장교 출신이었고 손님 중 많은 사람들이 러시아 망명자였다. 그러니까 한마디로 우리 식당은 분명히 멋져 보였다.

하지만 주방문 뒤쪽의 상태는 돼지우리라고 하는 게 맞았다. 우리가 요리하는 곳도 꼭 그런 형편이었다.

주방 크기는 길이가 4.5미터에 폭은 2.5미터 정도였다. 이 중 절반을 스토브와 조리대가 차지해서 냄비는 모두 손이 닿지 않는 선반 위에 올려놓아야 했다. 쓰레기통도 하나밖에 없어서 정오쯤에는 쓰레기가 가득 차 넘쳤다. 짓밟아 뭉개진 음식 찌꺼기도 바닥에 이삼 센티미터나 깔려 있었다.

오븐도 없었고, 불이라고는 가스 스토브 세 대가 전부였다. 그래서 큰 고깃덩어리는 빵집으로 가져 가야 했다.

식료품 저장실도 없어 마당 한가운데 심어놓은 나무에 대고 지붕을 반만 덮어 지은 헛간을 대신 사용했다. 쇠고기와 채소 따위는 맨바닥에 놓아두었는데, 늘 쥐와 고양이의 습격을 받았다.

온수 시설도 안 되어 있어 설거지할 물도 주전자로 끓여야 했다. 그나마도 요리하는 동안에는 빈 스토브가 없었기 때문에 접시는 대부분 찬물로 씻어야 했다. 연성 비누와 파리의 경수 수돗물로는 어림도 없어서 신문지 조각으로 기름기를 문질러낼 수밖에 없었다.

스튜 냄비가 너무 부족해서 한 번 사용한 냄비는 저녁때까지 버려두지 못하고 사용하고 나면 바로바로 씻어야 했다. 이 일을 하느라 아마 하루에 한 시간은 허비했을 터였다.

비용 때문에 시설을 날림으로 공사해서 전등은 대개 저녁 여덟 시 정도면 퓨즈가 나갔다. 주인은 주방에서 쓰는 촛불을 세 개까지만 허용했다. 하지만 요리사가 세 개는 재수가 없다고 해서 우리는 두 개만 켰다.

커피 그라인더는 근처 술집에서 빌려 왔고, 쓰레기통과 빗자루는 수위한테 빌렸다. 한 주가 지나도 세탁소에 맡긴 리넨 커버가 돌아오지 않은 건 세탁비를 지불하지 못해서였다. 종업원 중에 프랑스인이 없음을 알게 된 노동청 관리와도 마찰이 있었다. 그는 주인하고 몇 번이나 은밀히 만났다. 분명 주인이 뇌물을 건넸을 것이다. 전력회사는 전기료 체납 독촉을 해댔고, 빚쟁이들은 우리가 해장술을 대접한다는 걸 알고서 매일 아침 찾아왔다. 잡화상에도 빚을 져서 외상거래도 막힐 뻔했지만 가겟집 여편네가(코밑 솜털이 많은 예순 살 먹은 여자였다) 쥘을 아주 좋아해서 쥘이 아침마다 파견돼 그녀를 구워삶았다. 나도 몇 상팀을 아끼느라고 코메르스 가에 가서 채소 값을 깎는 데 매일 한 시간은 허비했다.

달리는 자금으로 음식점을 개업한 결과는 대충 이러했다. 이런 조건에서 요리사와 나는 하루에 삼사십 명분의 식사를 준비해야 했고, 나중에는 100명분까지 늘어났다. 첫날부터 힘에 겨운 일이었다. 요리사의 근무 시간은 아침 여덟 시부터 자정까지였고, 나는 아침 일곱 시부터 날을 넘겨 열두 시 반까지 — 휴식 시간도 거의 없이 열일곱 시간 반이나 — 일을 해야 했다. 오후 다섯 시까지는 궁둥이 붙일 여유도 없었고 쓰레기통 꼭대기 말고는 앉을 자리도 없었다. 집이 가까워서 지하철 막차를 타지 않아도 되는 보리스는 아침 여덟 시부터 다음 날 새벽 두 시까지 — 하루 열여덟 시간 — 일주일에 7일 내내 일했다. 그런 근무 시간이 통상적이라고는 할 수 없지만 파리에서는 두드러지게 별난 것도 아니었다.

X호텔 생활은 마치 휴가였던 것처럼 느끼도록 하는 이곳의 판에 박힌 생활도 금방 틀이 잡혔다. 매일 아침 여섯 시면 자리를 박차고 일어나, 면도는 말할 것도 없고 때로는 세수도 못한 채 서둘러 이탈리아 광장역으로 달려간다. 이곳에서도 역시 전쟁을 치르다시피 해서 겨우 자리를 잡는다. 일곱 시면 나는 으스스 춥고 더러운 주방의 스산한 분위기 속에 있다. 바닥에는 감자 껍질, 고기뼈와 생선 꼬리 따위가 지저분하게 널려 있고, 밤을 넘긴 기름 낀 접시들이 수두룩하게 물에 처박혀 나를 기다렸다. 하지만 물이 차가워서 접시를 닦을 수가 없으니 우선 우유를 준비하고 커피를 끓인다. 다른 종업원들이 여덟 시에 나오면 커피부터 찾기 때문에 미리 준비해둬야 했다. 또 몇 안 되는 스튜 냄비는 늘 씻어놔야 했다. 이 구리 스튜 냄비는 접시닦이 생활의 골칫거리였다. 하나를 닦는 데 족히 10분은 걸렸다. 모래와 쇠솔로 문지르고 바깥쪽은 금속광택제로 광택을 내야 했다. 다행히도 제작 기술이 사라져서 프랑스 주방에서 이제 구리 스튜 냄비는 점차 줄어드는 추세지만 아직도 중고품은 구할 수 있다.

내가 접시를 닦기 시작하면 요리사가 접시 닦는 일을 멈추고 양파

껍질을 벗기라고 시켰다. 그래서 양파를 까기 시작하면 주인이 나타나서 양배추를 사오라고 심부름을 보냈다. 양배추를 사서 돌아오기가 무섭게 주인 마누라가 근 1킬로미터나 떨어진 상점에 가서 립스틱을 한 통 사오라고 했다. 그리하여 내가 돌아올 때쯤엔 더 많은 채소가 내 손을 기다리고 있고, 접시는 손도 못 댄 채 그대로 쌓여 있었다. 이런 식으로 하루 종일 하나의 일에 또 딴 일이 겹치고 겹쳐 모든 일이 자꾸만 늦어지곤 했다.

열 시까지는 비교적 일이 쉽게 진행되었다. 빠른 손놀림으로 일했고, 성미를 부리는 사람도 없었다. 요리사는 자신의 예술적 소질을 자랑했고, 톨스토이가 멋지지 않느냐고 내게 묻기도 했고, 도마 위에 고기를 다지면서 근사하게 소프라노 음색으로 노래를 부를 만한 여유도 있었다. 그러나 열 시가 되면 점심을 일찍 먹는 웨이터들로 와자지껄해지고, 열한 시부터는 손님이 들이닥치기 시작했다. 돌연 X호텔에서처럼 모든 것이 바빠지고 성미들도 거칠어졌다. 천방지축 뛰어다니고, 소리를 지르지는 않지만 뒤죽박죽에다 사소한 심술과 분개가 뒤섞인 분위기였다. 이런 혼란스러운 와중의 밑바닥에는 불쾌감이 도사리고 있었다. 주방 안은 견디기 힘들 정도로 꽉 차서 접시를 바닥에 놓아야 할 판이고, 그걸 또 밟지 않으려고 끊임없이 조심해야 했다. 요리사는 왔다갔다하면서 그 널찍한 엉덩판을 나한테 부딪혀대고, 쉴 새 없이 성가신 잔소리와 명령을 노래처럼 쏟아냈다.

"이런 지독한 멍텅구리! 당근에 상처 내지 말라고 몇 번이나 일렀어? 빨리 비켜, 개수대에 갈 거야! 저 칼 치워. 감자 긁기 시작해. 내 체는 어디 갔지? 아 참, 감자는 그만둬. 그 국물 엉긴 거 걷어내라고 안 그랬어? 저 물통은 스토브에서 내려놓으라고. 설거지는 신경 쓰지 말고 셀러리나 썰어. 아냐, 그렇게 써는 게 아니야, 이런 바보. 이렇게 말이야. 저것 봐! 콩이 끓어서 넘치잖아! 자, 가서 청어 비늘이나 벗기라고. 이봐, 이 접시 깨끗한 거야? 앞치마로 닦아내. 샐러드는 바닥에 버려. 그래, 내가 밟을 데다 버리라니까! 저런, 냄비가 끓어 넘치잖아! 스튜 냄비 좀 내려놔. 아니, 그거 말고. 이걸 석쇠 위에 올려놓고 감자는 버려. 시간 낭비하지 말고 땅바닥에다 버리란 말이야. 밟아버려. 자, 톱밥 좀 뿌려. 바닥이 스케이트장 같잖아. 저기 봐, 이 바보, 스테이크 타잖아! 아이고 맙소사, 이런 천치바보를 접시닦이로 보내다니! 내가 누군 줄이나 알아? 우리 아주머니가 러시아 백작부인이었다는 거 아느냐고?" 등등. 잔소리 바가지다.

그닥 큰 변화 없이 이런 상태가 오후 세 시까지 계속됐다. 변화가 있다면 열한 시쯤 요리사가 신경질적인 발작을 일으키며 눈물을 줄줄 흘렸다는 것이다. 세 시부터 다섯 시까지 웨이터들은 꽤 한가했지만 요리사는 여전히 바빴다. 나 역시 이때가 가장 속력을 내서 일하는 시간이다. 왜냐하면 더러운 접시는 산더미처럼 쌓여 있는데, 저녁식사가 시작되기 전에 그것을 다 해치우냐 마느냐 하는 경주를 해야 했기 때문이다. 설비가 원시적이어서 설거지하는 데 곱절로 힘이 들었다. 비좁은 개수대, 미지근한 물, 축축한 행주, 한 시간에 한 번씩 막히는 하수구, 이런 것들 때문이다. 아침 일곱 시부터 아무것도 못 먹고 앉지도 못했기 때문에 다섯 시가 되면 요리사와 나는 다리가 후들거렸다. 그녀는 쓰레기통에, 나는 바닥에 주저앉아 맥주 한 병을 나누어 마시면 그녀는 아침에 내게 퍼부은 말에 대해 사과하곤 했다. 그나마 홍차가 우리에게 버틸 힘을 주었다. 우리는 언제나 주전자에 물이 끓도록 하고서 하루에도 몇 리터씩 홍차를 마셨다.

다섯 시 반이면 다시 바빠지고 싸움질이 시작됐다. 모두 지쳐 있어서 오전보다 더 심하게 싸웠다. 요리사는 여섯 시와 아홉 시에 한 차례씩 신경질적인 발작을 일으켰다. 발작이 너무도 규칙적으로 일어났기 때문에 그것으로 시간을 알 수 있을 정도였다. 그녀는 쓰레기통에 털썩 주저앉아 신경질적으로 울면서 푸념을 늘어놓곤 했다. 자기가 이런 신세로 전락하리라곤 정말 상상도 못했다느니, 도저히 견뎌낼 수가 없다느니, 예전에는 빈에서 음악 공부를 했다느니, 이젠 누워 있는 남편을 먹여 살려야 한다느니 등등 넋두리를 했다. 다른 때 같으면 그녀를 동정했겠지만 너나없이 지쳐 있어 그녀가 훌쩍거리며 우는 소리는 우리의 화를 돋울 뿐이었다. 쥘은 늘 문간에 서서 그녀의 울음을 흉내 내곤 했다. 주인 마누라는 늘 잔소리를 해댔으며 보리스와 쥘은 온종일 싸움질을 했다. 쥘은 꾀를 피우며 일을 안 하고, 보리스는 자신이 수석 웨이터라며 팁을 더 많이 차지하려고 했기 때문이다. 음식점을 개업한 바로 이튿날, 두 사람이 팁 2프랑을 가지고 주먹다짐까지 벌여 요리사와 내가 말려야만 했다. 예의를 잃지 않는 사람은 오직 주인뿐이었다. 그는 우리 모두와 같이 근무 시간을 지켰다. 그러나 실제로 일을 처리하는 사람은 아내였기 때문에 그는 딱히 할 일이 없었다. 재료를 주문하는 걸 제외하면 그가 하는 유일한 일은 카운터에 서서 담배나 피우면서 점잖게 보이는 것이었다. 그리고 주인은 이 일을 완벽하게 해냈다.

요리사와 나는 대체로 열 시부터 열한 시 사이에 저녁 먹을 시간이

났다. 자정쯤 되면 요리사는 남편을 주려고 음식 한 꾸러미를 훔쳐내곤 했다. 그녀는 이것을 옷 밑에 감추고는, 이렇게 늦은 시간에 가다가는 살해당할지도 모른다며 내일 아침이면 자신의 부고를 받게 될지도 모른다며 질질 울면서 돌아가곤 했다. 쥘은 늘 보리스와 한바탕 말씨름을 한 뒤에 자정쯤에 돌아갔다. 보리스는 새벽 두 시까지 바를 지켜야 했고, 나는 열두 시에서 열두 시 반 사이에 설거지를 할 수 있는 데까지 했다. 그러나 제대로 일을 할 시간은 없었기 때문에 테이블 냅킨으로 접시에 묻은 기름기만 문질러낼 수밖에 없었다. 주방 바닥에 널린 쓰레기는 그대로 내버려두거나 보기에 아주 거북한 것만 눈에 안 띄게 스토브 밑으로 쓸어 넣었다.

열두 시 반이면 나도 코트를 입고 황급히 나갔다. 내가 좁은 통로를 빠져나가 바 앞을 지나갈 때면 언제나 유쾌한 주인이 나를 붙들었다. "아, 이 친구 몹시 지쳐 보이는군! 브랜디 한 잔 받으시지."

내가 접시닦이가 아니라 러시아 공작이라도 되는 것처럼 그는 공손히 브랜디 잔을 건네주었다. 그는 우리 모두에게 이런 호의를 베풀었다. 이것이야말로 하루 열일곱 시간의 노동에 대한 보상이었다.

지하철 막차는 거의 비기 마련이어서 자리를 잡고 앉아 15분간 잠을 잘 수 있는 건 지극히 다행이었다. 나는 보통 새벽 한 시 반이나 돼야 잠자리에 들었다. 때때로 막차를 놓쳐 음식점 마룻바닥에서 잘 때도 있었다. 그러나 그 시간쯤 되면 길바닥에서라도 잘 수 있었으니 별 문제가 되지는 않았다.

21

 이런 생활이 2주가량 이어졌다. 변한 것이라곤 식당 손님이 늘면서 일의 양이 약간 늘어난 것뿐이었다. 식당 근처에 방을 구하면 하루 한 시간은 절약할 수 있었지만 숙소를 옮길 짬을 내는 일이 불가능해 보였다. 숙소는 고사하고 머리를 깎는다든가, 신문을 본다든가, 옷을 완전히 벗을 겨를조차 없었다. 열흘이 지난 후에야 나는 겨우 15분쯤 시간을 내어 런던에 있는 친구 B에게 편지를 썼다. 일자리를 구해달라는 ─잠만 하루에 다섯 시간 이상 잘 수 있으면 무엇이든 좋으니─ 내용의 편지였다. 하루 열일곱 시간의 노동을 아무렇지도 않게 여기는 사람이 많지만, 나로서는 도저히 배겨낼 수가 없었다. 이런 생각은 과로를 할 때 자기 위안이 되게 마련이다. 즉, 파리의 식당에는 그 만큼 긴 시간 동안 노동하는 종업원이 수천 명이나 있다는 것, 그것도 몇

주일이 아니라 몇 년 동안이나 계속 그런 생활을 한다는 것을 생각하면 말이다. 숙소 가까이에 있는 어떤 술집에는 이런 아가씨도 있었다. 1년 내내 아침 일곱 시부터 자정까지 식사할 때를 제외하고는 앉아보지도 못한다는 것이다. 한번은 내가 춤추러 가자고 그녀에게 청했다. 그랬더니 그녀는 웃으며 자기는 몇 달 동안 길모퉁이도 돌아본 적이 없다고 말했다. 그녀는 폐병 환자였는데 내가 파리를 떠날 즈음 죽고 말았다.

겨우 일주일밖에 안 되었는데 우리는 모두 피로가 겹쳐 신경쇠약에 걸렸다. 꾸준히 꾀를 부린 쥘만 예외였다. 처음엔 간헐적이던 말다툼이 이제는 끊임없이 벌어졌다. 사람들은 몇 시간 동안 쓸데없는 잔소리를 하다가 결국에는 몇 분마다 한 번씩 욕설을 터뜨리곤 했다. "스튜 냄비 좀 내려, 천치야!" 요리사는 이렇게 소리를 지르기 일쑤였다 (그녀는 키가 작달막해서 선반에 올려놓은 스튜 냄비를 내리지 못했다). 그러면 나는 "네가 내려, 이 늙어빠진 갈보야"라고 대답하곤 했다. 이런 말투는 주방 분위기 때문에 자동으로 나오는 듯했다.

우리는 지극히 하찮은 일로 입씨름을 했다. 가령 쓰레기통은 끊임없는 말다툼거리였다. 나는 요리사에게 방해가 되든 말든 내 마음대로 놓으려 했고, 그녀는 또 자기 마음대로 나와 개수대 사이에 놓으려고 했다. 한번은 너무 쨍쨍거리니까 심통이 나서 쓰레기통을 번쩍 들어다가 주방 한가운데 놓아버렸다. 거기 두면 그녀는 하는 수 없이 쓰레기통을 넘어다닐 수밖에 없었다.

"자, 이 암소 늙다리야, 옮길 테면 옮겨봐!" 나는 말했다.

가엾은 늙은 요리사는 너무 무거워서 들지 못했기 때문에 주저앉아

조리대 위에 머리를 처박고 엎드려 울음을 터뜨렸다. 그러면 나는 그녀를 조롱했다. 피로가 사람의 예의에 미치는 영향이란 이런 것이다.

며칠이 지나자 요리사는 톨스토이라든가 자신의 타고난 예술적 재능에 대해 입을 닫았다. 그녀와 나는 일 때문이 아니라면 말도 주고받지 않았다. 보리스와 쥘도 서로 말을 하지 않았고, 두 사람 모두 요리사와 말을 안 했다. 심지어는 보리스와 나도 겨우 몇 마디 할 뿐이었다. 우리는 일할 때 한 욕설은 근무 시간 외에는 문제 삼지 않기로 합의했다. 그러나 잊어버리기에는 너무 지독스러운 욕설을 서로 주고받았다. 더욱이 근무 시간이 아닌 시간이란 없었다. 쥘은 날이 갈수록 게을러졌고 줄곧 음식을 훔치면서도 의무감 때문이라고 말했다. 우리가 함께 음식을 훔치지 않으면 그는 우리를 황색 조합원, 파업 이탈자라고 불렀다. 이상야릇하고 악의에 찬 사람이었다. 그는 단지 부르주아 계급의 일원에게 복수하기 위해서 이따금 손님의 수프에 대고 더러운 행주를 짠다고 자랑스럽게 말했다.

주방이 점점 더러워지자 쥐들도 점점 용감해졌다. 쥐덫으로 두어 마리 잡았지만 소용이 없었다. 지저분한 주방을 휘둘러보면서 나는 이렇게 불결한 음식점이 세상에 또 있을까 생각했다. 날고기가 바닥 쓰레기 더미 속에 놓여 있고, 기름 덩이가 엉겨붙은 차가운 스튜 냄비가 곳곳에 뒹굴고, 개수대는 막힌 데다 기름때가 낀 주방을 둘러보면서 말이다. 그런데 다른 세 사람은 이보다 더 더러운 곳에도 있어봤다고 했다. 그리고 쥘은 더러운 것을 보면 오히려 즐거움을 느꼈다. 쥘은 조금 한가한 오후 시간이 되면 으레 주방 문간에 서서 열심히 일하는 우리를 조롱했다.

"이런 멍텅구리! 뭣 때문에 그 접시를 씻나? 바지에다 닦으란 말이야. 손님이 알 게 뭐야? 그 사람들은 어떻게 돌아가는지 몰라. 음식점에서 하는 일이 뭐냐고? 닭고기를 썰어주다가 땅바닥에 떨어뜨렸어. 그러면 손님한테 사과하고 굽실굽실 절을 하면서 밖으로 나가는 거야. 그러고서 5분 후에 다른 문으로 들어와. 아까 그 닭을 들고 말이지. 고작 그런 게 음식점에서 하는 일이야" 등등.

말하기는 거북하지만 이처럼 불결하고 비능률적인데도 이 〈오베르 주 드 제앙 코타르〉는 사실상 성공을 거두었다. 처음 며칠간은 손님이라야 러시아인과 주인의 친구들뿐이었다. 그런데 이후로는 미국인과 다른 외국인들도 왔다. 프랑스인은 안 왔지만 말이다. 그러던 어느 날 밤에 굉장히 흥분할 일이 일어났다. 최초로 프랑스인이 왔기 때문이다. 잠시 동안 우리는 말다툼도 잊은 채 모두 일치단결하여 훌륭한 저녁 식사를 차리려고 노력했다. 보리스가 발끝으로 걸어 주방에 들어왔다. 엄지손가락으로 어깨 너머를 가리키면서 공모라도 하듯이 속삭였다.

"쉿! 신경 써, 프랑스인이 왔어!"

잠시 후에 주인 마누라가 들여다보면서 역시 속삭이듯 말했다.

"신경 써, 프랑스인이야! 야채는 전부 두 사람 몫으로 내와."

프랑스인이 식사를 하는 동안 주인 마누라는 주방 창살 문 뒤에 서서 그의 표정을 유심히 바라보았다. 다음 날 저녁에 그 프랑스인은 다른 두 프랑스인을 데리고 왔다. 우리가 좋은 평판을 얻고 있다는 뜻이었다. 왜냐하면 외국인들만 드나든다는 건 형편없는 음식점이라는 가장 명확한 증거였기 때문이다. 우리가 성공한 원인 중 하나는 아마 음식점을 장식하는 데 특출난 재능을 가진 주인이 아주 잘 드는 식탁용

나이프를 구입했기 때문일 것이다. 확실히 잘 드는 나이프는 성공한 음식점의 비결이니까 말이다. 나는 이런 일이 일어난 것이 즐거웠다. 이 사건이 내 환상, 즉 프랑스인들은 보기만 해도 맛있는 음식을 구별할 수 있다는 환상을 깨뜨려주었기 때문이다. 그게 아니라면 어쩌면 우리 음식점이 파리 수준으로 보아서 꽤 좋은 음식점에 속했는지도 모를 일이다. 그렇다면 형편없는 음식점들이 어떨지는 상상할 필요조차 없다.

내가 친구 B에게 편지를 보낸 지 이삼 일 뒤에 일자리를 얻어줄 수 있다는 회신이 왔다. 선천성 정신박약자를 돌봐주는 일이었다. 〈오베르주 드 제앙 코타르〉에서 고역을 치른 다음이라 그런 일은 훌륭한 휴양이 될 것 같았다. 나는 시골길에서 어슬렁거리며 지팡이로 엉겅퀴 꽃송이를 톡톡 건드리고, 구운 양고기에 당밀 파이를 먹고, 라벤더 향기가 풍기는 시트를 덮고 하루 열 시간씩 잠을 자는 내 모습을 그려보았다. B는 여비와 전당품을 찾을 비용으로 5파운드를 보냈다. 그래서 돈이 도착하자마자 나는 하루 전에 계약 해제 통고를 하고 음식점을 그만두었다. 갑자기 그만둔다는 얘기에 주인은 당혹스러워했다. 그는 여전히 돈이 달렸으므로 임금도 30프랑이나 부족하게 치렀다. 그리고 1848년산 쿠르부아지에 브랜디 한 잔을 냈다. 이것으로 임금의 부족액을 때웠다고 생각하는 것 같았다. 내 자리에는 상당히 유능한 체코인 접시닦이가 들어갔다. 그리고 그 불쌍한 늙은 요리사는 몇 주 뒤에 해고당했다. 나중에 들은 얘기지만 주방에 일류급 사람 둘이 들어오자 접시닦이 일이 하루 열다섯 시간으로 줄어들었다고 했다. 주방을 현대화하지 않는 이상은 누구라 해도 더 줄이지 못할 터였다.

22

 그럴 만한 가치가 있으므로 나는 파리의 접시닦이 생활에 대해 내 의견을 피력하려고 한다. 현대의 대도시에서 수천 명의 사람이 지하의 더운 굴속에서 온종일 접시나 닦으며 깨어 있는 시간을 소비한다는 것을 생각해보면 참으로 기이한 노릇이다. 내가 제기하고자 하는 문제는 왜 이런 생활이 지속되는가 하는 것이다. 이런 생활이 어떤 목적에 기여하는 것이며, 누가 그것이 계속되기를 원하는지, 왜 그러는지 하는 문제이다. 나는 단순히 반항적인 게으름뱅이의 태도를 취하려는 것이 아니라, 다만 접시닦이 생활의 사회적 의의가 어디에 있는지를 생각해보고자 한다.
 우선 접시닦이가 현대 사회의 노예 중 하나라는 점부터 시작해야 할 것 같다. 다른 많은 육체 노동자들보다는 형편이 나으니 그들만을 애처롭게 여길 필요는 없다. 그러나 접시닦이들은 매매되는 노예만큼이나 자유롭지 못하다. 그들의 일은 노예가 하는 일이며 아무런 기술도 필요하지 않다. 임금은 겨우 연명할 정도이다. 유일한 휴가는 해고당했을 때뿐이다. 결혼과는 동떨어져 있고 결혼한다고 해도 아내 역시 일을 해야 한다. 행운을 얻기 전에는 이 생활에서 벗어날 길이 없다. 혹시 감옥에 간다면 몰라도 말이다. 지금 이 순간에도 대학을 나온 자들이 파리에서 하루 열 시간 내지 열다섯 시간씩 접시를 닦는 형편이다. 그건 그 사람들이 게을러서가 아니다. 게으른 사람은 접시닦이가 될 수 없기 때문이다. 그들은 사고를 할 수 없게 만드는 판에 박힌 생활에 사로잡혀 있다. 만약 접시닦이도 생각을 할 수 있다면 오래전에 노동조합을 조직해서 처우개선을 위한 파업이라도 했을 것이다. 그러나 그들은 생각하지 않는다. 생각할 수 있을 만큼 한가한 시간이 없기 때문이다. 그네들의 생활이 그들을 노예로 만들었다.

  문제는 왜 이런 노예 상태가 계속되느냐이다. 사람들은 모든 일에는 합당한 목적이 있기 마련이라고 여기는 버릇이 있다. 누군가 불쾌한 일을 하는 것을 보아도 그 일은 필요하다고 말함으로써 문제가 해결됐다고 생각한다. 예를 들면 석탄을 캐는 일은 힘든 일이지만 우리는 석탄이 있어야만 하고 누군가는 석탄을 채굴해야 한다. 하수도 청소는 불쾌한 일이지만 누군가는 하수도에서 일 해야만 한다고 생각하는 것이다. 접시닦이 일도 마찬가지이다. 음식점에서 식사를 해야 하니까 누군가가 1주에 80시간은 접시를 닦아야만 한다. 이것은 문명이 안겨준 일이며, 따라서 의문을 제기할 여지가 없다. 그러나 바로 이 점을 생각해볼 가치가 있다.

접시닦이 일이 진정 문명사회에 필수불가결한 것인가? 우리는 그 일이 힘들고 불쾌하기 때문에 '정직한' 일임에 틀림없다고 느끼고, 나아가 육체적인 노동을 맹목적으로 숭배한다. 우리는 어떤 사람이 나무를 베어 넘기는 것을 보며 그가 사회적 요구를 충족시키고 있다고 믿는다. 단지 그가 근육을 사용한다는 이유만으로 그렇다. 보기 흉한 조상을 세우려고 아름다운 나무를 베어 넘기는지도 모른다는 생각은 우리 머리에 떠오르지 않는다. 내 생각에는 접시닦이 일도 마찬가지다. 이마에 땀을 흘려 빵을 벌지만 그가 유익한 일을 하고 있다고는 말할 수 없다. 그는 대체로 사치 아닌 사치만을 공급하고 있는 것이다.

사치 아닌 사치라는 말의 뜻을 설명하기 위한 한 가지 예로 유럽에서는 보기 힘든 극단적인 예를 들어보기로 한다. 인도의 인력거꾼이나 마차를 끄는 조랑말을 살펴보자. 극동지역의 도시에 가면 아랫도리만 대강 걸친, 체중이 약 50킬로그램 정도 나가는 검고 가련한 수백 명의 인력거꾼이 있다. 그중에는 병든 사람도 있고 나이가 쉰 살쯤 되는 사람도 있다. 그들은 햇볕이 쨍쨍 쬐건 비가 오건 간에 고개를 숙인 채 몇 킬로미터고 인력거 채를 질질 끌고 다닌다. 흰 수염에서는 땀방울이 뚝뚝 떨어진다. 천천히 가면 뒤에 탄 손님이 굼벵이라고 욕을 한다. 그들은 한 달에 겨우 삼사십 루피를 벌다가 몇 년이 지나면 기침병을 앓다가 죽어버린다. 마차를 끄는 조랑말은 일할 날이 몇 년 안 남아서 헐값으로 팔려온 바짝 마르고 사나운 것들이다. 주인은 채찍을 먹이 대용으로 생각한다. 그들의 작업량은 채찍에다 여물을 더한 것이 에너지라는 방정식 따위로 표현된다. 일반적으로 채찍질 6할에 여물 4할의 비율이다. 때로는 목둘레가 홀딱 까지기도 한다. 그런 상태로 종일 마차를 끌어야 한다. 그럼에도 일을 시키는 것이 가능하다. 조랑말을 호되게 채찍질함으로써 채찍의 아픔이 노동의 아픔보다 더 심하게 하는 것이다. 몇 년이 지나 채찍조차 효력을 잃으면 조랑말은 폐마 도살업자에게 넘겨진다. 이것이 바로 불필요한 일의 사례이다. 왜냐하면 마차라든가 인력거가 진정으로 필요하지는 않기 때문이다. 동양인들은 걷는 것을 천하다고 생각하기 때문에 존재할 뿐이다. 그것은 사치다. 그리고 마차나 인력거를 타본 사람이면 누구나 알겠지만 이는 매우 빈약한 사치에 속한다. 아주 약간의 편의만 제공할 뿐이고, 결코 그 사람과 동물의 노고와는 균형을 이루지 못할 것이다.

   접시닦이도 비슷하다. 인력거꾼이나 마차를 끄는 조랑말에 비하면 왕과도 같지만 그 처지는 흡사하다. 그는 호텔이나 음식점의 노예다. 그의 노예 상태는 대개 쓸데없는 것에 불과하다. 왜냐하면 큰 호텔이나 고급 음식점의 진정한 필요성이 도대체 어디에 있단 말인가? 이들은 사치를 제공해주기로 되어 있다. 그러나 실제로는 단지 천하고 초라한 사치의 모방에 불과하다. 거의 모든 사람이 호텔을 싫어한다. 어떤 음식점은 다른 곳보다 좀 더 나을 수는 있지만, 같은 비용으로 가정집에서 먹을 수 있는 것만큼 좋은 식사를 음식점에서 얻어먹기란 불가능하다. 호텔이나 음식점은 분명 필요하다. 하지만 수백 명을 노예화할 필요는 조금도 없다. 그곳에서 일하도록 만드는 것은 본질적인 필요가 아니다. 사치라고 여겨지는 허위이다. 고급스럽다는 것은 종업원들이 더 많이 일을 하고 손님들이 더 많은 돈을 낸다는 뜻이다. 경영주 외에 이득을 보는 자는 하나도 없다. 그래서 경영주는 얼마 안 가 도빌에서 줄무늬 칠을 한 별장 한 채를 살 것이다. 근본적으로 '고급' 호텔이란 200명에게 그들이 진정으로 원하지도 않는 것에 터무니없는 호된 값을 치르게 하기 위해서 100명이 죽어라 일하는 곳이다. 호텔이나 음식점에서 이런 허무맹랑한 요소를 제거하고, 일을 단순하고도 능률적으로 처리한다면 접시닦이도 하루 열 시간이나 열다섯 시간이 아니라 여섯에서 여덟 시간만 일하면 될 것이다.

접시닦이가 하는 일은 대개 무용한 것이라고 가정해보자. 그러면 이런 질문이 뒤따른다. 왜 그가 계속해서 일하기를 바라는가? 직접적인 경제적 이유는 집어치우고, 평생 접시만 닦는다는 사실이 어떤 사람에게 무슨 즐거움을 줄 수 있을까를 생각해보자. 왜냐하면 확실히 일부 사람은—편안하게 지내는 사람들이지만—그런 생각에 즐거움을 느끼고 있기 때문이다. 마르쿠스 카토*가 말하길, 노예는 잠잘 때만 빼고는 일해야 한다고 했다. 그가 하는 일이 필요하냐 필요하지 않느냐가 문제가 아니라, 일 자체가 좋은 것이기 때문에—적어도 노예에게는—일을 해야만 한다는 것이다. 이런 사고방식은 여전히 남아 있고, 이런 사고방식으로 말미암아 불필요한 잡일이 산더미같이 쌓이고 있다.

이런 무용한 일을 항구화하려는 본능은 단순한 대중에 대한 공포가 그 근저를 이루고 있다고 생각한다. 대중이란 (사고는 이렇게 이어진다) 저급한 동물이기 때문에 한가해지면 위험하다는 것이다. 그렇기 때문에 바빠서 생각할 틈을 주지 않는 것이 안전하다. 부유하고도 정직한 사람이 노동 조건의 개선에 관해 질문을 받는다면, 그는 대개 이

---

* 로마의 정치가.

런 대답을 하게 마련이다.

"가난이 불쾌하다는 건 우리도 알고 있습니다. 사실상 우리와는 너무 동떨어진 것이어서 그 불쾌감을 떠올리며 자학하길 즐기지요. 그러나 우리가 그에 대해 어떤 조치를 하리라곤 기대하지 마십시오. 옴이 오른 고양이를 불쌍히 여기는 것처럼 하층 계급을 가엾게 생각하고 있습니다. 그러나 그들의 처지를 개선하려는 움직임에는 철두철미 대항하고 투쟁할 것입니다. 그런 상태로 있어야 우리는 더욱 안전함을 느낍니다. 현재 상태라도 그네들을 자유롭게 풀어놓는 모험은 하지 않겠습니다. 그러니 친애하는 형제여, 우리의 이탈리아 여행 비용을 대려면 당신들이 땀을 흘려야만 하니까, 땀이나 흘리다 뎨지세요."

이것은 특히 지성적이고 교양 있는 사람들의 태도다. 수많은 수필을 통해서 그런 내용을 읽을 수 있다. 교양 있는 사람치고 연 수입이 400파운드 이하인 사람은 거의 없다. 그래서 자연히 이들은 부유층의 편에 선다. 왜냐하면 그들은 가난한 사람에게 허용되는 자유는 곧 자신들의 자유를 위협하는 것이라고 여기기 때문이다. 그것을 대체할 무엇은 어떤 흉악스러운 마르크스적 유토피아뿐이라고 예상해서인지 교육받은 사람들은 현상유지를 바란다. 아마도 이들은 동류의 부유층도 별로 좋아하지 않을 것이다. 그러나 그들은 야비할지라도 부유한 자가 가난한 사람들보다는 그들의 즐거움에 독해요소가 덜 되고, 자기네와 더 가까운 부류이므로 부유층 곁에 서는 편이 낫다고 믿는다. 거의 모든 지식인이 자기네 의견을 보수적으로 만드는 이유는 다름 아니라 머릿속으로 상상하는 위험한 대중에 대한 공포 때문이다.

대중에 대한 공포는 미신과도 같다. 그것은 이런 사고에 근거한다. 즉, 흑인과 백인이 다른 종족이듯이 부자와 가난한 사람 사이에는 어떤 신비스러운 근본적인 차이가 있다는 생각 말이다. 그러나 실제로 그런 차이는 존재하지 않는다. 부자와 가난한 사람의 차이는 전적으로 그들의 수입의 차이일 뿐이다. 보통의 백만장자는 새 양복으로 갈아입은 보통의 접시닦이에 불과하다. 자, 자리를 바꿔봅시다. 그런 다음 어느 쪽이 재판관이고 어느 쪽이 도둑인지 알아맞혀보십시오. 대등한 조건으로 가난한 사람들과 어울려본 사람이라면 누구나 이것을 충분히 잘 알고 있다. 그러나 지적이고 교양 있는 사람, 자유주의적인 견해를 가진 것으로 기대되는 사람이 결코 가난한 사람들과는 어울리지는 않는다는 데 난점이 있다. 교육받은 대다수의 사람들이 가난에 대해 무엇을 안다는 말인가? 내가 가진 비용* 시집의 편집자는 '빵도 없고 내다볼 창도 없는'이란 구절을 실제로 각주를 달아 설명할 필요가 있다고 생각했다. 굶주림조차 교육받은 사람의 체험과는 너무도 동떨어져 있다. 대중에 대한 미신적인 공포는 아주 자연스럽게 이런 무지에서 유래한다. 교육을 받은 사람은 한 무리의 하등 인간들에게 단 하루라도 자유를 주면 자신의 집을 약탈하고, 책을 불태우고, 자기를 기계에 매달아 일을 시키거나 변소 청소를 시킬 것이라고 상상한다. 따라서 '무슨 짓을 하든 어떤 부정을 저지를지라도 그런 대중을 풀어놓는 것보다는 낫다'라고 교육받은 사람들은 생각한다. 부유층과 빈민층 사이에는 어떠한 차이도 존재하지 않기 때문에 대중을 풀어놓

---

* 15세기 프랑스의 시인.

는다는 것 자체가 불가능하다는 사실을 그들은 알지 못한다. 사실인즉 대중은 지금 해방되어 있다. 그리고 그들은—부자라는 모습으로—'고급' 호텔과 같은 거대한 권태의 쳇바퀴를 구축하는 데 온갖 힘을 쏟고 있다.

요약하면 이렇다. 접시닦이는 노예다. 대개는 불필요하고 쓸모없는 일을 하는 노예이다. 만약 자신에게 여가 시간이 주어지면 위험하리라는 막연한 느낌 때문에 접시닦이는 결국 계속해서 일을 한다. 그리고 그의 편에 서야 할 교육받은 사람들은 그런 과정에 순순히 동조하고 있다. 그들은 이 접시닦이에 대해 아무것도 모르기 때문에 두려워한다. 내가 접시닦이에 대해 논할 수 있는 것은 그들의 사례를 나름대로 고찰해왔기 때문이다. 그러나 무수한 다른 유형의 노동자에게도 이것은 똑같이 적용될 것이다. 이런 생각은 접시닦이 생활의 기본적인 사실에 관한 나 자신의 소견에 불과하다. 그리고 경제적인 문제에는 직접 결부시키지 않고 나온 생각이며, 전반적으로 상투적인 견해임에 분명하다. 나는 호텔에서 일하면서 머리에 떠오른 생각 중 한 가지 실례를 제시했을 따름이다.

23

〈오베르주 드 제앙 코타르〉를 나오기가 무섭게 나는 잠자리에 들어, 시계가 한 눈금만 더 가면 한 바퀴를 돌 때까지 잠을 잤다. 그러고는 2주일 만에 처음으로 이를 닦고 목욕을 하고 머리를 깎았다. 그리고 전당포에 가서 옷을 찾았다. 황홀하게도 이틀 동안을 빈둥거리며 지냈다. 심지어는 가장 좋은 외출복을 입고 〈오베르주 드 제앙 코타르〉에 가서 바에 비스듬히 기대 5프랑을 주고 영국산 맥주 한 병을 마시기도 했다. 노예 중의 노예 노릇을 하던 곳에 가서 손님이 되니 신기한 느낌이 들었다. 보리스는 우리가 이제 막 시작해서 돈을 벌 기회가 됐는데 음식점을 그만두었다며 유감스러워했다. 그 후에 내게 편지를 보내서는 하루 100프랑씩을 벌고 있고, 아주 성실하고 마늘 냄새도 안 나는 아가씨를 맞아들였다고 전했다.

나는 하루 시간을 내서 기거하던 지역을 두루 돌아다니며 모든 사람들에게 작별 인사를 했다. 샤를리가 한때 이 지역에 살았던 구두쇠 루콜 영감의 죽음에 대해 얘기해준 것도 바로 이날이었다. 샤를리는 늘 그랬듯 또 거짓말을 한 것 같았지만 이야기는 재미있었다.

루콜은 내가 파리에 오기 한두 해 전에 74세의 나이로 세상을 떠났다. 그러나 내가 거기 머무는 동안에도 사람들은 그의 얘기를 했다. 대니얼 댄서*나 기타 그런 부류의 사람들과는 비교도 안 됐지만 그래도 흥미진진한 인물이었다. 그는 아침마다 파리 중앙시장에 가서 채소 쓰레기를 줍고 고양이 고기를 먹었을 뿐만 아니라, 내복 대신에 신문지를 입고, 자기 방 널판을 뜯어서 불을 때고, 부대로 바지를 만들어 입었다고 했다. 투자한 돈이 50만 프랑이나 되면서도 이런 짓을 한 것이다. 나는 그를 알았으면 하고 무척 바랐다.

대부분의 구두쇠가 그렇듯, 루콜도 무모한 계획에 투자해 망하고 말았다. 어느 날 유대인 한 사람이 이 지역에 나타났다. 약삭빠르고 사무적인 젊은 녀석으로, 영국으로 코카인을 밀수출하기 위한 일급 계획을 구상하고 있었다. 물론 파리에서는 코카인을 구하기가 용이했고 밀수 자체도 아주 간단한 일이지만, 늘 스파이가 있게 마련이어서 그 계획을 세관이나 경찰에 밀고하는 것이 문제였다. 흔히 밀고자는 코카인을 파는 사람이라는 풍문이 있었다. 경쟁을 원하지 않는 거대한 조직이 밀수를 장악하려 들기 때문이라는 것이었다. 그런데도 유대인은 맹세코 위험하지 않다고 주장했다. 흔한 경로를 통하지 않고

---

* 18세기 영국의 실존인물. 구두쇠로 유명했다.

빈에서 직접 코카인을 구하는 방법을 알고 있다고 했다. 그래서 돈을 갈취당할 위험도 없다는 것이었다. 그는 소르본 대학교 학생인 젊은 폴란드인을 통해서 루콜과 접선했다. 그런데 이 대학생이 루콜이 계획에 6천 프랑을 투자하면 자기는 4천 프랑을 내겠다고 했다. 그 돈이면 코카인 10파운드를 살 수 있었고, 또 그만하면 영국에서는 한밑천 잡을 수 있었다.

폴란드인 학생과 유대인은 늙은 루콜의 손아귀에서 돈을 빼내기 위해 무진장 애를 썼다. 6천 프랑은 많은 돈은 아니었다. 그는 자기 방 매트리스에 더 많은 돈을 꿰매놓고 있었다. 하지만 그에게는 한 푼의 돈과 헤어지는 일도 고통이었다. 학생과 유대인은 몇 주일을 두고 설명을 하랴, 위협하랴, 달래랴, 말다툼하랴, 무릎을 꿇고 돈을 내놓으라고 애원하랴 갖은 짓을 다 했다. 늙은이는 탐욕과 공포 사이에서 거의 광적인 상태에 빠지고 말았다. 어쩌면 5만 프랑의 이득이 있으리라는 생각에 구미가 당기긴 했지만, 돈으로 모험을 하고 싶지는 않았다. 그는 두 손으로 머리를 감싸고 방구석에 앉아서 신음하며 고뇌로 소리를 지르기도 했다. 때로는 무릎을 꿇고(아주 경건했다) 힘을 주십사 신께 기도를 올리기도 했다. 그러나 결정을 내릴 수가 없었다. 그는 다른 이유에서가 아니라 너무 지친 나머지 마침내 굴복하고 말았다. 루콜은 돈을 감춰둔 매트리스를 뜯어서 유대인에게 6천 프랑을 건네주었다.

유대인은 바로 그날로 코카인을 넘겨주고는 사라져버렸다. 그동안 루콜이 그 야단법석을 쳤으니 놀라울 일도 아니었지만, 사건은 지역 전체로 확 퍼졌다. 그리고 다음 날 아침, 경찰이 여인숙을 급습해 수색을 펼쳤다.

루콜과 폴란드인 학생은 고민에 싸였다. 경찰은 아래층부터 방마다 차례로 뒤지며 올라왔다. 테이블 위에는 커다란 코카인 상자가 놓여 있는데 감출 만한 곳이 없고, 그렇다고 아래층으로 도망칠 기회도 없었다. 폴란드인 학생은 상자를 창밖으로 던져버리자고 했지만 루콜은 들으려 하지 않았다. 샤를리는 그때 자신도 현장에 있었다고 했다. 두 사람이 상자를 빼앗으려고 하자 일흔네 살이나 먹은 노인인 루콜이 상자를 가슴에 껴안고 미치광이처럼 안간힘을 썼다. 겁이 나서 미친 듯했지만 돈을 버리느니 차라리 감옥에 가는 편이 낫겠다는 생각을 했다는 얘기였다.

경찰이 바로 한 층 아래를 뒤지고 있을 때 마침내 누군가가 꾀를 냈다. 루콜과 같은 층에 사는 어떤 사람이 위탁판매 하는 분가루 열두 통을 가지고 있는데, 그 양철통에다 코카인을 넣어서 분이라고 속여 넘기자는 것이었다. 황급히 분을 창밖으로 던지고 대신 코카인을 넣었다. 그런 다음 양철통을 루콜의 책상 위에 아무것도 감출 것이 없다는 듯 놓아두었다. 몇 분 후에 경찰이 루콜의 방을 수색하러 들어왔다. 그들은 벽을 두들겨보고 굴뚝을 올려다보고 서랍도 뒤졌다. 그리고 마룻바닥까지 면밀히 조사한 다음 아무것도 발견하지 못하자 포기하려는 참이었다. 그때 테이블 위의 양철통이 한 경찰의 눈길을 끌었다.

"어허." 그가 입을 열었다. "저 통 좀 보게나. 미처 못 봤단 말이야. 저 속에 뭐가 있소, 응?"

"화장분입니다." 폴란드인 학생은 할 수 있는 한 침착하게 대답했다. 그러나 바로 그 순간 루콜이 놀라서 크게 신음 소리를 내는 바람에 경찰이 이내 의심을 품었다. 그들은 통을 열고 내용물을 손가락으로 찍어 냄새를 맡아보았고, 한 수사관이 코카인 같다고 말했다. 루콜과 학생은 하늘에 맹세코 분가루라고 우겨댔다. 그러나 소용없는 짓이었다. 이들이 항의를 하면 할수록 경찰은 더 강한 의혹을 품었다. 두 사람은 체포당해 경찰서로 연행되었는데 주민 절반이 이들 뒤를 따라갔다.

경찰서에서 루콜과 폴란드인 학생이 경찰 간부의 심문을 받는 동안 코카인 통은 분석을 위해 어딘가로 보내졌다. 샤를리는 그때 루콜이 벌인 소란스러운 광경은 형언할 수가 없다고 했다. 그는 울다가 빌다가 엇갈린 진술을 하는가 하면 느닷없이 폴란드인 학생을 꾸짖기도 했다. 그 소리가 어찌나 컸던지 한참이나 떨어진 곳에서도 들릴 정도였다. 경찰들은 너무 웃어서 배가 터질 지경이었다.

한 시간 후에 한 경찰관이 코카인 통과 전문가의 소견서를 들고 왔다. 웃는 얼굴이었다.

"코카인이 아닙니다." 그가 말했다.

"뭐, 코카인이 아냐?" 경찰 간부가 외쳤다. "아니, 그럼 이건 뭐야?"

"화장분입니다."

루콜과 학생은 완전히 혐의를 벗고 곧 풀려났지만 굉장히 화가 났다. 유대인이 두 사람을 속여먹었던 것이다. 흥분이 가라앉은 다음에 안 일이지만 그는 이 지역에서 다른 두 사람에게도 같은 수법으로 사기를 쳤다.

폴란드인 학생은 4천 프랑을 잃어버렸지만 풀려난 것을 다행으로 여겼다. 그러나 가엾은 루콜 영감은 완전히 실의에 빠져버렸다. 그는 곧 몸져누웠고, 그날 하루 종일 밤까지도 안절부절못하고 중얼거리며 이따금 크게 외치는 소리를 들을 수 있었다.

"6천 프랑! 오오, 하느님 맙소사! 6천 프랑!"

사흘 뒤 그는 발작을 일으켰고, 2주 뒤에 죽고 말았다. 비통함 때문이었다고 샤를리는 말했다.

24

 나는 삼등 여객선을 타고 됭케르크와 틸버리를 거쳐 영국으로 건너갔다. 해협을 건너는 가장 저렴한 방법이지만 그렇다고 제일 형편없는 방법은 아니었다. 객실을 이용하면 특별요금을 내야 하기 때문에 나는 다른 삼등선 승객들과 함께 휴게실에서 잤다. 그날의 일기를 살펴보면 이런 기록이 있다.
 '휴게실에서 자다. 남자 스물일곱 명, 여자 열여섯 명. 여자 중에서 오늘 아침에 세수를 한 이는 단 한 명도 없다. 남자는 대부분 욕실로 갔지만 여자는 화장통을 꺼내서 분칠로 때를 가렸다. 질문, 제2의 성적 차이?'
 여행 중에 나는 우연히 어린아이들처럼 순진한 루마니아인 부부를 만났다. 영국으로 신혼여행을 가는 중이라고 했다. 이들은 영국에 관해 무수한 질문을 했는데 나는 어마어마한 거짓말을 몇 가지 했다. 외국의 도시에서 몇 개월 동안 숱한 고생을 하고 귀국하는 터라 내게는 영국이 낙원 비슷하게 느껴졌던 것이다. 사실 영국에는 귀국을 즐겁게 해주는 많은 것들이 있었다. 욕실, 안락의자, 박하소스, 제대로 요리한 햇감자, 갈색으로 구운 빵, 마멀레이드, 진짜 홉 열매로 빚은 맥주. 돈만 치를 수 있다면 이 모두가 훌륭했다. 가난하지만 않으면 영국은 정말 살기 좋은 나라다. 그리고 이곳에서 온순한 정신박약자를 돌보게 될 테니 더는 가난해지지 않을 것이다. 가난해지지 않으리라는 생각이 나를 퍽이나 애국자로 만들었다. 루마니아인 부부가 질문을 하면 할수록 나는 점점 더 영국을 추어올렸다. 기후, 경치, 예술, 문학, 법률 등 영국의 모든 것이 완벽했다.

영국의 건축도 훌륭하냐고 부부가 물었다. "좋고말고요!" 나는 대답했다. "그리고 런던의 동상들을 꼭 봐두세요! 파리는 천박해요. 반은 웅장하지만 반은 빈민굴이죠. 하지만 런던은……"

그때 우리가 탄 여객선이 틸버리 부두에 닿았다. 우리가 해변에서 본 첫번째 건물은 거대한 호텔들 중 하나였다. 치장벽토와 뾰족탑투성이였는데, 이런 호텔들이 마치 백치가 요양소 벽을 멍청히 바라보는 양 영국 해안 쪽에서 이쪽을 응시하고 있었다. 그 루마니아인들은 예의가 발라서 내게 말을 하지는 않았지만 눈을 치켜뜨고 그 호텔을 응시하는 모습이었다. "프랑스인 건축가들이 세운 건물이랍니다." 나는 자신 있게 말했다. 기차가 동쪽 빈민가를 통과해 런던 시내로 들어갈 때도 나는 여전히 영국 건축의 아름다움에 대해 역설하고 있었다. 이제 고국으로 돌아오는 길이고 다시는 고생하지 않을 터이므로 영국에 아무리 찬사를 보내도 부족할 지경이었다.

나는 B의 사무실로 찾아갔다. 그리고 그의 첫마디가 모든 것을 무너뜨렸다. "미안하게 됐네." B는 말했다. "자네를 쓰겠다던 고용주가 외국으로 가버렸어. 참을 도리밖에 없네. 하지만 한 달 안에는 돌아올 거야. 그때까지 그럭저럭 지낼 수 있겠지?"

미처 돈을 얼마 더 빌릴 생각도 하지 못하고 나는 거리로 나왔다. 한 달을 기다려야 하는데 수중에는 정확히 19실링 6펜스밖에 없었다. 그런 소리를 들으니 숨이 끊어지는 것 같았다. 오랫동안 어떻게 해야 할지 갈피를 잡을 수 없었다. 나는 종일 거리에서 오락가락하다가 밤이 되자 런던에서 어떻게 하면 싸게 유숙할 수 있는지를 전혀 몰라 '가족용' 할인 호텔로 갔다. 그런데 방값이 7실링 6펜스나 됐다. 그걸 치르고 나니 수중에는 10실링 2펜스가 남았다.

아침까지 계획을 세워보았다. 조만간 B한테 가서 돈을 더 구해야겠지만 아직은 그것이 온당한 일 같지 않았다. 그동안은 쪼들리는 대로 지내야 할 판국이었다. 과거의 경험으로 보아 가장 좋은 외출복을 전당포에 잡히고 싶지는 않았다. 나는 두번째로 좋은 양복을 제외한 모든 짐을 역에 있는 물품 보관소에 맡기기로 했다. 양복을 싸구려 옷가지로 바꾸면 아마 1파운드쯤은 받을 수 있을 터였다. 30실링으로 한 달을 버티려면 너절한 옷을 입어야 했다. 사실 옷은 남루할수록 좋았다. 30실링으로 한 달이나 버티는 게 가능한지는 알 수 없었다. 런던을 파리보다 잘 모르기 때문에 어쩌면 구걸을 할 수도 있겠고 구두끈을 팔아야 할 수도 있을 것이었다. 2천 파운드를 바지에다 꿰매고 구걸하는 거지에 관한 기사를 일요신문에서 읽은 기억이 났다. 어찌 되었든 런던에서는 굶어 죽는 일은 절대로 없을 것이다. 그러니 걱정할 필요는 전혀 없었다.

나는 옷을 팔기 위해 램버스로 갔다. 가난한 사람들이 기거하고 헌 옷집이 많은 곳이었다. 처음 들어간 가게의 주인은 상냥했지만 도움은 되지 못했다. 두번째 가게는 무례했다. 세번째 가게 주인은 귀가 잘 들리지 않았거나 그런 체했다. 네번째 가게 점원은 체구가 큰 금발의 청년이었는데 온몸이 햄 조각처럼 분홍색이었다. 그는 내가 입은 옷을 보고는 보잘것없다는 듯이 손가락으로 만지작거렸다.

"별론데요." 그가 말했다. "질이 나빠요." (사실 그 옷은 꽤 고급품이었다.) "얼마나 원하죠?"

나는 조금 낡은 옷 한 벌과 될 수 있는 대로 많은 돈이 필요하다고 설명했다. 그는 잠시 생각하더니 너절한 누더기 몇 가지를 모아 카운터 위에 아무렇게나 던졌다. "돈은요?" 나는 1파운드 정도를 기대하면서 물었다. 그는 입술을 씰룩거리더니 1실링을 꺼내 옷 옆에 놓았다. 왈가왈부하지 않았다. 사실은 따지려고 했지만 내가 입을 열자 그는 내놓았던 1실링을 도로 집어넣으려는 듯 팔을 내밀었다. 속수무책이었다. 그는 가게 안쪽 조그마한 방에서 옷을 갈아입도록 해주었다.

옷은 새것일 때 짙은 갈색이었던 윗옷, 검정 무명으로 만든 바지, 스카프, 그리고 천으로 만든 모자였다. 셔츠와 양말과 구두는 내가 입고 있던 것이고, 주머니에는 빗 한 자루와 면도칼이 들어 있었다. 그런 옷을 입고 있자니 기분이 아주 이상했다. 전에도 형편없는 옷을 입어보긴 했지만 이따위는 아니었다. 누추하고 보잘것없을 뿐만 아니라—어떻게 표현해야 할까?—단순히 초라한 것과는 전혀 다른 의미로 멋대가리 없고 고루한 옷이었다. 이런 건 구두끈 장수나 떠돌이 일꾼들이 입는 옷이었다. 한 시간 후, 램버스에서 분명히 떠돌이 거지처럼 보이는 자가 나를 향해 걸어오는 것이 보였다. 다시 보니 가게 유리에 비친 내 모습이었다. 벌써 먼지가 내 얼굴에 고루 붙어 있었다. 먼지란 놈은 사람을 썩 잘 알아본다. 옷을 잘 입고 있으면 그냥 내버려두지만 옷깃이 없어졌다 싶으면 즉시 사방에서 날아오게 마련이었다.

나는 밤이 이슥하도록 줄곧 거리에서 서성거렸다. 그런 허름한 옷을 입고 있자니 경찰이 나를 부랑자로 체포하지나 않을까 두려웠다. 내 억양과 옷차림이 어울리지 않는 걸 누가 눈치라도 챌까봐 아무에게도 말을 걸 용기가 나지 않았다(나중에야 그런 일은 결코 일어나지 않는다는 사실을 알았다). 내가 입은 옷은 나를 곧장 새로운 세계로 인도했다. 모든 사람의 행동이 갑자기 돌변한 것 같았다. 나는 엎어진 손수레를 일으켜 세우는 행상인을 도와주었다. "고맙소, 형씨" 하면서 그는 히죽이 웃었다. 그때까지 나를 형씨라고 부른 사람은 아무도 없었다. 옷 때문에 이런 소리를 듣게 된 것이다. 또 처음으로 남자의 옷차림에 따라 여자의 태도가 어떻게 달라지는지도 알았다. 누추한 옷을 입은 남자가 지나가면 그네들은 마치 고양이 시체라도 본 듯이 노골적으로 역겹다는 몸짓으로 몸을 움츠려 달아났다. 옷이란 강력한 힘을 가지고 있다. 적어도 떠돌이 복장을 한 첫날에는 진정 영락했다는 느낌을 떨쳐버리기가 참으로 어려운 것이다. 비합리적이긴 하나 감옥에 들어간 첫날밤에도 아마 이런 수치감을 느끼지 않을까 싶다.

열한 시가 되자 나는 잠자리를 찾기 시작했다. 도스 하우스*에 관해 읽은 기억이 났다(어쨌든 모두들 이렇게 부르지는 않았다). 나는 4펜스 정도면 그곳에서 잠자리를 얻을 수 있으리라고 생각했다. 워털루 거리 연석 위에 막노동꾼이거나 그런 종류의 일을 하는 것처럼 보이는 사람이 서 있었다. 나는 걸음을 멈추고 그에게 물어보았다. 완전히 무일푼이라 가장 값싼 잠자리를 찾는 중이라고 말했다.

"아," 그가 입을 열었다. "길 건너편에 '독신자 합숙소'라는 간판이 붙은 집으로 가보시오. 아주 괜찮은 잠자리이지, 정말이오. 나도 이따금 가는걸요. 싸고 깨끗하다는 생각이 들 거요."

높고 황량해 보이는 집이었다. 창마다 희미한 불빛이 새어나왔는데 어떤 창은 갈색 종이로 막혀 있었다. 석조 현관으로 들어서자 지하실로 통하는 문에서 다소 창백한 소년이 졸린 눈을 하고 나왔다. 지하실에서 중얼거리는 소리가 들렸고, 후끈한 공기와 함께 치즈 냄새가 풍겨 나왔다. 소년은 하품을 하면서 손을 내밀었다.

"잠자리요? 1실링 주세요, 나리."

1실링을 치르자 소년은 불빛도 없는 삐걱거리는 계단으로 해서 나를 침실로 이끌었다. 들쩍지근한 진통제 냄새와 더러운 아마포에서 나는 역겨운 악취가 코를 찔렀다. 창문은 꽉 닫혀 있는 듯 처음에는 거의 숨이 막힐 것 같았다. 양초 한 자루가 켜져 있었다. 가로세로 열다섯 자에 높이가 여덟 자인 방에 침대 여덟 개가 놓여 있었다. 이미 여섯 명의 숙박인이 잠자리에 들어 있었다. 벗은 옷가지에 장화까지 침대 위에 올려놓아서 괴상한 덩어리 모양을 하고 있었다. 한구석에 자리 잡은 누군가가 아주 고약한 기침을 해댔다.

---

* 싸구려 숙박업소를 뜻하는 속어.

잠자리에 드니 판자처럼 딱딱한 침대에 베개는 나무토막이나 다름 없는 딱딱한 원통이었다. 침대 길이는 180센티미터도 안 되고 엄청나게 좁아 테이블 위에서 자는 것만 못했다. 또 매트리스 한가운데가 불룩해서 떨어지지 않으려면 붙들고 있어야 할 형편이었다. 시트는 끔찍하게 지독한 냄새 때문에 코 가까이로 끌어올릴 수도 없었다. 침구라고는 시트와 무명 침대보뿐이어서 통풍이 안 되는 방인데도 따뜻하지가 않았다. 밤새도록 잡다한 소리가 그치지를 않았다. 왼쪽에 누운 남자는―뱃사람으로 추측되는―어림잡아 한 시간에 한 번씩은 잠에서 깨어 상스러운 욕질을 하면서 담배에 불을 붙였다. 또 한 사람은 방광염 환자인지 하룻밤에 대여섯 번이나 일어나 요란스럽게 요강을 썼다. 구석에 누운 사람은 20분마다 한 번씩 기침 발작을 일으켰다. 그 간격이 어찌나 규칙적인지, 개가 달을 보고 짖을 때 다음에는 언제 짖을까 귀 기울이듯 그의 기침 소리를 기다리게 되었다. 그 소리는 말할 수 없을 정도로 불쾌했다. 마치 오장육부가 뒤틀려 끓어오르듯 고약하게 그르렁거리며 구역질을 했다. 한번은 그가 성냥을 켜기에 보니 시체처럼 희끄무레하고 수척한 얼굴의 아주 늙은 노인이었다. 그는 바지를 나이트캡처럼 머리에 싸매고 있었다. 무슨 까닭인지 몰라도 그 모습이 너무 역겨웠다. 노인이 기침을 하거나 누군가가 상소리 잠꼬대를 할 때마다 다른 침대에서 잠에 취한 목소리가 외쳐대곤 했다.

"닥쳐! 아아, 젠장, 제발 닥치라고!"

나는 다 합쳐서 한 시간가량 잤다. 아침에 어떤 커다란 갈색 물체가 나를 향해 다가오는 느낌이 어슴푸레 들어 잠에서 깼다. 눈을 떠보니 침대 밖으로 튀어나온 뱃사람의 발 하나가 내 얼굴 가까이에 있었다. 때에 절어 마치 시커먼 인도 사람 발 같았다. 사방 벽은 문둥병에 걸린 듯했고, 시트는 빤 지 3주일쯤 됐는지 거의 갈색 안료 빛깔이었다. 나는 일어나서 옷을 걸치고 아래층으로 내려갔다. 지하실에는 세숫대야가 한 줄로 놓여 있었고, 미끈미끈한 두루마리 수건이 두 개 걸려 있었다. 나는 주머니에 있던 비눗조각으로 세수를 하려고 했다. 그때 대야마다 줄무늬로 끼어 있는 때를 발견했다. 구두약처럼 시커먼 데다 걸쭉하니 찐득찐득한 때였다. 나는 세수를 하지 않고 그냥 나왔다. 그 숙소는 싸고 깨끗하다는 말과는 거리가 멀었다. 그러나 나중에 안 일이지만 그 집은 제법 모범적인 간이숙소였다.

나는 템스 강을 건너 동쪽으로 꽤 걸어갔다. 그리고 마침내 타워힐에 있는 한 커피숍으로 들어갔다. 다른 곳과 마찬가지로 런던에서 흔히 볼 수 있는 커피숍이었다. 그러나 파리를 거친 다음이라 그런지 이상하게 서먹서먹했다. 좁고 답답한 실내에는 1840년대 유행하던 등받이 높은 의자가 놓였고, 거울에는 비눗조각으로 오늘의 메뉴가 적혀 있었다. 그리고 열네 살짜리 소녀가 음식을 날랐다. 공사장 인부들이 신문지 꾸러미에 싼 음식을 먹으면서 잔받침 없는 커다란 머그잔에다 차를 마시고 있었다. 잔이 큼직한 사기 물병 같았다. 한쪽 구석에서는 유대인이 접시에 코를 처박고 혼자 게걸스럽게 베이컨을 먹고 있었다.

"홍차하고 빵이랑 버터 좀 주시겠어요?" 나는 소녀에게 말을 건넸다.

그녀는 나를 빤히 바라보더니 "버터는 없고요, 마가린뿐인데요."

하고 놀라면서 말했다. 그리고 파리 같았으면 '와인 한 잔'이라고 할 것을 런던식으로 '곱빼기 차에 빵 두 쪽!'이라고 주문했다.

내가 앉은 의자 옆 벽에는 '설탕 가져가지 마시오'라는 게시문이 붙어 있었다. 그리고 그 밑에 어떤 시적인 손님이 이렇게 적어놓았다.

설탕을 가져가는 사람이 있으면
그는 불릴 것이니, 더러운 ××

누군가가 애써 마지막 단어를 지운 흔적을 볼 수 있었다. 이것이 영국이었다. 홍차와 빵 두 쪽 값이 3펜스 반이어서, 이제 나한테 남은 돈은 8실링 2펜스였다.

25

 8실링이 사흘 낮 나흘 밤을 버티게 해줬다. 워털루 거리에서는 좋은 경험을 하지 못했기에* 동쪽으로 이동해서 페니필즈의 간이숙소에서 다음 날 밤을 보냈다. 런던에 수십 군데나 있는 다른 숙소와 별다를 바 없는 전형적인 간이숙소였다. 50명에서 100명까지 수용할 수 있는 시설이었고, '대리인'이 관리하고 있었다. 대리인은 건물 소유주를 대신하는 사람인데, 간이숙소는 이익이 많이 나는 사업이어서 부자들이 소유하고 있었다. 한 방에 열다섯 명에서 스무 명이 함께 잤다. 침대는 역시나 차갑고 딱딱했다. 그래도 시트가 세탁한 지 일주일이 지난 건 아니어서 그나마 괜찮았다. 숙박료는 9펜스 혹은 1실링이었

---

* 빈대가 북런던보다 남런던에서 더 많이 들끓는 것은 기이하나 잘 알려진 사실이다. 이유는 빈대 녀석들이 템스 강을 건너지 않으려 하기 때문이다(원주).

다(1실링짜리 숙소는 침대 사이 거리가 120센티미터가 아닌 180센티미터였다). 저녁 일곱 시까지 돈을 내야 했고 그렇지 않으면 쫓겨났다.

아래층에는 모든 숙박인이 공동으로 사용하는 주방이 있었다. 그리고 무료로 쓸 수 있는 불과 요리 냄비, 차 끓이는 그릇, 빵 굽는 포크 등이 준비되어 있었다. 두 군데 벽돌 아궁이가 있었는데 밤낮을 가리지 않고 일 년 내내 계속 타고 있었다. 불을 보살피고 주방을 청소하고 잠자리를 정돈하는 일은 숙박인들이 번갈아 했다. 노르만족처럼 보이는 스티브라는 잘생긴 부두 인부가 숙박인 중의 연장자로서 '대표'로 불렸다. 그는 싸움이 나면 중재자 역할도 하고 무보수로 경비원 노릇도 하고 있었다.

나는 그 주방이 마음에 들었다. 지하 깊은 곳에 있는 천장이 낮은 지하실이었는데, 무척이나 더웠고 코크스 가스 때문에 졸음이 왔다. 빛이라고는 아궁이 불에서 나오는 것뿐이었는데, 그 불이 구석에 검은 벨벳 같은 그림자를 던지고 있었다. 천장에 맨 줄에는 넝마처럼 너덜거리는 빨래가 걸려 있었다. 많은 부두 인부들이 붉은 불빛을 받으며 요리 냄비를 들고 불 주위를 왔다갔다했다. 그들 중에는 옷을 빨아 널어놓고 마르기를 기다리는 벌거숭이도 있었다. 밤이면 그들은 카드놀이도 하고 노래도 불렀다. 〈어버이 사랑도 못 받은 자식이랍니다〉가 가장 애창되는 노래였다. 그리고 난파선에 대해 노래하는 유행가도 인기가 있었다. 이따금 밤늦게 값싸게 산 고둥을 한 통 들고 들어와서 나누어주는 사람도 있었다. 식사는 공동으로 분배해서 먹었다. 실직한 사람도 먹는 것이 가능했는데, 창백하고 늙고 꼬부라져 분명히 죽어가는 것처럼 보이는 이에게는 다른 사람들이 규칙적으로 먹을 것을 가져다주었다. 그는 '의사한테 가서 세 번이나 째고 온 구멍 난 브라운'이라고 불렀다.

숙박인 중에 두세 명은 노령연금을 받았다. 그들을 만날 때까지 나는 영국에 일주일에 10실링의 노령연금만으로 살아가는 사람이 있다는 걸 전혀 몰랐다. 늙은이들 중에는 다른 수입원이 있는 사람이 한 명도 없었다. 그중 한 노인이 수다스러운 편이기에 어떻게 살아가느냐고 물어보았다. 그는 이렇게 말했다.

"글쎄, 숙박비가 하루에 9펜스니까 일주일이면 5실링 3펜스란 말이야.* 거기다 토요일에 면도하는 데 3펜스······ 합해서 5실링 6펜스이고. 그다음에 한 달에 한 번 6펜스 주고 이발을 하니까······ 그러니까 일주일에 1페니 반이 드는 꼴이지. 그러니 먹을 거랑 담뱃값으로 4실링 4펜스 정도를 쓸 수 있네."

그는 그 밖에 다른 비용은 상상도 못했다. 먹는 것이라곤 마가린 바른 빵과 차―주말에는 맨빵에 우유를 넣지 않은 차―가 전부였다. 아마도 옷은 자선단체에서 주는 모양이었다. 그는 음식보다는 잠자리와 불을 중요하게 여기면서 만족해하는 것 같았다. 그러나 일주일에 10실링의 수입으로 면도하는 데 돈을 쓴다는 사실은 내게 경외감을 불러일으켰다.

나는 하루 종일 거리를 배회했는데 동쪽으로는 워핑까지, 서쪽으로는 화이트채플까지 갔다. 파리에 다녀온 뒤로는 모든 것이 너무나 깨끗하고 조용하고 쓸쓸해 보였다. 전차의 시끄러운 굉음이라든가 뒷골

---

* 1실링은 12펜스.

목의 소란스럽고 지저분한 생활, 광장을 뒤흔들며 지나가는 군인, 이런 것들이 없어 그리운 마음이 들었다. 군중들은 옷도 말끔히 더 잘 입었고 얌전한 얼굴에 온순한 것이 다 비슷비슷해 보였다. 이들에게는 프랑스인들의 격렬한 개성이나 악의 같은 것이 없었다. 술주정도 덜 부리고 먼지도 덜 났으며 싸움도 덜 했고, 아주 한가로워 보였다. 사람들은 길모퉁이마다 한 떼씩 모여 있었다. 런던내기들은 약간은 영양부족으로 보였지만 두 시간마다 빵 두 조각과 차로 견뎌냈다. 그들은 파리보다 열기가 덜한 공기를 마시는 것 같았다. 파리가 술집과 노동착취 공장의 땅이라면 런던은 찻주전자와 직업소개소의 땅이었다.

사람들을 살펴보는 일은 흥미로웠다. 런던 동부의 여자들은 아름다웠다(혼혈이라 그런지도 모르지만). 라임하우스 지역에는 동양 사람들—중국인, 치타공*의 수부들, 비단 스카프를 파는 드라비다인, 심지어는 어떻게 굴러들어왔는지 알 수 없는 시크교도도 몇몇 눈에 띄었다—이 우글거렸다. 거리 곳곳에서 노상 집회가 열렸다. 화이트채플에서는 '노래하는 복음 전도사'라 불리는 어떤 자가 6펜스를 내면 영혼을 구원해주겠다고 장담하고 다녔다. 이스트인디아의 도크 거리에서는 구세군이 예배를 드렸다. 그들은 〈술 취한 선원을 어떻게 할까?〉라는 곡조에 맞춰서 〈이곳에서 누가 교활한 유다를 닮았는가?〉라는 노래를 불렀다. 타워힐에서는 모르몬교도 두 명이 모인 사람들에게 설교를 하려고 애쓰고 있었다. 연단 주위에서는 사람들이 엎치락뒤치락하면서 소리를 지르고 방해했다. 누군가가 그들을 일부다처주

---

* 방글라데시 남동부의 항만 도시.

의자라고 비난하고 있었다. 무신론자임에 분명한 한 절름발이 털보가 하느님이라는 단어를 듣자 화가 치미는지 야유를 퍼부었다. 그리고 혼란스러운 웅성거림이 일었다.

"친애하는 여러분, 만약 우리가 하려는 말을 끝마치게만 해주신다면……! 옳소, 말하게 둡시다. 따지지들 마쇼! ……아니, 아니오, 내 말에 대답하시오. 당신이 그래, 하느님을 보여줄 수 있소? 보여주시오. 그럼 나도 믿지요…… 어이, 닥치지 못해, 방해하지 말라고! …… 너나 아가리 닥쳐! ……일부다처주의자! ……글쎄, 일부다처주의에 대해선 할 말이 많습니다…… 좌우간 여자들은 일자리에서 끌어내라고. ……친애하는 여러분, 꼭 이 말만은…… 안 돼, 안 돼, 슬쩍 넘어가려 하지 마. 당신은 하느님을 보았소? 만져봤어? 악수라도 해봤나? ……어이, 따지고 들지 마, 제발 좀 따지지 말라고!" 등등. 나는 모르몬교에 관해 무엇인가 알고 싶은 생각이 간절해서 20분 동안이나 귀를 기울였다. 그러나 이 집회는 떠드는 소리를 넘어서지 못했다. 노상 집회의 운명은 대개 이런 것이었다.

미들섹스 가의 장터 군중 속에서 누추하고 가난에 쪼들린 어떤 여자가 다섯 살 난 꼬마 녀석의 팔을 잡아끌고 있었다. 여자는 아이의 얼굴에 대고 주석 나팔을 휘둘렀다. 아이가 큰 소리로 울었다.

"가지고 놀란 말이야!" 어머니가 소리를 질렀다. "내가 왜 널 여기까지 데려와서 나팔을 사줬는지 생각해봐. 엉덩이 맞고 싶어? 이 못된 녀석, 이거 가지고 놀라고!"

나팔 끝에서 침이 몇 방울 떨어졌다. 어머니와 꼬마 녀석은 둘 다 소리를 지르며 사라졌다. 파리에서는 못 보던 정경이라 몹시 희한했다.

페니필즈 간이숙소에서 보낸 마지막 날 밤에 숙박인 둘 사이에 싸움이 벌어졌다. 추잡스러운 광경이었다. 일흔 살가량 된 연금 생활자 노인이 허리까지 발가벗고는(빨래를 하던 중이었다), 아궁이를 등지고 서 있는 작은 키에 건장한 부두 인부를 심하게 비난하고 있었다. 불빛에 비친 노인의 얼굴은 비애와 분노에 차서 울다시피 하고 있었다. 분명 심각한 일이 벌어진 것이었다.

늙은 연금 생활자 "이놈!"

부두 인부 "입 닥쳐, 이 늙은이, 뜨거운 맛 보기 전에!"

늙은 연금 생활자 "해볼 테면 해봐, 이놈아! 너보다 서른 살이나 더 먹었어도 네놈 하나 오줌통에 처박는 건 문제도 안 돼!"

부두 인부 "아하, 그럼 난 당신을 박살내주지, 이 늙은이!"

이렇게 5분 동안이나 계속되었다. 삥 둘러앉은 숙박인들은 언짢은 기분에 싸움을 무시하려 들었다. 부두 인부는 골이 난 듯 시무룩했지만 늙은이는 점점 더 화를 내고 있었다. 그는 상대에게 돌진해 오륙 센티미터 거리에서 얼굴을 디밀고 담장 위의 고양이처럼 소리를 지르며 침을 뱉었다. 그리고 용기를 내 상대를 한 대 갈기려 했지만 완벽히 성공하지는 못했다. 마침내 노인은 분통을 터뜨렸다.

"이, 네놈이 바로, 이 새끼! 네 더러운 아가리로 그거나 물고 빨아라, 이놈! 네놈을 상대하기 전에 박살을 내놔야지. 이 갈보 새끼야, 빌어먹을 갈보, 그거나 빨아! 이 새끼, 이 새끼, 이 새끼, 이 깜둥이 사생아야!"

이 대목에 이르러 노인은 갑자기 털썩 주저앉아 두 손으로 얼굴을 감싸더니 울기 시작했다. 주변 분위기가 자기에게 불리한 것을 알고 부두 인부는 밖으로 나가버렸다.

그 후에 나는 스티브가 싸움의 발단을 설명하는 것을 들었다. 사건은 1실링어치의 음식 때문에 일어난 듯했다. 어찌 된 셈인지 노인은 모아두었던 빵과 마가린을 다 잃어버렸다. 그래서 남들이 가엽게 여겨 주는 음식 말고는 사흘 동안 먹을 것이 없었다. 그런데 일자리도 있는 데다 잘 먹는 부두 인부가 노인을 놀려댔고, 그렇게 싸움이 난 것이다.

돈이 1실링 4펜스로 줄었을 때 나는 보(Bow)에 있는 숙박소에서 하룻밤을 지냈다. 방세는 단돈 8펜스였다. 좁은 골목길을 지나 깊숙하고 숨이 막힐 듯한 1제곱미터 정도 되는 지하실로 내려갔다. 대부분 잡역부로 보이는 열 사람이 벽난로의 이글거리는 불빛을 받으며 앉아 있었다. 자정쯤 되었는데도 얼굴빛이 하얀, 다섯 살 난 대리인의 말썽꾸러기 아들 녀석이 인부들 무릎에서 놀고 있었다. 한 늙은 아일랜드인이 조그만 새장에 있는 눈먼 피리새에게 휘파람을 불어주었다. 다른 명금(鳴禽)들도 있었는데, 평생을 지하에서 살아온 가냘프게 시든 새들이었다. 숙박인들은 마당을 지나 변소까지 가기가 싫어서 벽난로에다 소변을 보는 것이 습관이 되어 있었다. 식탁에 앉았을 때는 무엇인가가 발밑에서 움직이는 느낌이 들었고, 내려다보니 검은 것들이 한 줄로 늘어서서 바닥을 천천히 가로지르고 있었다. 바퀴벌레였다.

공동 침실에는 침대가 여섯 개 있었다. 시트에는 큰 글씨로 '××번가에서 훔쳐오다'라고 쓰여 있었고 역겨운 냄새가 진동했다. 옆 침대에는 아주 늙은 거리 화가 노인이 누워 있었다. 그는 등뼈가 괴상한 모양으로 심하게 구부러져서 침대 밖으로 튀어나와 있었는데, 그 등이 내 얼굴 한두 발짝 앞에 있었다. 아무것도 걸치지 않은 등에는 대리석판처럼 이상한 소용돌이 모양으로 때가 껴 있었다. 밤사이 술 취한 사람이 들어와 내 침대 옆 바닥에다 게워놓았다. 빈대도 있었는데, 파리에서처럼 심하지는 않았으나 잠을 못 이루게 하기에는 충분했다. 여기는 불결한 곳이었다. 그래도 대리인과 그의 아내는 친절한 사람들이어서 차를 달라면 밤낮을 가리지 않고 아무 때라도 끓여주었다.

26

 아침에 늘 마시던 차와 빵 두 조각 값을 치르고 담배 15그램을 사니 반 페니가 남았다. 그래도 친구 B에게는 돈을 빌리고 싶지 않았기에 부랑자 구호소를 찾아볼 도리밖에 없었다. 어떤 방도를 취해야 할지 뾰족한 생각이 떠오르지 않았다. 롬턴에 부랑자 구호소가 있다는 것을 알고 걷기 시작했는데 오후 서너 시경에야 도착했다. 확실히 떠돌이 같아 보이는 늙어 꼬부라진 아일랜드인이 롬턴 시장터의 돼지우리에 비스듬히 기대 서 있었다. 나는 그에게 다가가 옆에 섰다. 그러고는 바로 담배쌈지를 내밀었다. 그가 쌈지를 열더니 놀란 표정으로 담배를 응시했다.
 "세상에나." 그가 감탄했다. "이렇게 좋은 담배면 6펜스는 나가겠는데! 도대체 어디서 났소? 이런 생활 한 지 얼마 안 됐나보군."

"아니, 부랑자들은 담배가 없나요?" 내가 물었다.

"아아, 있지. 보구려."

그는 한때 가공한 쇠고기가 담겼던 녹슨 담뱃갑을 내밀었다. 안에는 길바닥에서 주운 궐련 꽁초 이삼십 개가 들어 있었다. 그는 꽁초 외에는 거의 못 피운다고 했다. 덧붙여서 잘만하면 런던 길바닥에서 하루 60그램의 담배꽁초를 주워 모을 수 있다고 말했다.

"스파이크('부랑자 구호소'의 속어이다)에서 자고 나왔소?" 그가 물었다.

나는 그렇다고 대답했다. 그래야 동료 부랑자로 받아줄 것 같았다. 그러고서 나는 롬턴의 스파이크는 어떠냐고 물었다.

"글쎄, 거기는 코코아 스파이크지. 차 스파이크도 있고, 코코아 스파이크, 스킬리 스파이크도 있지. 롬턴에서는 스킬리는 안 주니까 다행이야. ……적어도 내가 요전번에 갔을 때까지는 안 줬다오. 그 후로는 요크로 올라가서 웨일스로 돌았단 말이지."

"스킬리가 뭔가요?" 내가 물었다.

"스킬리? 바닥에 빌어먹을 오트밀이 눈곱만큼 깔린 뜨거운 물 한 양재기를 말하오. 그게 스킬리라는 거지. 스킬리를 주는 스파이크가 언제나 제일 못한 곳이라오."

우리는 한두 시간 이야기를 나누었다. 이 아일랜드 노인은 다정했지만 몸에서 풍기는 냄새는 몹시 고약했다. 하지만 그가 얼마나 많은 병으로 고통 받는지 알게 되자 불쾌한 냄새는 그리 놀랄 일도 아니었다. 아마 머리끝에서 발끝까지 병이 있는 모양이었다(그는 자신의 증상을 상세히 설명했다). 정수리는 홀딱 까져 대머리였으며 습진이 심했다. 눈은 근시인데 안경이 없었다. 목은 만성 기관지염에 시달렸고 등에는 진찰을 받지 못해 알 수 없는 통증이 있었으며, 소화불량에 요도염, 정맥류까지 겹친 상태였다. 또 엄지발가락 안쪽에는 염증이 있었고 평발이었다. 이런 병의 집합체인 몸을 끌고서 15년 동안 거리를 헤맸던 것이다.

다섯 시경에 그가 입을 열었다. "차 한 잔 하겠소? 스파이크는 여섯 시까지는 안 여니까."

"마시고 싶네요."

"좋아, 차 한 잔이랑 과자빵 하나를 무료로 주는 곳이 있소. 차 맛도 괜찮지. 주고 나서 염병할 기도를 시키긴 해도 말이오. 하지만 어때! 그래야 시간이 잘 가지. 같이 갑시다."

그는 앞장서서 옆 골목에 있는 함석을 얹은 조그마한 창고로 나를 데려갔다. 그곳은 시골 크리켓 경기장의 관람석 같았다. 스물다섯 명 정도의 떠돌이들이 기다리고 있었다. 그들 중 몇몇은 떠돌이 생활에 이골이 난 더럽고 늙은 부랑자들이었다. 하지만 대부분은 북쪽에서 온 점잖게 보이는 청년들로, 광부나 방직공 일을 하다가 실직한 자들 같았다. 곧 문이 열렸고, 파란색 비단 드레스를 입고 금테 안경을 낀 여자가 목에 십자가를 매달고 우리를 맞았다. 내부에는 삼사십 개의 딱딱한 의자와 리드 오르간 한 대, 십자가에 못 박힌 예수의 석판화 한 장이 걸려 있었다.

우리는 어색하게 모자를 벗고 자리에 앉았다. 여자가 우리에게 차를 가져다주었다. 우리가 먹고 마시는 동안 그녀는 왔다갔다하면서 상냥하게 말을 건넸다. 그녀는 종교를 화제로 삼았다. 내용인즉슨 예수 그리스도는 언제나 우리 같은 가난하고 비천한 사람들 때문에 마음 아파하셨고, 교회에 있으면 시간이 어찌나 빨리 가는지 모를 정도이며, 거리에서 사는 사람도 규칙적으로 기도를 드리면 사람이 사뭇 달라진다는 등등이었다. 우리는 그런 이야기가 싫었다. 우리는 벽에 기대앉아 모자를 만지작거렸다(떠돌이들은 모자를 벗으면 자신의 추잡함이 드러났다고 느낀다). 그리고 그 여자가 말을 걸면 얼굴을 붉히면서 뭐라고 입속으로 중얼거렸다. 그녀의 이런 행동이 친절함에서 나오는 것이라는 데는 의심의 여지가 없었다. 그녀는 과자빵 접시를 들고 북부 지방에서 온 청년들 앞에 와서 이렇게 물었다.

"그런데 젊은이는 하늘에 계신 하느님 아버지 앞에 무릎 꿇고 기도 드린 지가 얼마나 되었나요?"

가엾은 청년은 한마디 대꾸도 하지 못했다. 그때 그의 배가 대신 대답했다. 먹을 것을 보자 창피하게도 배에서 쪼르륵 소리가 났던 것이다. 그 후로 청년은 너무나 수치스러워서 과자빵을 제대로 먹지도 못했다. 겨우 한 사람만 그녀의 방식대로 대답을 했는데, 기운이 넘치고 코가 붉은 것이 꼭 술주정 때문에 강등당한 하사관처럼 보였다. 그는 뻔뻔하게 '친애하는 하느님 아버지'라는 말을 할 수 있었다. 틀림없이 감옥에서 그런 요령을 배웠을 것이다.

차 마시는 시간이 끝났다. 떠돌이들이 곁눈질로 살그머니 서로 눈치를 보았다. 말로 표현할 수 없는 생각이 이 사람 저 사람에게 전해졌다. 혹시 기도가 시작되기 전에 이곳에서 빠져나갈 수 없을까 하는 생각 말이다. 누군가가 의자에 앉아 몸을 꾸무럭거리고 있었다. 실제로 일어나지는 않았지만 문 쪽을 힐끔 보는 것이 마치 나가려는 생각

을 드러내는 듯했다. 그러자 여자가 시선을 던져 그의 마음을 진정시
켰다. 그리고 전보다도 더 상냥한 음성으로 말했다.
"꼭 지금 떠날 필요는 없다고 생각해요. 부랑자 구호소는 여섯 시
까지는 열리지 않아요. 그러니 우리에겐 무릎을 꿇고 하느님 아버지
께 몇 마디 기도를 드릴 시간이 있어요. 기도를 올리고 나면 기분이
훨씬 좋아지리라고 생각해요, 그렇죠?"
붉은 코 사나이가 아주 협조적이었다. 그는 오르간을 제자리에 끌
어다놓고 기도서를 나눠주었다. 기도서를 줄 때 그는 여자에게서 등
을 돌리고 있었다. 그러고는 책을 카드 다루듯 하면서 농담조로 한 사
람 한 사람 귀에다 대고 이렇게 속삭였다. "여기 있소, 형씨. 젠장, 장
군패군! 에이스 넷에다 킹 하나!" 등등.
모자를 벗은 채 우리는 더러운 찻잔 사이에 무릎을 꿇었다. 그런 다
음 우리는 해야 할 일은 안 했고, 해서는 안 될 일은 했으며, 건강을
유지할 힘이 없다고 중얼거리기 시작했다. 여자는 무척 열을 올려 기
도를 드렸다. 하지만 눈동자는 쉴 새 없이 돌면서 우리가 기도를 올리
고 있는지 확인했다. 그녀의 눈길만 닿지 않으면 우리는 씽긋 웃고 서
로 눈짓을 하며 음탕한 농담을 주고받았다. 그저 관심이 없다는 사실
만 표하려고 그런 것이었다. 하지만 약간 양심에 가책이 되기는 했다.
붉은 코 사나이 외에는 누구도 자기가 받은 감동을 중얼거림 이상으
로 표현할 만큼 침착한 사람이 없었다. 우리 모두는 노래를 부르면서
더 나아졌다. 떠돌이 늙은이 한 사람만 〈앞으로 나아가라, 십자가의
군병이여〉라는 노래 말고는 아는 곡조가 없어 이따금 그것을 되풀이
하며 화음을 깨뜨렸다.

기도는 30분이나 계속되었다. 문간에서 악수를 나눈 다음에야 우리는 간신히 그곳을 벗어났다. "아이고." 들리지 않을 만한 곳에 이르자 누군가가 입을 열었다. "고역이 끝났네. 빌어먹을 기도가 절대 안 끝나는 줄 알았어."

"빵을 얻어먹었으니 값을 치러야지." 다른 사람이 받았다.

"기도를 올려야 해, 알겠나? 어허, 세상에 공짜는 없는 거야. 무릎을 안 꿇는데 2페니짜리 차 한 잔이라도 줄 턱이 있는가? 암, 꿇어야지."

이 말에 동조하는 웅성거림이 일었다. 부랑자들은 차를 얻어 마신 데 대해 감사하지 않는 것이 분명했다. 그러나 그 차는 맛이 각별했다. 질 좋은 보르도 포도주가 식민지의 클라레*라고 불리는 하잘것없는 포도주와 다르듯, 그 차는 커피숍에서 파는 차와는 급이 달랐다. 그래서 우리 모두는 그 점에서 만족했다. 그리고 나는 그녀가 우리를 모독하려는 의도는 조금도 없이 선한 마음으로 다과를 주는 것이라고 확신했다. 그러니까 당연히 우리는 감사해야 했다. 그런데도 우리는 감사하지 않았다.

---

* '보르도'의 영어 이름.

27

여섯 시 십오 분 전쯤에 아일랜드 노인이 나를 부랑자 구호소로 안내했다. 우중충하고 그을린 누런색 벽돌집이 구빈원 마당 한구석에 서 있었다. 작은 철창문이 줄지어 있었고, 담은 높은 데다 철문으로 거리와 격리되어서 꼭 감옥처럼 보였다. 이미 누더기를 입은 긴 행렬이 문이 열리기를 기다리고 있었다. 신분과 나이는 각양각색이었다. 가장 어린 사람은 생기 있는 얼굴의 열여섯 살 소년이었고, 가장 늙은 사람은 등이 꼬부라지고 이가 하나도 안 남아 있는 일흔다섯 먹은 미라 같은 노인이었다. 몇몇은 확실히 떠돌이 거지였다. 이들은 지팡이나 주전자, 그리고 때로 얼룩진 얼굴로 식별이 가능했다. 몇몇은 실직한 공장 노동자였고, 또 몇몇은 농촌 일꾼이었으며, 한 사람은 옷깃에 넥타이를 맨 회사원이었고, 두 명은 분명 바보천치였다. 이곳에 떼거리로 모여 빈둥거리는 모습을 보니 실로 볼썽사나운 군상이었다. 악의에 차고 위험천만한 존재 같지는 않았지만 볼품없고 너절한 패거리였다. 거의 모두가 누더기를 걸쳤고 눈에 띄게 부실한 몰골들이었다. 그럼에도 그들은 다정했고 아무런 질문도 하지 않았다. 여러 사람이 내게 궐련, 그러니까 꽁초를 내밀었다.

우리는 벽에 기대어 담배를 피웠다. 떠돌이들은 최근에 묵었던 부랑자 구호소 이야기를 시작했다. 그들의 이야기를 들어보면 부랑자 구호소마다 차이가 있고, 제각기 독특한 장단점이 있는 것 같았다. 그래서 일단 거리를 헤매는 처지가 되면 이것을 파악해두는 것이 중요했다. 이 방면의 전문가는 영국의 모든 부랑자 구호소의 특징을 다음과 같이 이야기해줄 것이다. A라는 곳에서는 담배 피우는 것이 허용되지만 방에 빈대가 있다. B에서는 침대가 편안하지만 수위가 무지막지하다. C에서는 아침 일찍 내보내주지만 차를 마실 수가 없다. D에서는 부랑자들이 일전 한 푼이라도 돈을 가지고 있으면 직원들이 훔쳐간다 등등 한없이 계속된다. 걸어서 하루 거리에 있는 부랑자 구호소 사이에는 늘 왕래하는 길이 있었다. 나는 바넷에서 세인트알반스로 가는 길이 제일 좋다고 들었다. 그리고 빌러리키와 첼름스퍼드, 켄트에 있는 아이드힐은 피하라는 충고도 들었다. 첼시가 영국에서 가장 호화로운 부랑자 구호소라고 했다. 어떤 사람은 첼시를 칭찬하면서도 그 담요는 부랑자 구호소보다 감옥에 더 어울린다고 말했다. 떠돌이들은 여름에는 멀리 나가지만 겨울에는 될 수 있는 대로 대도시 주위로 모여들게 마련이었다. 도시가 좀 더 따뜻하고 자선단체도 더 많기 때문이었다. 그러나 한 달에 한 번 이상은 같은 부랑자 구호소에

들 수 없고, 런던에서는 두 군데 부랑자 구호소에 한 달에 한 번씩밖에 들어갈 수 없기 때문에 줄곧 옮겨 다녀야만 했다. 만일 어기면 일주일 동안 감금당하는 고역을 치러야 했다.

여섯 시가 조금 지나 문이 열리자 우리는 줄지어 한 사람씩 들어가기 시작했다. 마당에 사무소가 있었다. 여기서 직원이 명단에다 이름, 직업, 나이, 그리고 숙박지와 행선지를 기입했다. 마지막 항목은 떠돌이들의 동태를 파악하기 위함이었다. 나는 직업을 '화가'라고 했다. 왕년에 수채화 한번 그려보지 않은 사람이 어디 있겠는가? 직원은 우리에게 가진 돈이 있느냐고 물었다. 우리 모두 없다고 대답했다. 8펜스 넘게 소지하고 부랑자 구호소에 들어가는 것은 불법이었다. 그리고 이보다 적은 액수의 돈은 입구에서 맡기게 되어 있었다. 그러나 떠돌이들은 돈을 몰래 감추고 들어가고 싶어 해서 짤랑거리는 소리가 안 나도록 헝겊 조각에 꼭 매어두는 것이 보통이었다. 떠돌이들은 모두 갖고 다니는 차나 설탕봉지, 아니면 '서류' 속에 돈을 넣어두었다. 이 '서류'는 존중받아야 할 물건으로 간주되어 절대로 수색당하지 않았다.

사무소에서 등록을 마친 우리는 부랑자 주임이라 불리는 직원(그의 임무는 부랑자를 감독하는 일이었는데 일반적으로 구빈원의 극빈자가 맡았다)과 우리를 짐승 다루듯 하면서 소리를 꽥꽥 지르는 파란색 제복의 악당 같은 수위에게 이끌려 안으로 들어갔다. 부랑자 구호소는 목욕탕 하나와 변소 하나, 그리고 모두 합쳐 100개는 될 것 같은 두 줄로 길게 늘어선 방으로 이루어져 있었다. 돌과 석회로 지은 침침한 곳인데 생각보다는 깨끗해 보였다. 묘하게 겉모습에서 어느 정도 예상했던 냄새가 풍겼다. 연성 비누와 소독액과 변소 냄새 — 을씨년스럽고 맥 빠진 감옥에서나 맡아볼 냄새 — 였다.

수위는 우리를 복도에 모아놓고서 한 번에 여섯 명씩 목욕탕으로 들어오라고 했고 목욕 전에 몸수색을 지시했다. 돈과 담배를 찾아내기 위해서였는데, 담배를 몰래 갖고 들어가면 피울 수는 있으나 발각되면 몰수당하는 곳 중의 하나가 롬턴 부랑자 구호소였다. 노련한 부랑자가 말하길 수위는 절대 무릎 밑으로는 뒤지지 않는다고 했다. 우리는 들어가기 전에 모두 구두 발목에다 담배를 감췄다. 그리고 나중에 옷을 벗을 때 윗옷으로 슬쩍 옮겼다. 윗옷은 베개로 사용할 수 있도록 갖고 들어가는 것이 허용되었다.

목욕탕 광경은 지독히 혐오스러웠다. 2제곱미터의 욕실에 겨우 욕조 두 개와 미끈미끈한 두루마리 수건 두 장이 걸려 있었다. 이런 곳에서 벌거벗은 때투성이 남자 50명이 서로 팔꿈치를 맞댔다. 더러운 발에서 나던 악취를 결코 잊지 못할 것이다. 떠돌이 중 반수 정도가 실제 목욕을 했고(나는 사람들이 뜨거운 물이 몸을 '약하게' 한다고 말하는 걸 들었다), 나머지 사람들은 모두 얼굴과 발만 씻었다. 그리고 발가락에 감고 다니는 '발싸개'라는, 기름때가 지독스럽게 낀 헝겊 조각을 빨았다. 온몸을 목욕하는 사람만이 새 물을 쓸 수 있었다. 그래서 대부분의 사람들은 남들이 발을 씻은 물을 다시 써야 했다. 수위는 우리를 이리저리 떠밀고 누구든지 시간을 허비할 때는 거친 욕설을 퍼부었다. 내가 목욕할 차례가 돌아왔다. 나는 때가 덕지덕지 묻어 줄무늬가 생긴 욕조를 사용하기 전에 닦아내도 좋으냐고 물었다. 그는 간단히 대답했다. "아가리 닥치고 목욕이나 하지!" 이런 말투가 이곳의 분위기를 말해주었기에 나는 다시는 입을 열지 않았다.

목욕을 끝내자 수위는 우리 옷을 다발로 묶어놓고 구빈원 셔츠를 나눠주었다. 셔츠라야 간소한 잠옷 비슷한 회색 무명천이었는데 깨끗한지도 의심스러웠다. 각자의 방으로 배치되자마자 수위와 부랑자 주임이 마당 건너편 구빈원에서 식사를 운반해 왔다. 급식은 한 사람당 마가린을 바른 500그램짜리 빵조각과 양철 주전자에 든 설탕을 안 넣어 씁쓸한 코코아 반 리터였다. 마룻바닥에 앉아서 우리는 그것을 5분도 안 되어 해치웠다. 일곱 시경에 방문이 바깥에서 잠기면 다음 날 아침 여덟 시까지는 그대로 잠긴 채였다.

방은 두 사람이 함께 쓸 수 있어서 모든 사람이 가까운 친구와 자는 것이 허용되었다. 내게는 친구가 없었다. 그래서 약간 사팔뜨기에 몸이 깡마르고 얼굴이 볼품없는 외톨이하고 한 방에 들었다. 돌로 지어진 방은 가로세로 2.5미터, 1.5미터에 높이는 2.5미터였다. 높직한 벽에 창살을 단 자그마한 창이 있었고 문에는 감시용 구멍이 뚫려 있었다. 그러니 감방과 다를 바 없었다. 방에는 담요 여섯 장, 요강 하나, 온수 파이프 외에는 아무것도 없었다. 나는 무엇인가가 빠진 듯한 막연한 느낌이 들어서 방 안을 둘러보았다. 그리고 그것이 무엇인지 깨닫고는 기절할 만큼 큰 충격을 받아 소리를 질렀다.

"그런데 젠장, 침대는 어디 있는 거야?"

"침대라고?" 남자가 놀라서 물었다. "침대는 없어! 뭘 바라? 여긴 마룻바닥에서 자는 부랑자 구호소야. 원 참! 아직 그런 것도 모르나?"

부랑자 구호소에 침대가 없는 것은 아주 당연한 일인 모양이었다. 우리는 윗옷을 말아서 온수 파이프에 기대놓고 가능한 한 편안한 자세를 취했다. 공기가 지독스럽게 답답했다. 하지만 담요를 전부 밑에 깔아도 될 정도로 따뜻하지는 않아서, 딱딱한 바닥에 담요 한 장밖에 깔지 못했다. 우리는 30센티미터 정도 떨어져서 누웠다. 서로의 얼굴에 숨결이 스쳤고, 벗은 팔다리가 노상 닿았고, 잠이 들기만 하면 굴러 맞부딪혔다. 몸을 뒤척거려봐도 별 도움이 되지 않았다. 어떤 쪽으로 돌아눕든 처음에는 몸이 저리다가 딱딱한 마룻바닥이 담요를 통해 느껴져서 무척 아팠다. 잠들 수는 있었지만 한 번에 10분 이상은 자지 못했다.

오밤중에 남자가 동성애 수작을 부려왔다. 자물쇠가 잠긴 칠흑 같은 방에서 겪은 추잡한 경험이었다. 그는 몸이 허약했으니 쉽사리 뿌리칠 수 있었다. 그러나 다시 잠드는 것은 물론 불가능했다. 그래서 남은 밤을 뜬눈으로 담배를 피우며 얘기를 했다. 그는 자신의 과거를 털어놓았다. 양복점의 가봉공이었는데 3년 동안 실직 중이라는 것이었다. 직장을 잃자 여편네가 곧 그를 차버렸고, 하도 오래 여자를 가까이하지 못해 계집이 어떻게 생겼는지조차 잊어버릴 정도라고 했다. 그는 오랫동안 떠돌이 신세를 못 면하는 사람들 간에는 동성애가 흔하다고 덧붙였다.

여덟 시에 수위가 통로를 돌아다니면서 문을 열어주고 "전원 밖으로!"라고 외쳤다. 문이 열리더니 퀴퀴하고 구린 냄새가 났다. 복도는 손에 요강을 들고 목욕탕으로 몰려가는 지저분한 회색 셔츠를 입은 사람들로 가득 차 있었다. 아침에는 욕조 하나만 사용이 가능한 듯했다. 내가 갔을 때는 이미 20여 명의 떠돌이들이 세수를 하고 있었다. 물 위에 떠다니는 거무스레한 때 찌꺼기를 힐끗 보자 세수를 할 마음이 달아났다. 씻는 일이 끝나자 전날 밤의 식사와 똑같은 아침식사가 나왔다. 그리고 옷을 돌려주더니 마당에 나가서 일을 하라고 명령했다. 일이라야 극빈자들이 먹을 감자를 벗기는 것이었다. 그러나 이는 단지 형식에 지나지 않았고, 의사가 검진하러 올 때까지 우리를 잡아두려는 것이었다. 대부분의 떠돌이들은 뻔뻔스럽게 게으름을 피웠다. 의사는 열 시쯤에 나타났다. 방에 가서 옷을 벗고 복도에서 검진을 기다리라는 명령이 떨어졌다.

우리는 옷을 벗고 벌벌 떨면서 통로에서 기다리고 있었다. 무자비한 아침 햇살을 받고 서 있는 우리 몰골이 얼마나 처참하고 볼썽사나웠는지 상상도 못할 것이다. 떠돌이의 옷은 남루하지만 그래도 훨씬 못한 것을 가려준다. 잡된 것이 섞이지 않은 있는 그대로의 그 사람을 보기 위해서는 홀딱 벗겨놓아야 한다. 평발이라든가 절구통 같은 배, 깎아지른 듯한 가슴, 축 늘어진 근육 등 모든 형태의 육체적 추악함이 거기 다 모여 있었다. 거의 모두가 영양실조였고 일부는 분명 병에 걸려 있었다. 두 사람은 탈장대(脫腸帶)를 차고 있었다. 일흔다섯 살의 미라 같은 늙은이는 그런 상태로 어떻게 매일 걸어 다녔는지 의문일 정도였다. 면도도 못하고 잠을 설쳐 주름진 우리 얼굴을 보면, 누구라도 일주일쯤 술에 절었다가 겨우 깨어난 모양이라고 생각했을 것이다.

검진의 목적은 단지 천연두를 발견하는 데 있었고, 일반적인 건강상태는 전혀 살펴보지 않았다. 담배를 피워 문 젊은 의학도가 빠른 걸음으로 줄을 따라가면서 아래위를 훑어보았는데 건강한지 이상이 있는지조차 묻지 않고 지나쳤다. 나는 같은 방을 쓴 남자가 옷을 벗었을 때 가슴에 불그레한 발진이 잔뜩 나 있는 것을 보았다. 불과 몇 센티미터 사이를 두고 밤을 지낸 터라 천연두가 아닌가 싶어 아연실색했다. 그러나 그 의사란 자는 발진을 들여다보더니 단지 영양실조에서 온 것이라고 말했다.

검진 후에 우리는 옷을 입고 마당으로 불려 나갔다. 거기에서 수위가 이름을 호명하면서 사무소에 맡겼던 물건을 돌려주고 식권을 나눠 주었다. 식권은 한 장에 6펜스짜리였다. 전날 밤에 기입한 행선지로 가는 도중의 커피숍에서 사용할 수 있는 것이었다. 떠돌이들 중 상당수는 글자를 몰라서, 나나 다른 '유식한 사람'에게 자신들의 식권을 읽어달라는 광경이란 볼만한 것이었다.

출입문이 열리자 우리는 즉시 뿔뿔이 흩어졌다. 부랑자 구호소의 퀴퀴하고 구리터분한 악취를 맡다가 들이마시는 바깥 공기는—비록 교외의 뒷골목 공기였지만—얼마나 상큼한지 몰랐다. 그리고 이제 내게도 친구가 하나 생겼다. 마당에서 감자 껍질을 벗기는 동안에 패디 제이크스라는 아일랜드 출신의 떠돌이와 친구가 된 것이었다. 그는 침울하고 얼굴이 창백한 편이었으나 깨끗하고 품위가 있어 보였다. 그는 에드베리 구호소로 가는데 함께 가자고 제안했다. 우리는 길을 떠나 오후 세 시에 그곳에 도착했다. 본래 20킬로미터 정도 되는 거리였지만, 황량한 런던 빈민가에서 길을 잃어 23킬로미터나 걸어야 했다. 식권은 일퍼드에 있는 커피숍에서만 사용할 수 있었다. 그곳에 닿았을 때 심부름하는 계집아이가 식권을 보고는 우리가 떠돌이라는 것을 알아차렸다. 그래서 경멸을 나타내느라 턱을 치켜들어 보이곤 한참 동안 먹을 것을 내오지 않았다. 마침내 계집아이가 테이블 위에 '곱빼기 차' 두 잔과 빵 네 조각, 고깃기름을 아무렇게나 소리 나게 내려놓았다. 고작해야 8페니어치밖에 안 돼 보였다. 이런 곳에서는 떠돌이한테서 으레 식권 한 장당 2펜스 내외를 떼어먹는 모양이었다. 현찰이 아니라 식권이다 보니 떠돌이들은 항의를 하거나 다른 데로 갈 수도 없었다.

28

 그 후로 패디는 한 2주 동안 내 단짝이었다. 내가 처음으로 친하게 사귄 떠돌이였던 만큼 그에 대해 얘기를 좀 했으면 한다. 패디는 전형적인 떠돌이였는데, 영국에는 그와 같은 사람이 수만 명 정도 있으리라고 생각한다.
 그는 서른다섯 살쯤 되었고 키가 큰 편이었다. 바랜 금발에 눈동자는 윤기 도는 푸른색이었다. 이목구비는 제대로 자리 잡혀 있었다. 그러나 볼이 홀쭉하게 들어갔고 빵과 마가린만으로 끼니를 때운 탓인지 피부가 거칠고 안색은 우중충한 회색이었다. 그는 다른 떠돌이보다는 나은 차림을 하고 있었다. 트위드 소재 사냥 재킷에다 장식줄이 그대로 달린 낡은 연미복 바지를 입고 있었다. 그는 그 장식줄이 고상한 품격을 나타낸다고 생각하는 모양이었다. 그래서 장식줄이 떨어지려

하면 정성을 들여 꿰매곤 했다. 대체로 외모에 관심이 많아 면도칼과 칫솔을 늘 지니고 다녔다. 오래전에 '서류' 뭉치와 주머니칼도 팔아먹었지만 이것들만은 절대로 팔지 않았다. 하지만 아무리 그래도 100미터쯤 떨어진 곳에서 보아도 그는 영락없는 떠돌이였다. 둥둥 떠가는 듯한 걸음걸이라든가 구부정한 어깨를 보면 근본적으로 비굴한 면이 엿보였다. 그가 걷는 모습을 본다면 남을 때리기보다는 남에게 얻어맞고 싶어 하는 사람이라는 것을 직감할 터였다.

그는 아일랜드에서 성장해서 전쟁 당시 2년 동안 군 복무를 했다. 그 후 금속 광택제 공장에서 일하다가 2년 전에 실직했다. 그는 자신의 떠돌이 신세를 무척 창피하게 생각했다. 하지만 떠돌이들의 행각은 속속들이 알고 있었다. 그는 끊임없이 거리를 살펴 담배꽁초 하나도 놓치지 않았다. 빈 담뱃갑도 주워두었다가 나중에 담배를 말아 피울 때 사용했다. 에드베리로 가는 도중에 길바닥에 신문지 꾸러미가 있는 것을 보고는 덮치듯 주웠다. 거기에는 양고기 샌드위치 두 조각이 들어 있었다. 가장자리가 약간 너덜너덜해져 있었는데, 한사코 같이 먹자고 고집을 부렸다. 자동판매기를 보면 반드시 손잡이를 한 번 툭 치고 지나갔다. 이따금 고장 난 기계가 있어서 툭 치면 동전이 쏟아지는 일도 있어 그런다고 했다. 그러나 그는 도둑질을 할 배포는 없었다. 우리가 롬턴 변두리를 지날 때 패디는 어떤 집 문간에 놓인 우유병을 보았다. 실수로 거기에 둔 것이 분명했다. 그는 걸음을 멈추고는 너무나 허기진 눈으로 그 병을 바라보았다.

"저런!" 그가 입을 열었다. "좋은 음식 버리겠는데. 누구라도 슬쩍할 수 있겠어, 응? 쉽게 슬쩍하겠어."

나는 그가 '슬쩍하려는' 생각을 하고 있음을 알았다. 그는 거리를 둘러보았다. 조용한 주택가여서 아무도 눈에 띄지 않았다. 패디의 허약하고 기운 없는 얼굴은 우유를 간절히 바라고 있었다. 그러나 발길을 돌리며 침울하게 말했다.

"그냥 두는 게 좋아. 도둑질은 하나 이로울 게 없거든. 다행스럽게도 아직 도둑질은 하지 않았어."

그가 지조를 지킬 수 있었던 이유는 굶주림에서 싹튼 공포증 때문이었다. 두세 끼라도 배에 든든한 음식을 채웠다면 그 우유를 훔칠 만한 용기가 생겼을 터였다.

패디의 화제는 주로 두 가지였다. 떠돌이 신세로 인한 수치와 영락에 관한 이야기이거나, 무료 급식을 얻는 최선의 방법에 관한 것이었다. 그는 거리를 배회하면서 자기 연민에 빠져 우는 목소리로 이렇게 혼잣말을 중얼거리곤 했다.

"길거리를 헤매고 다니다니 망했지, 응? 그 빌어먹을 부랑자 구호소에 들어가면 창피 막심이란 말이야. 하지만 달리 무슨 뾰족한 수가 있느냐고. 두 달이나 먹을 만한 음식 구경을 못했으니. 구두가 말이 아니군…… 젠장! 에드베리로 가는 길에 수녀원에서 차라도 한 잔 구걸하는 게 어때? 대개 차 한 잔쯤은 적선하거든. 정말, 종교가 없었으면 어떡할 뻔했어, 응? 난 수녀원에서 차를 얻어먹은 적이 있어. 침례교회에서, 성공회에서, 별의별 종파에서 다 마셔봤지. 난 가톨릭 신자야. 까놓고 얘기하면 한 17년은 고해하러 간 일이 없긴 하지만, 아직도 종교 감정에 싸여 있단 말이야, 알겠나? 그런데 수녀원에서는 늘 차 한 잔은 베풀거든……" 등등. 그는 거의 쉬지 않고 이런 따위의 이야기를 하루 종일 늘어놓았다.

그의 무지는 한이 없고 가히 놀라울 정도였다. 예를 들어 한번은 나폴레옹이 예수 그리스도보다 먼저 태어난 사람인지 나중에 태어난 사람인지를 물었다. 또 한번은 내가 서점 진열장을 들여다보는데『그리스도를 모방하여』라는 책 제목을 보고는 몹시 언짢아했다. 이를 신성모독이라고 생각한 것이다. 그는 "못된 놈들, 그분을 모방해서 어쩌자는 거야?"라고 화를 내며 따졌다.* 그는 글을 읽을 줄은 알았으나 책을 싫어했다. 룸턴에서 에드베리로 가는 도중에 나는 공공도서관에 들렀다. 패디는 책을 읽고 싶어 하지 않았지만 나는 들어와서 다리나 쉬라고 일렀다. 그래도 그는 길에서 기다리는 편이 좋다고 했다. "싫어." 그는 말했다. "그 빌어먹을 책이 잔뜩 쌓여 있는 걸 보면 속이 메스껍단 말이야."

다른 대부분의 떠돌이처럼 그 역시 성냥에 무척 인색했다. 처음 만났을 때 그는 성냥 한 통을 가지고 있었는데, 한 개비라도 쓰는 것을 본 일이 없었다. 내가 성냥을 켜면 낭비라며 훈계조로 말하곤 했다. 그는 낯선 사람에게 불을 빌리는 방법을 취했다. 어떤 때는 성냥을 켜지도 않고 담배를 반 시간이나 그대로 물고만 있었다.

자기 연민이 패디의 성격을 파악하는 실마리였다. 그는 자신의 불운이 잠시도 머리에서 떠나지 않는 것 같았다. 그는 한참 침묵을 지키다가 난데없이 이런 말을 뱉곤 했다. "옷을 전당 잡히면 망하는 거야, 안 그래?" 또는 "그 구호소에서 주는 홍차는 차라기보다는 오줌이

---

* '본받다'라는 뜻으로 쓰인 '모방(imitation)'이라는 말을 '흉내 내다'라는 뜻으로 해석한 것이다.

지." 마치 이 세상에서 다른 것은 생각할 여지가 없다는 투였다. 그리고 자기보다 나은 사람에 대해서는 비열하게도 벌레 같은 질투심을 품었다. 부자는 그의 사회적 지위를 초월한 사람이기에 부자를 두고 그러는 게 아니라, 일자리가 있는 사람들을 두고 하는 말이다. 그는 화가가 유명해지기를 갈망하듯 일하기를 갈망했다. 노인이 일하는 모습을 보면 신랄하게 비난했다. "저 젠장맞을 늙은이 좀 봐. 사지 멀쩡한 사람도 일자리가 없는데." 혹은 어린아이가 일하는 모습을 볼라치면 "저 새파랗게 어린놈들이 우리 입에서 빵을 뺏어가는 거야"라고 했다. 그리고 그의 눈에는 모든 외국인이 "저 빌어먹을 외국 놈들"이었다. 그의 주장에 따르면 실업의 책임은 외국인들에게 있기 때문이었다.

패디는 그리움과 증오가 뒤섞인 감정으로 여자들을 바라보았다. 젊고 어여쁜 여자는 너무 과해서 엄두를 못 냈지만, 매춘부를 보면 군침을 질질 흘렸다. 입술을 새빨갛게 칠한 매춘부 한 쌍이 지나가면 패디는 얼굴이 발그레해져서 몸을 돌려 굶주린 늑대처럼 뒷모습을 뚫어지게 쳐다보곤 했다. "타르트[*]!" 그는 과자가게 진열창 앞에 선 소년처럼 이렇게 중얼거렸다. 언젠가 그는 2년 동안—그러니까 실직한 이래—여자를 접해본 적이 없고, 매춘부 이상의 여자를 마음에 품을 수 있다는 사실도 까맣게 잊어버렸다고 말하기도 했다. 그는 떠돌이에게서 흔히 볼 수 있는 성격—비열하고 질투심 많은 데다 자칼같이 간교한—의 소유자였다.

---

* 과일파이. '매춘부'라는 뜻도 있다.

그래도 어찌 되었든 패디는 좋은 친구였다. 천성이 너그러워 마지막 남은 빵 한 조각도 친구와 나눠 먹었다. 실제로 마지막 빵을 나와 나눈 일이 한두 번이 아니었다. 몇 달만이라도 영양보충을 잘하면 아마 일하는 것도 가능할 터였다. 그러나 2년 동안 고작 빵과 마가린으로 배를 달래온 터라 그의 능력은 말할 수 없이 저하되어 있었다. 그 따위 너절한 음식을 먹으며 살아왔으니 마침내 육신은 말할 것도 없고, 영혼까지 저절로 타락해버렸던 것이다. 그의 인간성을 파괴한 것은 타고난 악덕이 아니라 바로 영양실조였다.

29

에드베리로 가는 도중에 나는 패디에게 확실하게 돈을 꿔줄 친구가 있으니, 부랑자 구호소에서 하룻밤을 보내지 말고 차라리 바로 런던으로 가자고 넌지시 말했다. 하지만 패디는 최근에 에드베리에 들른 적이 없어 구호소를 이용하지 않았다며, 떠돌이답게 하룻밤의 무료 숙식 기회를 포기하려 들지 않았다. 그래서 우리는 다음 날 아침에 런던으로 가기로 했다. 나는 겨우 반 페니밖에 없었지만 패디는 2실링이나 있어서 그 정도면 침대 하나씩에 몇 잔의 차는 마실 수 있었다.

에드베리 구호소는 롬턴과 크게 다를 바 없었다. 가장 고약한 특징이라면 문간에서 담배를 몰수하고 담배를 피우는 자는 누가 되었든 즉시 내쫓아버린다는 점이었다. 부랑자 단속법에 따르면 구호소 안에서 담배를 피우는 행위는 기소가 가능했다. 사실 부랑자들은 무슨 짓을 해도 거의 다 기소가 가능했다. 그러나 일반적으로 당국은 명령에 불복종하는 자는 문 밖으로 내쫓아버려 기소하는 번거로움을 덜었다. 할 일은 없었고, 방은 제법 편안했다. 우리는 한 방에 둘이 들어 '한 사람은 위에서, 한 사람은 아래에서' 잤다. 즉 하나는 나무 선반 위에서, 하나는 마룻바닥에서 잤다. 짚방석과 담요는 많았다. 더럽기는 했지만 다행히 빈대는 없었다. 코코아 대신 홍차를 주는 것 외에는 음식도 롬턴과 같았다. 아침에는 추가로 차를 더 마실 수 있었는데 부랑자 주임이 반 페니를 받고 팔았다. 틀림없이 위법이었을 것이다. 점심으로는 빵 한 덩이와 치즈를 받았다.

런던에 닿았을 때는 간이숙소의 문이 열리자면 여덟 시간을 더 죽쳐야 했다. 그리고 사람이 웬만한 일은 모르고 지나친다는 것이 얼마나 신기한지, 나는 여러 번 런던에 와봤음에도 그날까지 런던의 가장 나쁜 점은 모르고 있었음을 깨달았다. 그것은 바로 앉는 데 돈이 든다는 점이었다. 파리에서는 돈이 없고 공중 벤치를 찾지 못하면 길바닥에 앉아도 괜찮았다. 그러나 런던에서 길바닥에 앉았다가는 무슨 일이 일어날지 몰랐다. 아마도 감옥행일 터였다. 네 시까지 우리는 다섯 시간을 서 있었다. 딱딱한 돌 때문에 발이 뻘겋게 달아오르는 듯했다. 우리는 부랑자 구호소에서 나오자마자 배급받은 점심을 먹어치웠기 때문에 몹시 배가 고팠다. 거기다 담배마저 떨어졌는데 꽁초를 줍는 패디에게는 그다지 문제가 되지 않았다. 교회를 두 군데나 찾아갔지만 문이 잠겨 있었다. 그래서 공공도서관에 가봤지만 앉을 자리가 없었다. 패디가 최후의 희망을 품고 독신자용 숙박소로 가보자고 제의했다. 규정상 일곱 시 이전에는 들여보내주지 않지만 어쩌면 들키지 않고 슬쩍 들어갈 수 있을지도 몰랐다. 우리는 웅장한 현관(실로 웅장한 건물이었다)으로 걸어 올라갔다. 그리고 정식 숙박인처럼 보이려 애쓰면서 태연자약하게 어슬렁거리며 들어갔다. 현관에서 빈둥거리던 사내가 즉시 우리 앞을 가로막았다. 날카로운 인상에, 확실히 무슨 직책을 맡은 사람 같았다.

"당신들 어젯밤에 여기서 잤소?"

"아니요."

"그럼 꺼지시지."

우리는 그 말에 굴복하고 거리 모퉁이에 두 시간을 더 서 있었다. 불쾌한 경험이었지만, '길모퉁이 건달'이라는 표현은 쓰지 말자는 교훈을 내게 주었으니 그만큼 소득은 있었다.

저녁 여섯 시에 우리는 구세군 보호소로 갔다. 여덟 시까지는 잠자리를 예약할 수 없었고, 빈방이 있을지도 확실하지 않았다. 그러나 우리를 '형씨'라고 부르던 직원이 차 두 잔 값을 치르는 조건으로 들여보내주었다. 보호소 본부는 회칠한 창고 같은 곳인데, 위압감을 느낄 만큼 깨끗하고 아무런 장식도 없었다. 점잖은 것이 지나쳐 오히려 기죽은 듯 보이는 200명 정도의 사람들이 나무 벤치에 빽빽이 앉아 있었다. 제복을 입은 장교 한두 명이 이리저리 어슬렁거렸다. 벽에는 부스 장군*의 초상화가 걸려 있었다. 그리고 취사, 음주, 침 뱉기, 욕설, 싸움, 노름 등을 금지하는 게시문이 붙어 있었다. 그곳에 붙어 있던 게시문의 견본대로 여기 내가 한 단어도 빼지 않고 베껴둔 것이 있다.

---

* 영국의 종교가이며 구세군의 창립자.

누구를 막론하고 도박이나 카드놀이를 하는 자는 추방되며, 어떤 일이 있어도 다시 수용소에 입소하지 못한다.
이러한 자를 색출하도록 정보를 제공하는 경우에는 보상을 한다.
책임 장교는 이 보호소가 '도박이라는 가증스러운 죄악'에서 벗어나도록 협력해줄 것을 모든 숙박인들에게 호소하여 당부한다.

'도박이나 카드놀이'라는 표현은 재미있는 말이다.
내 눈에 이런 구세군 보호소는 깨끗하기는 했지만, 가장 질 낮은 간이숙소보다도 훨씬 황량한 곳이었다. 모여 있는 사람들 중 일부는 옷깃까지 전당포에 잡혀먹고도 사무직을 찾아다니는—몰락했으면서도 점잖은 체하는—그런 자들이었다. 적어도 깨끗하기는 한 구세군 보호소를 찾아오는 것도 그들이 체면을 지키려 안간힘을 쓰고 있다는 증거였다. 옆 테이블에는 외국인 두 명이 앉아 있었다. 누더기를 걸쳤지만 확실히 신사였다. 그들은 체스판을 그려놓지도 않고 입으로만 체스를 두고 있었다. 한 사람은 장님이었다. 듣기로는 체스판을 하나 사려고 오랫동안 저축을 해왔는데, 반 크라운*밖에 안 하는 그것을 결국은 사지 못했다고 했다. 여기저기 실직한 사무원들이 창백한 얼굴로 침울한 표정을 짓고 있는 것이 눈에 띄었다. 그런 패거리 중에 키가 후리후리하고 바싹 마른, 죽은 사람처럼 창백한 청년 하나가 흥분해서 지껄이고 있었다. 그는 주먹으로 테이블을 내리치면서 해괴하게 열띤 어조로 떠들어댔다. 장교가 소리가 안 들릴 만한 곳으로 가자,

───────────
* 크라운은 왕관 모양을 박은 영국의 5실링짜리 은화를 말한다. 반 크라운은 2실링 6펜스.

그는 놀랄 만큼 불경스러운 언사를 내뱉었다.

"어이, 딱한 사람들. 난 내일이라도 일자리를 얻을 수 있어. 자네들처럼 지랄 맞게 무릎 꿇는 패거리가 아니라고. 내 치다꺼리는 내가 한단 말이야. 저기 좀 봐, 젠장, 저기 써 붙인 것 좀 읽어보라고! '여호와의 산에서 준비되리라!' 그 잘난 하느님께서 이토록 지긋지긋한 운명만 마련해주셨어. 젠장, 그런 하느님한테 기대지는 않는다고, 알겠어? 이봐, 두고 보게나. 내 힘으로 직장에 취직할 테니까" 등등.

나는 미친 듯이 흥분해 지껄이는 모습에 깜짝 놀라 그를 지켜보았다. 병적으로 흥분했거나 아마 약간 술에 취했거나 한 상태였다. 한 시간 후에 나는 본부에서 떨어진 조그마한 방으로 들어갔다. 독서실로 만든 듯싶은 방이었다. 하지만 책도 신문도 없어서 들어가는 사람이 별로 없었다. 문을 열자 그곳에는 아까 그 젊은 사무원이 혼자 있었다. 그는 무릎을 꿇고 기도를 올리고 있었다. 문을 닫기 전에 다시 그를 언뜻 볼 수 있었는데, 고뇌에 싸인 듯한 얼굴이었다. 그리고 그 표정은 분명 굶주림에 허덕이는 것이었다.

숙박비는 8펜스였다. 이제 패디와 나한테는 5펜스가 남아 있었고, 우리는 '바'에서 그 돈을 썼다. 보통 숙박소처럼 싸지는 않았지만 음식 값은 저렴했다. 차는 차 찌꺼기로 만든 듯했다. 구세군에 무상으로 기부된 것으로 생각되는데, 한 잔에 1페니하고도 반을 더 받았다. 질은 형편없었다. 밤 열 시에 한 장교가 호각을 불면서 본부 주위를 돌았다. 호각 소리를 듣고 모두들 벌떡 일어났다.

"이건 뭐 하라는 거지?" 나는 놀라서 패디에게 물었다.

"잠자리에 들라는 신호야. 그것도 재빨리 말이야."

200명이나 되는 사람들이 양떼처럼 고분고분하게 장교의 지휘 아래 잠자리를 향해 진군했다.

공동 침실은 군대 막사 같은 커다란 다락방이었는데, 그 안에 침대가 육칠십 개 정도 있었다. 침대는 깨끗하고 견딜 만하게 편했다. 하지만 침대 사이가 너무 좁고 서로 붙어 있어서 옆 사람 얼굴을 맞대고 숨을 쉬어야 했다. 장교 두 사람이 같이 방에서 자면서 혹 담배를 피우지는 않는지, 소등 후에 잡담을 하지는 않는지 감시했다. 패디와 나는 거의 한숨도 자지 못했다. 우리 가까이에 아마도 전쟁신경증을 앓는 듯한 남자가 있었는데, 수시로 '삐!' 하고 소리를 질렀기 때문이다. 깜짝 놀라게 만드는 큰 소리였고, 작은 자동차 경적하고도 비슷했다. 언제 터뜨릴지 모르기 때문에 잠을 쫓는 데는 안성맞춤이었다. 다른 사람들이 그를 '삐'라고 부르는 걸 보니 이 보호소에 정기적으로 들르는 모양이었다. 그는 밤마다 열 명, 스무 명은 잠을 못 자게 했음이 틀림없다. 이런 간이숙소처럼 사람들이 많이 모이는 곳에서, 그는 다른 이들의 충분한 수면을 방해하는 한 표본이었다.

아침 일곱 시에 또 한 번 호각 소리가 났다. 장교들은 즉시 일어나지 않는 사람들을 흔들어 깨우며 돌아다녔다. 그 후에도 나는 구세군 보호소에서 여러 번 묵은 경험이 있었다. 그래서 보호소마다 약간씩 차이는 있을망정 이러한 반(半)군대식 규율만은 모두 똑같다는 사실을 알게 되었다. 구세군 보호소들은 확실히 돈이 적게 들긴 했지만 구빈원과 너무 흡사해서 내 취향에 맞지 않았다. 어떤 곳에서는 일주일에 한두 번씩 강제적인 예배도 있었는데, 숙박인들은 예배에 참석하거나 아니면 그곳을 떠나야 했다. 사실인즉 구세군은 스스로 자선단체라는 생각에 젖어 있기 때문에 간이숙소까지도 자선의 냄새를 피우지 않고는 운영을 못했다.

열 시에 나는 B의 사무실로 찾아가 1파운드만 빌려달라고 부탁했다. 그는 내게 2파운드를 주고 아쉬우면 또 찾아오라고 말했다. 패디와 나는 적어도 일주일 동안은 돈 걱정에서 벗어날 수 있었다. 우리는 그날 하루 종일 트라팔가 광장을 배회하면서 패디의 친구를 찾아보았지만 나타나지 않았다. 밤에는 스트랜드 가 근처의 뒷골목에서 숙박소를 찾았다. 방값은 11펜스였다. 하지만 어두컴컴한 데다 악취도 고약했다. 이곳은 '여자 같은 청년'들이 자주 드나드는 장소로 악명이 높았다. 아래층의 컴컴한 주방에는 말쑥하게 파란색 양복을 차려입은 정체불명의 청년 셋이 서로 떨어져서 다른 숙박인들은 거들떠보지 않는 벤치에 앉아 있었다. 내 추측에 그들이 바로 '여자 같은 청년'이었던 듯했다. 파리의 불량배 청년들과 비슷한 유형이었다. 다른 점이 있다면 구레나룻을 기르지 않았을 뿐이다. 불 앞에서 정장을 입은 사람과 발가벗은 사람 둘이 흥정을 하고 있었다. 둘 다 신문팔이였다. 옷을 입은 남자가 알몸뚱이 남자에게 옷을 파는 중이었다.

"자, 이렇게 좋은 옷은 평생 처음일걸. 윗옷이 반 크라운, 바지가 2실링, 구두가 1실링 6펜스, 모자하고 스카프가 1실링, 이래서 도합 7실링이야."

"말도 안 돼! 윗옷은 1실링 6펜스, 바지는 1실링, 나머지는 2실링, 다 해서 4실링 6펜스 주지."

"5실링 1펜스만 주고 다 가져가."

"알았어, 어서 벗기나 하라고. 석간 팔러 나가야 돼."

옷을 입은 남자가 벗었다. 3분 후에는 두 사람의 입장이 완전히 바뀌고 말았다. 벗었던 사람은 옷을 입었고, 다른 이는 〈데일리 메일〉 신문지를 치마처럼 둘렀다.

공동 침실은 어두웠고 침대가 열다섯 개나 들어차서 비좁았다. 후텁지근한 오줌 냄새가 끔찍하게 지독했다. 처음에는 숨을 조금씩 쉬어서 공기가 허파 끝까지 들어차지 않도록 애썼다. 침대에 누워 있는데 누군가가 어둠 속에서 어렴풋이 나타났다. 그는 내 쪽으로 몸을 굽히더니 교양 있는 목소리로, 반은 취해서 횡설수설하기 시작했다.

"사립학교 출신이 어떻다고? (내가 패디한테 뭐라 지껄인 소리를 들은 모양이었다.) 이런 데선 유서 깊은 학교에 다닌 사람을 많이 못 만나. 난 이튼 학교 출신이야. 그러니까 벌써 20년이나 흘렀군." 그는 이튼 학교의 보트 경기 응원가를 떨리는 음성으로 제법 가락도 틀리지 않고 부르기 시작했다.

유쾌한 보트 경기 날씨,
풀 베러 갈……

"닥쳐, 시끄러워!" 몇 명이 소리를 질렀다.
"저질이군." 이튼 출신이 말했다. "형편없는 저질들이야. 자네나 나한테는 우스꽝스러운 장소지, 안 그런가? 내 친구들이 날 보고 뭐라는지 알아? '이봐, 자넨 구제불능이야.' 그러는 거야. 백번 옳은 말이지. 난 진정 구제될 길이 없어. 이 세상에서 될 대로 다 된 셈이지. 이런 몰락은 아무나 할 수 있는 게 아니야. 영락한 사람들끼리 좀 사이

좋게 지내야지. 아직 우리 얼굴에는 젊음이 남아 있어, 안 그런가? 한 잔 줄까?"

그가 체리브랜디 병을 꺼냈다. 그러다 순간 균형을 잃고 내 다리 위로 털썩 넘어졌다. 옷을 벗고 있던 패디가 그를 일으켰다.

"네 자리로 가, 이 병신 새끼야!"

이튼 출신은 비틀거리면서 자기 자리로 돌아갔다. 그러고는 옷을 하나도 벗지 않고, 심지어는 구두까지 신은 채 시트 밑으로 기어들어 갔다. 그가 밤중에 몇 번이나 "이봐, 자넨 구제불능이야" 하고 중얼거리는 소리를 들었다. 마치 그 말이 마음에 드는 것처럼 그랬다. 다음 날 아침에 보니 그는 술병을 가슴에 꼭 안고 옷을 전부 입은 채 자고 있었다. 지친 얼굴이었지만 교양 있어 보이는 쉰 살쯤 된 사내였다. 그리고 이상하게도 유행하는 고급 옷을 입고 있었다. 근사한 에나멜 구두가 더러운 침대 밖으로 삐죽 튀어나온 광경이 기묘했다. 체리브랜디 값이 2주치 방세와 맞먹으니 그다지 궁색하지 않으리라는 생각이 머리에 퍼뜩 떠올랐다. 아마도 '여자 같은 청년'들을 찾아서 숙박소에 드나드는 것 같았다.

침대와 침대 사이는 60센티미터 이상 떨어져 있지 않았다. 오밤중에 옆자리에 있던 자가 내 베개 밑에서 돈을 훔치려는 것을 발견했다. 자는 체하면서 쥐새끼처럼 살그머니 베개 밑으로 손을 디밀었던 것이다. 아침에 보니 그는 팔이 원숭이처럼 기다란 곱사등이였다. 나는 패디에게 절도 미수범 얘기를 들려주었다. 그러자 그는 웃으면서 이렇게 말했다.

"염병할! 이제 그런 건 익숙해져야 해. 이런 숙박소에는 도둑놈이

득실득실한다고. 어떤 데선 옷을 다 입고 자야 안전하단 말이야. 난 한번은 절름발이한테서 목발을 훔치는 것도 봤다니까. 전에 어떤 무지막지하게 뚱뚱한 사람을 본 적이 있는데, 4파운드 10실링을 가지고 숙박소에 들었더란 말이야. 그 사람이 돈을 매트리스 밑에 넣고는 '자, 어떤 놈이든 돈을 들치기하려면 이 몸뚱이를 들어 올려야 할걸'이라며 큰소리를 쳤어. 그랬는데도 돈을 훔쳐갔거든. 아침에 깨보니까 바닥 위에 있더래. 네 놈이 매트리스 귀퉁이를 잡고 깃털처럼 가볍게 내려놓은 거야. 그래서 그 사람 자기 돈 4파운드 10실링을 다시는 보지 못한 거지."

30

다음 날 아침 우리는 다시 한 번 패디의 친구를 찾으러 나섰다. 보조(Bozo)라고 불리는 그의 친구는 길바닥에 그림을 그리는 사람이었는데, 즉 거리의 화가였다. 패디의 사전에 주소란 것은 존재하지 않았지만, 램버스에 가면 보조를 찾을 수 있을지 모른다는 막연한 생각을 하고 있었다. 마침내 우리는 템스 강변 둑길에서 우연히 그를 만났다. 워털루 다리에서 멀지 않은 곳이었는데 보조는 거기에 자리를 잡고 있었다. 그는 분필통을 가지고 길바닥에 꿇어앉아 1페니짜리 공책을 보면서 윈스턴 처칠의 초상화를 모사하고 있었다. 제법 그럴듯했다. 그는 몸집이 작고 까무잡잡한 데다 매부리코에 짧은 고수머리를 가지고 있었다. 오른쪽 다리는 흉측하게 뒤틀렸는데 뒤꿈치가 앞으로 향해 있어 보기에도 끔찍스러웠다. 외모는 유대인처럼 보였지만 보조는 강력하게 그 사실을 부정했다. 그는 자신의 매부리코가 '로마인' 형이라고 말하면서 어떤 로마 황제의 코와 닮았다고 자랑을 했다. 내 생각에는 베스파시아누스 황제를 두고 하는 말 같았다.

보조는 말씨가 특이했다. 런던 사투리인데도 아주 명료하고 표현이 풍부했다. 좋은 책을 많이 읽은 듯했으나 잘못된 문법을 고치려 들지는 않았다. 잠시 동안 패디와 나는 강변 둑길에 앉아 그와 얘기를 나누었다. 그는 우리에게 거리의 화가에 대해 설명해주었다. 그가 해준 이야기를 다소나마 그의 말투대로 적어볼까 한다.

"난 소위 진지한 거리의 화가야. 다른 녀석들처럼 흑판용 분필이 아니라 화가들이 사용하는 것하고 똑같은 제대로 된 색분필을 쓴단 말이야. 지독하게 비싼데 특히 빨간색은 더 비싸. 해가 긴 날에는 5실링어치나 색분필을 쓰고, 2실링 밑으로 쓰는 날은 없어.* 알겠지만 만화가 내 전문이야. 정치니 크리켓, 그런 따위지. 이것 보게나." 그는 내게 자신의 공책을 보여주었다. "신문에서 모사한 모든 정치꾼들의 초상화지. 나는 날마다 다른 만화를 그려. 가령 예산안이 상정되었을 때는 윈스턴이 '부채(負債)'라고 써 붙인 코끼리를 밀려고 애쓰는 모습을 그리고 그 밑에다가 '과연 움직일 수 있을까?'라고 써놓는 거지, 알겠어? 어떤 당이든 비꼬아서 만화를 그릴 수 있지만 사회주의를 두둔하는 그림은 그리면 안 돼. 경찰이 가만있지를 않거든. 한번은 '자본'이라고 쓴 큰 뱀이 '노동'이라고 쓴 토끼를 통째로 삼키는 그림을 그린 적이 있어. 경찰이 와서 보고는 '그거 지워버려, 너무 끔찍하잖

---

* 거리의 화가들은 가루 형태의 물감을 사다가 연유로 개어 굳혀서 사용했다(원주).

아.' 그러지 않겠어. 안 지울 수 없는 거지. 경찰한테는 떠돌아다닌다는 이유로 우리를 쫓아낼 권리가 있으니까 말이야. 그러니 그 사람들한테 말대꾸해서 이로울 게 없어."

나는 보조한테 거리의 화가 노릇을 하면 얼마나 벌 수 있느냐고 물었다. 그는 이렇게 말했다.

"1년 중에서 요즘처럼 비가 안 오는 때는 금요일부터 일요일까지 3파운드는 벌지. 금요일에는 사람들이 임금을 받으니까 말이야. 그런데 비가 오면 일을 못해. 색분필이 금방 비에 씻겨버리거든. 겨울에는 별로 일을 못하니까 1년을 평균해보면 일주일에 1파운드가량 버는 셈이야. 옥스퍼드 대학과 케임브리지 대학의 보트 경기가 벌어지는 날이나 축구 결승전이 있는 날이면 4파운드는 벌지. 하지만 그런 날은 빼야 해. 그냥 앉아서 먼 산 보듯 하면 1파운드도 못 벌어. 대개 반 페니를 떨어뜨리는데 그것도 수다를 좀 안 떨어주면 국물도 없고말고. 일단 말대꾸를 하고 나면 한 푼도 안 주기는 좀 미안스럽지 않겠어. 가장 좋은 방법은 자꾸만 그림을 바꾸는 거야. 그래야 그림 그리는 걸 보고서 걸음을 멈추고 구경을 하거든. 그런데 곤란한 건 모자를 가지고 돌기만 하면 그 나쁜 녀석들이 도망을 치는 거야. 딱 질색이지. 이 짓을 하려면 조수도 꼭 필요해. 나는 일을 계속하면서 구경꾼들을 붙들어두고 조수가 태연스레 그들의 뒤를 돈단 말이지. 그 사람들은 그가 조수란 걸 몰라. 그러다가 느닷없이 모자를 벗어 들고 덤비면 사람들은 옴짝달싹 못하는 거야. 진짜 신사들한테서는 동전 한 푼 못 받아내. 돈을 내는 건 추레한 녀석들이거나 아니면 외국인들이야. 일본인한테 6펜스를 받은 일이 있고, 뭐 검둥이나 그런 부류들이지. 그 사람들은 영국인처럼 지독스러운 노랑이짓은 안 해. 또 하나 명심할 건 모자에는 한 푼 정도만 남겨두고 돈은 전부 감춰야 한다는 거야. 벌써 1파운드나 2파운드 번 줄 알면 절대로 돈을 안 내놓거든."

보조는 강변 둑길에 있는 다른 거리의 화가들에 대해서는 뿌리 깊은 경멸감을 드러냈다. 그는 그들을 '엉터리 그림쟁이'라고 불렀다. 그때 강변 둑길에는 거의 25미터마다 한 명꼴로 거리의 화가가 있었는데, 25미터가 작업 구역으로 공인된 최단거리였다. 보조는 50미터 떨어진 곳에 있는 허옇게 턱수염을 기른 늙은 거리의 화가를 경멸에 차서 손가락으로 가리켰다.

"저 늙은 병신 보이지? 저 늙은이는 10년 동안 똑같은 그림만 그리고 있어. 자기는 그걸 '충직한 친구'라고 부르는데, 개가 물에 빠진 어린애를 끌어내는 그림이야. 저 늙은 병신 녀석, 열 살짜리 어린애보다 그림을 더 못 그린다고. 조각 글자 맞추기를 배우는 것처럼 저 그림 하나만 주먹구구식으로 배운 거야. 여기는 저런 놈들이 수두룩해. 가끔은 내 아이디어를 훔치러 오기도 하는데, 그냥 내버려둬. 병신 녀석들이 제 힘으로 독창적인 건 하나도 생각을 못해내니까 항상 내가 앞서는 거야. 시사만화의 생명은 최신이어야 한다는 말이지. 언젠가 한번은 어린애 하나가 첼시 다리 난간에 머리가 끼는 일이 있었어. 그래서 난 그 소문을 듣고 아이 머리가 난간에서 빠져나오기 전에 길바닥에다 만화를 그렸지. 난 적어도 재빠르단 말이야."

보조는 재미있는 사람 같았다. 나는 그를 좀 더 알고 싶었다. 그날 저녁에 나는 보조를 만나러 강변 둑길로 갔다. 그가 패디와 나를 템스강 남쪽에 있는 숙박소로 데려가기로 약속했기 때문이다. 보조는 길바닥에 그렸던 그림을 지우고서 번 돈을 세었다. 대략 16실링이었는데 이 중 12, 13실링 정도가 이익으로 남는 돈이라고 했다. 우리는 램버스로 걸어 내려갔다. 보조는 불편한 다리를 삐딱하게 질질 끌면서 괴상한 걸음걸이로 절룩대며 느릿느릿 걸었다. 그는 양손에 지팡이를 짚고 분필통은 어깨에 메고 있었다. 다리를 건너다가 그는 구석진 곳에서 걸음을 멈추고 쉬었다. 그러고는 잠시 동안 말이 없었다. 그가 별을 쳐다본다는 것을 알고서 나는 깜짝 놀랐다. 그는 내 팔을 잡고 지팡이로 하늘을 가리켰다.

"이봐, 저 황소자리 좀 보게! 저 빛깔을 봐. 마치 커다란 핏빛 오렌지 같아!"

그가 말하는 투는 어느 화랑의 미술 비평가라고 해도 좋았다. 나는 깜짝 놀랐다. 그리고 황소자리가 어떤 건지도 모른다고 실토했다. 사실 나는 별빛이 서로 다르다는 사실도 미처 몰랐었다. 보조는 주요 별자리를 일일이 가리키면서 천문학에 관한 기초적인 지식을 설명하기 시작했다. 그는 내 무지가 안됐다는 표정이었다. 나는 놀라서 그에게 말했다.

"별에 대해 많이 아는 것 같군."

"많이는 뭘. 그래도 조금은 알고 있지. 내가 유성에 관한 글을 보냈더니 왕립 천문학 연구소에서 감사하다는 답장이 두 번 왔었어. 밤이면 수시로 밖에 나가서 유성을 지켜봐. 별은 공짜로 구경할 수 있잖아. 눈을 쓴다고 돈이 드는 것도 아니고."

"훌륭한 생각인데! 난 그런 건 미처 생각지도 못했어."

"글쎄, 인간이란 무엇에든 흥미를 붙여야 하니까. 길거리에 나와 있다고 끼닛거리만 생각하란 법은 없지 않겠나?"
 "그렇지만 이런 생활을 하면서 뭐…… 별 같은 것에 흥미를 가지기는 힘들지 않을까?"
 "거리의 화가 생활 말인가? 반드시 그렇지는 않지. 피투성이가 되도록 억척스럽게 살 필요는 없어. 사는 데 집착하지만 않는다면 말이야."
 "사람들은 대부분 그렇게 사는 것 같은데."
 "물론이지. 패디를 보게. 허섭스레기나 훔치기에 딱 알맞은, 차나 얻어 마시는 건달이지 뭐냔 말이야. 대부분이 그렇게 살지만 나는 그네들을 경멸해. 그렇게 될 필요가 없잖아. 교육만 받았다면 여생을 길바닥에서 헤매도 문제가 안 되지."
 "좋아, 그런데 나는 꼭 그와는 반대되는 현상을 터득했어. 사람한테서 돈을 뺏어버리면 그 순간부터는 아무짝에도 쓸모없게 되는 것 같더란 말이지."
 "아니, 반드시 그런 건 아니야. 마음만 먹으면 부자든 가난뱅이든 사는 건 매한가지지. 책을 읽거나 생각하는 일은 계속할 수 있으니까. 자신한테 이렇게만 말하면 되는 거야. '나는 여기가 자유인이다'라고." 그러면서 보조는 자신의 이마를 가볍게 두드렸다. "'그리고 너는 됐어'라고 하면 아무렇지도 않은 거야."
 보조는 같은 취지로 더 많은 이야기를 했고, 나는 주의 깊게 귀를 기울였다. 그는 남과 다른 거리의 화가로 보였다. 더군다나 가난이 문제가 안 된다고 주장한 최초의 사람이었다. 다음 며칠 동안 나는 보조를 자주 보았다. 비가 몇 차례 내려 그가 일을 하러 나가지 못했기 때문이다. 그는 내게 자신의 기이한 인생 내력을 들려주었다.

파산한 서적상의 아들로 태어나 열여덟 살에 페인트공으로 일했고 전쟁 중에는 프랑스와 인도에서 3년간 복무했다. 전쟁이 끝난 다음에는 파리에서 페인트공 일자리를 구해 거기서 몇 년 동안 머물렀다. 영국보다는 프랑스가 그에게 잘 맞았다. (그는 영국인을 경멸했다.) 파리에서는 매사가 순조로워 돈을 저축해서 한 프랑스 처녀와 약혼했다. 그런데 어느 날 그녀가 버스 바퀴에 치여 죽었고, 보조는 일주일 내내 술만 퍼마시다가 비틀거리며 일터로 나갔다. 바로 그날 아침에 그는 일하던 비계에서 12미터 아래 길바닥으로 떨어졌고 오른쪽 다리가 엉망으로 부서졌다. 무슨 이유에선지 그는 겨우 보상금으로 60파운드밖에 받지 못했다. 그는 영국으로 돌아와 일자리를 구하다가 돈을 다 써버렸다. 미들섹스 노상시장에서 서적 행상을 해보기도 하고 장난감을 팔아보기도 했지만 결국은 거리의 화가로 정착했다. 그는 그 뒤로 하루 벌어 하루 먹는 생활을 해오고 있고 겨우내 거의 굶다시피 했다. 그리고 잠은 부랑자 구호소나 강둑에서 잤다. 내가 그를 알았을 당시에도 그는 걸친 옷과 그림 도구, 몇 권의 책밖에 가진 게 없었다. 옷이라고 해야 거지들이 입는 옷과 진배없었다. 그러나 그는 옷깃과 넥타이를 매고 이것에 오히려 긍지를 느끼고 있었다. 1년 이상 된 옷깃은 목 주위가 자꾸만 '닳아서' 보조는 셔츠 자락 헝겊을 잘라 옷깃을 꿰맸다. 그래서 셔츠 끝자락이 거의 남아 있지 않았다. 다친 다리는 날이 갈수록 점점 악화되어서 절단을 해야 할지도 몰랐다. 늘 길바닥 위에 무릎을 꿇고 있기 때문에 구두 밑창처럼 두꺼운 굳은살이 박여 있었다. 그에게는 분명 거지 신세와 구빈원에서의 죽음 말고는 어떠한 미래도 없었다.

그런데 이런 모든 상황에도 불구하고 보조에게는 공포라든가 후회, 수치, 자기 연민 따위가 없었다. 그는 자신의 처지를 직시하면서 자기 나름의 철학을 이루어냈다. 거지 생활을 하는 건 절대 자신의 잘못이 아니라는 것이다. 그래서 이에 대해서는 추호라도 양심의 가책을 느낀다든가 이것 때문에 걱정하지는 않는다고 했다. 그는 사회의 적이었다. 그래서 적당한 기회만 오면 충분히 범죄를 저지를 마음의 준비가 되어 있었다. 그는 원칙적으로 절약을 배격했다. 여름 동안에는 저축도 하지 않고, 여자에게도 관심이 없으니 여분의 수입은 전부 술을 마시는 데 썼다. 겨울이 와서 무일푼이 됐을 때는 사회가 그를 돌봐줘야 했다. 자선단체에 감사하다는 말을 안 해도 좋다면 그는 그곳에서 마지막 한 푼까지도 끌어낼 준비가 되어 있었다. 그렇지만 그는 종교 자선단체는 피했다. 이유는 빵을 먹기 위해 찬송가를 부르면 목구멍에 걸려 넘어가지 않기 때문이라고 했다. 그 외에도 그에게는 여러 가지 덕성이 있었다. 예를 들면 평생 한 번도 담배를 피운 적이 없어 죽는 한이 있어도 담배꽁초를 주울 일이 없었다. 그는 스스로 자기는 다른 거지들과는 다른 높은 급에 속한다고 여겼다. 그네들은 감사해하지 않을 의연한 품위조차 없는 비열한 족속들이라고 그는 말했다.

보조는 프랑스어를 웬만큼은 했다. 그래서 졸라의 소설 몇 권을 읽었고 거기다 셰익스피어의 모든 작품, 『걸리버 여행기』, 그 외에도 여러 수필을 읽었다. 그는 회상 조로 자신이 겪은 모험담을 들려주었다. 예컨대 장례식에 대해서 그는 내게 이런 말을 했다.

"시체 태우는 것을 본 적이 있나? 나는 인도에 있을 때 봤지. 시체를 불 위에 올려놓는데 다음 순간 기절할 뻔했어. 시체가 발길질을 하기 시작하잖아. 그냥 근육이 열 때문에 오그라드는 거였는데, 그래도 깜짝 놀라지 않고 배길 수가 있어야지. 글쎄 말이야, 뜨거운 석탄불 위에 올려놓은 청어처럼 약간 꿈틀거리다가 배가 불룩 솟더니만 50미터 밖에서도 들릴 만큼 뻥 소리를 내면서 터지잖아. 그걸 보고서 화장을 반대하게 됐지."

그는 또 자신의 예기치 못한 사고에 대해 이런 말을 했다.

"의사가 나보고 그러더군. '당신은 떨어질 때 한쪽 다리만 디뎠군요. 두 다리로 딛지 않은 건 더럽게 재수 좋은 거예요. 두 다리로 디뎠으면 아코디언처럼 찌부러졌을 겁니다. 그리고 아마 허벅다리뼈가 귀를 뚫고 나왔을걸요!"

이건 의사가 한 말이 아니라 보조 자신이 지어낸 것이 분명했다. 그는 말재간이 있었다. 다행히 뇌가 손상되지 않아 기민하게 잘 돌아갔고, 어떤 것도 그로 하여금 가난에 굴복하게 만들 수는 없었다. 그는 누더기를 걸치고 춥고 배고팠지만 책을 읽고 생각하고 유성을 지켜볼 수 있는 한, 그의 말마따나 정신만은 자유로웠던 것이다.

보조는 신랄한 무신론자였는데, 하느님을 믿지 않는 것 이상으로 '그'를 싫어하는 부류였다. 그리고 인간사가 결코 나아지지 않을 거라고 생각함으로써 쾌락 비슷한 무엇을 느꼈다. 이따금 강변 둑길에서 잘 때, 그는 화성이나 목성을 쳐다보면서 거기에서도 강둑에서 자는 사람이 있을지 모른다는 생각을 하면 한결 마음에 위안이 된다는 것이었다. 그는 여기에 대해 신기한 이론을 전개했다. 지구에서 생활이 고달픈 이유는 생존에 필요한 것이 빈약하기 때문이다. 그런데 화성은 기후가 춥고 물이 없으니 틀림없이 지구보다 훨씬 여건이 나쁠 것이다. 따라서 생활도 더욱 고달플 것이다. 지구에서는 6펜스를 훔치면 그저 감옥에 갇힐 뿐이지만, 화성에서는 모르긴 몰라도 산 채로 끓는 물에 삶길 것이다. 이런 생각을 하면서 보조는 명랑해졌는데, 왜 그런지 이유는 나도 몰랐다. 그는 매우 보기 드문 사람이었다.

31

보조가 데려간 간이숙소 요금은 하룻밤에 9펜스였다. 500명을 수용할 수 있는 규모가 크고 혼잡한 곳이었다. 이곳은 떠돌이와 거지, 그리고 잡범들의 집합소로 유명했다. 그 안에서는 모든 인종, 심지어 흑인과 백인까지도 대등한 조건으로 뒤섞여 있었다. 그리고 인도인도 있었다. 내가 서툰 우르두어*로 그중 한 사람에게 말을 걸자 그는 나를 '툼(tum)'**이라고 불렀다. 식민지 인도에서 영국인을 그렇게 불렀다가는 큰일 날 말이었다. 우리는 유색 인종에게 편견을 가질 만한

---
* 인도의 여러 공용어 가운데 하나.
** 인도 공통어인 힌두스타니어로, 이 언어는 영국인이 익힌 최초의 인도 언어이다. '툼'은 우리말의 '너' 정도의 뜻이며 상대방에 대한 존칭인 '아프(ap)'와는 달리 친한 친구 사이나 윗사람이 아랫사람에게 사용하는 말이다.

부류에 끼지도 못했다. 여기서는 괴상한 인생의 면면을 엿볼 수 있었다. '할아범'이라고 불리는 일흔 살 먹은 부랑자는 담배꽁초를 주워서 30그램에 3펜스씩 받고 팔아 자기 생계의 전부, 아니 대부분을 꾸려 나갔다. '의사 나리'라는 사람은 진짜 의사였는데, 무슨 죄를 저질러서인지 의사 면허를 취소당하고 신문 파는 일 말고도 한 번에 2펜스에서 3펜스씩을 받고서 사람들을 진료했다. 파키스탄에서 온 선원은 배에서 탈출해 굶주린 상태에서 며칠을 런던 거리를 맨발로 헤매고 돌아다녔다. 그는 너무도 멍청하고 무기력해서 자기가 있는 도시의 이름조차 몰랐다. 내가 일러줄 때까지 그는 자신이 리버풀에 있는 줄로만 알았다. 보조의 친구 중에서 구걸하는 내용의 편지만 쓰는 자도 있었다. 그는 아내의 장례비용 마련을 도와달라고 애원하는 편지를 써서 반응이 오면 빵과 마가린으로 푸짐하게 차려놓고 혼자 배가 터지도록 음식을 쑤셔 넣었다. 그는 성미가 고약한 데다 하이에나처럼 잔인무도했다. 대부분의 사기꾼이 그렇듯 그 사람도 자신이 지어낸 거짓말을 거의 그대로 믿고 있다는 것을 그와 이야기를 나눠보고서야 알게 되었다. 간이숙소는 이런 유형의 인간들이 모여드는 앨세이셔*였다.

같이 지내는 동안 보조는 내게 런던에서 써먹을 구걸하는 법을 몇 가지 가르쳐주었다. 생각보다는 그 요령이 복잡다단했다. 거지도 각양각색이었다. 단순히 비럭질을 하는 자와 돈에 어떤 가치를 부여하려는 자 사이에는 예리한 사회적 선이 그여 있었다. '거리 공연'으로

---

* 옛날 런던의 지역명. 여기서는 범죄자나 빚에 몰린 사람들의 도피처를 뜻한다.

벌어들일 수 있는 돈 액수도 종류에 따라 달랐다. 일요신문에 실린, 바짓가랑이 속에 2천 파운드를 꿰맨 채 죽었다는 거지 기사는 물론 거짓이었다. 그러나 급이 좀 높은 거지는 재수가 연이어 따르는 때도 있었다. 그럴 때는 단 한 건에 일주일분의 생계비를 벌기도 했다. 가장 재미를 보는 거지는 길거리 곡예사와 길거리 사진사였다. 가령 길거리 곡예사는 사람들이 많이 늘어서는 극장 앞처럼 목이 좋은 곳에서는 보통 일주일에 5파운드나 벌었다. 길거리 사진사도 그 정도는 벌 수 있지만 그러려면 날씨가 좋아야 했다. 이 사람들은 매상을 올리기 위한 교활한 재주를 가지고 있었다. 그럴듯한 '먹이'가 오는 것을 보면 한 녀석이 사진기 뒤로 돌아가서 사진을 찍는 체한다. 그러다가 먹이가 앞으로 지나가면 큰 소리로 외치는 것이다.

"됐습니다, 선생님. 잘 찍혔습니다. 1실링입니다."

"난 사진 찍어달라고 한 적 없는데요." 먹이가 항의한다.

"네? 안 찍고 싶으셨어요? 어허, 우리는 선생님이 찍으라고 손으로 신호하신 걸로 생각했습니다. 에이, 필름만 한 장 버렸네요! 6펜스나 나가는 원판인데."

이렇게 되면 먹이는 대부분 동정심에 사진을 찾겠다고 말한다. 사진사는 원판을 살펴보고는 그게 못쓰게 되었다고 말한다. 그러고서 다시 무료로 찍어주겠다고 한다. 물론, 애초에 사진을 찍지도 않고 벌인 사기극이다. 그러니까 먹이가 거절하더라도 손해 볼 일은 전혀 없다.

손풍금 연주자도 곡예사처럼 자신을 거지라기보다는 예술가라고 생각했다. 보조의 또 한 친구인 쇼티가 손풍금 연주자였는데, 그는 자신의 직업에 대해 모든 것을 이야기해주었다. 쇼티와 그의 친구는 화이트채플과 커머셜 로드 주변의 커피숍이나 선술집에서 '일했다.' 손풍금 연주자가 거리에서 생계비를 번다고 생각하는 것은 오산이다. 그들은 수입의 대부분을 커피숍에서나 선술집에서 벌어들였다. 고급 술집은 못 들어가게 하니까 싸구려 선술집에서만 돈을 벌었다. 쇼티의 방식은 선술집 밖에 멈춰서 한 곡을 연주하고 나면, 목발을 짚어 사람들의 동정심을 불러일으킬 수 있는 그의 짝이 안으로 들어가서 모자를 돌리며 돌아다니는 것이었다. '동냥'을 받고 난 후에 쇼티는 반드시 또 한 곡을 연주했는데―이를테면 앙코르였다―그는 이 연주를 영광으로 생각했다. 어떤 생각이 들어 그랬는가 하면, 자기는 순수한 예술인이므로 돈만 받아 가려고 연주하지는 않는다는 의미였다. 그와 그의 짝은 일주일에 2, 3파운드는 벌었다. 그러나 손풍금 임대료로 매주 15실링을 내야 했기 때문에 일주일에 평균 1파운드씩밖에는 수입이 들어오지 않았다. 두 사람은 아침 여덟 시부터 밤 열 시까지, 토요일에는 그보다 늦게까지 거리를 돌아다녔다.

거리의 화가는 예술인으로 불릴 때도 있고 그렇지 않을 때도 있었다. 보조는 내게 '진짜' 예술가 한 사람을 소개해주었다. 그는 파리에서 그림 공부를 했고 전성기에는 미술 전람회장에 출품한 적도 있었다. 그의 전공은 옛 유명 화가들의 작품을 모사하는 것이었다. 길바닥에 깔린 돌에다 그린다는 점을 고려한다면 놀라울 만큼 잘 그렸다. 그는 자기가 거리의 화가가 된 이력을 내게 들려주었다.

"처자식이 굶주리고 있었지. 나는 그림을 잔뜩 가지고 화상을 찾아 돌아다니다가 밤늦게 집으로 걸어오면서 어떻게 하면 1, 2실링을 만들 수 있을까 골똘히 생각했지. 그때 스트랜드 가에서 한 녀석이 길바닥에 무릎을 꿇고 그림을 그리고 있으려니까 구경하던 사람들이 페니를 던져주는 광경을 본 거야. 그 앞을 지나가는데 그 사람이 일어나서 선술집으로 들어가더군. '젠장, 저놈이 그렇게 돈을 번다면 나라고 못할까' 하는 생각이 들더란 말이지. 그래서 나는 충동적으로 무릎을 꿇고 앉아서 그 사람 분필을 가지고 그림을 그리기 시작했어. 어떻게 그런 짓을 하려고 덤벼들었는지 하늘이나 알 일이지. 아마도 굶어서 머리가 약간 돌았던 모양이야. 기이한 일은 전에는 한 번도 파스텔을 써 본 일이 없다는 거였어. 그려가면서 요령을 터득할 수밖에 없었지. 그런데 사람들이 걸음을 멈추고는 그림이 괜찮다고 하더니 9펜스를 던져주더란 말이야. 그 순간에 아까 그 녀석이 선술집에서 나왔지. '아니, 남의 자리에서 뭘 하고 있는 거야?' 하더군. 그래서 나는 굶주려서 돈을 조금 벌어야 했다고 설명했지. 그랬더니 그 사람이 '아하, 그러서? 이리 오쇼. 나하고 한잔합시다' 라고 말하더군. 그래서 한잔 얻어 마시고 그날부터 거리의 화가 노릇을 했던 거야. 일주일에 1파운드는 벌어. 일주일에 1파운드로 여섯 놈 자식새끼는 못 먹여 살리지만 다행히도 마누라가 바느질로 조금 벌어 보태고 있지.

이 생활에서 가장 참기 힘든 건 추위야. 그다음 고역은 남의 참견을 참는 일이고. 처음에는 돌아가는 형세를 잘 몰라서 이따금 길바닥에다 누드를 그렸더랬지. 맨 처음 내가 자리 잡은 곳이 세인트 마틴 인 더 필즈 교회 앞이었어. 교구위원이거나 그런 부류의 사람으로 보이는 검은 옷을 입은 녀석이 나오더니 굉장히 화를 내더군. '하느님의 성전에서 이런 외설스러운 그림을 그리다니!' 하고 소리를 치잖아. 그래서 나는 그림을 물로 씻어내야 했어. 그건 말이야, 보티첼리가 그린〈비너스의 탄생〉의 모사였어. 또 한번은 강변 둑길에서 똑같은 그림을 모사했지. 경찰이 지나가다가 그림을 내려다보더니 일언반구도 없이 그림 위로 걸어 들어와서는 크고 넓적한 발로 그림을 뭉개 지워버리더라고."

보조도 경찰의 간섭에 대해 이와 비슷한 이야기를 했다. 내가 보조와 함께 있을 때 하이드 공원에서 '부도덕한 행위' 한 건이 일어난 적이 있는데, 바로 경찰이 저지른 사건이었다. 보조는 나무 사이에 경찰이 숨어 있는 하이드 공원의 풍자만화를 그렸다. 그러고는 거기에 '수수께끼: 경찰을 찾아라'라는 제목을 붙였다. 그래서 내가 '수수께끼: 부도덕한 행위를 찾아라'라고 쓰는 편이 훨씬 효과적일 거라고 지적했지만 보조는 들으려 하지 않았다. 그의 말에 따르면, 경찰이 그 그림을 보면 자신을 거기에서 쫓아낼 테고 그렇게 되면 그는 좋은 장소를 잃을 것이라고 했다.

거리의 화가 밑으로는 이런 사람들이 있었다. 찬송가를 부르는 사람, 성냥이나 구두끈을 파는 사람, 좋게 말해 향수라고 하지만 사실은 라벤더 몇 알이 든 봉투를 파는 사람 등이었다. 이런 사람들은 까놓고 얘기해서 자신의 비참한 몰골을 이용하는 거지들에 불과했다. 하루에 반 크라운 이상을 버는 사람은 아무도 없었다. 이들이 노골적으로 구걸에 나서지 않는 이유는 우스꽝스러운 영국 법률이 규제하기 때문이었다. 그래서 성냥이니 뭐니 파는 체하는 것이었다. 법률대로 하자면 모르는 사람에게 다가가 2펜스를 달라고 하면 그 사람은 경찰을 불러서 구걸을 한 죄로 7일간 구류를 살게 할 수 있었다. 그러나 공기를 흐려놓을지라도 〈내 주를 가까이〉라고 콧노래라도 부른다든가, 분필로 길바닥에 그림을 그린다든가, 성냥통을 들고 서성거린다든가 하면—간단히 말해서 남에게 폐를 끼친다면—그 행위는 구걸이 아니라 합법적인 장사로 간주되었다. 다시 말해서 성냥 장사나 길거리 찬송 부르기 등은 합법적인 범죄였다. 그러나 수지맞는 범죄는 아니어서, 런던에는 1년 수입이 50파운드 이상인 거리의 찬송 가수나 성냥 장수는 없었다. 매주 84시간을 자동차가 등을 스치고 지나가는 거리에 서 있는 대가로는 너무도 빈약한 대가였다.

나는 거지의 사회적 지위에 대해 한마디 하고자 한다. 그들과 가까이 지내면서, 그들 역시 일반 사람과 같다는 사실을 알게 되면 사회가 그들을 대하는 이상한 태도에 놀라지 않을 수가 없다. 사람들은 거지와 '노동하는' 보통 사람 사이에 어떤 근본적인 차이가 있는 것으로 느끼는 모양이다. 그들은 이질적인 종족이며, 범죄자나 매춘부처럼 버림받은 부류이다. 일하는 사람들은 '일'을 하지만 거지들은 '일'을 하지 않는다. 그네들은 본질적으로 무가치한 기생충에 불과하다. 벽돌 쌓는 사람이나 문학 비평가가 자신의 생활비를 '버는' 것을 당연히 여기듯 거지들이 자신의 생활비를 '벌지' 않는 것도 당연히 여기게 된다. 인도주의적인 시대에 살고 있기 때문에 우리가 그들에게 관용을 베풀기는 하지만, 그네들은 근본적으로 멸시받을 만한 사회적 혹일 뿐이다.

그러나 자세히 관찰해보면, 거지의 생계수단과 무수한 점잖은 사람들의 생계수단 사이에는 근본적인 차이가 없다는 것을 알 수 있다. 흔히들 거지는 일하지 않는다고 말한다. 그러면 도대체 일이란 무엇인가? 도로 인부는 곡괭이를 휘둘러서 일을 한다. 회계사는 수치를 계산함으로써 일을 한다. 그리고 거지는 어떤 날씨에든 문밖에 서서 정맥류에 걸리거나 만성기관지염 따위에 걸림으로써 일을 하는 것이다. 그것은 다른 생업과 조금도 다를 것이 없다. 물론 아주 무익한 일이기는 하다. 하지만 그렇게 보자면 그럴듯한 다른 많은 생업들도 아주 무익하다. 사회적 유형으로 분류해보자면, 거지들도 다른 수십 종의 직업인들과 충분히 비교가 가능하다. 그네들은 특허약품 판매원에 비하면 정직하고, 일요신문 경영주에 비하면 마음이 고결하고, 또 할부 판매원보다는 귀염성 있고 온순하다. 요약하면 기생충이기는 하지만 별로 해독이 없는 기생충인 것이다. 그들은 지역사회에서 근근이 연명해나가는 그 이상은 짜내지 않는다. 우리의 윤리 관념으로 볼 때 그들은 정당하다. 그들은 사회에게 진 빚을 고통을 당함으로써 갚고 있기 때문이다. 나는 거지들이 보통 사람과는 다른 계급에 속한다고 생각하지도 않고, 다른 사람들이 멸시할 만한 점이 있다고 생각하지도 않는다.

그러면 왜 거지가 경멸을 받는가 하는 의문이 생긴다. 왜냐하면 그들은 실제로 경멸당하고 있기 때문이다. 그것은 그들이 적절한 생계비를 벌지 못한다는 단순한 이유 때문이라고 생각한다. 실제로 일이 유용한지 무용한지, 생산적인 것인지 기생적인 것인지에는 그 누구도 신경 쓰지 않는다. 단지 중요한 것은 그 일이 이익을 내야 한다는 사실이다. 현대 사회에서 능력이니, 효율성이니, 사회복지니, 그 밖의 무엇이니 하는 것들이 모두 '돈을 벌어라, 합법적으로 벌어라, 나아가 많이 벌어라'라는 것 이외에 무슨 의미가 있단 말인가? 돈이 미덕을 가늠하는 위대한 척도가 되었다. 거지는 이 척도에 맞지 않기 때문에 멸시당하는 것이다. 만약에 구걸을 해서 일주일에 10파운드라도 벌 수 있다면 아마도 그것은 즉시 존경받는 직업이 될 것이다. 거지란 현실적으로 보면 다른 직장인들과 마찬가지로 자기가 할 수 있는 방법으로 생계를 유지하는 근로자이다. 그네들은 대부분의 현대인들과는 달리 명예를 팔지 않는다. 그저 부자가 될 수 없는 장사를 택하는 실수를 범했을 뿐이다.

32

런던에서 통용되는 속어와 욕설을 될 수 있는 대로 간단하게 적어 볼까 한다. 이 말들은 (누구나 아는 평범한 단어는 생략하고) 현재 런던에서 사용되는 은어 중 일부이다.

개거(gagger): 거지 혹은 온갖 부류의 거리 공연자.
무처(moocher): 장사를 내세우지 않고 노골적으로 구걸하는 사람.
노버(nobber): 거지를 위해 동전을 거두어들이는 사람.
챈터(chanter): 거리 가수.
클로드호퍼(clodhopper): 거리 춤꾼.
머그페이커(mugfaker): 거리 사진사.
글리머(glimmer): 빈 자동차를 터는 사람.

지(gee 또는 jee라고도 하는데 이때 발음은 [jee]가 된다): 싸구려 행상과 한패가 되어서 자기도 사는 척하며 구매를 부추기는 사람.

스플릿(split): 형사.

플래티(flattie): 경찰.

디데카이(didecai): 집시.

토비(toby): 떠돌이.

드롭(drop): 거지에게 던져주는 돈.

펀컴(funkum): 봉투에 넣어 파는 라벤더나 기타 향기가 나는 것.

부저(boozer): 선술집.

슬랭(slang): 행상 허가증.

킵(kip): 잠을 자는 장소 혹은 하룻밤의 숙박소.

스모크(Smoke): 런던.

주디(judy): 여자.

스파이크(spike): 부랑자 구호소.

럼프(lump): 부랑자 구호소.

토셔룬(tosheroon): 반 크라운.

디너(deaner): 1실링.

호그(hog): 1실링.

스프라우지(sprowsie): 6펜스.

클로즈(clods): 잔돈, 동전.

드럼(drum): 양철깡통.

셰클스(shackles): 수프.

챗(chat): 빈대.

하드업(hard-up): 꽁초를 모아 만든 담배.

스틱(stick) 또는 케인(cane): 강도가 쓰는 조립식 쇠지레.

피터(peter): 금고.

블라이(bly): 강도들이 쓰는 산소아세틸렌 절삭기.

볼(bawl): 빨다 혹은 삼키다.

녹오프(knock off): 훔치다.

스키퍼(skipper): 노숙하다.

이 단어들 중 절반가량은 큰 사전에 수록되어 있다. 몇몇 단어들의 파생 기원을 추측해보는 일은 아주 흥미진진하다. 여기서 한두 단어, 그러니까 '펀컴'과 '토셔룬'이라는 단어는 추측이 불가능하다. '디너'는 아마 '드니에(denier)'*에서 파생됐을 것이다. '글리머'는 '빛'을 뜻하는 옛말 '글림(glim)'이나 '힐끔 보기'를 뜻하는 또 다른 옛말 '글림(glim)'과 모종의 관계가 있을 것이다. 그러나 그것이 현재의 의미로 사용된 때는 자동차라는 말보다도 오래되지 않았기 때문에 신어 조성(造成)의 한 예로 볼 수 있을 것이다. '지'는 묘한 단어이다. 아마도 '말(馬)'을 의미하는 'gee'는 말을 방패 삼아 숨어서 짐승에게 접근하는 사냥 용어에서 나왔으리라 추측된다. '스크리버(screever, 거리의 화가)'의 어원도 신비롭다. 이 말은 결국에는 '스크리보(scribo, '글씨를 쓰다'라는 뜻의 라틴어)'라는 단어에서 나왔겠지만 과거 150

---

* 프랑스의 옛 화폐 단위.

년 동안 영어에는 이와 유사한 말조차 없었다. 그리고 프랑스에는 길바닥에 그림을 그리는 화가가 없었기 때문에 프랑스어에서 직접 차용하지도 않았을 것이다. '주디'와 '볼'은 타워브리지 서쪽에서는 발견되지 않는 런던 동부 지구의 단어이다. '스모크'는 부랑자들만 사용하는 단어이다. '킵'은 덴마크어에서 유래되었고, 아주 최근까지만 해도 '도스(doss)'라는 단어가 이 뜻으로 쓰였으나 이제는 완전히 죽은말이 되고 말았다.

런던의 속어와 사투리는 매우 빠르게 변화하는 듯하다. 찰스 디킨스와 서티스*는 자신의 소설에서 W를 V로, V를 W 등등으로 썼는데 이제 이러한 옛 런던의 말투는 완전히 사라져버렸다. 우리가 알고 있는 런던 토박이 말씨는 1840년대에 생겨난 것으로 추측된다(미국 작품인 허먼 멜빌의 소설 『하얀 재킷』에서 처음으로 언급된다). 그러나 이런 런던 토박이 말씨는 이미 변해가고 있다. 이제는 '페이스(face)'를 '파이스'로, '나이스(nice)'를 '나우스'로 발음하는 사람은 거의 없다. 그러나 20년 전에는 늘 그렇게 사용했던 것이다. 속어도 말씨와 함께 변해간다. 예를 들면 25년이나 30년 전에는 '압운 속어'가 런던의 전 지역에서 유행했다. 모든 '압운 속어'는 어떤 단어가 가진 압운을 따서 새로 만들어낸 것이다. 'kiss(입 맞추다)'를 'hit(맞히다)' 또는 'miss(빗맞다)'라고 하고, 'feet(발)'를 'plates of meat(고기요리)'라고 한 것 등이 그런 예이다. 이런 말들은 너무나 일반적이어서 소설에도 등장했지만 지금은 거의 다 사라져버렸다.** 아마도 위에서

---

* 19세기 영국의 소설가.

언급한 단어들도 20년만 지나면 다 없어질 것이다.

　욕설의 어휘 역시 변화한다. 어찌 되었든 이것도 유행을 따르게 마련이다. 가령 20년 전의 런던의 노동자 계급은 입만 열면 '블러디(bloody, 빌어먹을)'라는 단어를 사용했다. 소설가들은 그들이 지금도 이 단어를 쓰는 것처럼 묘사하고 있지만 이제는 전혀 쓰지 않는다. 런던 토박이는(스코틀랜드나 아일랜드 출신은 그렇지 않다) 어느 정도 교육을 받지 않은 경우가 아니라면 결코 '블러디'라는 단어를 사용하지 않는다. 사실상 이 말은 사회적으로 그 지위가 높아져서 더 이상 노동자 계급이 사용하는 욕설의 어휘가 아니다. 현재 런던에서 모든 명사 앞에 붙이는 형용사는 '퍼킹(fucking)'이다. 하지만 이 'fucking'이라는 단어도 세월이 흐르면 '블러디'처럼 응접실로 진출하여 다른 단어로 대체될 것이다.

　욕설을 한다는 것, 특히 영어의 욕설은 불가사의하다. 그 본질을 따지고 들면 욕설이란 주술처럼 비합리적이다. 진실로 이것은 일종의 주술이다. 그러나 거기에도 역시 역설이 있는데, 다음과 같은 것이다. 욕설을 하는 의도는 마음에 충격과 상처를 주려는 데 있다. 우리는 비밀에 부쳐야 할 것 ─ 일반적으로 성 기능과 관계가 있는 것 ─ 을 들먹임으로써 그 목적을 달성한다. 그러나 내뱉은 단어가 욕설의 어휘로서 그 기능을 충분히 발휘할 때는 그 본래의 뜻을 상실한다는 사실이

** 압운 속어는 축약의 형태로 잔존한다. 예를 들자면 '머리를 쓰다(use your head)'를 '2페니를 써라(use your twopenny)'라고 말하는 경우이다. '2페니'는 다음과 같이 변화되어왔다. 즉 'head(머리)' → 'loaf of bread(빵 덩어리)' → 'twopenny loaf(2페니 덩어리)' → 'twopenny(2페니)' (원주).

이상야릇하다. 다시 말해 그 단어를 욕설로 만든 요소를 상실한다는 뜻이다. 내뱉은 말이 어떤 것을 뜻하기 때문에 욕이 되었는데, 정작 욕이 됨으로써 본래의 의미를 상실한다. 예를 들면 '퍽(fuck, '성교하다'라는 뜻의 비속어)'이라는 단어가 그렇다. 이제 런던내기들은 이 단어가 지닌 본래의 뜻으로는 사용하지 않거나 여간해서 쓰는 일이 없다. 아침부터 저녁까지 그 단어를 입에 올리고는 있지만 별 뜻 없이 덧붙이고 있다. '버거(bugger, 남자끼리 성교하다)'라는 단어도 비슷하다. 이 단어도 본래의 의미를 빠른 속도로 상실해가는 중이다. 프랑스어에서도 비슷한 예를 들 수 있다. 가령 프랑스어의 '푸트르(foutre, '성교하다'라는 뜻의 비속어)'도 이제는 아주 무의미한 부가어(附加語)에 불과하다. 버거라는 단어 역시 파리에서 가끔 쓰이지만, 그것을 사용하는 사람들 전부 또는 대부분이 그 단어가 한때 무엇을 의미했는지조차 모르고 있다. 욕설의 어휘가 된 단어는 어떤 주술적인 성격을 띠며, 그 주술적 성격이 그 단어를 일상 대화에서 따로 떼어내 일상용어로 쓰이지 않도록 하는 것이 상례인 듯하다.

모욕의 어휘로 쓰이는 단어도 욕설 어휘와 같은 역설의 지배를 받는다고 생각한다. 어떤 단어가 모욕의 어휘가 된 이유는 어떤 나쁜 뜻을 지녔기 때문이라고 생각하지만, 실제로는 그 단어의 모욕적 가치는 그 말의 실질적인 의미와는 별 관계가 없는 것이다. 예를 들면 런던 사람에게 가장 심한 욕은 '바스터드(bastard, 사생아)'인데, 이 단어를 원래의 의미 그대로 받아들이면 조금도 모욕이 되지 않는다. 또한 런던에서나 파리에서 여자에게 가장 심한 모욕은 '암소(cow)'라는 단어이다. 암소라면 사람이 가장 좋아하는 동물 중 하나일 수도 있으니 오히려 칭찬을 의미할 수도 있다. 명백히 모욕이란 사전에 나오는 의미와는 무관하게 단순히 모욕을 주려고 쓰는 말인 것이다. 단어, 특히 욕설의 어휘는 대중이 선택해서 만든다. 이런 점을 고려했을 때 국경을 넘으면 욕설 어휘의 의미가 어떻게 변화하는지를 살펴보는 것은 흥미로운 일이다. 영국에서는 'Je m'en fous('나는 전혀 개의치 않는다'는 뜻의 비속어)'라고 인쇄해도 아무런 항의를 받지 않지만, 프랑스에서는 'Je m'en f—'라고 써야 한다. 또 '반슈트(barnshoot)'라는 단어—힌두스타니어 '바힌슈트(bahinchut)'*에서 와전된 것—를 예로 들어보자. 이 말은 인도에서는 고약하고 용서할 수 없는 모욕인데, 실제 영국에서는 이 단어를 가벼운 야유 정도로만 쓰고 있다. 심지어는 학교 교과서에서도 이 단어를 본 기억이 난다. 아리스토파네스의 희곡작품 가운데 쓰인 것이었는데, 작품의 주석자는 이 단어를 페르시아의 대사가 말한 어떤 의미 모를 말이라고 번역하며 어물쩍 넘겼다. 아마 주석자는 '바힌슈트'가 무슨 뜻인지 알고 있었을 것이다. 그러나 이 말은 외래어였기 때문에 그 주술적인 욕설 어휘의 성격을 상실하여 인쇄하는 일이 가능했던 것이다.

런던의 욕설에서는 또 두드러지는 점이 하나 있다. 그것은 남자들이 여자 앞에서는 상스러운 단어를 쓰지 않는다는 것이다. 그러나 파리에서는 사정이 전혀 다르다. 파리의 노동자 중에도 아마 여자 앞에서 욕설을 하지 않으려고 애쓰는 사람이 있을 것이다. 그러나 이 문제에 대해서 그다지 신중하지는 않다. 그리고 여자들도 거리낌 없이 마

---

* 힌두스타니어로 '바힌'은 '여자 형제', '슈트'는 '성기'를 가리키는 단어로, 즉 '바힌슈트'는 여자 형제와 근친상간을 저지른 남자라는 뜻이다.

음대로 상소리를 해댄다. 이런 점을 두고 볼 때 런던내기들이 훨씬 더 정중하다거나, 그게 아니라면 자질구레하게 신경을 쓴다고 할 수 있겠다.

위에 나열한 말들은 그저 내가 아무렇게나 적어놓은 몇 가지 메모에 불과하다. 이 문제를 다룰 만한 능력이 있는 사람이 런던의 속어와 욕설에 관한 연감(年鑑)을 마련하고 그 변화를 정확하게 기록하지 않는다는 사실이 유감천만이다. 그렇게 한다면 어휘의 조성과 분화 및 폐기를 밝히는 데 유익한 도움이 될 것이다.

33

친구 B가 빌려준 2파운드로 열흘가량 버틸 수 있었다. 그렇게 오래 간 것은 패디 덕분이었다. 그는 길거리에서 살면서 극도로 절약하는 방법을 배워 하루에 한 끼니를 배불리 먹는 것도 엄청난 사치라고 생각했다. 그에게 음식이란 단지 빵과 마가린, 즉 굶주림을 한두 시간 잊게 해주는 차 한 잔과 빵 두 조각을 의미했다. 그는 하루에 반 크라운의 비용으로 먹고 자고 담배를 피우고, 여타 모든 것을 해결하면서 살아가는 방법을 가르쳐주었다. 그는 밤이면 '빈 차 털이'를 해서 몇 실링의 특별 수입을 올리기도 했다. 불법을 저지르는 것이기 때문에 안정적인 일은 아니었다. 그러나 이렇게 번 약간의 수입으로 우리는 부족한 돈을 메웠다.

어느 날 아침 우리는 샌드위치맨* 일자리를 구해보기로 했다. 새벽 다섯 시에 어느 사무실 뒷골목으로 갔는데 이미 삼사십 명이나 줄을 서서 기다리고 있었다. 그리고 두 시간이 지나서야 우리 차례까지 오지 않는다는 이야기를 들었다. 샌드위치맨 일은 그리 달갑지 않은 것이어서 별로 섭섭하지도 않았다. 샌드위치맨은 하루 열 시간 일하고 3실링가량을 받는다. 특히 바람 부는 날이면 일하기가 힘들고, 일을 잘하는지 확인하는 감시원이 쉬지 않고 돌아다녀서 꾀를 피울 수도 없다. 이런 어려움 외에도 그들은 고작 하루씩, 잘해야 사흘 정도 고용되고 일주일씩 일이 맡겨지는 법은 없었기 때문에 아침마다 몇 시간씩 줄을 서서 힘들게 기다려야 한다. 하지만 이런 일이라도 하겠다는 실직자의 수가 많아서 처우개선을 위한 투쟁은 무력할 수밖에 없다. 샌드위치맨들이 부러워하는 자리는 광고지를 나눠주는 일이다. 하지만 이것도 보수는 같다. 누군가가 광고지를 나눠주고 있을 때 그 종이를 한 장 받아주기만 해도 그에게는 적선을 베푸는 것이다. 왜냐하면 광고지를 전부 나눠주어야 그의 일이 끝나기 때문이다.

  그동안 우리는 간이숙소 생활을 계속했다. 궁상맞고 별다른 사건도 없고 질리도록 권태로운 나날이었다. 며칠씩 지하 식당에 앉아서 지난 신문을 읽거나 혹 구할 수 있으면 『유니언 잭』의 지난 호를 읽은 것 말고는 할 일이 없었다. 그때는 비가 많이 왔다. 밖에서 들어오는 사람마다 몸에서 김이 무럭무럭 났다. 그래서인지 주방에서도 지독한 냄새가 풍겼다. 나른한 권태 속에서 유일한 자극이라고는 주기적으로 먹는 빵 두 조각과 차 한 잔뿐이었다. 런던에서 이런 생활을 하는 사

---

* 몸의 앞뒤로 두 장의 광고판을 달고 홍보를 위해 거리를 돌아다니는 사람.

람이 정확히 몇 명인지는 모르겠지만 적어도 수천 명은 될 것이었다. 패디에게는 이 생활이 지난 두 해 동안 자신이 아는 최상의 생활이었다. 그는 떠돌이로 지내지 않을 때면 어쩌다 몇 실링이 자신의 수중에 들어올 때마다 늘 이런 생활을 했다. 떠돌이 생활은 이보다 약간 나쁜 정도였다. 패디가 투덜투덜 불평하는 소리를 들으면—그는 먹지 않을 때는 늘 불평했다—실직이 그에게 얼마나 무시무시한 고통인지를 알 수 있었다. 실직자들이 오로지 임금을 못 받기 때문에 괴로워한다는 건 잘 모르고 하는 소리이다. 이와는 반대로 무식한 사람은 일하는 습관이 뼛속까지 배어 있어서 돈을 필요로 하는 것 이상으로 일을 필요로 한다. 교육을 받은 사람은 그래도 강요된 무료함을 참아낼 수 있다. 그러나 이 무료함은 가난의 가장 고약한 악덕 중 하나이다. 패디 같은 사람은 시간을 때울 방법이 없기 때문에 할 일이 없으면 쇠사슬에 묶인 개처럼 비참해진다. 그런 이유에서 '영락한' 사람을 누구보다도 불쌍히 여겨야 한다고 생각하는 것은 어불성설이다. 진실로 동정받아야 할 사람은 애당초 몰락해 있었고 마음이 텅 비고 메마른 상태에서 가난에 직면한 경우이다.

그동안 지루한 시간을 보냈다. 보조와 얘기를 나눈 일 말고는 거의 기억나는 것이 없다. 언제 한번은 우리가 묵는 간이숙소에 자선 사업가들이 쳐들어왔다. 패디와 내가 밖에 나갔다가 오후에 돌아왔는데 아래층에서 음악 소리가 들렸다. 내려가 보니 깔끔하게 차려입은 점잖은 세 사람이 주방에서 예배를 올리고 있었다. 프록코트를 입은 엄숙하고 근엄한 신사, 휴대용 오르간 앞에 앉은 부인, 그리고 십자가를 만지작거리는 나약해 보이는 청년, 이렇게 세 명이었다. 아마도 그들은 초청하지도 않았는데 마음대로 들어와서 예배를 드리기 시작한 모양이었다.

숙박인들이 이 침입에 어떻게 대처하는지 구경하는 일은 즐거웠다. 그들은 자선 사업가들에게 조금도 무례하게 굴지 않았다. 그저 무시해드릴 뿐이었다. 주방에 있는 사람들 모두—아마 100명은 됐을 것이다—서로 약속이라도 한 듯이 자선 사업가들이 마치 거기에 없는 것처럼 행동했다. 그들은 참을성 있게 그곳에 서서 찬송가도 부르고 열심히 설교도 했지만 전혀 주의를 끌지 못했다. 집게벌레라도 그보다는 더 관심을 끌었을 터였다. 프록코트를 입은 신사가 일장 설교를 했지만 단 한 마디도 알아들을 수 없었다. 콧노래와 욕설, 그리고 덜그럭거리는 냄비 소리에 설교는 묻히고 말았다. 사람들은 오르간에서 1미터 정도 떨어진 곳에 앉아 식사도 하고 카드놀이도 하면서 태연하게 예배를 무시했다. 마침내 자선 사업가들은 포기하고 나가버렸다. 그네들은 조금도 모욕당하지 않았다. 다만 무시당했을 뿐이다. 그들은 '최하층 생활을 하는 빈민굴에 거리낌 없이 들어가보았다' 운운하면서 자신들이 얼마나 용감했는지를 생각하고 스스로 위안했을 것이 틀림없었다.

보조는 이런 사람들이 한 달에 몇 번씩 찾아온다고 했다. 그들은 경찰에게도 영향력을 미쳐 '관리인'도 그들을 막지 못했다. 사람들이 누군가의 벌이가 어떤 수준 이하로 떨어지기만 하면, 그들을 위해 자신들이 설교도 하고 기도도 올릴 수 있는 권리를 갖게 된다고 생각하는 것은 이상한 일이었다.

아흐레가 지나자 B가 빌려준 2파운드가 1실링 9펜스로 줄어들었다. 패디와 나는 숙박비로 18펜스를 떼어놓고 늘 먹는 차와 빵 두 쪽을 사는 데 3펜스를 썼다. 이는 식사라기보다는 애피타이저에 불과했다. 오후가 되자 너무나 배가 고팠다. 패디가 일주일에 한 번씩 부랑인들에게 무료로 차를 주는 킹스크로스 역 근처의 교회를 생각해냈다. 오늘이 바로 그날이어서 우리는 교회를 찾아가기로 했다. 보조는 비도 오고 수중에 돈도 한 푼 없었지만 교회가 자기 비위에 안 맞는다면서 함께 가려고 하지 않았다.

교회 밖에는 100명은 족히 되는 사람들이 기다리고 있었다. 마치 죽은 물소 주위에 모여든 솔개 떼처럼 차를 무료로 준다는 소식을 듣고 멀리 사방에서 모여든 누추한 옷차림을 한 군상이었다. 이윽고 문이 열렸다. 목사 한 사람과 여자들 몇 명이 교회 꼭대기에 있는 회장으로 우리를 인도했다. 으스스하고 일부러 추악하게 꾸며놓은 듯한 복음교회였다. 벽에는 피와 불에 관한 성경 구절이 씌어 있었고 1,251곡이 수록된 찬송가책이 있었다. 나는 그중에서 몇 곡을 읽어보고 그 책이 졸렬한 선집이라는 결론을 내렸다. 차를 주고 난 후에 예배가 있을 예정이어서 늘 모이는 회중이 아래층 예배석에 앉아 있었다. 주일이 아니어서인지 대부분 삶은 닭을 연상시키는 빼빼 마른 노파 몇 십 명이 앉아 있을 뿐이었다. 우리가 회랑의 예배석에 정렬해 앉자 차가 나왔다. 1파운드들이 잼 병에 담은 차와 마가린을 바른 빵 여섯 쪽이었다. 다과가 끝나자마자 문 가까이에 자리를 잡았던 열두 명의 떠돌이들이 예배를 피해 줄행랑을 쳤다. 나머지 사람들은 감사하는 마음에서라기보다는 나갈 배짱이 없어서 그냥 앉아 있었다.

오르간이 미리 몇 번 우릉우릉하더니 예배가 시작되었다. 그러자 그 즉시 신호라도 떨어진 것처럼 떠돌이들은 가장 난폭한 형태로 무례한 짓을 하기 시작했다. 교회 안에서 그러한 광경이 벌어지리라고는 아무도 상상할 수 없었을 것이다. 그들은 회랑 곳곳에서 예배석에 비스듬히 기대어 너털웃음을 터트리고, 소란스럽게 지껄이고, 앞으로 몸을 내밀어 아래층 교인들에게 빵 부스러기를 던졌다. 나는 내 옆에 앉은 사람이 담배에 불을 붙이는 것을 약간의 완력을 써서 제지해야만 했다. 떠돌이들은 예배를 순전히 희극의 한 장면으로 취급했다. 정말, 몹시도 우스꽝스러운 예배였다. 느닷없이 '할렐루야!' 하고 고함을 지르기도 하고, 즉석기도를 끝도 없이 해댔다. 그래도 떠돌이들의 행동은 도가 지나쳤다. 회중에 늙은이 한 사람이 있었는데—부틀 형제인가 하는 이름이었다—그는 몇 차례 우리를 기도로 인도해달라는 부탁을 받았다. 그런데 이 노인이 일어설 때마다 떠돌이들은 극장 안에서나 하는 발 구르기를 시작했다. 떠돌이들의 말에 따르면 지난번 예배 때는 즉석기도를 25분이나 끌어서 마침내 목사가 그만하라고 중지시켰다는 것이었다. 한번은 부틀 형제가 일어서자 떠돌이 한 사람이 말했다. "절대 7분 이상은 안 돼!" 그 소리가 무척 커서 교회 안에 있던 모든 사람이 다 들었다. 얼마 안 가서 우리가 내는 소음이 목사의 설교 소리보다 훨씬 커졌다. 수시로 아래층에서 누군가가 화난 목소리로 "쉿!" 소리를 내기도 했지만 별 효과는 없었다. 예배를 우롱하기로 한 이상 우리를 저지할 재간은 없었다.

그것은 기묘하고도 참으로 메스꺼운 광경이었다. 아래층에는 순박하고 호의를 가진 소수의 사람이 모여 예배를 보려고 하는데, 위층에서는 그들이 먹여준 100여 명의 사람들이 고의로 예배를 방해하고 있었다. 때가 더덕더덕 끼고 수염이 텁수룩한 몰골들이 회랑에 빙 둘러앉아 아래층을 내려다보면서 공공연하게 조롱하고 있었다. 여자 몇 명과 노인이 적의에 가득 찬 100명에 달하는 떠돌이를 상대로 무엇을 할 수 있단 말인가? 그들은 우리를 두려워했으며, 우리는 대놓고 그들을 못살게 굴었다. 그것은 우리에게 음식을 줌으로써 굴욕감을 느끼게 한 그들에 대한 복수였다.

목사는 용감한 사람이었다. 그는 쩌렁쩌렁 울리는 목소리로 여호수아에 대한 긴 설교를 끊임없이 이어갔다. 위층에서 들려오는 낄낄 웃고 시끄럽게 떠드는 소리는 거의 무시해버렸다. 그러나 마침내는 참을 수 없을 만큼 약이 올랐는지 큰 소리로 외쳤다.

"내 설교의 마지막 5분을 구원받지 못한 죄인을 위해 하겠습니다!"

이렇게 말한 목사는 누가 구원을 받고 누가 구원을 못 받았는지 의심을 품을까봐서 회랑 쪽으로 고개를 돌린 채 5분 동안 그러고 있었다. 그렇다고 우리가 개의할쏘냐! 목사가 지옥불로 위협할 때도 우리는 담배를 말았다. 마지막 아멘 소리가 들리자 우리는 고함을 지르고 우당탕거리면서 내려왔다. 그리고 모두가 다음 주 무료 급식 때도 또 오기로 했다.

나는 그 광경이 흥미로웠다. 보통 떠돌이들의 행태와는 너무나 달랐다. 그들은 보통 자선단체의 혜택을 입을 때는 벌레같이 비굴하게 감사했다. 물론 해명을 하자면 회중보다 우리 숫자가 많아서 그들을 두려워하지 않았기 때문일 것이다. 실제로 자선을 받는 사람은 언제나 자선을 베푸는 사람을 미워한다. 이는 바꿀 수 없는 인간 본성의 특징이다. 자신을 받쳐주는 사람이 뒤에 50명에서 100명쯤 있을 때는 그 증오심을 표출하는 것이다.

무료 다과를 먹고 온 날 저녁에 패디는 '빈 차 털이'로 뜻밖에 18펜스를 벌었다. 정확히 하룻밤 숙박료였다. 우리는 이 돈을 아껴두고 다음 날 저녁 아홉 시까지 굶었다. 우리 둘에게 먹을 것을 마련해줄지도 모르는 보조는 종일 나가고 없었다. 그는 길바닥이 젖어서 엘리펀트 앤드 캐슬*로 갔다. 거기에는 비를 피할 자리가 있으리라 생각한 것이다. 다행히도 나한테 약간의 담배가 있었다. 그렇지 않았더라면 그날은 몹시 괴로웠을 것이다.

저녁 여덟 시 반에 패디는 나를 강변 둑길로 데려갔다. 그곳에서 어느 목사가 일주일에 한 번씩 식권을 나누어준다고 했다. 채링크로스 다리 밑에는 벌써 50명의 사람들이 기다리고 있었는데, 그 모습이 흔들리는 물웅덩이에 비치고 있었다. 그들 중에는 정말 소름 끼칠 만큼 별난 사람도 끼어 있었다. 바로 강둑에서 노숙을 하는 사람들이었다. 그들은 부랑자 구호소 사람들보다 더 흉측한 몰골이었다. 그중 한 사람이 기억에 남는데, 단추가 없는 외투를 끈으로 비끄러매고 누더기 바지에다 발가락이 비어져 나오는 구두를 신고 있었다. 그것 말고는 걸레쪽 하나 걸치지 않았다. 턱에는 고행자처럼 수염이 자랐고 고래 기름 비슷한 끔찍스러운 때가 어깨와 가슴에 줄무늬를 이루고 있었다. 때와 수염 사이로 보이는 얼굴은 무슨 고약한 병이라도 걸린 듯 종이처럼 하얗게 바래 있었다. 그가 말하는 것을 들었는데, 사무원이나 매장의 감독쯤이나 쓸 만한 제법 그럴듯한 말투였다.

---

* 런던 남부의 한 지역.

목사가 나타나자 곧 그들은 도착한 순서대로 줄을 섰다. 목사는 근사하게 생기고 토실토실 살찐 젊은 사람이었는데, 파리에 있는 내 친구 샤를리와 이상하리만큼 닮은 남자였다. 그는 수줍어하고 어색해하면서 간단한 인사 말고는 아무 말도 하지 않았다. 그냥 줄지어 있는 사람들에게 황급히 식권을 돌리고서는 감사하다는 말을 기다리지도 않았다. 그 결과 처음으로 진심으로 감사한 마음이 우러나왔다. 모두가 그 목사를 좋은 친구라고 말했다. 어떤 사람이 (그에게 들리도록 크게 말한 것 같은데) "훌륭해, 저 사람 절대로 빌어먹을 주교는 못 될 거야!"라고 외쳤다. 물론 따뜻한 찬사의 의미로 말한 것이었다.

식권은 6펜스짜리였는데 그곳에서 멀지 않은 식당에서 사용할 수 있었다. 하지만 우리가 식당에 도착했을 때 식당 주인은 떠돌이들이 다른 곳에 가서는 그 식권을 써먹을 수 없다는 것을 알고서 4펜스어치만 내준 다음 나머지는 떼어먹었다. 패디와 나는 식권 두 장을 합쳐서 냈는데, 다른 커피숍에서 7, 8펜스면 먹을 수 있는 음식밖에 받지 못했다. 목사는 1파운드가 훨씬 넘는 액수의 식권을 발행해 나눠줬으니까 식당 주인은 떠돌이들한테서 매주 7실링이나 그 이상을 등쳐먹고 있는 것이 틀림없었다. 이런 일은 떠돌이 생활 중에 있는 피치 못할 피해 중 하나였고, 떠돌이들에게 돈 대신 식권을 주는 한은 절대 사라지지 않을 것이었다.

패디와 나는 숙소로 돌아왔지만 여전히 배가 고팠다. 그래서 주방에서 빈둥거리면서 음식 대신 따뜻한 불을 쬐고 있었다. 열 시 반에 보조가 지쳐서 퀭한 얼굴로 돌아왔다. 불편한 다리로 걷는 일이 고통스러웠기 때문이다. 그는 비를 피할 장소를 찾지 못해 한 푼도 벌지 못했다. 그래서 몇 시간 동안 경찰이 보는 앞에서 노골적으로 구걸을 해야 했다. 보조는 8펜스를 얻었는데 숙박비를 내기에는 1펜스가 부족했다. 숙박비를 치를 시간이 한참 지났으므로 그는 관리인이 보지 않는 틈을 타서 슬쩍 들어왔다. 어느 순간에 발각되어 쫓겨나 강변 둑길 신세를 져야 할지 몰랐다. 보조는 주머니 속에서 소지품을 꺼내 살펴보면서 무엇을 팔지 고민했다. 그는 면도칼을 팔기로 마음먹고는 주방 근처로 가지고 갔다. 그리고 몇 분 걸리지 않아서 3펜스에 팔고 왔다. 그 돈으로 숙박비를 치르고 차를 한 잔 마시니 반 페니가 남았다.

보조는 찻잔을 들고 불 앞에 앉아서 옷을 말렸다. 나는 그가 차를 마시면서 마치 무슨 재미있는 농담이라도 들은 양 혼자 웃고 있는 모습을 보았다. 나는 놀라서 뭐 때문에 웃느냐고 물었다.

"억세게 재미있는 일이야!" 그가 입을 열었다. "배꼽이 빠질 일이지. 내가 무슨 짓을 했는지 알아?"

"뭔데?"

"팔기 전에 면도 한 번 안 하고 면도칼을 넘겼단 말이야. 병신도 상병신이 따로 없지!"

그는 아침부터 굶었고, 뒤틀린 다리로 몇 킬로미터를 걸었다. 옷은 비에 흠뻑 젖었고, 반 페니로 굶주림과 싸워야 했다. 이런 처참한 상황에서도 그는 면도칼을 생각해내고 웃을 여유가 있었다. 나는 그에게 감탄하지 않을 수 없었다.

34

 다음 날 아침 돈이 바닥나서 패디와 나는 부랑자 구호소를 찾아 출발했다. 올드 켄트 거리를 따라 남쪽으로 내려가서 크롬리로 향했다. 런던에 있는 부랑자 구호소로는 갈 수 없었다. 패디가 최근에 간 적이 있었기 때문에 다시 찾아가는 모험은 하고 싶지 않았다. 아스팔트길을 25킬로미터나 걸으니 뒤꿈치에 물집이 잡히고 심한 허기가 몰려왔다. 패디는 길바닥을 살피면서 꽁초를 주워 모아 부랑자 구호소에서 보낼 시간에 대비했다. 꾸준히 노력한 결과에 대한 보상인 듯 그는 바닥에서 1페니를 주웠다. 우리는 그 돈으로 딱딱하게 굳은 빵 한 조각을 샀고 걸으면서 게걸스럽게 먹어치웠다.
 크롬리에 도착했을 때는 부랑자 구호소에 들어가기에 아직 너무 이른 시간이어서, 우리는 몇 킬로미터를 더 걸어 목초지 옆에 있는 어느 농장으로 갔다. 거기에서는 앉을 수가 있었다. 그 농장은 떠돌이들이 정기적으로 들르는 휴식처 같은 곳이었다. 발에 눌린 풀밭과 그들이 버리고 간 젖은 신문지와 녹슨 깡통 등을 보니 알 수 있었다. 다른 떠돌이들도 하나둘씩 모여들었다. 상쾌한 가을 날씨였고 가까이에는 들국화가 만발했다. 지금도 떠돌이들이 풍기는 악취에 섞여 강렬하게 스며들던 들국화 향기가 나는 듯하다. 목초지에서는 몸통은 황톳빛이고 갈기와 꼬리는 흰색인 짐마차 망아지 두 마리가 출입문을 핥고 있었다. 우리는 땀에 젖고 지쳐서 땅바닥에 사지를 펴고 누웠다. 누군가가 마른 가지를 주워다가 불을 피웠다. 우리는 주석 깡통에 담긴, 우유를 넣지 않은 차를 돌려가며 마셨다.

떠돌이 몇 사람이 이야기를 꺼내기 시작했다. 그중에 빌이라는 재미있는 사나이가 있었는데, 힘은 헤라클레스만큼이나 세고 일이라면 딱 질색인 진짜 전통적인 건장한 거지였다. 그는 자신의 힘이 장사라며 원하기만 하면 언제든지 토목공사 일자리를 얻을 수 있다고 으스댔다. 그러나 첫 일주일치 임금을 타기가 무섭게 술을 퍼마셔 해고당하고, 다음 일자리를 구할 때까지 주로 가게 주인들한테 빌어먹고 지낸다고 했다. 그는 또 이런 이야기도 했다.

"빌어먹을 켄트에서는 별 볼일 없을 거야. 정말 인심 사나운 고장이란 말이야. 켄트에는 구걸하는 놈들이 너무 많아. 빌어먹을 빵집 주인들은 우리한테 빵을 주느니 차라리 길바닥에 버리려 한다니까. 한데 옥스퍼드는 말이야, 얻어먹기 딱 좋은 곳이지. 정말, 난 옥스퍼드에 있을 때 빵도 구걸해 먹고 베이컨도 구걸하고 쇠고기도 얻어먹고 밤마다 학생들한테 숙박비도 구걸해서 썼다니까. 하루는 밤에 숙박료가 2펜스 부족해서 어떤 목사한테 3펜스를 구걸했지. 목사는 나한테 3펜스를 주고는 곧바로 나를 구걸죄로 고발하더라고. '너 구걸했지?' 하고 경찰이 묻는 거야. 그래서 '아뇨, 전 저 신사 분한테 시간만 물었는데요' 하고 내가 말했지. 경찰이 내 코트 안쪽을 뒤지더니 쇠고기 1파운드하고 빵 두 덩어리를 찾아냈어. '그럼, 이건 뭐야? 경찰서로 같이 가야겠어'라고 하더군. 치안판사는 7일 구류를 선고했어. 그 후로는 목사한테는 구걸 안 해. 제기랄! 하지만 7일 정도 갇혀 있었다고 내가 꿈쩍이나 할 줄 알고?" 등등.

아마도 그의 인생은 이런 것—구걸하고, 취하고, 갇히는 것—으로 점철된 듯했다. 그는 이 모든 상황을 재미있는 장난으로 여기는지 이야기를 하면서도 마구 웃어댔다. 그가 양말도 내의도 없이 코르덴 양복과 스카프에 모자만 쓴 모습을 보면 구걸하는 일이 그렇게 수지맞는 것 같지는 않았다. 그래도 그는 살집이 있고 유쾌했으며 떠돌이에게서는 흔히 맡을 수 없는 맥주 냄새까지 풍겼다.

떠돌이 두 명이 최근에 크롬리 부랑자 구호소에서 묵었다고 했다. 두 사람은 그곳에 얽힌 귀신 이야기를 들려주었다. 그들 말에 따르면 몇 해 전에 그곳에서 자살 사건이 벌어졌다고 한다. 떠돌이 한 사람이 면도칼을 감춰 방으로 들어가서 목을 잘랐다. 아침에 부랑자 감독이 순찰을 돌 때 시체가 문을 가로막고 있어서 문을 여느라 시체의 팔을 분질렀다. 그에 대한 복수로 죽은 자의 귀신이 그 방에 들러붙어서 그곳에서 자는 사람은 누구든지 1년 이내에 꼭 죽는다고 것이었다. 그러니까 문을 열려고 할 때 잘 열리지 않는 방은 귀신이 출몰하는 곳이니까 악착같이 피해야 한다고 했다.

선원 출신인 떠돌이 두 명이 또 다른 소름끼치는 이야기를 해줬다. 어떤 사람이(그들은 맹세코 그 사람을 안다고 했다) 칠레로 밀항하려고 계획을 꾸몄는데 그 배에는 큰 나무바구니에 공산품이 많이 실려 있었다. 한 부두 인부의 도움을 받아 밀항자는 그 바구니 속에 들어가 숨어 있었다. 그런데 부두 인부가 바구니를 적재하는 장소를 잘못 알았다. 그 바람에 크레인은 밀항자가 숨어 있던 바구니를 집어 선창 맨 밑바닥에 내려놓았고 그 위에 바구니 수백 개가 치쌓였다. 항해가 끝나도록 아무도 무슨 일이 일어났는지 몰랐다. 그를 발견했을 때는 이미 질식해 죽은 다음이었고 시체가 썩고 있었다.

또 한 떠돌이는 스코틀랜드의 도둑인 길더로이 이야기를 들려주었다. 길더로이는 교수형 선고를 받고 갇혀 있다가 탈옥해서, 자신에게 교수형을 선고한 판사를 붙잡아 (멋있는 친구지!) 목매달아 죽였다. 물론 떠돌이들은 이 이야기를 좋아했다. 그런데 흥미로운 것은 그네들이 이야기를 완전히 잘못 알고 있다는 사실이었다. 그들은 길더로이가 미국으로 도망쳤다고 했지만 사실은 다시 체포되어서 사형을 선고받았다. 틀림없이 이 이야기는 고의적으로 수정된 것이었다. 마치 어린아이들이 삼손과 로빈 후드 이야기를 고쳐서 아주 이상적인 행복한 결말을 맺게 하는 것과 마찬가지였다.

이쯤 되자 떠돌이들의 대화는 역사 이야기로까지 확대되었다. 아주 늙은 떠돌이 한 사람이 주장하기를, 그는 귀족들이 사슴 대신 사람 사냥을 하던 시대부터 '한 번 무는 것은 봐주는 법'[*]이 있어왔다고 했

---

[*] 애완동물이 처음 사람을 문 경우에 한해서 주인의 책임을 면해주는 것.

다. 다른 사람들은 노인을 비웃었지만 그는 이것을 확고하게 믿었다. 그는 또 곡물조례*와 초야권**에 대해서도 들었다고 했다. 그리고 초야권이 실제로 존재했다고 믿었다. 노인은 대반란*** 이야기도 들었다고 했다. 그는 이것을 부자에 대한 가난한 사람들의 반란으로 알고 있었는데, 아마 농민반란과 혼동을 하는 모양이었다. 노인이 책을 읽는다고는 생각할 수 없었고 분명 신문기사를 되풀이하는 것도 아니었다. 아마도 그가 알고 있는 단편적인 역사 지식은 떠돌이들 사이에 대대로 전해 내려오는 이야기였고, 어떤 것은 수백 년 동안 구전되어온 이야기일 터였다. 중세의 가냘픈 반향과도 같이 남아 있는 구전일 따름이었다.

패디와 나는 저녁 여섯 시에 부랑자 구호소로 들어갔다가 다음 날 오전 열 시에 나왔다. 그곳은 롬턴이나 에드베리와 흡사했다. 귀신 같은 것도 보지 못했다. 그곳 떠돌이 가운데는 윌리엄과 프레드라는 젊은이 두 사람이 있었다. 노퍼크 출신으로, 전에는 어부 노릇을 했으며 활달하고 노래 부르기를 좋아하는 친구들이었다. 두 사람은 〈불행한 벨라〉라는 노래를 불렀는데, 이는 적어둘 만한 가치가 있는 듯하다. 이틀 동안 여섯 번쯤을 불렀기에 거의 외울 수 있었다. 하지만 한두 소절은 내가 추측해서 기록한 것이다. 노래는 이런 내용이었다.

---

* 지주의 이익을 보호하기 위해 곡물의 수출입을 규제한 영국의 법률.
** 중세 유럽에서 농민의 결혼을 승인하는 조건으로 영주가 신랑보다 먼저 신부와 잠자리를 같이 할 수 있는 권리.
*** 영국 청교도 혁명.

벨라는 젊었노라, 벨라는 예뻤노라.
밝고 푸른 눈동자와 황금빛 머리
오, 불행한 벨라!
발걸음은 경쾌하고 마음은 명랑하다.
그러나 어느 쾌청한 날 지각없이
사악하고 잔인하고 매정한 사기꾼과
깊은 정을 맺었노라.

가엾은 벨라는 나이 어려, 세상이 거칠고
남자는 속인다는 것을 믿지 못했으니
오, 불행한 벨라!
그녀가 하는 말, "그이는 옳은 일을 할 거예요,
이제 결혼해줄 거예요, 그래야 하니까요."
사악하고 잔인하고 매정한 사기꾼을
사랑하는 마음에는 믿음이 충만했었노라.

그녀는 그의 집으로 갔고 그 더러운 스컹크는
보따리를 꾸려 도망쳤으니
오, 불행한 벨라!
집주인이 하는 말, "나가라 이 음탕한 년,
너 같이 추잡한 년은 우리 집에 둘 수 없다."
사악하고 잔인하고 매정한 사기꾼 때문에
가엾은 벨라의 가슴은 멍이 들었나니.

밤새도록 비정한 눈길을 헤맸으나
그녀의 슬픔을 누가 알까,
오, 불행한 벨라!
동녘 하늘 붉게 물들 때
저런, 저런, 불쌍한 벨라는 죽었으니
사악하고 잔인하고 매정한 사기꾼이
외로운 무덤으로 그녀를 보냈노라.

이렇게 하고 싶은 대로 해버리면
죄의 열매는 고통을 받아야 하나니
오, 불행한 벨라!
무덤 깊이 그녀를 내려놓으며
남자들이 하는 말, "아아, 인생은 그런 것"
그러나 여자들은 달콤하고 나지막하게 읊조린다.
"사내들이란 모두 더러운 놈들!"

어쩌면 여자가 만든 노래인지도 모른다.

이 노래를 부른 윌리엄과 프레드는 몹쓸 개망나니였고 다른 떠돌이들을 욕 먹이는 위인들이었다. 그들은 우연히 크롬리 구호소의 부랑자 감독이 헌옷을 보관한다는 사실을 알게 되었다. 필요하면 떠돌이들에게 주기로 되어 있는 옷이었다. 윌리엄과 프레드는 구호소에 들어가기 전에 구두를 벗어 꿰맨 실밥을 뜯고 밑창을 갈기갈기 찢어서 절대 신을 수 없게 만들었다. 그러고 나서 그들은 구두 두 켤레를 신청했다. 부랑자 감독은 두 사람의 신발이 형편없이 망가진 것을 보고서 거의 새것이나 다름없는 구두를 내주었다. 윌리엄과 프레드는 다음 날 아침에 구호소 밖으로 나오자마자 구두 두 켤레를 1실링 9펜스에 팔아치웠다. 자기네 구두를 못 신을 정도로 만들어도 1실링 9펜스를 벌 수만 있다면 아주 가치 있는 일로 여기는 모양이었다.

우리 모두는 부랑자 구호소를 나와서 길게 행렬을 지어 로어빈필드와 아이드힐을 향해 남쪽으로 출발했다. 도중에 떠돌이 두 사람 사이에 싸움이 있었다. 그들은 간밤에도 밤새도록 들판에서 엉겨 붙어 싸웠다. 싸움이 벌어진 이유는 아주 단순했다. 한 사람이 '불싯(헛소리하네)'이라고 말했는데, 상대방이 이 말을 굉장한 모욕인 '볼셰비키(공산주의자)'로 잘못 알아들었던 것이다. 우리 중 열두 명이 남아서 구경을 했다. 그 광경―얻어맞은 사람이 쓰러지면서 모자가 벗겨져 백발이 드러나는 광경―은 내 뇌리에 남아 잊히지 않는다. 결국 우리가 끼어들어 싸움을 말렸다. 그러는 동안 패디는 싸움의 진짜 원인을 알아냈다. 늘 그렇듯이 이번에도 몇 펜스의 음식 때문이었다.

우리는 꽤 일찍 로어빈필드에 도착했다. 패디는 뒷문을 찾아다니며 일거리가 없느냐고 묻는 것으로 시간을 때웠다. 어떤 집에서 그는 상자 몇 개를 패서 장작을 만들어달라는 부탁을 받았다. 그는 밖에 친구가 있다고 말하고는 나를 불러들여서 같이 일을 했다. 일이 끝나자 집주인이 하녀에게 차 한 잔씩을 내다주라고 했다. 하녀가 잔뜩 겁을 먹고 차를 가지고 나오다가 그만 용기를 잃고 찻잔을 통로에 내려놓고서 주방으로 숨어버렸던 것이 기억난다. '떠돌이'라는 이름이 그만큼 무서웠던가보다. 우리는 각자 6펜스씩 받았고, 그 돈으로 3펜스짜리 빵과 담배 15그램을 사고도 5펜스가 남았다.

패디는 남은 5펜스를 감춰두는 게 현명하다고 생각했다. 로어빈필드 구호소의 부랑자 감독은 폭군으로 악명이 높을 뿐만 아니라 우리에게 조금이라도 돈이 있는 줄 알면 받아주지 않을 것이기 때문이었다. 돈을 감추는 것은 떠돌이들이 늘 하는 짓이었다. 부랑자 구호소에서 꽤 많은 돈을 몰래 가지고 있으려면 대체로 옷 속에다 꿰매서 숨겼다. 하지만 발각되는 날에는 물론 감방 신세를 져야 한다. 패디와 보조는 이와 관련된 재미있는 이야기를 들려주었다. 한 아일랜드인이 (사실 보조는 아일랜드인이라고 했지만 패디는 끝까지 영국인이라고 우겼다) 있었는데 떠돌이는 아니었다. 그는 30파운드를 가지고 있었는데, 어느 조그마한 마을에서 잠자리를 구하지 못해 곤경에 빠진 상황이었다. 그래서 어느 떠돌이에게 묵을 곳을 물어보았고 그는 구빈원에 가보라고 일러주었다. 다른 데서 잠자리를 얻지 못하면 저렴한 숙박료를 치르고 구빈원을 이용하는 것은 흔한 일이었다. 그러나 그 아일랜드인은 잔꾀를 부려 무료로 유숙해보자는 꿍꿍이속으로 떠돌이 행세를 하고 구빈원에 들었다. 그는 30파운드를 옷 속에다 꿰매두었다. 그런데 그에게 귀띔해준 떠돌이가 기회가 왔음을 알고, 그날 밤 감독에게 일자리를 구하러 나가야 하니 아침 일찍 구호소를 나가게 해달라고 은밀히 부탁해 승낙을 받아놓았다. 아침 여섯 시에 그 떠돌이는 아일랜드인의 옷을 입고서 구호소를 나왔다. 아일랜드인은 도둑을 맞았다고 신고했지만 거지인 체 위장하고 부랑자 구호소에 들어간 죄로 30일간 구류만 살았다.

35

우리는 로어빈필드에 도착해서 오랫동안 풀밭에 누워 있었다. 마을 사람들이 문 앞에서 우리를 지켜보았다. 목사와 그 딸은 수족관의 물고기라도 구경하듯이 한동안 유심히 보더니 다시 안으로 들어갔다. 몇십 명이나 되는 떠돌이들이 부랑자 구호소가 열리기를 기다리고 있었던 것이다. 윌리엄과 프레드 역시 이들 사이에 껴서 노래를 불렀다. 싸움질하던 사람들도 있었고, 좀도둑 빌도 있었다. 빌은 빵집에서 훔친 더러운 빵을 윗옷과 맨살 사이에 잔뜩 넣고 있었고, 그걸 우리에게 나눠줘서 모두 기꺼워했다. 우리 중에는 여자도 한 명 있었다. 나로서는 처음 보는 여자 떠돌이였다. 몸집이 뚱뚱하고 늘어빠진 예순쯤 된 추한 노파였다. 치렁거리는 검은 치마를 질질 끌고 다녔으며 꽤 위엄 있는 태도를 취했다. 누가 가까이 와서 앉으면 노파는 코웃음을 치며 멀리 자리를 옮겼다.

"어디까지 가시오, 부인?" 한 떠돌이가 물었다.

노파는 코웃음을 치며 먼 곳을 바라보았다.

"이리 오시오, 부인" 그가 말했다. "기운 내시구려. 사이좋게 지냅시다그려. 우리 모두 한배를 탄 게 아니겠소."

"고맙지만," 그녀는 매몰차게 대답했다. "내가 떠돌이패하고 어울리고 싶은 생각이 들면 당신한테 알려드리지요."

나는 그 노파가 '떠돌이'라고 할 때의 말투가 우스웠다. 마치 그녀의 영혼 전체를 섬광처럼 드러내 보이는 것 같았다. 길거리에서 몇 년 동안 헤매면서 아무것도 얻은 것이 없는, 가냘프게 깜빡이는 여성의 영혼을 말이다. 그녀는 지체 높은 미망인이었는데, 어떤 괴상야릇한 사건으로 말미암아 떠돌이가 된 것이 분명했다.

부랑자 구호소는 여섯 시에 문을 열었다. 그날은 토요일이어서 주말 동안 꼼짝없이 갇혀 지내야 했다. 이것이 통례였는데, 그렇게 하는 이유는 알 수 없었다. 일요일에 내보내는 것이 온당치 못한 처사라는 막연한 생각에서였을 것이다. 등록을 할 때 나는 직업을 '신문기자'라고 했다. 신문 기사를 써서 가끔 돈을 번 일이 있었기 때문에 '화가'라고 적는 것보다는 좀 더 사실에 가까웠다. 그러나 결국 그 때문에 질문을 받게 마련이어서 이렇게 말하는 건 어리석은 짓이었다. 우리가 부랑자 구호소 안으로 들어가 몸수색을 받기 위해 줄을 서자마자 감독이 내 이름을 호명했다. 그는 마흔 살쯤 된 뻣뻣하고 군인 같은 사람이었다. 겉으로 보기에 깡패 같지는 않았지만 노병의 난폭한 면모는 드러났다. 그가 날카롭게 물었다.

"블랭크가 누구지?" (나는 내 이름을 뭐라 말했는지 잊어버렸다.)
"저입니다."
"그래, 당신이 신문기자야?"
"그렇습니다." 나는 부들부들 떨면서 대답했다. 몇 가지만 더 물으면 내가 거짓말을 한다는 사실이 탄로 날 것이고, 그러면 감옥행이 될 판이었다. 그러나 부랑자 감독은 내 아래위를 훑어보고는 이렇게 말했다.
"그렇다면 신사겠군?"
"그렇겠지요."

그는 다시 한참을 살펴보더니 "저런, 운수가 꽤 나쁘십니다" 하고는, 덧붙여 말하길 "운수가 지독스레 나쁘시군요"라고 했다. 그 후로 감독은 불공평할 만큼 내게 호의를 베풀었고 심지어 일종의 경의마저 표했다. 그는 내 몸을 수색하지도 않았으며 욕실에서는 나 혼자 쓸 수 있도록 깨끗한 수건까지 내주었다. 정말 듣도 보도 못한 호사였다. 노병의 귀에는 '신사'라는 단어가 그렇게 강력한 영향력을 미치는 모양이었다.

우리는 빵과 차를 게걸스럽게 해치우고 일곱 시쯤에 방으로 들어갔다. 한 방에 한 사람씩 들었고 침대와 짚방석이 있었으므로 푹 잤어야 마땅했다. 그러나 완벽한 구호소는 없는 법이다. 로어빈필드 특유의 결함은 추위였다. 스팀 파이프는 작동하지 않았고, 우리가 받은 담요 두 장은 얇은 면이어서 있으나마나였다. 가을인데도 추위는 매서웠다. 우리는 뒤척이다 까무룩 잠이 들었다가 으스스 떨려서 다시 깨곤 하면서 긴긴 밤의 열두 시간을 보내야 했다. 담배를 피울 수도 없었다. 겨우 감춰서 들어온 담배는 옷 속에 있었는데 아침까지는 옷을 내주지 않았기 때문이다. 복도를 따라 끙끙 앓는 소리가 들렸다. 이따금 크게 욕을 하는 소리도 들렸다. 내 생각에 한두 시간 이상 잔 사람은 한 명도 없었다.

다음 날 아침 식사를 하고 의사 검진을 마친 뒤에, 감독은 우리를 식당으로 몰아넣고는 밖에서 문을 잠가버렸다. 회칠을 하고 돌로 바닥을 깐 방이었다. 전나무로 만든 식탁과 의자가 있고 감옥 같은 냄새를 풍기는, 말할 수 없이 황량한 분위기의 방이었다. 창살이 달린 창문은 너무나 높아서 밖을 내다볼 수 없었다. 시계 하나와 구빈원의 규칙을 적어놓은 게시문 한 장 말고는 아무런 장식도 없었다. 팔꿈치가 맞닿을 만큼 의자에 빽빽하게 둘러앉아 있으려니, 겨우 아침 여덟 시밖에 안 되었는데도 벌써 갑갑증이 일었다. 할 일도, 할 말도, 움직일 여력도 없었다. 유일한 위안은 담배를 피울 수 있다는 것뿐이었다. 피우다가 들키지만 않으면 흡연은 너그러이 봐줬기 때문이다. 글래스고 출신의 떠돌이인 스코티라는 사내는 런던 사투리를 쓰는 왜소한 체구의 털보였는데, 그에게는 담배가 없었다. 몸수색 때 꽁초통이 구두에서 떨어져서 압수를 당했던 것이다. 나는 미리 만들어둔 궐련을 그에게 선물했다. 우리는 몰래 담배를 피우다가 감독이 오는 소리만 나면 학생들처럼 호주머니 속에 담배를 집어넣었다.

떠돌이들은 대부분 열 시간 동안 계속 이 불편하고 생기 없는 방에서 지냈다. 어떻게 배겨냈는지 모를 일이다. 나는 다른 사람들보다 재수가 좋았다. 열 시가 되자 감독이 몇 사람에게 잡일을 시켰는데, 나에게는 주방에 가서 도와주라며 모두가 가장 부러워하는 일을 시켰기 때문이다. 이 역시 깨끗한 수건을 지급받은 것과 마찬가지로 '신사'라는 단어가 부린 마술이었다.

주방에서는 할 일이 없어서 나는 슬쩍 빠져나와 감자를 저장해두는 조그마한 창고로 들어갔다. 그곳에는 일요일 아침 예배를 피해 구빈원의 극빈자들이 숨어 있었다. 앉기에 편리한 포장상자가 있었고, 철 지난 『패밀리 헤럴드』 잡지와 구빈원 도서실에서 갖고 나온 '래플스'* 책 한 권도 있었다. 극빈자들은 내게 구빈원 생활에 대한 재미있는 이야기를 들려주었다. 그들은 구빈원에서 가장 싫은 일이 자선을 받는 불명예의 대가로 제복을 입는 것이라고 했다. 제 옷을 입게 하거나 적어도 제 모자나 스카프라도 두르게 한다면 극빈자 취급도 상관없다고 했다. 나는 구빈원 주방 식탁에서 저녁식사를 했다. 보아구렁이한테나 어울릴 정도의 식사였고, X호텔에서 첫날 포식한 이후로 가장 풍성하게 차려진 성찬이었다. 그들은 보통 일요일에는 배가 터지도록 포식하고 남은 일주일은 굶주린다고 했다. 식사가 끝나자 요리사는 내게 설거지를 시키더니 남은 음식들을 버리라고 했다. 나는 그런 낭비에 놀랐고, 이런 환경에서는 실로 소름끼치는 일이었다. 반쯤 먹다 만 쇠고기 덩어리에다, 빵 부스러기와 채소 등이 그득그득 양동이에 쓰레기처럼 버려졌으며, 그 위에 더러운 차 찌꺼기가 올라갔다. 먹을 수 있는 멀쩡한 음식들로 쓰레기통을 다섯 개나 채웠다. 내가 그러고 있는 동안 구호소에서는 50명이나 되는 떠돌이들이 빵과 치즈로, 그리고 잘하면 일요일 특찬으로 싸늘하게 식은 삶은 감자 두 개로 배를

---

* 영국 작가 E. W. 허능이 쓴 추리소설 시리즈의 주인공.

반밖에 못 채우고 앉아 있었다. 종업원 말에 따르면 음식을 떠돌이들에게 주지 않고 버리는 것은 의도적인 정책이라고 했다.

오후 세 시에 나는 구호소로 돌아왔다. 떠돌이들은 아침 여덟 시부터 팔꿈치도 움직이기 힘든 공간에 앉아 있었던 데다, 지루해서 거의 미칠 지경이 되어 있었다. 담배마저 바닥이 났다. 떠돌이의 담배라고 해봐야 길에서 주운 꽁초였기 때문에, 몇 시간 길에 나가지 않으면 담배를 굶게 되는 것이다. 대부분은 너무나 지루해서 말할 기력조차 없어 보였다. 그저 의자에 빽빽이 앉아서 허공만 바라보다가 가끔 매가리 없는 얼굴을 둘로 찢기라도 하듯 하품을 했다. 방 안에는 권태의 냄새가 진동하고 있었다.

패디는 딱딱한 의자 때문에 등이 아파서 울상이었다. 나는 시간을 때우기 위해 조금은 고상해 보이는 떠돌이와 이야기를 나누었다. 그는 옷깃에 넥타이까지 맨 젊은 목수로 연장이 없어 거리를 헤맨다고 했다. 그는 다른 떠돌이들과는 어울리지 않았고 좀 더 자유인답게 처신했다. 그는 문학에 취미가 있어서 주머니에 『퀜틴 더워드』*를 넣고 다녔다. 그리고 굶주림에 몰리지만 않는다면 산울타리 밑이건 짚더미 뒤건 마음 내키는 대로 자는 게 낫지 결코 구호소에 오지는 않을 것이라고 했다. 그는 몇 주일 동안 남쪽 해안을 따라 낮에는 구걸을 하고 밤에는 해수욕장 탈의실에서 잤다고 했다.

우리는 부랑 생활에 대해 이야기를 나누었다. 그는 떠돌이들이 하루 열네 시간을 구호소에서 보내고 나머지 열 시간 동안은 걷거나 경

---

* 영국 작가 월터 스콧의 소설.

찰을 피하는 데 보내도록 만드는 제도를 신랄하게 비판했다. 그는 자신의 경우—연장 몇 파운드어치가 없어서 여섯 달을 공공비용으로 살고 있는—를 예로 들었다. 그리고 그것이 얼마나 어리석은 일인지에 대해 말했다.

그래서 나는 구빈원 주방에서 나오는 음식 쓰레기에 대한 내 소견을 말했다. 이 말을 듣자 그는 즉각적으로 어조를 바꿨다. 내가 모든 영국 노동자들의 마음속에 깃들어 있는 잠재의식을 불러일으킨 꼴이었다. 자신도 다른 떠돌이와 마찬가지로 굶주리고 있지만, 그는 음식을 떠돌이에게 주지 않고 버리는 이유를 곧 간파했다. 그는 아주 엄중하게 나를 훈계했다.

"그렇게 해야 마땅하죠." 그가 입을 열었다. "이런 곳을 너무 편하게 만들어놓으면 전국에 있는 인간쓰레기들은 모두 몰려들 겁니다. 그런 쓰레기들을 못 오게 하는 건 형편없는 음식뿐이고요. 여기 이 떠돌이들은 게을러서 일을 안 하는 겁니다. 바로 그게 크게 잘못된 거죠. 그런 자들을 격려할 필요는 없습니다. 그네들은 쓰레기예요."

나는 그가 그릇된 생각을 하고 있다고 반박하려 했으나 들으려 하지 않았다. 그는 되풀이해서 강조했다.

"여기 떠돌이들한테 연민의 정을 느낄 필요는 없습니다. 그들은 쓰레기라니까요. 당신도 저들을 당신이나 나 같은 수준의 사람으로 판단하고 싶지는 않겠죠. 저들은 쓰레기예요, 틀림없는 쓰레기라고요."

나는 '여기 이 떠돌이들'과 자신을 구별하는 그의 미묘한 태도가 흥미로웠다. 그는 여섯 달 동안 부랑 생활을 하고 있지만, 하느님께 맹세코 자신은 떠돌이가 아니라고 넌지시 암시하는 것 같았다. 나는 자신이 떠돌이가 아닌 것을 하느님께 감사하는 떠돌이가 무척 많을 것이라고 생각한다. 그들은 행락객을 날카롭게 힐책하는 행락객과도 같았다.

세 시간이 지루하게 흘러갔다. 여섯 시에 저녁식사가 나왔는데 도저히 먹을 수 없는 것이었다. 아침에도 꽤 딱딱했던 빵이(토요일 밤에 잘라둔 빵이었다) 이제는 선원용 건빵만큼이나 굳어 있었다. 다행히 빵에 고깃국물을 발라주어서 국물이 묻은 데만 긁어 먹었다. 그편이 훨씬 나았다. 여섯 시 십오 분에 잠자리로 보내졌다. 새로 온 떠돌이들이 들이닥쳤다. 먼저 들어온 떠돌이와 섞이지 않기 위해서(전염병이 두려워서였다) 새로 온 사람들은 독방에 들고 우리는 공동 침실에 들었다. 공동 침실은 침대 30개를 빽빽하게 들여놓은 창고 비슷한 방이었고, 공동 소변기로 통 하나가 놓여 있었다. 오줌통에서 역겨운 냄새가 났다. 나이 든 사람들은 밤새도록 기침을 하며 일어나 앉아 있었다. 하지만 많은 사람들이 모여 있어서인지 방이 따뜻해졌고 그래서 우리는 잠을 좀 잘 수 있었다.

다음 날 아침 우리는 다시 의사에게 검진을 받고, 점심 끼니로 빵 한 덩이와 치즈를 받은 뒤에 열 시에 해산했다. 1실링이나 되는 돈이 있어 마음이 든든한 윌리엄과 프레드는 구호소 난간에다 빵을 꽂아두고 나왔다. 항의의 표시라고 했다. 이곳이 켄트에서 두번째로 자신들을 붙어 있을 수 없게 만든 구호소라고 했다. 두 사람은 여기에서 이런 짓을 하는 것을 굉장한 장난으로 생각했다. 떠돌이치고는 명랑한 녀석들이었다. 어떤 얼간이 같은 자가(떠돌이들이 많이 모이면 반드시 이런 얼간이가 있게 마련이다) 너무 지쳐서 못 걷겠다며 난간에 매달렸지만 감독이 그를 떼어내고 걸어차 떠나도록 만들었다. 패디와 나는 런던을 향해 북쪽으로 발길을 돌렸다. 다른 사람 대부분은 영국에서 최악의 부랑자 구호소라는 말이 있는 아이드힐로 떠났다.*

다시 한 번 청명한 가을 날씨였다. 거리는 고요했고, 지나가는 차도 별로 없었다. 구호소에서 땀, 비누, 시궁창 냄새가 뒤섞인 묘한 냄새를 맡고 난 다음이라 공기는 들장미처럼 싱그러웠다. 우리 둘만이 노상에 있는 유일한 떠돌이 같았다. 그때 뒤에서 황급한 발걸음 소리와 함께 누군가가 부르는 소리가 들렸다. 글래스고 출신 떠돌이 스코티가 헐레벌떡 우리를 쫓아오고 있었다. 그는 주머니에서 녹슨 양철갑을 꺼내더니 신세라도 갚는 사람처럼 다정한 미소를 머금고 말했다.

"여보게, 여기 있었군." 그가 다정하게 말했다. "내가 꽁초를 빚졌지? 어제 나한테 담배를 줬잖아. 아침에 나올 때 감독이 내 꽁초통을 내주더라고. 오는 정이 있으면 가는 정도 있는 법이야. 자, 받아."

그러면서 그는 축축이 젖고 뭉개져 형편없이 된 꽁초 네 개를 내 손에 쥐여주었다.

---

* 나중에 나도 가봤는데 그렇게 나쁘지는 않았다(원주).

36

떠돌이에 관해서 몇 가지 일반적인 의견을 기록하고자 한다. 생각해보면 떠돌이란 괴상한 산물이어서 한번쯤 생각해볼 가치가 있다. 방랑하는 유대인처럼 수만 명에 이르는 인간 집단이 영국을 주름잡고 다닌다는 것은 묘한 일이다. 이는 분명히 생각해볼 필요가 있는 문제이지만, 어떤 편견에서 벗어날 때까지는 생각을 시작할 수도 없다. 이 편견은 모든 떠돌이가 사실상 불한당이라는 관념에 뿌리박고 있다. 어린 시절에 우리는 떠돌이란 곧 불한당이라고 배웠다. 따라서 우리의 마음속에는 일종의 관념적이거나 전형적인 떠돌이—일을 하거나 씻는 것을 죽기보다 싫어하고, 오로지 비럭질하고 술 마시고 닭장을 털려는 생각 외에는 원하는 것이 없는 끔찍하고 위험천만한 사람—가 존재한다. 이런 떠돌이 괴물은 대중소설에 나오는 음험한 중국인이 허구인 것과 마찬가지로 진실과는 거리가 멀다. 그러나 이런 관념에서 벗어나기란 상당히 어렵다. '떠돌이'란 단어만 들먹여도 그런 이미지가 떠오르게 된다. 떠돌이 괴물에 대한 이런 믿음이 문제를 애매모호하게 만든다.

방랑의 근본적인 문제를 생각해보자. 떠돌이란 도대체 왜 존재하는가? 이상한 일이지만 무엇이 떠돌이를 거리로 내모는지 아는 사람은 거의 없다. 게다가 떠돌이 괴물에 대한 일반적인 관념 때문에 아주 터무니없는 이유까지 제시한다. 예를 들면 떠돌이들은 일을 피하기 위해, 좀 더 쉽사리 구걸하기 위해, 범죄의 기회를 엿보기 위해, 심지어는—가장 있을 수 없는 이유인데—방랑 생활을 즐기기 때문에 떠돌이 생활을 한다는 이유까지 나온다. 어느 범죄학 책에서 떠돌이는 격세유전이고, 인간이 유랑하던 단계로 퇴화한 것이라는 내용을 읽은 적이 있다. 하지만 떠돌이들이 방랑하는 이유는 명명백백하다. 물론 유랑 본능의 격세유전 때문은 아니다. 이것은 일 때문에 지방으로 출장을 다니는 외판원을 격세유전이라고 말하는 것과 다를 바 없다. 떠돌이가 헤매는 것은 떠도는 생활을 즐겨서가 아니라, 자동차가 좌측통행하는 것과 똑같은 이유에서이다. 즉, 그네들을 그렇게 하도록 강요하는 법률이 생겼기 때문이다. 궁핍한 사람이 자신의 교구(敎區)에서 생활의 도움을 받지 못하면 부랑자 구호소에서 도움을 받을 수밖에 없다. 부랑자 구호소에서는 하룻밤밖에 숙박을 허용하지 않으므로 자동적으로 계속 움직여야 한다. 그는 법률적인 측면에서는 부랑자이지만, 그 짓을 하지 않는다면 굶어 죽을 판이다. 그러나 사람들은 떠돌이가 괴물이라는 관념을 가지고 성장했기 때문에 떠돌이 행각에는 크든 작든 악의적인 동기가 깔려 있다고 생각한다.

사실 떠돌이 괴물이라는 관념을 조사해보면 허무맹랑하기 그지없다. 떠돌이가 위험한 인물이라는 일반적으로 만연된 생각을 예로 들어보자. 만일 그들이 위험하다면 거기에 상응하는 대우를 받을 것이기 때문에, 전혀 경험해보지 않은 사람도 위험한 떠돌이는 별로 없다는 연역적인 결론을 얻게 된다. 부랑자 구호소 한 곳에는 보통 하룻밤에 100여 명을 수용하는데 고작해야 직원 세 사람이 이들을 다룬다. 100명의 불한당을 무장하지 않은 세 사람이 통제할 수는 없다. 진실로 떠돌이들이 구빈원 직원들에게 얼마나 난폭한 취급을 당하는지 본다면, 그들이 얼마나 온순하고 상상하기 어려울 만큼 의기소침한 군상인지 알 수 있을 것이다. 또 떠돌이들은 전부 주정뱅이라는 생각을 살펴보자. 이는 표면적으로만 보아도 우스꽝스럽기 짝이 없는 생각이다. 분명 기회만 나면 술을 마시려는 떠돌이들은 많이 있다. 그러나 의당 그들은 그런 기회를 얻을 수가 없다. 현재 영국에서는 맥주라고 하는 희멀겋고 싱거운 술이 반 리터에 7펜스이다. 맥주를 취하도록 마시려면 적어도 반 크라운은 있어야 한다. 그런데 반 크라운을 흔쾌히 지불할 수 있는 사람이라면 떠돌이는 아니다. 또 떠돌이가 뻔뻔스러운 사회적 기생충(사지 멀쩡한 비렁뱅이)이라는 생각이 전혀 근거 없는 것은 아니지만, 이것도 몇 퍼센트에만 해당되는 이야기이다. 미국의 부랑인을 다룬 잭 런던의 책에 등장하는 냉소적이고 의도적인 기생주의는 영국인의 성격에서는 찾아보기가 힘들다. 영국인은 빈곤에 대해 강한 죄의식을 가진 양심적인 민족이다. 보통의 영국인이 일부러 기생충이 된다는 것은 상상할 수도 없다. 이러한 국민성이 실직을 했다고 결코 변하는 것도 아니다. 사실인즉 떠돌이란 실직한 영국인에 불과하고, 법률에 의해 방랑 생활을 강요당한다는 사실을 기억한다면 떠돌이 괴물이라는 관념은 사라진다. 물론 모든 떠돌이가 이상적인 인물이라고 주장하는 건 아니다. 그저 그들도 평범한 인간이고, 다른 사람들보다 못한 것은 생활방식의 결과이지 원인은 아니라는 점을 말하고 싶을 따름이다.

떠돌이에 대해 '그런 대우를 받아도 싸다'라는 식의 일반적인 태도는 불공평하다. 그것은 절름발이나 병자에게 그런 태도를 취하는 것과 마찬가지이기 때문이다. 이 엄연한 사실을 이해한다면 사람들은 떠돌이의 처지에 자신을 대입해볼 것이고, 그 생활이 어떤 것인지 이해하게 된다. 그것은 유별나게 허무하고, 통렬하게 불쾌한 생활이다. 앞에서 부랑자 구호소의 생활—떠돌이의 하루 일과—을 묘사했지만 꼭 강조해야 할 세 가지 특수한 악조건이 있다. 첫째는 거의 일반적인 공동의 숙명인 굶주림이다. 부랑자 구호소는 충분하지 않은 급식을 준다. 따라서 이 이상의 것은 구걸로—즉, 법을 어김으로써—얻을 도리밖에 없다. 그 결과 대부분의 떠돌이들이 영양실조로 몸을 망친다. 증거로 부랑자 구호소 밖에 늘어서 있는 사람들의 몰골을 보면 된다. 떠돌이 생활의 두번째 악조건은—언뜻 보기에는 대수롭지 않게 느끼지만 충분히 두번째가 될 만하다—여성과의 접촉이 완전히 단절되어 있다는 것이다. 이 문제는 신중히 고려해볼 필요가 있다.

여성과 단절된 첫째 이유는 떠돌이 사회의 계층에는 여성이 별로 없기 때문이다. 사람들은 빈곤한 사람들 사이에도 다른 곳에서처럼 성비의 균형이 잡혀 있으리라고 생각할지 모른다. 그러나 그렇지가 않다. 실제로는 특정한 수준 이하로 내려가면 전적으로 남성들뿐이라고 말할 수 있다. 런던 시의회가 1931년 2월 13일 밤에 조사한 인구 통계 자료는 궁핍한 남자와 궁핍한 여자의 상대적 수치를 보여준다.

노숙자 : 남자 60명, 여자 18명*
무허가 구호소 및 숙박소의 유숙자 : 남자 1,057명, 여자 137명
세인트 마틴 인 더 필즈 교회 지하실의 유숙자 : 남자 88명, 여자 12명
런던 시의회 부랑자 구호소 및 여인숙 유숙자 : 남자 674명, 여자 15명

통계에 따르면 남자와 여자의 비율이 10대 1 정도로 남자가 많다는 것을 알 수 있다. 아마도 실직이 남자보다는 여자에게 영향을 덜 미치기 때문이라 생각된다. 또한 웬만한 여자는 최후의 방편으로 남자에게 자신을 내맡길 수도 있다. 결과적으로 떠돌이는 영원히 독신일 수밖에 없다. 떠돌이가 자신의 수준에 맞는 여성을 발견하지 못한다면, 두말할 필요 없이 그 위의 수준은—약간 위라 하더라도—달과 마찬가지로 손이 미치지 않는 곳에 있다. 그 이유는 이러쿵저러쿵 논할 가치가 없지만, 여자는 자기보다 더 가난한 남자에게 자신을 낮추어 짝을 이루는 경우가 절대로, 아니 거의 없는 것이다. 그러므로 떠돌이는 길거리에 나서는 순간부터 독신자이다. 떠돌이는 매춘부를—극히 드

---

* 실제보다 적은 수이지만 비율은 비슷할 것이다(원주).

문 일이지만 몇 실링이 모이면—건드리는 것 말고는 부인이라든가 정부 혹은 어떤 부류의 여자라도 얻을 희망이 전혀 없다.

그 결과가 어떠하리라는 것은 자명하다. 이를테면 간혹 벌어지는 동성애나 강간사건이 그런 것이다. 이보다 더 심각한 결과는, 자신은 결혼에도 부적합한 존재라는 열등감이 마음속에 내재한다는 점이다. 성적 충동은 과대평가하지 않더라도 근본적인 충동인지라, 이에 굶주리는 것은 음식에 굶주리는 것과 마찬가지로 인간의 기를 꺾는다. 그러므로 궁핍이 낳은 죄악은 사람을 괴롭힌다기보다는 육체적으로나 정신적으로 그를 망쳐놓는다는 것이 실제이다. 성적인 굶주림이 사람을 이렇게 망치는 과정에 기여한다는 것은 의심할 나위가 없다. 떠돌이들은 모든 여성과 단절되기 때문에 자기가 절름발이나 미치광이 수준으로까지 전락했다고 믿는다. 어떠한 굴욕도 인간의 자존심에 이보다 더한 상처를 내지는 못한다.

떠돌이 생활의 다른 큰 악조건은 나태를 강요받는 것이다. 부랑자 단속법에 따르면 떠돌이가 길을 걷지 않을 때는 방에 앉아 있어야 하고, 그렇지 않은 시간에는 땅바닥에 누워서 부랑자 구호소가 열릴 때까지 기다려야 한다. 이것이야말로, 특히 교육받지 않은 사람에게는 침울하고 맥 빠지게 하는 생활양식임이 틀림없다.

이 밖에도 작은 악조건들을 많이 열거할 수 있다. 하나만 든다면 그것은 불편함이고, 길거리 생활과 떨어질 수 없는 것이다. 떠돌이들은 보통 자신이 입은 옷밖에 가진 옷이 없고, 맞지 않는 구두를 신고 몇 달 동안 의자에도 앉아보지 못한다는 사실을 기억해야 한다. 하지만 여기서 중요한 점은 떠돌이의 고생이 전적으로 무용하다는 사실이다.

떠돌이는 해괴하리만큼 불쾌한 생활을 아무런 목적도 없이 한다. 사실 그 누구도 감방에서 감방으로 찾아다니고, 하루 열여덟 시간을 방과 길바닥에서 보내는 것보다 더 무미건조한 일과를 생각해내지 못할 것이다. 영국에는 적어도 수만 명의 떠돌이가 있음에 틀림없다. 그들은 날마다 헤아릴 수도 없는 풋파운드*의 정력―수천 평의 땅을 갈고, 몇 킬로미터의 도로를 닦고, 수십 채의 집을 짓기에 충분한 정력―을 단지 걷는 데 무익하게 낭비하고 있다. 날마다 합치면 10년이나 될 시간을 감방 벽을 쳐다보는 것으로 허비한다. 또 적어도 일인당 매주 1파운드의 국비를 축내고 있는데 그 대가로 국가에 공헌하는 바는 조금도 없다. 그들은 끝없이 지루한 길을 빙글빙글 맴돌고 있지만, 아무런 소용도 없고 누구에게도 어떠한 쓸모도 없는 일이다. 그런데도 법률이 이 과정을 계속 지속시키며, 우리는 이에 면역이 되어서 놀라지도 않는다. 허망하기 짝이 없는 일이다.

떠돌이 생활의 무용성을 인정하면 어떤 개선책이 나올 수 있는가 하는 문제가 제기된다. 이를테면 부랑자 구호소를 좀 더 오래 머무를 수 있게 만드는 일은 분명 가능할 것이다. 실제로 몇몇 곳에서는 이미 이런 개선이 이루어졌다. 지난 한 해 동안 몇 군데의 부랑자 구호소가 개선되었고, 들은 이야기가 사실이라면 옛 모습을 식별할 수 없을 만큼 달라졌다. 모든 부랑자 구호소가 그런 식으로 개선되리라는 소문도 있다. 그렇지만 이것이 문제의 핵심을 푸는 열쇠는 아니다. 문제는 지루하고 의기소침한 떠돌이를 어떻게 자존심 있는 인간으로 변화시

---

* 일의 양을 나타내는 단위. 1풋파운드는 1파운드의 무게를 1피트 들어 올리는 일의 양이다.

킬 수 있느냐에 있다. 단지 더 편안하게 해준다고 문제가 해결되지는 않는다. 부랑자 구호소가 엄청나게 호화판이 된다 하더라도(절대 그럴 리 없겠지만)* 떠돌이의 생활은 역시 낭비일 것이다. 떠돌이는 여전히 결혼과 가정에서 유리된 가난뱅이이고 나아가 지역사회의 큰 손실일 것이다. 따라서 필요한 것은 그의 극빈 상태를 없애주는 일이며, 이 일은 오직 그에게 일을—일하기 위해 하는 일이 아니라, 일함으로써 나오는 이득을 즐길 수 있는 일을—마련해줌으로써만 이뤄질 수 있다. 떠돌이들은 현재 대부분의 부랑자 구호소에서 조금도 일을 하지 않는다. 한때는 밥값으로 도로포장용 돌을 깼다. 그러나 곧 몇 년 동안 쓸 돌을 다 깨어버렸고, 돌 깨는 인부가 실직하게 되면서 이 일은 중단되었다. 요즘은 그들을 부려먹을 일이 없는 듯 그대로 빈둥거리게 내버려둔다. 그러나 떠돌이들 전부가 쓸모 있어지는 멋진 방도가 있다. 그러니까 이런 방법이다. 각각의 구빈원에서 소규모의 농장을 경영하거나 적어도 채소밭이라도 만들어서, 찾아오는 떠돌이 중 몸이 성한 자에게 하루 동안 차근히 일을 시키는 것이다. 농장이나 채소밭에서 나는 산물은 떠돌이들을 먹이는 데 쓸 수도 있다. 그러면 아무래도 빵, 마가린, 차 같은 보잘것없고 비참한 식사보다는 나을 것이다. 물론 부랑자 구호소가 전적으로 자활하는 것은 힘들다. 그러나 그 목표를 향해 많이 나아갈 수 있을 뿐만 아니라 결국에는 이득을 가져올 것이다. 현 제도에서는 떠돌이들이 더할 수 없이 치명적인 손해를 국가에 입히고 있다는 사실을 잊어서는 안 된다. 이유는 그들이 일을

* 공평하게 말하면 최근 몇몇 부랑자 구호소는 최소한 숙박 시설은 개선되었다. 그렇지만 대부분은 예전과 같고 음식은 전혀 개선되지 않았다(원주).

하지 않을 뿐만 아니라 건강을 해치는 음식을 먹고 있기 때문이다. 이 제도로 말미암아 금전과 생명을 낭비하고 있는 셈이다. 그러므로 그들을 적절히 먹이고, 적어도 자신들이 먹는 일부라도 생산하게 하는 방안은 시도해볼 만할 가치가 있다.

농장, 아니 심지어 채소밭이라 할지라도 뜨내기 노동으로는 운영이 힘들다는 반대 의견이 있을 것이다. 그러나 떠돌이가 부랑자 구호소에 단 하루씩만 머물러야 한다는 진짜 이유는 없다. 그러니 할 일만 있다면 한 달이든 1년이든 한곳에 머무를 수 있다. 그들의 끝없는 순회는 너무나도 인위적인 처사이다. 현재 떠돌이에게 드는 비용은 지방세에서 충당하고 있다. 그 때문에 각 구빈원의 목적은 그들을 딴 곳으로 밀어내는 데 있다. 이 때문에 하룻밤만 머물게 하는 법이 생긴 것이다. 만약 한 달 이내에 다시 들르면 벌로 일주일 동안 갇혀 있어야 한다. 이는 감옥에 갇히는 것과 똑같아서 당연히 자꾸만 옮겨 다니게 된다. 떠돌이가 구빈원에 노동을 제공하고 구빈원이 풍족한 음식을 준다면 사정은 달라질 테고 구빈원은 부분적으로나마 자활 기관으로 발전할 것이다. 자신을 필요로 하는 여기저기에 정착함으로써 떠돌이 신세를 벗어날 것이다. 비교적 유익한 일을 하고, 적절한 음식을 먹으며, 안정된 생활을 영위할 것이다. 이 계획이 잘 시행되면 점차 가난뱅이 취급을 받지 않을 것이고, 결혼도 하며 나아가 사회에서 천대받지 않는 자리에 오를 것이다.

이것은 개략적인 구상에 불과하고, 또 분명히 반대도 있을 것이다. 그러나 이는 지방세의 새로운 부담 없이도 상황을 개선시킬 방안을 제시한다. 어찌 되었든 해결 방안은 이런 종류의 것일 수밖에 없다.

왜냐하면 문제는 영양이 부족하고 할 일 없는 사람을 어떻게 하느냐 하는 것이니, 스스로 먹을 것을 만들게 하라는 해답이 나오는 건 당연하기 때문이다.

37

 런던의 집 없는 사람들이 이용할 수 있는 숙박 시설에 대해서도 한 마디 빼놓을 수 없다. 현재 런던에 있는 비(非)자선 기관에서 하룻밤에 7펜스 이하로 잠자리를 얻기란 불가능하다. 잠자리에 7펜스를 낼 능력이 없으면 다음 몇 가지 중 어느 하나로 견뎌야 한다.

 1. 강둑 : 패디가 강둑에서 노숙하는 이야기를 이렇게 해줬다.
 "강둑에서 자려거든 그저 일찌감치 잠들어버리는 게 상책이야. 여덟 시에는 꼭 벤치를 맡아둬야 해. 벤치가 그렇게 많지는 않거든. 어떤 때는 전부 점령당하니까 말이야. 그리고 금방 잠들도록 해야 해. 밤 열두 시가 지나면 추워서 잘 수가 없고, 새벽 네 시에는 경찰이 쫓아내니까 말이야. 그 염병할 전차는 쉴 새 없이 머리 위를 지나다니고, 강 건너 네온사인은 눈에 번쩍번쩍 비치니까 쉽사리 잠이 오지를 않지. 추위는 잔인하고. 대개 거기서 자는 사람들은 신문지로 몸을 둘둘 싸는데 별 효과는 없어. 세 시간쯤 푹 잤으면 억세게 재수 좋은 거야."

강둑에서 노숙한 뒤에 패디의 말이 맞았음을 알았다. 그래도 완전히 뜬눈으로 지새우는 것보다는 나았다. 거리나 강둑이 아닌 딴 곳에서 밤을 보내면 잠을 이룰 수조차 없었다. 런던 법률에 따르면 밤에 앉아 있을 수는 있지만 잠이 들면 경찰이 깨워서 쫓아내게 되어 있었다. 강둑이나 한두 군데 외진 모퉁이(라이시엄 극장 뒤에 그런 곳이 있었다)는 특별히 예외였다. 이 법은 명백히 고의로 괴롭히는 것이었다. 노숙으로 말미암은 죽음을 막기 위한 조치라고 하지만, 집이 없어 노숙으로 죽을 사람이라면 잠이 들건 깨어 있건 죽을 것은 자명했다. 파리에는 이따위 법이 없었다. 거기서는 센 강 다리 밑, 건물 앞, 광장 벤치, 지하철 통풍구 주변, 그리고 심지어는 지하철 역 안에서도 수십 명씩 몰려 잤다. 그렇게 한다고 눈에 띨 만한 해독이 있는 건 아니었다. 누구든 거리에서 밤을 지내지 않아도 될 처지라면 그렇게 하겠지만 옥외에서 밤을 지내야 하는 형편이라면, 잘 수만 있는 곳이라면 노숙을 허용해야 할 것이다.

2. 2페니짜리 매달려 자기: 이건 강둑보다는 약간 고급이다. 여기서는 숙박인이 벤치에 한 줄로 앉는다. 그들 앞에 밧줄이 있는데, 난간에 기대듯이 이 밧줄에 기댄다. 그리고 우습게도 '시종'이라 불리는 자가 새벽 다섯 시가 되면 이것을 잘라준다. 나는 한 번도 체험한 적

이 없으나 보조는 자주 갔다고 했다. 그런 자세로 잘 수 있느냐고 물었더니 듣기보다는—하여간 맨바닥에서 자는 것보다는—훨씬 편안하더라고 했다. 파리에도 이와 유사한 곳이 있지만 값은 2펜스가 아니라 겨우 25상팀(반 페니)이었다.

3. 하룻밤 4펜스짜리 관 침대 : 관 침대는 나무상자 안에 들어가 방수포를 덮고 잔다. 추위도 추위지만 제일 못 견딜 것은 빈대이다. 이놈들은 상자 속에 있기 때문에 피할 도리가 없다.

이들보다 나은 곳이 간이숙소이다. 숙박료는 하룻밤에 7펜스에서 1실링 1페니까지 다양하다. 이 중 최상은 '라우튼 하우스'인데 가격은 1실링이다. 작은 침실을 혼자 사용하고 그럴듯한 욕실도 쓸 수 있다. '특실'은 반 크라운을 내야 하고 실제로 호텔 시설과 비슷하다. 라우튼 하우스는 건물도 훌륭하다. 한 가지 질색할 일이 있다면 요리, 카드놀이 등등을 금하는 엄격한 규율이다. 아마 라우튼 하우스에 대한 최고의 광고는 그곳이 언제나 붐빈다는 사실일 것이다. 1실링 1페니를 받는 '브루스 하우스'도 역시 좋은 곳이다.

청결 면에서 다음으로 좋은 곳은 7펜스 내지 8펜스를 받는 구세군 보호소이다. 여기도 여러 종류이지만(나도 간이숙소와 별다를 것이 없는 구세군 보호소에 한두 번 가본 적이 있다) 대개는 깨끗하다. 욕실은 쓸 만한데 목욕을 하려면 별도 요금을 내야 한다. 1실링으로 독방을 얻을 수 있고 8페니짜리 합숙방도 침대는 편하다. 그러나 수효가 많고(적어도 한 방에 40개의 침대가 보통이다) 너무 다닥다닥 붙여놓아서 조용한 밤을 지내기는 어렵다. 너절한 제약 때문에 감옥이나 자선단체의 냄새가 풍긴다. 하지만 무엇보다도 청결이 중요한 사람에게는 구세군 보호소가 마음에 들 것이다.

이외에도 일반적인 간이숙소가 있다. 7펜스를 내든 1실링을 내든 모두 하나같이 갑갑하고 시끄럽다. 그리고 침대는 모두 더럽고 불편하다. 이런 점에 대한 보상이라면 자유로운 분위기에다 밤낮 가리지 않고 편히 뒹굴 수 있는 따뜻한 가정적인 주방이 있는 것이라고나 할까. 누추한 토굴 같은 곳이기는 하지만 특유의 사회생활이 가능하다. 여성용 숙박소는 일반적으로 남성용보다 나쁘다는 평이 있다. 그리고 부부를 위한 숙박 시설은 거의 없다시피 하다. 집 없는 남편이 아내와 떨어져 다른 숙소에서 자는 일이 실제로 드물지 않았다.

이 순간에도 런던에는 적어도 15,000명이 간이숙소에서 살고 있다. 일주일에 2파운드 또는 그 이하를 벌고 딸린 식구가 없는 사람은 간이숙소가 아주 편리하다. 가구 있는 방을 이런 저렴한 가격으로는 얻을 수 없기 때문이다. 이 숙박소는 돈을 안 들이고도 불과 욕탕을 이용하고, 많은 사람과 교제할 수 있다. 더러운 것은 하찮은 결점이다.

간이숙소의 진짜 단점은 잠을 자려고 돈을 치르고도 숙면이 불가능하다는 것이다. 돈을 치르고 얻는 대가는 150센티미터 길이에 폭이 60센티미터밖에 안 되는 침대와, 딱딱하고 불룩한 매트리스, 무명천을 씌운 나무토막 같은 베개, 악취 나는 회색 시트 두 장이 전부이다. 겨울에는 담요가 있기는 하지만 결코 충분하지 않다. 이런 침대가 한 방에 다섯 개 이하로 놓이는 경우는 절대 없다. 보통 1, 2미터 간격을 두고 오륙십 개가 놓였다. 물론 누구도 이런 환경에서는 깊이 잘 수 없다. 이렇게 사람들이 몰려 있는 곳이라고는 군대와 병원밖에 없다. 병원의 공동 병실에서는 누구도 잘 잘 것이라는 기대는 하지 않는다. 군대에서는 군인들이 몰려 있으나 좋은 침대에서 자고 건장하다. 간이숙소에서는 숙박인 거의 모두가 만성 기침병에 걸려 있다. 방광염에 걸린 사람도 적지 않아서 밤새도록 수시로 일어난다. 자주 부스럭거려서 잠을 이룰 수가 없다. 내가 관찰한 바로는, 간이숙소에서는 그 누구도 하룻밤에 다섯 시간 이상 자지 못한다. 7펜스나 그 이상의 돈을 치렀을 때는 지독한 사기라고 할 수밖에 없다.

나는 이런 점들은 법률로 해결이 가능하다고 본다. 현재도 간이숙소에 관한 시의회 법률은 많이 존재한다. 그러나 그 법률은 숙박인의 이익을 위한 것이 아니다. 시의회는 음주, 도박, 싸움 등등을 금하는 데만 몰두할 뿐이다. 간이숙소 침대가 편해야 한다는 법률은 없다. 이것은 강제로 규정하기가 아주 쉽다. 가령 도박을 제한하는 일보다도 쉬울 것이다. 간이숙소 경영자에게 적절한 침대보와 보다 나은 매트리스를 장만하게 하고, 무엇보다 합숙방을 칸막이 방으로 분할하도록 강제해야 한다. 독방이 아무리 작아도 그것은 문제가 되지 않는다. 사람이란 잘 때는 혼자라야 한다는 사실이 중요하다. 이런 몇몇 변경되어야 할 사항을 엄격하게 강제한다면 엄청난 차이가 생길 것이다. 보통 내는 방값으로 간이숙소를 바람직하고 편안하게 꾸미는 작업이 불가능하지는 않다. 크로이던 시영 숙소는 방값이 9펜스밖에 안 되지만 칸막이 방에는 좋은 침대와 의자(간이숙소에서는 여간해서 보기 힘든 사치품이다)가 있고, 지하실이 아닌 지상에 주방이 있다. 모든 9펜스짜리 숙박소가 이 수준에 도달하지 못할 이유가 없다.

물론 간이숙소 경영자들은 일치단결해서 이런 개선을 반대할 것이다. 그네들은 현재대로 운영해야 막대한 이익을 얻을 테니 말이다. 보통 간이숙소는 하룻밤에 5파운드에서 10파운드를 받고, 외상은 없으며(외상은 절대 사절이다), 집세 외에는 비용도 별로 안 든다. 어떤 식의 개선을 하면 사람이 덜 모일 수도 있으며 따라서 이익도 줄어들지 모른다. 그러나 크로이던의 훌륭한 시영 숙소는 9펜스를 받고도 얼마나 대우를 잘하는가. 옳게 만든 몇몇 법률 조문이면 이런 상태를 보편화할 수 있다. 만일 당국이 숙박소에 다소라도 관심을 가지고 있다면, 호텔에서라면 결코 허용되지 않을 우스꽝스러운 제한을 가할 것이 아니라 좀 더 편안한 곳으로 만드는 일부터 착수해야 할 것이다.

38

 패디와 나는 로어빈필드의 부랑자 구호소에서 나온 다음, 어떤 집의 잡초를 뽑고 청소를 해준 품삯으로 반 크라운을 벌었다. 그래서 그날 밤은 크롬리에서 자고 런던으로 걸어 돌아왔다. 나는 하루인가 이틀 후에 패디와 헤어졌다. 친구 B는 내게 마지막으로 2파운드를 꿔줬다. 8일만 더 견디면 되었기에 그것이 내 고생의 끝이 되었다. 그동안 예상했던 것 이상으로 떠돌이의 그 무기력한 우둔함이 내 몸에 배어 있었지만, 부랑자 구호소나 〈오베르주 드 제앙 코타르〉로 돌아가고 싶은 생각이 들 정도로 악화된 건 아니었다.
 패디는 포츠머스로 떠났다. 그곳에 가면 일자리를 구해줄 듯한 친구가 있다고 했다. 그 후로는 패디를 보지 못했다. 얼마 전에 나는 그가 차에 치여 죽었다는 소문을 들었다. 그러나 내게 말을 전한 사람이 패디를 다른 사람과 혼동했는지도 모를 일이다. 보조에 대해서는 사흘 전에 소식을 들었다. 완즈워스*에 있다고 했다. 구걸한 죄로 14일간 구류를 살고 있었다. 그에게는 감옥이라 해도 별 근심할 일이 아닐 듯했다.

내 이야기는 여기에서 끝이 난다. 무척 대수롭지 않은 이야기이다. 어떤 여행기마냥 그저 재미있었기를 바랄 뿐이다. 적어도 당신이 무일푼일 때 당신을 기다리는 세계는 이런 곳이라는 이야기는 할 수 있겠다. 언젠가는 이 세계를 좀 더 철저하게 들여다볼 생각이다. 나는 마리오나 패디나 좀도둑 빌 같은 친구를, 우연한 만남이 아니라 가까운 친구로서 사귀고 싶다. 접시닦이라든가 떠돌이, 강둑 노숙자들의 영혼이 진정 어떤 것인지를 이해하고 싶다. 현재로는 빈곤의 외곽 이상을 본 것 같지는 않다.

하지만 빈곤에 찌들려봄으로써 가슴 깊이 느낀 한두 가지 점을 집어 말할 수는 있다. 그러니까 다시는 이런 생각은 하지 않을 것이다. 떠돌이는 전부 불한당에다 주정뱅이라고 생각하지 않을 것이고, 거지에게 한 푼 주었을 때 고마워하리라는 기대는 하지 않을 것이며, 실직한 사람이 기력이 없어도 아연실색하지 않겠고, 구세군에는 헌금을 하지 않겠으며, 또 내 옷을 전당 잡히지 않을 것이고, 광고 전단을 거절하지 않겠으며, 그럴듯하게 말끔한 음식점에서 식사를 즐기지도 않을 것이다. 이것이 시작이다.

---

* 런던에 있는 교도소.

해설 ▎

시대의 잔인함에 맞선 불굴의 정신

오웰의 생애와 사상

조지 오웰은 영국 작가로 1903년에 인도의 벵골에서 식민국 공무원의 아들로 태어났다. 본명은 에릭 아서 블레어(Eric Arthur Blair)이다. 열네 살이 되던 1917년부터 5년 동안 왕실 장학금을 받으며 명문 이튼에서 교육을 받았고, 1922년에는 버마(오늘날의 미얀마)로 건너가 경찰관이 되었다. 그러나 경찰의 직무가 그의 생리에 맞지 않았을 뿐만 아니라 식민 정책의 비리가 역겨웠고, 또한 뜨거운 문학에의 열망을 어쩔 수 없어 1927년 경찰관직을 그만두고 문학 수업 차 런던으로 간다. 이후 파리로 거처를 옮기는데 이 시기부터 지극히 궁핍한 '따라지 인생'의 생활이 시작된다. 하루하루를 살아가기 위해 그는 가정교사, 접시닦이, 서점 점원 등 여러 가지 직업을 전전했다. 일거리가 없을 때는 내의까지 전당포에 잡혔고, 그나마도 떨어지면 의식이

몽롱해질 때까지 굶는 생활을 계속했다. 이 무렵의 체험을 사실적으로 묘사한 것이 처녀작 『파리와 런던의 따라지 인생』으로, 이 작품에는 육체적으로 극한 상황에 처한 인간의 심리와 생활상, 그리고 그런 상황을 끈질기게 견뎌내는 강인한 인간성 등이 누구나 공감할 수 있도록 그려져 있다.

오웰이 이러한 빈곤에서 탈피하여 작가로서 대성할 가능성을 보인 것은 1934년 발표한 『버마 시절』에서였다. 지배계급(백인)과 피지배계급(원주민)의 틈바구니에 끼어 고민하는 젊은 식민지 관리를 묘사한 이 소설에는 원주민을 감옥에 가두고 교수형을 시켜야만 했던 자신의 경찰 생활 체험이 그대로 반영되었다. 그의 5년에 걸친 버마에서의 경찰 생활은 일생에 지울 수 없는 죄책감을 갖게 했고, 피지배계급에 대해서는 인간으로서 동일성을 부여할 수 없는 전제정치의 본질을 인식케 했으며, 압정이야말로 절대악이라는 신념을 가지게 했다.

1934년에 『버마 시절』을 발표하면서 점차 생활 기반이 잡히자 1936년에 결혼을 하고 안정된 가운데서 창작에 전념하고자 했다. 그러나 소련의 5개년 계획 발표, 프랑스의 인민전선파 진출, 스페인의 인민전선에 의한 정권 수립, 히틀러의 집권과 라인란트로의 무력 진주, 파시즘의 창궐 등 극에 달한 당시의 국제 정치 상황이 그의 안주를 허용하지 않았다. 1936년 7월에 스페인 내란이 발발하자 그는 그해 말에 스페인으로 건너가 아나키스트의 조직인 P.O.U.M. 민병대에 가담해서 프랑코 장군 휘하의 우익 세력과 맞서 싸웠다. 그러나 참전 4개월 만에 부상을 입고 바르셀로나로 돌아왔다. 그때 이미 바르셀로나에서는 좌익 세력 간의 암투가 벌어지고 있었고, 이 지역을 장악하고 있던 공산주의자들은 아나키스트의 조직을 반동으로 규정, 무자비하게 숙청하고 있었다. 오웰은 그들이 자신도 체포해서 처형하려 한다는 것을 알고는 부상을 입은 채 여러 차례의 위기를 겪으면서 1937년 영국으로 돌아왔다.

이 스페인 내란에서의 체험은 좌익 정당의 실상을 알게 해주었고 정치에 환멸을 느끼게 했으며, 모든 조직체에 대한 불신을 더욱 굳게 해주었을 뿐 아니라 작가로서 그가 나아갈 방향을 제시해주었다. 이에 대해서 그는 "나는 1935년까지도 결심을 굳히지 못하고 있었다……1935년에서 1937년 사이에 있었던 여러 가지 사건들이 결정적인 요소가 되어 비로소 내가 취할 입장을 알게 되었다. 그 이후에 내가 쓴 작품은 직접적이든 간접적이든 모두 전체주의를 반대하고, 나름대로 이해하는 민주적 사회주의를 옹호하기에 이르른다. 우리가 사는 시대에 이런 주제를 외면한다는 것은 무의미한 일이다"라고 말한 바 있다. 작가는 모름지기 정직하고 진실해야 하며, 자신이 감지한 모든 허위와 비리는 용서 없이 폭로, 고발해야 한다는 그의 작가 정신도 이 체험에서 정립된 것이었다.

1937년에 탄광촌의 비참한 현실과 영국 사회주의의 실체를 고발한 『위건 부두로 가는 길』이 출간되었고, 스페인에서 돌아온 후에는 스페인 내란에서의 체험을 그린 『카탈로니아 찬가』, 젊은날을 그리워하며 단조롭고 무기력하게 살아가는 중년 부부를 그린 『공기를 찾아서』, 평론집 『고래 속에서』 등 매년 한두 편의 작품을 발표하는 열정을 보였다. 그러나 오웰로 하여금 조너선 스위프트나 올더스 헉슬리에 버금가는 명성을 얻게 한 작품은 바로 『동물농장』과 『1984』이다.

오웰의 작품 세계

　오웰은 편히 살 수 있는 식민지 지배자의 관리 가정을 박차고 나왔을 뿐 아니라 안정적인 자신의 경찰 직업도 내팽개치고 고행의 길로 접어든다. 인간 사회에는 어느 곳, 어느 나라든 반골(Natural Rebel)이 간간이 끼어 있기를 바란다. 바른 사회의 기둥이 되겠기에 말이다. 그의 작품 전개는 솔직하고 담백한 그의 성품에 바탕을 두고 있다. 타고난 반골 기질이 그의 전 작품에 흐르고 있는 것이다.

　르포르타주 작가로서 오웰의 특색은 사회적·정치적 근본 문제에 맞서 어디까지나 자신의 직접적인 체험에 바탕을 둔 신념을 가지고 작품을 썼다는 것이다. 가령 처녀작 『파리와 런던의 따라지 인생』은 영국과 프랑스를 비교하여 영국의 부랑자 대책을 비판했고, 『카탈로니아 찬가』는 스페인 내란에 참가한 의용군의 내막과 공산당의 배신 행위를 탄핵했다. 이런 것은 자신이 직접 체험한 증언이라 할 수 있다. 그는 이런 체험을 토대로 미래세계에 대한 정치소설을 썼다. 전체주의가 휘두르는 횡포 속에서 무참히 패배하는 인간의 모습과 그 정신적 파탄 과정을 분석해 나가는 것이 그의 특색이라 하겠다.

　그는 『1984』에서 20세기의 반유토피아 문학을 소름 끼칠 만큼 잔인하게 그려놓았다. 중세의 그리스도교적 속박에서 벗어난 토머스 모어의 『유토피아』나 톰마소 캄파넬라가 쓴 『태양의 나라』, 요한네스 안드레의 『기독교국』 등은 당시 사회를 비판했고 앞날의 세계에 대해서는 어디까지나 자신감과 희망을 가지라는 비전을 제시했다. 그러나 20세기에 등장한 러시아 작가 자먀틴의 『우리들』이나, 헉슬리의 『멋진 신세계』, 그리고 오웰의 『1984』는 16, 17세기에 나온 이상의 유토피아 문학에 대한 유토피아 부정의 문학이었다. 그들은 하나같이 무력하고 희망 없는 현대인을 그렸으며, 인간이란 하나의 사회 구성원에 불과할 뿐, 개성도 특징도 없는 천편일률적인 꼭두각시들인 것이다. 그들이 본질적으로 문제 삼은 것은 인간이 미래에 어떤 형태로 변질될 것인가 하는 점과 역사적 모순성을 설명하고자 하는 데 있었다. 또한 과연 인간이 자신이 인간이라는 사실을 잊을 수 있을까 하는 점이었다. 즉 자유, 존엄성, 성실성, 사랑 등을 열망하는 마음을 상실할 만큼 인간성이 변질될 수 있을까 하는 것이다. 그러나 이들 세 작가는 그것이 가능한 듯한 태도를 보인다. 인간이 인간 자신과 흡사한 기계를 만들어내고, 또한 기계와 별반 다를 바 없는 인간을 만들어내어 인간이 비인간화하고, 따라서 인간은 완전한 소외 상태에 놓여 인간이 아니라 하나의 사물로 바뀌며, 생산과 소비 과정의 도제(徒弟)가 되고 마는 새로운 형태의 경영산업사회 속에 생존하게 된다고 말한다. 그리고 이렇게 될 위험성은 비단 소련이나 중공의 공산사회에서뿐만 아니라 현대의 생산, 조직 사회에도 도사리고 있다고 보았다. 그러나 오웰이나 헉슬리, 자먀틴이 이런 무모하고 미친 세상이 반드시 도래한다고 주장했던 것은 아니다. 그것은 어디까지나 경고의 의미가 짙다고 암시할 따름이다.

특히 오웰의 경우는 다른 반유토피아 작가들처럼 미래세계에 대한 예언자적 위치가 아니라 그런 사실을 경고해주고 일깨워주는 충고자의 위치에 서 있다. 그는 가공할 전장과 소련의 무자비한 전체주의, 그리고 폐결핵이라는 자신의 만년의 절망적인 상황 아래서 『동물농장』과 『1984』를 썼다.

타락한 혁명에 대한 비극적 우화 『동물농장』

『동물농장』은 오웰이 폐렴으로 죽기 5년 전에 세상에 선보인 중편 소설이다. 오웰은 말년에 찌든 육신으로 농장을 경영하면서 자신이 스페인 내란을 통해 체득한 공포 정치에 대한 혐오감을 '동물농장'을 통해서 재현하고, 동물로 둔갑하는 인간의 간교함을 신랄하게 비판한다.

이 작품은 라퐁텐이나 이솝이 시도했듯이 여러 동물들을 의인화하여 등장시킴으로써 악도(惡徒)들이 지향한 독재 체제를 비꼰 우화소설이다. 하지만 이 소설에서 맛볼 수 있는 풍자란 라퐁텐이나 이솝처럼 인간의 약점을 부각시켜 경각심을 불러일으키는 교유적(敎諭的)인 것이 아니라, 세계 도처에서 들려오는 권력의 타락에 억눌린 신음소리를 진정시키는 호소이다. 우리는 이상, 이념, 주의를 내세워 인간을 우롱하고 나아가 동물로 취급하는 권력의 횡포, 그 때문에 시들어 가는 군상을 지상 구석구석에서 관찰할 수 있다.

독재의 마수에 사로잡힌 허약한 육신은 신음마저 죽이고, 전율도 제어하며, 항의마저도 눈치를 보며 웅성거려야 하고, 쓰면 뱉고 달면 삼키는 것마저 허용되지 않는 '동물농장'의 구성원이야말로 전제주의의 악몽에서 헤어나지 못하는 자들이자 현대 사회의 허약 체질의 표상일 것이다.

『동물농장』은 소련의 권력 체제를 표본으로 하고 있다. 예언자인 메이저 영감은 마르크스이고, 엉큼한 독재자 나폴레옹은 스탈린이며, 이상주의자 스노볼은 스탈린에게 축출당한 트로츠키이다. 이 소설에 나오는 '반란'이라는 단어는 1917년의 러시아 혁명을 의미하고, 이 혁명에서 멸망한 차르 정권은 매너(장원) 농장의 주인 존스로 등장한다. 동물농장에 늘 위협적인 존재인 필킹턴은 서구 자본주의 진영이고, 프레더릭은 독일을 중심으로 한 파시스트당 진영으로 대입된다. 자본가를 인간으로, 노동자를 동물로 간주하는 마르크스의 공산당 선언은 '동물주의'를 제창하는 메이저 영감의 연설이 대변해준다. 그럴듯한 혁명 이념을 뒷전으로 한 채 자본주의 체제에 동화되어가는 '소비에트 공화국'의 타락 면모는 『동물농장』의 전개 과정에서 뚜렷하게 재현된다.

오웰이 소련의 체제에서 착상을 얻어 여기에만 국한시켜 『동물농장』을 펴냈다 하더라도 이 우화는 소련에만 적용되는 것이 아니라 세계 여러 나라의 진통이 서려 있다. 우리는 돼지 나폴레옹의 음흉한 독재 구축에서, 비록 근소한 이념의 차이가 있다 하더라도 권력 조작의 마찰 사이에서 묵종을 강요당하고, 삶의 조건이 아무리 숨통을 막아도 이를 달게 감수해야 하는 지구상 곳곳의 모습을 실감한다. 오웰은 갖가지 책략으로 우직한 농장 구성원을 호도하며 치밀한 조작으로 이들을 우롱하는 독재자 나폴레옹의 가증스러움에 치를 떤다.

이론으로 내걸고 '반란' 때 표방했던 이상은 나폴레옹의 독재 체제 구축 과정에서 수포로 돌아가고 만다. 돼지들은 자신들이 추방한 인간의 허울을 쓰게 되고 스스로를 자신들이 질책하던 인간, 즉 가해자의 입장으로 끌어올린다. 모든 악당이 그렇듯, 애당초 만든 '일곱 계명'은 돼지들의 편법에 이끌려 깡그리 수정된다. 선량한 복서에게서 마지막 남은 힘마저 깡그리 착취한 돼지 나폴레옹은 그를 서슴지 않고 도살장에 팔아넘길 만큼 비정해질 뿐 아니라 '두 발은 나쁘고, 네 발은 좋다'라는 계명은 간 데 없고 두 다리로 서서 동료 동물들을 채찍으로 지배한다. 이렇게 '동물농장'은 농노를 부리는 지배·피지배 계급 간의 불화를 드러내는 중세의 장원 농장으로 추락하고 만다.

오웰이 독재라든가 전제·전체주의에 끝내 회의를 느끼는 연유는 차등 없는 사회를 표방한 이념이 권력의 전횡으로 파생되는 흉측한 계략에 있는 것이다.

소외된 자들을 향한 따뜻한 시선 『파리와 런던의 따라지 인생』

앞서 이야기한 바와 같이 오웰은 버마에서 경찰관으로 근무했는데, 경찰관의 직책이 그의 생리에 맞을 리가 없었다. 그는 문학을 하고 싶은 열망에 늘 음산한 나날을 보냈다. 여기에 영국 식민 정책의 비리까지 늘 그의 마음을 짓눌렀다. 늘상 경찰직을 그만두자고 벼르던 차에 드디어 1927년, 오웰은 경찰복을 벗어던지고 역겨운 영국 식민 통치에서 탈출한다.

이때부터 고생의 여정이 시작되었다. 지배자의 풍요한 삶에서 지지리도 융통성 없는 삶으로 떨어진 것이다. 그는 버마에서 온갖 고생을 다 겪으며 파리에 도착하여 가정교사, 식당의 접시닦이, 서점 직원 등 닥치는 대로 전전하며 별의별 일을 다 해보았다. 그마저도 일거리가 없으면 전당포에 알량한 소지품을 잡히고, 시장 고물상에 가서 바지를 10달러에 팔아 2달러짜리로 바꾸어 빵 쪼가리로 연명하겠다고 안간힘을 썼다. 이도저도 없으면 의식이 들락날락 가물거릴 때까지 굶는 생활을 계속해야 했다. 의식주 중에서 입을 것과 잠자리는 고사하고 먹을 것도 해결하지 못하는 지경을 헤매며, 창자에서 꼬르륵 소리가 나도록 배를 곯는 아사지경을 체험한 것이다.

그때 오웰이 체험한 옹색한 삶 자체를 사실적으로 묘사한 작품이 바로 『파리와 런던의 따라지 인생』이다. 이 작품에는 대도시의 뒷골목, 암흑에 가려진 그 구석진 곳을 배경으로 살아가는 밑바닥 인생의 생활 면모가 사실적으로 그려져 있다.

굶주림의 극한에서 허우적거리면서도 강인하게 살아가는 밑바닥의 떠돌이들에게서 우리는 인간의 참된 모습을 발견할 수 있다. 오웰 자신도 이런 따라지들의 생활 수렁에서 맴돌고 있었지만 '구빈원'과 같은 위선적이고 형식적인 사회제도를 날카롭게 파헤치는 시선을 잃지 않는다. 양지가 있으면 음지가 있듯 부에는 가난이 따르게 마련이다. 그러나 가난의 테두리 내에서 맴도는 따라지 인생들이 어떻게 하면 구제되고 어떻게 하면 삶의 개선을 이룰 것인지, 오웰은 그 대책을 제시하고 외쳤지만 그러한 사회의 고민은 지금도 여전히 남아 있다.

김기혁

조지 오웰 연보

1903년 인도 벵골의 모티하리에서 영국 세관원의 아들로 태어남. 본명은 에릭 아서 블레어(Eric Arthur Blair).
1922년 이튼 학교 졸업. 인도 왕실 경찰이 되어 버마에서 근무함.
1927년 경찰직을 사임하고 문학 수업을 하기 위해 파리로 감.
1933년 본격적인 작가 활동 시작. 파리와 런던에서의 가난했던 생활을 그린 자전소설 『파리와 런던의 따라지 인생 Down and Out in Paris and London』을 출간. 이때부터 '조지 오웰'이라는 필명을 쓰기 시작함.
1934년 버마에서 경찰로 근무하던 시절의 경험을 그대로 반영한 소설 『버마 시절 Burmese Days』 출간.
1935년 『목사의 딸 A Clergyman's Daughter』 출간.
1936년 『엽란을 지켜라 Keep the Aspidistra Flying』 출간.
1937년 스페인 내란이 발발하자 스페인으로 건너가 아나키스트 조직인 P.O.U.M. 민병대에 가담, 4개월 만에 부상을 당함. 영국 랭커셔 지방 탄광촌의 비참한 현실을 묘사한 『위건 부두로 가는 길 The Road to Wigan Pier』 출간.
1938년 스페인 내란의 경험을 토대로 쓴 『카탈로니아 찬가 Homage to Catalonia』 출간.
1939년 『공기를 찾아서 Coming Up for Air』 출간.
1940년 평론집 『고래 속에서 Inside the Whale』 출간.
1942년 G. D. H. 콜 및 여러 작가와 함께 쓴 『승리냐, 기득권이냐 Victory or Vested Interest?』 출간.

1945년	『동물농장Animal Farm』 출간.
1949년	『1984 Nineteen Eighty-Four』 출간.
1950년	1월 21일, 런던에서 폐결핵으로 사망. 사후 평론집 『코끼리를 쏘며Shooting an Elephant』 출간.
1953년	자전 에세이 『그 즐거웠던 시절Such, Such Were the Joys』과 『영국, 그대의 영국England, Your England』 출간.

문학동네 세계문학전집 발간에 부쳐

세계문학은 국민문학 혹은 지역문학을 떠나 존재하는 문학이 아니지만 그것들의 총합도 아니다. 세계문학이라는 용어에는 그 나름의 언어와 전통을 갖고 있는 국민문학이나 지역문학의 존재를 인정하면서 그것을 넘어서는 문학의 보편적 질서에 대한 관념이 새겨져 있다. 그 용어를 처음 고안한 19세기 유럽인들은 유럽문학을 중심으로 그 질서를 구축했지만 풍부한 국민문학의 전통을 가지고 있는 현대의 문학 강국들은 나름의 방식으로 세계문학을 이해하면서 정전(正典)의 목록을 작성하고 또 수정한다.

한국에서도 세계문학 관념은 우리 사회와 문화의 변화 속에서 거듭 수정돼왔다. 어느 시기에는 제국 일본의 교양주의를 반영한 세계문학 관념이, 어느 시기에는 제3세계 민족주의에 동조한 세계문학 관념이 출현했고, 그러한 관념을 실천한 전집물이 출판됐다. 21세기 한국에 새로운 세계문학전집이 필요하다는 것은 명백하다. 우리의 지성과 감성의 기준에 부합하는 세계문학을 다시 구상할 때가 되었다.

문학동네 세계문학전집은 범세계적으로 통용되는 고전에 대한 상식을 존중하면서도 지난 반세기 동안 해외 주요 언어권에서 창작과 연구의 진전에 따라 일어난 정전의 변동을 고려하여 편성되었다. 그래서 불멸의 명작은 물론 동시대 세계의 중요한 정치·문화적 실천에 영감을 준 새로운 작품들을 두루 포함시켰다.

창립 이후 지금까지 한국문학 및 번역문학 출판에서 가장 전문적이고 생산적인 그룹을 대표해온 문학동네가 그간 축적한 문학 출판 경험을 바탕으로 새로운 세계문학전집을 펴낸다. 인류가 무지와 몽매의 어둠 속을 방황하면서도 끝내 길을 잃지 않은 것은 세계문학사의 하늘에 떠 있는 빛나는 별들이 길잡이가 되어주었기 때문이다. 우리가 자부심과 사명감 속에서 그리게 될 이 새로운 별자리가 독자들의 관심과 애정에 힘입어 우리 모두의 뿌듯한 자산이 되기를 소망한다.

문학동네 세계문학전집 편집위원
민은경, 박유하, 변현태, 송병선, 이재룡, 홍길표, 남진우, 황종연

세계문학전집 037
동물농장·파리와 런던의 따라지 인생

1판 1쇄 2010년 5월 17일
1판 12쇄 2023년 4월 28일

지은이 조지 오웰 | 옮긴이 김기혁

책임편집 손은주 | 편집 임선영 | 독자모니터 이태균
디자인 랄랄라디자인 송윤형 최미영 | 저작권 박지영 형소진 오서영
마케팅 정민호 김도윤 한민아 이민경 안남영 김수현 왕지경 황승현 김혜원 김하연
브랜딩 함유지 함근아 박민재 김희숙 고보미 정승민 배진성
제작 강신은 김동욱 임현식 | 제작처 영신사

펴낸곳 (주)문학동네 | 펴낸이 김소영
출판등록 1993년 10월 22일 제2003-000045호
주소 10881 경기도 파주시 회동길 210
전자우편 editor@munhak.com | 대표전화 031)955-8888 | 팩스 031)955-8855
문의전화 031)955-1927(마케팅), 031)955-3560(편집)
문학동네카페 http://cafe.naver.com/mhdn
인스타그램 @munhakdongne | 트위터 @munhakdongne
북클럽문학동네 http://bookclubmunhak.com

ISBN 978-89-546-1092-6 04840
　　　978-89-546-0901-2 (세트)

잘못된 책은 구입하신 서점에서 교환해드립니다.
기타 교환 문의 031) 955-2661, 3580

www.munhak.com

문학동네 세계문학전집

1, 2, 3 안나 카레니나 레프 톨스토이 | 박형규 옮김
4 판탈레온과 특별봉사대 마리오 바르가스 요사 | 송병선 옮김
5 황금 물고기 르 클레지오 | 최수철 옮김
6 템페스트 윌리엄 셰익스피어 | 이경식 옮김
7 위대한 개츠비 F. 스콧 피츠제럴드 | 김영하 옮김
8 아름다운 애너벨 리 싸늘하게 죽다 오에 겐자부로 | 박유하 옮김
9, 10 파우스트 요한 볼프강 폰 괴테 | 이인웅 옮김
11 가면의 고백 미시마 유키오 | 양윤옥 옮김
12 킴 러디어드 키플링 | 하창수 옮김
13 나귀 가죽 오노레 드 발자크 | 이철의 옮김
14 피아노 치는 여자 엘프리데 옐리네크 | 이병애 옮김
15 1984 조지 오웰 | 김기혁 옮김
16 벤야멘타 하인학교-야콥 폰 군텐 이야기 로베르트 발저 | 홍길표 옮김
17, 18 적과 흑 스탕달 | 이규식 옮김
19, 20 휴먼 스테인 필립 로스 | 박범수 옮김
21 체스 이야기·낯선 여인의 편지 슈테판 츠바이크 | 김연수 옮김
22 왼손잡이 니콜라이 레스코프 | 이상훈 옮김
23 소송 프란츠 카프카 | 권혁준 옮김
24 마크롤 가비에로의 모험 알바로 무티스 | 송병선 옮김
25 파계 시마자키 도손 | 노영희 옮김
26 내 생명 앗아가주오 앙헬레스 마스트레타 | 강성식 옮김
27 여명 시도니가브리엘 콜레트 | 송기정 옮김
28 한때 흑인이었던 남자의 자서전 제임스 웰든 존슨 | 천승걸 옮김
29 슬픈 짐승 모니카 마론 | 김미선 옮김
30 피로 물든 방 앤절라 카터 | 이귀우 옮김
31 숨그네 헤르타 뮐러 | 박경희 옮김
32 우리 시대의 영웅 미하일 레르몬토프 | 김연경 옮김
33, 34 실낙원 존 밀턴 | 조신권 옮김
35 복낙원 존 밀턴 | 조신권 옮김
36 포로기 오오카 쇼헤이 | 허호 옮김
37 동물농장·파리와 런던의 따라지 인생 조지 오웰 | 김기혁 옮김
38 루이 랑베르 오노레 드 발자크 | 송기정 옮김
39 코틀로반 안드레이 플라토노프 | 김철균 옮김
40 어두운 상점들의 거리 파트릭 모디아노 | 김화영 옮김
41 순교자 김은국 | 도정일 옮김
42 젊은 베르테르의 슬픔 요한 볼프강 폰 괴테 | 안장혁 옮김
43 더블린 사람들 제임스 조이스 | 진선주 옮김
44 설득 제인 오스틴 | 원영선, 전신화 옮김
45 인공호흡 리카르도 피글리아 | 엄지영 옮김
46 정글북 러디어드 키플링 | 손향숙 옮김
47 외로운 남자 외젠 이오네스코 | 이재룡 옮김
48 에피 브리스트 테오도어 폰타네 | 한미희 옮김
49 둔황 이노우에 야스시 | 임용택 옮김
50 미크로메가스·캉디드 혹은 낙관주의 볼테르 | 이병애 옮김

51, 52 염소의 축제 마리오 바르가스 요사 | 송병선 옮김
53 고야산 스님·초롱불 노래 이즈미 교카 | 임태균 옮김
54 다니엘서 E. L. 닥터로 | 정상준 옮김
55 이날을 위한 우산 빌헬름 게나치노 | 박교진 옮김
56 톰 소여의 모험 마크 트웨인 | 강미경 옮김
57 카사노바의 귀향·꿈의 노벨레 아르투어 슈니츨러 | 모명숙 옮김
58 바보들을 위한 학교 사샤 소콜로프 | 권정임 옮김
59 어느 어릿광대의 견해 하인리히 뵐 | 신동도 옮김
60 웃는 늑대 쓰시마 유코 | 김훈아 옮김
61 팔코너 존 치버 | 박영원 옮김
62 한눈팔기 나쓰메 소세키 | 조영석 옮김
63, 64 톰 아저씨의 오두막 해리엇 비처 스토 | 이종인 옮김
65 아버지와 아들 이반 투르게네프 | 이항재 옮김
66 베니스의 상인 윌리엄 셰익스피어 | 이경식 옮김
67 해부학자 페데리코 안다아시 | 조구호 옮김
68 긴 이별을 위한 짧은 편지 페터 한트케 | 안장혁 옮김
69 호텔 뒤락 애니타 브루크너 | 김정 옮김
70 잔해 쥘리앵 그린 | 김종우 옮김
71 절망 블라디미르 나보코프 | 최종술 옮김
72 더버빌가의 테스 토머스 하디 | 유명숙 옮김
73 감상소설 미하일 조셴코 | 백용식 옮김
74 빙하와 어둠의 공포 크리스토프 란스마이어 | 진일상 옮김
75 쓰가루·석별·옛날이야기 다자이 오사무 | 서재곤 옮김
76 이인 알베르 카뮈 | 이기언 옮김
77 달려라, 토끼 존 업다이크 | 정영목 옮김
78 몰락하는 자 토마스 베른하르트 | 박인원 옮김
79, 80 한밤의 아이들 살만 루슈디 | 김진준 옮김
81 죽은 군대의 장군 이스마일 카다레 | 이창실 옮김
82 페레이라가 주장하다 안토니오 타부키 | 이승수 옮김
83, 84 목로주점 에밀 졸라 | 박명숙 옮김
85 아베 일족 모리 오가이 | 권태민 옮김
86 폭풍의 언덕 에밀리 브론테 | 김정아 옮김
87, 88 늦여름 아달베르트 슈티프터 | 박종대 옮김
89 클레브 공작부인 라파예트 부인 | 류재화 옮김
90 P세대 빅토르 펠레빈 | 박혜경 옮김
91 노인과 바다 어니스트 헤밍웨이 | 이인규 옮김
92 물방울 메도루마 슌 | 유은경 옮김
93 도깨비불 피에르 드리외라로셸 | 이재룡 옮김
94 프랑켄슈타인 메리 셸리 | 김선형 옮김
95 래그타임 E. L. 닥터로 | 최용준 옮김
96 캔터빌의 유령 오스카 와일드 | 김미나 옮김
97 만(卍)·시게모토 소장의 어머니 다니자키 준이치로 | 김춘미, 이호철 옮김
98 맨해튼 트랜스퍼 존 더스패서스 | 박경희 옮김
99 단순한 열정 아니 에르노 | 최정수 옮김

100 옛세 걸음 모옌 | 임홍빈 옮김
101 데미안 헤르만 헤세 | 안인희 옮김
102 수레바퀴 아래서 헤르만 헤세 | 한미희 옮김
103 소리와 분노 윌리엄 포크너 | 공진호 옮김
104 곰 윌리엄 포크너 | 민은영 옮김
105 롤리타 블라디미르 나보코프 | 김진준 옮김
106, 107 부활 레프 톨스토이 | 박형규 옮김
108, 109 모래그릇 마쓰모토 세이초 | 이병진 옮김
110 은둔자 막심 고리키 | 이강은 옮김
111 불타버린 지도 아베 고보 | 이영미 옮김
112 말라볼리아가의 사람들 조반니 베르가 | 김운찬 옮김
113 디어 라이프 앨리스 먼로 | 정연희 옮김
114 돈 카를로스 프리드리히 실러 | 안인희 옮김
115 인간 짐승 에밀 졸라 | 이철의 옮김
116 빌러비드 토니 모리슨 | 최인자 옮김
117, 118 미국의 목가 필립 로스 | 정영목 옮김
119 대성당 레이먼드 카버 | 김연수 옮김
120 나나 에밀 졸라 | 김치수 옮김
121, 122 제르미날 에밀 졸라 | 박명숙 옮김
123 현기증. 감정들 W. G. 제발트 | 배수아 옮김
124 강 동쪽의 기담 나가이 가후 | 정병호 옮김
125 붉은 밤의 도시들 윌리엄 버로스 | 박인찬 옮김
126 수고양이 무어의 인생관 E. T. A. 호프만 | 박은경 옮김
127 맘브루 R. H. 모레노 두란 | 송병선 옮김
128 익사 오에 겐자부로 | 박유하 옮김
129 땅의 혜택 크누트 함순 | 안미란 옮김
130 불안의 책 페르난두 페소아 | 오진영 옮김
131, 132 사랑과 어둠의 이야기 아모스 오즈 | 최창모 옮김
133 페스트 알베르 카뮈 | 유호식 옮김
134 다마세누 몬테이루의 잃어버린 머리 안토니오 타부키 | 이현경 옮김
135 작은 것들의 신 아룬다티 로이 | 박찬원 옮김
136 시스터 캐리 시어도어 드라이저 | 송은주 옮김
137 고독한 산책자의 몽상 장자크 루소 | 문경자 옮김
138 용의자의 야간열차 다와다 요코 | 이영미 옮김
139 세기아의 고백 알프레드 드 뮈세 | 김미성 옮김
140 햄릿 윌리엄 셰익스피어 | 이경식 옮김
141 카산드라 크리스타 볼프 | 한미희 옮김
142 이 글을 읽는 사람에게 영원한 저주를 마누엘 푸익 | 송병선 옮김
143 마음 나쓰메 소세키 | 유은경 옮김
144 바다 존 밴빌 | 정영목 옮김
145, 146, 147, 148 전쟁과 평화 레프 톨스토이 | 박형규 옮김
149 세 가지 이야기 귀스타브 플로베르 | 고봉만 옮김
150 제5도살장 커트 보니것 | 정영목 옮김
151 알렉시 · 은총의 일격 마르그리트 유르스나르 | 윤진 옮김

152 말라 온다 알베르토 푸겟 | 엄지영 옮김
153 아르세니예프의 인생 이반 부닌 | 이항재 옮김
154 오만과 편견 제인 오스틴 | 류경희 옮김
155 돈 에밀 졸라 | 유기환 옮김
156 젊은 예술가의 초상 제임스 조이스 | 진선주 옮김
157, 158, 159 카라마조프가의 형제들 표도르 도스토옙스키 | 김희숙 옮김
160 진 브로디 선생의 전성기 뮤리얼 스파크 | 서정은 옮김
161 13인당 이야기 오노레 드 발자크 | 송기정 옮김
162 하지 무라트 레프 톨스토이 | 박형규 옮김
163 희망 앙드레 말로 | 김웅권 옮김
164 임멘 호수·백마의 기사·프시케 테오도어 슈토름 | 배정희 옮김
165 밤은 부드러워라 F. 스콧 피츠제럴드 | 정영목 옮김
166 야간비행 앙투안 드 생텍쥐페리 | 용경식 옮김
167 나이트우드 주나 반스 | 이예원 옮김
168 소년들 앙리 드 몽테를랑 | 유정애 옮김
169, 170 독립기념일 리처드 포드 | 박영원 옮김
171, 172 닥터 지바고 보리스 파스테르나크 | 박형규 옮김
173 싯다르타 헤르만 헤세 | 권혁준 옮김
174 야만인을 기다리며 J. M. 쿳시 | 왕은철 옮김
175 철학편지 볼테르 | 이봉지 옮김
176 거지 소녀 앨리스 먼로 | 민은영 옮김
177 창백한 불꽃 블라디미르 나보코프 | 김윤하 옮김
178 슈틸러 막스 프리슈 | 김인순 옮김
179 시핑 뉴스 애니 프루 | 민승남 옮김
180 이 세상의 왕국 알레호 카르펜티에르 | 조구호 옮김
181 철의 시대 J. M. 쿳시 | 왕은철 옮김
182 카시지 조이스 캐럴 오츠 | 공경희 옮김
183, 184 모비 딕 허먼 멜빌 | 황유원 옮김
185 솔로몬의 노래 토니 모리슨 | 김선형 옮김
186 무기여 잘 있거라 어니스트 헤밍웨이 | 권진아 옮김
187 컬러 퍼플 앨리스 워커 | 고정아 옮김
188, 189 죄와 벌 표도르 도스토옙스키 | 이문영 옮김
190 사랑 광기 그리고 죽음의 이야기 오라시오 키로가 | 엄지영 옮김
191 빅 슬립 레이먼드 챈들러 | 김진준 옮김
192 시간은 밤 류드밀라 페트루솁스카야 | 김혜란 옮김
193 타타르인의 사막 디노 부차티 | 한리나 옮김
194 고양이와 쥐 귄터 그라스 | 박경희 옮김
195 펠리시아의 여정 윌리엄 트레버 | 박찬원 옮김
196 마이클 K의 삶과 시대 J. M. 쿳시 | 왕은철 옮김
197, 198 오스카와 루신다 피터 케리 | 김시현 옮김
199 패싱 넬라 라슨 | 박경희 옮김
200 마담 보바리 귀스타브 플로베르 | 김남주 옮김
201 패주 에밀 졸라 | 유기환 옮김
202 도시와 개들 마리오 바르가스 요사 | 송병선 옮김

203 루시 저메이카 킨케이드 | 정소영 옮김
204 내지 에일 즐리 | 조성애 옮김
205, 206 백치 표도르 도스토옙스키 | 김희숙 옮김
207 백야 표도르 도스토옙스키 | 박은정 옮김
208 순수의 시대 이디스 워턴 | 손영미 옮김
209 단순한 이야기 엘리자베스 인치볼드 | 이혜수 옮김
210 바닷가에서 압둘라자크 구르나 | 황유원 옮김
211 낙원 압둘라자크 구르나 | 왕은철 옮김
212 피라미드 이스마일 카다레 | 이창실 옮김
213 애니 존 저메이카 킨케이드 | 정소영 옮김
214 지고 말 것을 가와바타 야스나리 | 박혜성 옮김
215 부서진 사월 이스마일 카다레 | 유정희 옮김
216 사람은 무엇으로 사는가 레프 톨스토이 | 이항재 옮김
217, 218 악마의 시 살만 루슈디 | 김진준 옮김
219 오늘을 잡아라 솔 벨로 | 김진준 옮김
220 배반 압둘라자크 구르나 | 황가한 옮김
221 어두운 밤 나는 적막한 집을 나섰다 페터 한트케 | 윤시향 옮김
222 무어의 마지막 한숨 살만 루슈디 | 김진준 옮김
223 속죄 이언 매큐언 | 한정아 옮김
224 암스테르담 이언 매큐언 | 박경희 옮김
225, 226, 227 특성 없는 남자 로베르트 무질 | 박종대 옮김
228 앨프리드와 에밀리 도리스 레싱 | 민은영 옮김
229 북과 남 엘리자베스 개스켈 | 민승남 옮김

● 문학동네 세계문학전집은 계속 출간됩니다